FABLES

DE

LA FONTAINE;

AVEC UN NOUVEAU COMMENTAIRE

PAR M. COSTE.

NOUVELLE ÉDITION;

Ornée de deux cents quarante figures.

À AVIGNON,

Chez JEAN-ALBERT JOLY, Imprimeur-Libraire.

1810.

PRÉFACE.

L'Indulgence que l'on a eue pour quelques-unes de mes fables, me donne lieu d'espérer la même grace pour ce recueil. Ce n'est pas qu'un des maîtres de notre éloquence (*Patru*) n'ait désapprouvé le dessein de les mettre en vers. Il a cru que leur principal ornement est de n'en avoir aucun ; que d'ailleurs la contrainte de la poésie, jointe à la sévérité de notre langue, m'embarrasseroit en beaucoup d'endroits, et banniroit de la plupart de ces récits la briéveté qu'on peut fort bien appeler l'ame du conte, puisque sans elle il faut nécessairement qu'il languisse. Cette opinion ne sauroit partir que d'un homme d'excellent goût; je demanderois seulement qu'il en relâchât quelque peu, et qu'il crût que les grâces lacédémoniennes ne sont pas tellement ennemies des Muses françoises, que l'on ne puisse souvent les faire marcher de compagnie.

Après tout, je n'ai entrepris la chose que sur l'exemple, je ne peux pas dire des anciens, qui ne tire point à conséquence pour moi, mais sur celui des modernes. C'est de tout tems, et chez tout les peuples qui font profession de poésie, que le Parnasse a jugé ceci de son apanage. A peine les fables qu'on attribue à Esope virent le jour, que Socrate trouva à propos de les habiller des livrées des Muses. Ce que Platon en rapporte est si agréable, que je ne puis m'empêcher d'en faire un des ornemens de cette préface. Il dit que Socrate étant condamné au dernier supplice, l'on remit l'exécution de l'arrêt, à cause de certaines fêtes. Cébès l'alla voir le jour de sa mort ; Socrate lui dit, que les dieux l'avoient averti plusieurs fois pendant son sommeil, qu'il devoit s'appliquer à la musique avant qu'il mourût. Il n'avoit pas entendu d'abord ce que ce songe signifioit; car comme la musique ne rend pas l'homme meilleur, à quoi bon s'y attacher? Il falloit qu'il y eût du mystere là-dessous, d'autant plus que les dieux ne se lassoient pas de lui envoyer la même inspiration. Elle lui étoit encore venue une de ces fêtes; si bien qu'en songeant aux choses que le ciel pouvoit exiger de lui, il s'étoit avisé que la musique et la poésie ont tant de rapport, que possible étoit-ce de la derniere qu'il s'agissoit. Il n'y a point de bonne poésie sans harmonie; mais il n'y en a point non plus sans fiction, et Socrate ne savoit que dire la vérité. Enfin il avoit trouvé un tempérament; c'étoit de choisir des fables qui continssent quelque chose de véritable, telles que sont celles d'Esope. Il employa à les mettre en vers les derniers momens de sa vie.

Socrate n'est pas le seul qui ait considéré comme sœurs la poésie et nos fables. Phedre a témoigné qu'il étoit de ce sentiment, et par l'excellence de son ouvrage, nous pouvons juger de celui du prince des philosophes. Après Phedre, Aviénus a traité le même sujet. Enfin, les moderdes les ont suivis. Nous en avons des exemples, non seulement chez les étrangers, mais chez nous. Il est vrai, que lorsque nos gens y ont travaillé, la langue étoit si différente de ce qu'elle est, qu'on ne doit les considérer que comme étrangers. Cela ne m'a point détourné de mon entreprise; au contraire, je me suis flatté de l'espérance que, si je ne courrois dans cette carriere avec succès, on me donneroit au moins la gloire de l'avoir ouverte.

Il arrivera possible que mon travail fera naître à d'autres personnes l'envie de porter la chose plus loin. Tant s'en faut que cette matiere soit épuisée, qu'il reste encore plus de fables à mettre en vers que je n'en ai mis. J'ai choisi véritablement les meilleures, c'est-à-dire, celles qui m'ont semblé telles. Mais outre que je puis m'être trompé dans mon choix, il ne sera pas bien difficile de donner un autre tour à celles-là mêmes que j'ai choisies; et si ce tour est moins long, il sera sans doute plus approuvé. Quoi qu'il en arrive, on m'aura toujours obligation, soit que ma témérité ait été heureuse, et que je ne me sois point trop écarté du chemin qu'il falloit tenir, soit que j'aie seulement excité les autres à mieux faire.

Je pense avoir justifié suffisamment mon dessein; quant à l'exécution, le public en sera juge. On ne trouvera pas ici l'élégance ni l'extrême briéveté qui rendent Phedre recommandable; ce sont des qualités au-dessus de ma portée. Comme il m'étoit impossible de l'imiter en cela, j'ai cru qu'il falloit en récompense égayer l'ouvrage plus qu'il n'a fait. Non que je blâme d'en être demeuré dans ces termes; la langue latine n'en demandoit pas davantage; et, si l'on veut y prendre garde, on reconnoîtra dans cet auteur le vrai caractere et le vrai génie de Térence. La simplicité est magnifique chez ces grands hommes: moi qui n'ai pas les perfections du langage, comme ils les ont eues, je ne la puis élever à un si haut point. Il a donc fallu se récompenser d'ailleurs; c'est ce que j'ai fait avec d'autant plus de hardiesse, que Quintilien dit qu'on ne sauroit trop égayer les narrations. Il ne s'agit pas ici d'en apporter une raison; c'est assez que Quintilien l'ai dit. J'ai pourtant considéré que ces fables étant sues de tout le monde, je ne ferois rien, si je ne les rendois nouvelles par quelques traits qui en relevassent le goût; c'est ce qu'on demande aujourd'hui. On veut de la nouveauté et de la gaieté. Je n'appelle pas gaieté ce qui excite le rire, mais un certain charme, un air agréable, qu'on peut donner à toutes sortes de sujets, même les plus sérieux.

Mais ce n'est pas tant par la forme que j'ai donnée à cet ouvrage qu'on en doit mesurer le prix, que par son utilité et sa matiere. Car qu'y a-t-il de recommandable dans les productions de l'esprit, qui ne se rencontre dans l'apologue? C'est quelque chose de si divin, que plusieurs personnages de l'antiquité ont attribué la plus grande partie de ces fables à Socrate, choisissant pour leur servir de pere, celui des mortels qui avoit le plus de communication avec les dieux. Je ne sais comme ils n'ont point fait descendre du ciel ces mêmes fables, et comme ils ne leur ont point assigné un dieu qui en eût la direction, ainsi qu'à la poésie et à l'éloquence. Ce que je dis n'est pas tout-à-fait sans fondement, puisque, s'il m'est permis de mêler ce que nous avons de plus sacré parmi les erreurs du paganisme, nous voyons que la vérité a parlé aux hommes par des paraboles; et la parabole est-elle autre chose que l'apologue, c'est-à-dire, un exemple fabuleux, et qui s'insinue avec d'autant plus de facilité et d'effet, qu'il est plus commun et plus familier? Qui ne nous proposeroit à imiter que les maîtres de la sagesse, nous fourniroit un sujet d'excuse: il n'y en a point quand des abeilles et des fourmis sont capables de cela même qu'on nous demande.

C'est pour ces raisons que Platon ayant banni Homere de sa république, y a donné à Esope une place très-honorable. Il souhaite que les enfans sucent les fables avec le lait; il recommande aux nourrices de les leur apprendre; car on ne sauroit s'accoutumer de trop bonne heure à la sagesse et à la vertu: plutôt que d'être réduit à corriger nos habitudes, il faut travailler à les rendre bonnes pendant qu'elles sont encore indifférentes au bien ou au mal. Or, quelle méthode y peut contribuer plus utilement que ces fables ? Dites à un enfant que Crassus allant faire la guerre aux Parthes, s'engagea dans leur pays, sans savoir comme il en sortiroit; que cela le fit périr lui et son armée, quelque effort qu'il fît pour se retirer. Dites au même enfant, que le renard et le bouc descendirent au fond d'un puits pour y éteindre leur soif; que le renard en sortit, s'étant servi des épaules et des cornes de son camarade, comme d'une échelle, et qu'au contraire le bouc y demeura pour n'avoir pas eu tant de prévoyance, et par conséquent qu'il faut considérer en toute chose la fin. Je demande lequel de ces deux exemples fera le plus d'impression sur cet enfant ? ne s'arrêtera-t-il pas au dernier comme plus conforme et moins disproportionné que l'autre à la petitesse de son esprit ? Il ne faut pas m'alléguer que les pensées de l'enfance sont d'elles-mêmes assez enfantines, sans y joindre encore de nouvelles badineries. Ces badineries ne sont-elles qu'en apparence ? car dans le fond elles portent un sens très-solide. Et comme par la définition du point de la ligne et de la surface, et par d'autres principes très-familiers, nous parvenons à des connoissances, qui mesurent enfin le ciel et la terre; de même aussi par les raisonnemens et les conséquences que l'on peut tirer de ces fables, on se forme le jugement et les mœurs, on se rend capable de grandes choses.

Elles ne sont pas seulement morales, elles donnent encore d'autres connoissances. Les propriétés des animaux et leurs divers caracteres y sont exprimés; par conséquent les nôtres aussi, puisque nous sommes l'abrégé de ce qu'il y a de bon et de mauvais dans les créatures irraisonnables. Quand Prométhée voulut former l'homme, il prit la qualité dominante de chaque bête. De ces pieces si différentes, il composa notre espece;

il fit cet ouvrage qu'on appelle le Petit-Monde. Ainsi ces fables sont un tableau où chacun de nous se trouve dépeint. Ce qu'elles nous représentent confirment les personnes d'âge avancé dans les connoissances que l'usage leur a données, et apprend aux enfans ce qu'il faut qu'ils sachent. Comme ces derniers sont nouveaux venus dans le monde, ils n'en connoissent pas encore les habitans, ils ne se connoissent pas eux-mêmes. On ne les doit laisser dans cette ignorance que le moins qu'on peut ; il leur faut apprendre ce que c'est qu'un lion, un renard, ainsi du reste, et pourquoi l'on compare quelquefois un homme à ce renard ou à ce lion. C'est à quoi les fables travaillent : les premieres notions de ces choses proviennent d'elles.

J'ai déjà passé la longueur ordinaire des préfaces ; cependant je n'ai pas encore rendu raison de la conduite de mon ouvrage. L'apologue est composé de deux parties, dont on peut appeler l'une le corps, et l'autre l'ame. Le corps est la fable, l'ame est la moralité. Aristote n'admet dans la fable que les animaux, il en exclut les hommes et les plantes. Cette regle est moins de nécessité que de bienséance, puisque ni Esope, ni Phedre, ni aucun des fabulistes ne l'a gardée, tout au contraire de la moralité, dont aucun ne se dispense. Que s'il m'est arrivé de le faire, ce n'a été que dans les endroits où elle n'a pu entrer avec grace, et où il est aisé au lecteur de la suppléer. *On ne considere en France que ce qui plaît. C'est la grande regle, et pour ainsi dire la seule.* Je n'ai donc pas cru que ce fût un crime de passer par-dessus les anciennes coutumes, lorsque je ne pouvois les mettre en usage sans leur faire tort. Du tems d'Esope, la fable étoit contée simplement, la moralité séparée, et toujours ensuite. Phedre est venu, qui ne s'est pas assujetti à cet ordre : il embellit la narration ; et transporte quelquefois la moralité de la fin au commencement. Quand il seroit nécessaire de lui trouver place, je ne manque à ce précepte que pour en observer un qui n'est pas moins important. C'est Horace qui nous le donne. Cet auteur ne veut pas qu'un écrivain s'opiniâtre contre l'incapacité de son esprit, ni contre celle de sa matiere. Jamais, à ce qu'il prétend, un homme qui veut réussir n'en vient jusques-là : il abandonne les choses dont il voit bien qu'il ne sauroit rien faire de bon.

. . . . *Et quæ*
Desperat tractata nitescere posse, relinquit.

C'est ce que j'ai fait à l'égard de quelque moralité, du succès desquelles je n'ai pas bien espéré.

Il ne reste plus qu'à parler de la vie d'Esope. Je ne vois presque personne qui ne tienne pour fabuleuse celle que Planude nous a laissée. On s'imagine que cet auteur a voulu donner à son héros un caractere et des aventures qui répondissent à ses fables. Cela m'a d'abord paru spécieux ; mais j'ai trouvé à la fin peu de certitude en cette critique. Elle est en partie fondée sur ce qui se passe entre Xantus et Esope : on y trouve trop de niaiseries. Et qui est le sage à qui de pareilles choses n'arrivent point ? Toute la vie de Socrate n'a pas été sérieuse. Ce qui me confirme en mon sentiment, c'est que le caractere que Planude donne à Esope est semblable à celui que Plutarque lui a donné dans son banquet des sept Sages, c'est-à-dire, d'un homme subtil, et qui ne laisse rien passer. On me dira que le banquet des sept Sages est aussi une invention. Il est aisé de douter de tout : quant à moi, je ne vois pas bien pourquoi Plutarque auroit voulu en imposer à la postérité dans ce traité-là, lui qui fait profession d'être véritable par-tout ailleurs, et de conserver à chacun son caractere. Quand cela seroit, je ne saurois que mentir sur la foi d'autrui; me croira-t-on moins, que si je m'arrête à la mienne? Car ce que je puis est de composer un tissu de mes conjectures, lequel j'intitulerai : *Vie d'Esope*. Quelque vraisemblable que je le rende, on ne s'y assurera pas, et, fable pour fable, le lecteur préférera toujours celle de Planude à la mienne.

LA VIE D'ÉSOPE

LE PHRYGIEN.

Nous n'avons rien d'assuré touchant la naissance d'Homere et d'Esope. A peine même sait-on ce qui leur est arrivé de plus remarquable. C'est de quoi il y a lieu de s'étonner, vu que l'histoire ne rejette pas des choses moins agréables et moins nécessaires que celle-là. Tant de destructeurs de nations, tant de princes sans mérite ont trouvé des gens qui nous ont appris jusqu'aux moindres particularités de leur vie, et nous ignorons les plus importantes de celles d'Esope et d'Homere, c'est-à-dire, des deux personnages qui ont le mieux mérité des siecles suivans. Car Homere n'est pas seulement le pere des dieux, c'est aussi celui des bons poëtes. Quant à Esope, il me semble qu'on devroit le mettre au nombre des sages dont la Grece s'est tant vantée, lui qui enseignoit la véritable sagesse, et qui l'enseignoit avec bien plus d'art que ceux qui en donnent des définitions et des regles. On a véritablement recueilli les vies de ces deux grands hommes ; mais la plupart des savans les tiennent toutes deux fabuleuses, particuliérement celle que Planude a écrite. Pour moi, je n'ai pas voulu m'engager dans cette critique. Comme Planude vivoit dans un siecle où la mémoire des choses arrivées à Esope ne devoit pas être encore éteinte, j'ai cru qu'il savoit par tradition ce qu'il a laissé. Dans cette croyance, je l'ai suivi, sans retrancher de ce qu'il a dit d'Esope que ce qui m'a semblé trop puérile, ou qui s'écartoit en quelque façon de la bienséance.

Esope étoit Phrygien, d'un bourg appelé Amorium. Il nâquit vers la cinquante-cinquieme olympiade, quelques deux cents ans après la fondation de Rome. On ne sauroit dire s'il eut sujet de remercier la nature, ou bien de se plaindre d'elle : car en le douant d'un très-bel esprit, elle le fit naître difforme et laid de visage, ayant à peine figure d'homme, jusqu'à lui refuser presqu'entiérement l'usage de la parole. Avec ces défauts, quand il n'auroit pas été de condition à être esclave, il ne pouvoit manquer de le devenir. Au reste, son ame se maintint toujours libre et indépendante de la fortune.

Le premier maître qu'il eut l'envoya aux champs labourer la terre, soit qu'il le jugeât incapable de tout autre chose, soit pour s'ôter de devant les yeux un objet si désagréable. Or, il arriva que ce maître étant allé voir sa maison des champs, un paysan lui donna des figues : il les trouva belles : il les fit serrer fort soigneusement, donnant ordre à son sommelier, appelé Agathopus, de les lui apporter au sortir du bain. Le hasard voulut qu'Esope eût affaire dans le logis. Aussitôt qu'il y fut entré, Agathopus se servit de l'occasion, et mangea les figues avec quelques-uns de ses camarades ; puis ils rejeterent cette friponnerie sur Esope, ne croyant pas qu'il se pût jamais justifier, tant il étoit begue et paroissoit idiot. Les châtimens dont les anciens usoient envers leurs esclaves étoient fort cruels, et cette faute très-punissable. Le pauvre Esope se jeta aux pieds de son maître, et se faisant entendre du mieux qu'il put, il témoigna qu'il demandoit pour toute grace qu'on sursît de quelques momens sa punition. Cette grace lui ayant été accordée, il alla quérir de l'eau tiede, la but en présence de son seigneur, se mit les doigts dans la bouche,

che, et ce qui s'ensuit, sans rendre autre chose que cette eau seule. Après s'être ainsi justifié, il fit signe qu'on obligeât les autres d'en faire autant. Chacun demeura surpris : on n'auroit pas cru qu'une telle invention pût partir d'Esope. Agathopus et ses camarades ne parurent point étonnés. Ils burent de l'eau comme le Phrygien avoit fait, et se mirent les doigts dans la bouche ; mais ils se garderent bien de les enfoncer trop avant. L'eau ne laissa pas d'agir et de mettre en évidence les figues toutes crues encore et toutes vermeilles. Par ce moyen Esope se garantit ; ses accusateurs furent punis doublement pour leur gourmandise et pour leur méchanceté.

Le lendemain, après que leur maître fut parti, et le Phrygien étant à son travail ordinaire, quelques voyageurs égarés, (aucuns disent que c'étoient des prêtres de Diane) le prierent au nom de Jupiter hospitalier, qu'il leur enseignât le chemin qui conduisoit à la ville. Esope les obligea premiérement de se reposer à l'ombre : puis leur ayant présenté une légere colation, il voulut être leur guide, et ne les quitta qu'après qu'il les eut remis dans leur chemin. Les bonnes gens leverent les mains au ciel, et prierent Jupiter de ne pas laisser cette action charitable sans récompense. A peine Esope les eut quittés, que le chaud et la lassitude le contraignirent de s'endormir. Pendant son sommeil, il s'imagina que la fortune étoit debout devant lui, qui lui délioit la langue, et par même moyen lui faisoit présent de cet art dont on peut dire qu'il est l'auteur. Réjoui de cette aventure, il s'éveilla en sursaut ; et en s'éveillant : Qu'est-ce ceci ? dit-il : ma voix est devenue libre ; je prononce bien un rateau, une charrue, tout ce que je veux. Cette merveille fut cause qu'il changea de maître ; car, comme un certain Zénas qui étoit-là en qualité d'économe et qui avoit l'œil sur les esclaves, en eut battu un outrageusement pour une faute qui ne le méritoit pas, Esope ne put s'empêcher de le reprendre, et le menaça que ses mauvais traitemens seroient sus. Zénas, pour le prévenir, et pour se venger de lui, alla dire au maître qu'il étoit arrivé un prodige dans sa maison; que le Phrygien avoit recouvré la parole; mais que le méchant ne s'en servoit qu'a blasphémer et à médire de leur seigneur. Le maître le crut, et passa bien plus avant; car il lui donna Esope, avec liberté d'en faire ce qu'il voudroit. Zénas de retour aux champs, un marchand alla le trouver, et lui demanda si pour de l'argent il le vouloit accommoder de quelque bête de somme. Non pas cela, dit Zénas, je n'en ai pas le pouvoir; mais je te vendrai, si tu veux, un de nos esclaves. Là-dessus, ayant fait venir Esope, le marchand dit: Est-ce afin de te moquer que tu me proposes l'achat de ce personnage? On le prendroit pour une outre. Dès que le marchand eut ainsi parlé, il prit congé d'eux, partie murmurant, partie riant de ce bel objet. Esope le rappela, et lui dit: Achete-moi hardiment, je ne te serai pas inutile. Si tu as des enfans qui crient et qui soient méchans, ma mine les fera taire, on les menacera de moi comme de la bête. Cette raillerie plut au marchand. Il acheta notre Phrygien trois oboles, et dit en riant: Les dieux soient loués, je n'ai pas fait grande acquisition, à la vérité; aussi n'ai-je pas déboursé grand argent.

Entr'autres denrées, ce marchand trafiquoit d'esclaves; si bien qu'allant à Ephese pour se défaire de ceux qu'il avoit, ce que chacun d'eux devoit porter pour la commodité du voyage, fut départi selon leur emploi et selon leurs forces.

Esope pria que l'on eût égard à sa taille, qu'il étoit nouveau venu, et devoit être traité doucement. Tu ne porteras rien, si tu veux, lui répartirent ses camarades. Esope se piqua d'honneur, et voulut avoir sa charge comme les autres. On le laissa donc choisir. Il prit le panier au pain, c'étoit le fardeau le plus pesant. Chacun crut qu'il l'avoit fait par bêtise ; mais dès la dînée le panier fut entamé, et le Phrygien déchargé d'autant ; ainsi le soir, et de même le lendemain ; de façon qu'au bout de deux jours il marchoit à vide. Le bon sens et le raisonnement du personnage furent admirés. Quant au marchand, il se défit de tous ses esclaves, à la réserve d'un grammairien, d'un chantre et d'Esope, lesquels il alla exposer en vente à Samos. Avant que de les mener sur la place, il fit habiller les deux premiers le plus proprement qu'il put, comme chacun farde sa marchandise ; Esope, au contraire, ne fut vêtu que d'un sac, et placé entre ses deux compagnons, afin de leur donner lustre. Quelques acheteurs se présenterent, entr'autres un philosophe appelé Xantus. Il demanda au grammairien et au chantre, ce qu'ils savoient faire. Tout, reprirent-ils. Cela fit rire le Phrygien, on peut s'imaginer de quel air. Planude rapporte qu'il s'en fallut peu qu'on ne prît la fuite, tant il fit une effroyable grimace. Le marchand fit son chantre mille oboles, son grammairien trois mille ; et en cas que l'on achetât l'un des deux, il devoit donner Esope par-dessus le marché. La cherté du grammairien et du chantre dégoûta Xantus ; mais pour ne pas retourner chez soi sans avoir fait quelque emplette, ses disciples lui conseillerent d'acheter ce petit bout d'homme qui avoit ri de si bonne grace : on en feroit un épouvantail, il divertiroit les gens par sa mine. Xantus se laissa persuader, et fit prix d'Esope à soixante oboles. Il lui demanda, devant que de l'acheter, à quoi il lui seroit propre, comme il l'avoit demandé à ses camarades. Esope répondit : A rien, puisque les deux autres avoient tout retenu pour eux. Les commis de la douane remirent généreusement à Xantus le sou pour livre, et lui en donnerent quittance sans rien payer.

Xantus avoit une femme de goût assez délicat, et à qui toutes sortes de gens ne plaisoient pas; si bien que de lui aller présenter sérieusement son nouvel esclave, il n'y avoit pas d'apparence, à moins qu'il ne la voulût mettre en colere, et se faire moquer de lui. Il jugea plus à propos d'en faire un sujet de plaisanterie, et alla dire au logis qu'il venoit d'acheter un jeune esclave, le plus beau du monde et le mieux fait. Sur cette nouvelle, les filles qui servoient sa femme se penserent battre à qui l'auroit pour son serviteur; mais elles furent bien étonnées quand le personnage parut. L'une se mit la main devant les yeux, l'autre s'enfuit, l'autre fit un cri. La maîtresse du logis, dit que c'étoit pour la chasser qu'on lui amenoit un tel monstre; qu'il y avoit long-tems que le philosophe se lassoit d'elle. De parole en parole le différend s'échauffa jusqu'à tel point, que la femme demanda son bien, et voulut se retirer chez ses parens. Xantus fit tant par sa patience, et Esope par son esprit, que les choses s'accommoderent. On ne parla plus de s'en aller, et peut-être que l'accoutumance effaça à la fin une partie de la laideur du nouvel esclave.

Je laisserai beaucoup de petites choses où il fit paroître la vivacité de son esprit; car, quoiqu'on puisse juger par-là de son caractere, elles sont de trop peu de conséquence pour en informer la postérité. Voici seulement un échantillon de son bon sens et de l'ignorance de son maître. Celui-ci alla chez un jardinier se choisir lui-même une salade. Les herbes cueillies, le jardinier le pria de lui satisfaire l'esprit sur une difficulté qui regardoit la philosophie aussi-bien que le jardinage. C'est que les herbes qu'il plantoit, qu'il cultivoit avec un grand soin, ne profitoient point autant que celles que la terre produisoit d'elle-même sans culture ni amendement. Xantus rapporta le tout à la providence, comme on a coutume de faire quand on est court. Esope se mit à rire, et ayant tiré son maître à part, il lui conseilla de dire à ce jardinier, qu'il lui avoit fait une réponse ainsi générale, parce que la question n'étoit pas digne de lui; il le laissoit donc avec son garçon, qui assurément le satisferoit. Xantus s'étant allé promener d'un autre côté du jardin, Esope compara la terre à une femme, qui, ayant des enfans d'un premier mari, en épouseroit un second, qui auroit aussi des enfans d'une autre femme. Sa nouvelle épouse ne manqueroit de concevoir de l'aversion pour ceux-ci, et leur ôteroit la nourriture, afin que les siens en profitassent. Il en étoit ainsi de la terre, qui n'adoptoit qu'avec peine les productions du travail et de la culture, et qui réservoit toute sa tendresse et tous ses bienfaits pour les siennes seules: elle étoit marâtre des unes, et mere passionnée des autres. Le jardinier parut si content de cette raison, qu'il offrit à Esope tout ce qui étoit dans son jardin.

Il arriva quelque tems après un grand différend entre le philosophe et sa femme. Le philosophe étant de festin, mit à part quelques friandises, et dit à Esope: Va porter ceci à ma bonne amie. Esope l'alla donner à une petite chienne qui étoit les délices de son maître. Xantus de retour ne manqua pas de demander des nouvelles de son présent et si on l'avoit trouvé bon. Sa femme ne comprenoit rien à ce langage : on fit venir Esope pour l'éclaircir. Xantus, qui ne cherchoit qu'un prétexte pour le faire battre, lui demanda s'il ne lui avoit dit expressément : Va-t-en porter de ma part ces friandises à ma bonne amie. Esope répondit là-dessus, que la bonne amie n'étoit pas la femme, qui, pour la moindre parole, menaçoit de faire un divorce : c'étoit la chienne, qui enduroit tout, et qui revenoit faire des caresses après qu'on l'avoit battue. Le philosophe demeura court ; mais sa femme entra dans une telle colere, qu'elle se retira d'avec lui. Il n'y eut ni parent ni ami par qui Xantus ne lui fit parler, sans que les raisons ni les prieres y gagnassent rien. Esope s'avisa d'un stratagême. Il acheta force gibier, comme pour une nôce considérable, et fit tant, qu'il fut rencontré par un des domestiques de sa maîtresse. Celui-ci lui demanda pourquoi tant d'apprêts. Esope lui dit que son maître ne pouvant obliger sa femme de revenir, en alloit épouser une autre. Aussitôt que la dame sut cette nouvelle, elle retourna chez son mari, par esprit de contradiction ou par jalousie. Ce ne fut pas sans la garder bonne à Esope, qui tous les jours faisoit de nouvelles pieces à son maître, et tous les jours se sauvoit du châtiment par quelque trait de subtilité. Il n'étoit pas possible au philosophe de le confondre.

Un certain jour de marché, Xantus, qui avoit dessein de régaler quelques-uns de ses amis, lui commanda d'acheter ce qu'il y avoit de meilleur, et rien autre chose. Je t'apprendrai, dit en soi-même le Phrygien, à spécifier ce que tu souhaites, sans t'en remettre à la discrétion d'un esclave. Il n'acheta donc que des langues, lesquelles il fit accommoder à toutes les sauces : l'entrée, le second, l'entremets, tout ne fut que langues. Les conviés louerent d'abord le choix de ce mets ; à la fin ils s'en dégoûterent. Ne t'ai-je pas commandé, dit Xantus, d'acheter ce qu'il y auroit de meilleur? Et qu'y a-t-il de meilleur que la langue ? reprit Esope. C'est le lien de la vie civile, la clef des sciences, l'organe de la vérité et de la raison. Par elle on bâtit les villes et on les police : on instruit, on persuade, on regne dans les assemblées ; on s'acquitte du premier de tous les devoirs, qui est de louer les dieux. Eh bien, dit Xantus, (qui prétendoit l'attraper) achetez-moi demain ce qui est de pire : ces mêmes personnes viendront chez moi, et je veux diversifier.

Le lendemain Esope ne fit servir que le même mets, disant que la langue est la pire chose qui soit au monde. C'est la mere de tous débats, la nourrice des procès, la source des divisions et des guerres. Si on dit qu'elle est l'organe de la vérité, c'est aussi celui de l'erreur, et qui pis est, de la calomnie. Par elle, on détruit les villes, on persuade de méchantes choses. Si d'un côté elle loue les dieux, de l'autre elle profere des blasphêmes contre leur puissance. Quelqu'un de la compagnie dit à Xantus, que véritablement ce valet lui étoit fort nécessaire, car il savoit le mieux du monde exercer la patience d'un philosophe. De quoi vous mettez-vous en peine, reprit Esope ? Et trouvez-moi, dit Xantus, un homme qui ne se mette en peine de rien.

Esope alla le lendemain sur la place, et voyant un paysan qui regardoit toutes choses avec la froideur et l'indifférence d'une statue, il amena ce paysan au logis. Voilà, dit-il à Xantus, l'homme sans souci que vous demandez. Xantus commanda à sa femme de faire chauffer de l'eau, de la mettre dans un bassin, puis de laver elle-même les pieds de son nouvel hôte. Le paysan la laissa faire, quoiqu'il sût fort bien qu'il ne méritoit pas cet honneur ; mais il disoit en lui-même : C'est peut-être la coutume d'en user ainsi. On le fit asseoir au haut bout ; il prit sa place sans cérémonie. Pendant le repas, Xantus ne fit autre chose que blâmer son cuisinier, rien ne lui plaisoit ; ce qui étoit doux, il le trouvoit trop salé, et ce qui étoit trop salé, il le trouvoit trop doux. L'homme sans souci le laissoit dire, et mangeoit de toutes ses dents. Au dessert, on mit sur la table un gâteau que la femme du philosophe avoit fait : Xantus le trouva mauvais, quoiqu'il fût très-bon. Voilà, dit-il, la pâtisserie la plus méchante que j'aie jamais mangée ; il faut brûler l'ouvriere, car elle ne fera de sa vie rien qui vaille : qu'on apporte des fagots. Attendez, dit le paysan, je m'en vais quérir ma femme, on ne fera qu'un bûcher pour toutes les deux. Ce dernier trait désarçonna le philosophe, et lui ôta l'espérance de jamais attraper le Phrygien.

Or, ce n'étoit pas seulement avec son maître qu'Esope trouvoit occasion de rire et de dire de bons mots. Xantus l'avoit envoyé en certain endroit : il rencontra en chemin le magistrat, qui lui demanda où il alloit ? Soit qu'Esope fût distrait, ou pour une autre raison, il répondit qu'il n'en savoit rien. Le magistrat tenant à mépris et irrévérence cette réponse, le fit mener en prison. Comme les huissiers le conduisoient : Ne voyez-vous pas, dit-il, que j'ai très-bien répondu ? Savois-je que l'on me feroit aller où je vais ? Le magistrat le fit relâcher, et trouva Xantus heureux d'avoir un esclave si plein d'esprit.

Xantus, de sa part, voyoit par-là de quelle importance il lui étoit de ne point affranchir Esope, et combien la possession d'un tel esclave lui faisoit d'honneur. Même un jour faisant la débauche avec ses disciples, Esope qui le servoit, vit que les fumées leur échauffoient déjà la cervelle, aussi-bien aux maîtres qu'aux écoliers. La débauche du vin, leur dit-il, a trois degrés : le premier, de volupté; le second, d'ivrognerie; le troisieme, de fureur. On se moqua de son observation, et on continua de vider les pots. Xantus s'en donna jusqu'à perdre la raison, et à se vanter qu'il boiroit la mer. Cela fit rire la compagnie. Xantus soutint ce qu'il avoit dit, gagea sa maison qu'il boiroit la mer toute entiere, et pour assurance de sa gageure, il déposa l'anneau qu'il avoit au doigt. Le jour suivant, que les vapeurs de Bacchus furent dissipées, Xantus fut extrêmement surpris de ne plus trouver son anneau, lequel il tenoit fort cher. Esope lui dit qu'il étoit perdu, et que sa maison l'étoit aussi, par la gageure qu'il avoit faite. Voilà le philosophe bien alarmé. Il pria Esope de lui enseigner une défaite. Esope s'avisa de celle-ci. Quand le jour que l'on avoit pris pour l'exécution de la gageure fut arrivé, tout le peuple de Samos accourut au rivage de la mer, pour être témoin de la honte du philosophe. Celui de ses disciples qui avoit gagé contre lui triomphoit déjà. Xantus dit à l'assemblée : Messieurs, j'ai gagé véritablement que je boirois toute la mer, mais non pas les fleuves qui entrent dedans; c'est pourquoi, que celui qui a gagé contre moi détourne leur cours, et puis je ferai ce que je me suis vanté de faire. Chacun admira l'expédient que Xantus avoit trouvé pour sortir à son honneur d'un si mauvais pas. Le disciple confessa qu'il étoit vaincu, et demanda pardon à son maître. Xantus fut conduit jusqu'à son logis avec acclamation.

Pour récompense, Esope lui demanda la liberté. Xantus la lui refusa, et dit que le tems de l'affranchir n'étoit pas encore venu ; si toutefois les dieux l'ordonnoient ainsi, il y consentoit : partant, qu'il prît garde au premier présage qu'il auroit étant sorti du logis ; s'il étoit heureux, et que, par exemple, deux corneilles se présentassent à sa vue, la liberté lui seroit donnée ; s'il n'en voyoit qu'une, qu'il ne se lassât point d'être esclave. Esope sortit aussitôt. Son maître étoit logé à l'écart, et apparemment vers un lieu couvert de grands arbres. A peine notre Phrygien fut hors, qu'il apperçut deux corneilles qui s'abattirent sur le plus haut. Il en alla avertir son maître, qui voulut voir lui-même s'il disoit vrai. Tandis que Xantus venoit, l'une des corneilles s'envola. Me tromperas-tu toujours ? dit-il à Esope : qu'on lui donne les étrivieres. L'ordre fut exécuté. Pendant le supplice du pauvre Esope, on vint inviter Xantus à un repas : il promit qu'il s'y trouveroit. Hélas, s'écria Esope, les présages sont bien menteurs ! moi qui ai vu deux corneilles, je suis battu ; mon maître, qui n'en a vu qu'une, est prié de noces. Ce mot plut tellement à Xantus, qu'il commanda qu'on cessât de fouetter Esope ; mais quant à la liberté, il ne se pouvoit résoudre à la lui donner, encore qu'il la lui promît en diverses occasions.

Un jour ils se promenoient tous deux parmi de vieux monumens, considérant avec beaucoup de plaisir les inscriptions qu'on y avoit mises. Xantus en apperçut une qu'il ne put entendre, quoiqu'il demeurât long-tems à en chercher l'explication ; elle étoit composée des premieres lettres (1) de certains mots. Le philosophe avoua ingénument

(1) ABOETHCH.

que cela passoit son esprit. Si je vous fais trouver un trésor par le moyen de ces lettres, lui dit Esope, quelle récompense aurai-je? Xantus lui promit la liberté et la moitié du trésor. Elles signifient, poursuivit Esope, qu'à quatre pas de cette colonne nous en trouverons un. En effet, ils le trouverent après avoir creusé quelque peu dans la terre. Le philosophe fut sommé de tenir sa parole : mais il reculoit toujours. Les dieux me gardent de t'affranchir, dit-il à Esope, que tu ne m'aies donné avant cela l'intelligence de ces lettres; ce me sera un autre trésor plus précieux que celui que nous avons trouvé. On les a ici gravées, poursuivit Esope, comme étant les premieres lettres de ces mots : ΑΡΟΒΑΣ ΒΕΜΑΤΑ, etc. c'est-à-dire : *Si vous reculez quatre pas, et que vous creusiez, vous trouverez un trésor.* Puisque tu es si subtil, répartit Xantus, j'aurois tort de me défaire de toi; n'espere donc pas que je t'affranchisse. Et moi, répliqua Esope, je vous dénoncerai au roi Denis; car c'est à lui que le trésor appartient, et ces mêmes lettres, commencent d'autres mots qui le signifient. Le philosophe intimidé, dit au Phrygien qu'il prît sa part de l'argent et qu'il n'en dît mot. De quoi Esope déclara ne lui avoir aucune obligation, ces lettres ayant été choisies de telles manieres qu'elles renfermoient un triple sens, et signifioient encore: *En vous en allant, vous partagerez le trésor que vous aurez rencontré.* Dès qu'il fut de retour, Xantus commanda que l'on enfermât le Phrygien, et qu'on lui mît les fers aux pieds, de crainte qu'il n'allât publier cette aventure. Hélas! s'écria Esope, est-ce ainsi que les philosophes s'acquittent de leurs promesses! Mais faites ce que vous voudrez, il faudra que vous m'affranchissiez malgré vous. Sa prédiction se trouva vraie. Il arriva un prodige qui mit fort en peine les Samiens. Un aigle enleva l'anneau public (c'étoit apparemment quelque sceau que l'on apposoit aux délibérations du conseil,) et le fit tomber au sein d'un esclave. Le philosophe fut consulté là-dessus, et comme étant philosophe, et comme étant un des premiers de la république. Il demanda du tems, et eut recours à son oracle ordinaire : c'étoit Esope. Celui-ci lui conseilla de le produire en public, parce que, s'il rencontroit bien, l'honneur en seroit toujours à son maître, sinon il n'y auroit que l'esclave de blâmé. Xantus approuva la chose, et le fit monter à la tribune aux harangues. Dès qu'on le vit, chacun s'éclata de rire : personne ne s'imagina qu'il pût rien partir de raisonnable d'un homme fait de cette maniere. Esope leur dit qu'il ne falloit pas considérer la forme du vase, mais la liqueur qui y étoit enfermée. Les Samiens lui crierent qu'il dît donc sans crainte ce qu'il jugeoit de ce prodige. Esope s'en excusa sur ce qu'il n'osoit le faire. La fortune, disoit-il, avoit mis un débat de gloire entre le maître et l'esclave : si l'esclave disoit mal, il seroit battu ; s'il disoit mieux que le maître, il seroit battu encore. Aussitôt on pressa Xantus de l'affranchir. Le philosophe résista long-tems. A la fin le prévôt de ville le menaça de le faire de son office, en vertu du pouvoir qu'il en avoit comme magistrat ; de façon que le philosophe fut obligé d'y donner les mains. Cela fait, Esope dit que les Samiens étoient menacés de servitude par ce prodige ; et que l'aigle enlevant leur sceau, ne signifioit autre chose qu'un roi puissant qui vouloit les assujettir.

Peu de tems après, Crésus, roi des Lydiens, fit dénoncer à ceux de Samos, qu'ils eussent à se rendre ses tributaires, sinon qu'il les y forceroit par

par les armes. La plupart étoient d'avis qu'on lui obéît. Esope leur dit que la fortune présentoit deux chemins aux hommes ; l'un de liberté, rude et épineux au commencement, mais dans la suite très-agréable ; l'autre d'esclavage, dont les commencemens étoient plus aisés, mais la suite laborieuse. C'étoit conseiller assez intelligiblement aux Samiens de défendre leur liberté. Ils renvoyerent l'ambassadeur de Crésus avec peu de satisfaction.

Crésus se mit en état de les attaquer : l'ambassadeur lui dit que, tant qu'ils auroient Esope avec eux, il auroit peine à les réduire à ses volontés, vu la confiance qu'ils avoient au bon sens du personnage. Crésus le leur envoya demander, avec promesse de leur laisser la liberté, s'ils le lui livroient. Les principaux de la ville trouverent ces conditions avantageuses, et ne crurent pas que leur repos leur coûtât trop cher, quand ils l'acheteroient aux dépens d'Esope. Le Phrygien les fit changer de sentiment, en leur contant que les loups et les brebis ayant fait un traité de paix, celles-ci donnerent leurs chiens pour ôtages. Quand elles n'eurent plus de défenseurs, les loups les étranglerent avec moins de peine qu'ils ne faisoient. Cet apologue fit son effet. Les Samiens prirent une délibération toute contraire à celle qu'ils avoient prise. Esope voulut toutefois aller vers Crésus, et dit qu'il les serviroit plus utilement étant près du roi, que s'il demeuroit à Samos.

Quand Crésus le vit, il s'étonna qu'une si chétive créature lui eût été un si grand obstacle. Quoi ! voilà celui qui fait qu'on s'oppose à mes volontés ? s'écria-t-il. Esope se prosterna à ses pieds. Un homme prenoit des sauterelles, dit-il : une cigale lui tomba aussi sous la main ; il s'en alloit la tuer, comme il avoit fait des sauterelles ;

Que vous ai-je fait? dit-elle à cet homme: je ne ronge point vos blés, je ne vous procure aucun dommage; vous ne trouvez en moi que la voix, dont je me sers fort innocemment. Grand roi, je ressemble à cette cigale; je n'ai que la voix, et ne m'en suis point servi pour vous offenser. Crésus touché d'admiration et de pitié, non seulement lui pardonna, mais il laissa en repos les Samiens à sa considération.

En ce tems-là le Phrygien composa ses fables, lesquelles il laissa au roi de Lydie, et fut envoyé par lui vers les Samiens, qui décernerent à Esope de grands honneurs. Il lui prit aussi envie de voyager, et d'aller par le monde, s'entretenant de diverses choses avec ceux que l'on appeloit philosophes. Enfin il se mit en grand crédit près de Lycérus, roi de Babylone. Les rois d'alors s'envoyoient les uns aux autres des problêmes à résoudre sur toutes sortes de matieres, à condition de se payer une espece de tribut ou d'amende, selon qu'ils répondroient bien ou mal aux questions proposées; en quoi Lycérus, assisté d'Esope, avoit toujours l'avantage, et se rendoit illustre parmi les autres, soit à résoudre, soit à proposer.

Cependant notre Phrygien se maria, et ne pouvant avoir d'enfans, il adopta un jeune homme d'extraction noble, appelé Ennus. Celui-ci le paya d'ingratitude, et fut si méchant que d'oser souiller le lit de son bienfaiteur. Cela étant venu à la connoissance d'Esope, il le chassa. L'autre, afin de s'en venger, contrefit des lettres, par lesquelles il sembloit qu'Esope fût d'intelligence avec les rois qui étoient émules de Lycérus. Lycérus, persuadé par le cachet et par la signature de ces lettres, commanda à un de ses officiers nommé Hermippus, que, sans chercher de plus grandes preuves, il fît mourir promptement le traître

Esope. Cet Hermippus, étant ami du Phrygien, lui sauva la vie ; et à l'insu de tout le monde, le nourrit long-tems dans un sépulcre, jusqu'à ce que Necténabo, roi d'Egypte, sur le bruit de la mort d'Esope, crut à l'avenir rendre Lycérus son tributaire. Il osa le provoquer, et le défia de lui envoyer des architectes qui sussent bâtir une tour en l'air, et par même moyen, un homme prêt à répondre à toutes sortes de questions. Lycérus ayant lu les lettres, et les ayant communiquées aux plus habiles de son état, chacun demeura court ; ce qui fit que le roi regretta Esope. Quand Hermippus lui dit qu'il n'étoit pas mort, il le fit venir. Le Phrygien fut très-bien reçu, se justifia, et pardonna à Ennus. Quant à la lettre du roi d'Egypte, il n'en fit rien que rire, et manda qu'il enverroit au printems les architectes et le répondant à toutes sortes de questions. Lycérus remit Esope en possession de tous ses biens, et lui fit livrer Ennus, pour en faire ce qu'il voudroit. Esope le reçut comme son enfant, et pour punition, lui recommanda d'honorer les dieux et son prince, se rendre terrible à ses ennemis, facile et commode aux autres ; bien traiter sa femme, sans pourtant lui confier son secret, parler peu, et chasser de chez soi les babillards ; ne se point laisser abattre aux malheurs ; avoir soin du lendemain ; car il vaut mieux enrichir ses ennemis par sa mort, que d'être importun à ses amis pendant son vivant ; sur-tout n'être point envieux du bonheur ni de la vertu d'autrui, d'autant que c'est se faire du mal à soi-même. Ennus touché de ces avertissemens et de la bonté d'Esope, comme d'un trait qui lui avoit pénétré le cœur, mourut peu de tems après.

Pour revenir au défi de Necténabo, Esope choisit des aiglons, et les fit instruire (chose difficile à croire:) il les fit, dis-je, instruire à porter en l'air chacun un panier dans lequel étoit un jeune enfant. Le printems venu, il s'en alla en Egypte avec tout cet équipage, non sans tenir en grande vénération et en attente de son dessein les peuples chez qui il passoit. Necténabo, qui, sur le bruit de sa mort, avoit envoyé l'énigme, fut extrêmement surpris de son arrivée. Il ne s'y attendoit pas, et ne se fût jamais engagé dans un tel défi contre Lycérus, s'il eût cru Esope vivant. Il lui demanda s'il avoit amené les architectes et le répondant. Esope dit, que le répondant étoit lui-même, et qu'il feroit voir les architectes quand il seroit sur le lieu. On sortit en pleine campagne, où les aigles enleverent les paniers avec les petits enfans, qui crioient qu'on leur donnât du mortier, des pierres et du bois. Vous voyez, dit Esope à Necténabo, que je vous ai trouvé les ouvriers, fournissez-leur des matériaux. Necténabo avoua que Lycérus étoit le vainqueur. Il proposa toutefois ceci à Esope. J'ai des cavales en Egypte qui conçoivent au hennissement des chevaux qui sont devers Babylone: qu'avez-vous à répondre là-dessus? Le Phrygien remit sa réponse au lendemain; et retourné qu'il fut au logis, il commanda à des enfans de prendre un chat, et de le mener fouettant par les rues. Les Egyptiens qui adorent cet animal, se trouverent extrêmement scandalisés du traitement qu'on lui faisoit. Ils l'arracherent des mains des enfans, et allerent se plaindre au roi. On fit venir en sa présence le Phrygien. Ne savez-vous pas, lui dit le roi, que cet animal est un de nos dieux? Pourquoi donc le faites-vous traiter de la sorte? C'est pour l'offense qu'il a commise envers Lycérus, reprit Esope: car la nuit derniere il lui a étranglé un coq extrêmement courageux, et qui chantoit à toutes les heures. Vous êtes un menteur, repartit le roi : comment seroit-il possible que ce chat eût fait en si peu de tems un si long voyage ? Et comment est-il possible, reprit Esope, que vos jumens entendent de si loin nos chevaux hennir, et conçoivent pour les entendre ?

Ensuite de cela, le roi fit venir d'Héliopolis certains personnages d'esprit subtil et savans en questions énigmatiques. Il leur fit un grand régal, où le Phrygien fut invité. Pendant le repas ils proposerent à Esope diverses choses, celle-ci entr'autres : Il y a un grand temple qui est appuyé sur une colonne entourée de douze villes, chacune desquelles a trente arcs-boutans, et autour de ces arcs-boutans, se promenent, l'une aprés l'autre, deux femmes, l'une blanche, l'autre noire. Il faut renvoyer cette question, dit Esope, aux petits enfans de notre pays. Le temple est le monde ; la colonne, l'an ; les villes, ce sont les mois ; et les arcs-boutans, les jours, autour desquels se promenent alternativement le jour et la nuit.

Le lendemain Necténabo assembla tous ses amis. Souffrirez-vous, leur dit-il, qu'une moitié d'homme, qu'un avorton, soit la cause que Lycérus remporte le prix, et que j'aie la confusion pour mon partage? Un d'eux s'avisa de demander à Esope qu'il leur fît des questions de choses dont ils n'eussent jamais entendu parler. Esope écrivit une cédule, par laquelle Necténabo confessoit devoir deux mille talens à Lycérus. La cédule fut mise entre les mains de Necténabo toute cachetée. Avant qu'on l'ouvrît, les amis du prince soutinrent que la chose contenue dans cet écrit étoit de leur connoissance. Quand on l'eut ouverte, Necténabo s'écria : Voilà la plus grande fausseté du monde ; je vous en prends à témoins tous tant que vous êtes. Il est vrai, repartirent-ils, que nous n'en avons jamais entendu parler. J'ai donc satisfait à votre demande, reprit Esope. Necténabo le renvoya comblé de présens, tant pour lui que pour son maître.

Le séjour qu'il fit en Egypte est peut-être cause que quelques-uns ont écrit qu'il fut esclave avec Rodopé ; celle-là qui, des libéralités de ses amans, fit élever une des trois pyramides qui subsistent encore, et qu'on voit avec admiration ; c'est la plus petite, mais c'est celle qui est bâtie avec le plus d'art.

Esope à son retour dans Babylone, fut reçu de Lycérus avec de grandes démonstrations de joie et de bienveillance : ce roi lui fit ériger une statue. L'envie de voir et d'apprendre le fit renoncer à tous ces honneurs. Il quitta la cour de Lycérus, où il avoit tous les avantages qu'on peut souhaiter, et prit congé de ce prince pour voir la Grece encore une fois. Lycérus ne le laissa pas partir sans embrassemens et sans larmes, et sans le faire promettre sur les autels, qu'il reviendroit achever ses jours auprès de lui.

Entre les villes où il s'arrêta, Delphes fut une des principales. Les Delphiens l'écoutèrent fort volontiers, mais ils ne lui rendirent point d'honneurs. Esope piqué de ce mépris, les compara aux bâtons qui flottent sur l'onde. On s'imagine de loin que c'est quelque chose de considérable ; de près on trouve que ce n'est rien. La comparaison lui coûta cher. Les Delphiens en conçurent une telle haine, et un si violent desir de vengeance, (outre qu'ils craignoient d'être déchirés par lui) qu'ils résolurent de l'ôter du monde. Pour y parvenir, ils cacherent parmi ses hardes un de leurs vases sacrés, prétendant que par ce moyen ils convaincroient Esope de vol et de sacrilege, et qu'ils le condamneroient à la mort.

Comme il fut sorti de Délphes, et qu'il eut pris

le chemin de la Phocide, les Delphiens accoururent comme gens qui étoient en peine. Ils l'accuserent d'avoir dérobé leur vase ; Esope le nia avec des sermens : on chercha dans son équipage, et il fut trouvé. Tout ce qu'Esope put dire, n'empêcha point qu'on ne le traitât comme un criminel infame. Il fut ramené à Delphes, chargé de fers, mis dans des cachots, puis condamné à être précipité. Rien ne lui servit de se défendre avec ses armes ordinaires, et de raconter des apologues : les Delphiens s'en moquerent.

La grenouille, leur dit-il, avoit invité le rat à la venir voir. Afin de lui faire traverser l'onde, elle l'attacha à son pied. Dès qu'il fut sur l'eau, elle voulut le tirer au fond, dans le dessein de le noyer et d'en faire ensuite un repas. Le malheureux rat résista quelque peu de tems. Pendant qu'il se débattoit sur l'eau, un oiseau de proie l'apperçut, fondit sur lui, et l'ayant enlevé avec la grenouille qui ne put se détacher, il se reput de l'un et de l'autre. C'est ainsi, Delphiens abominables, qu'un plus puissant que vous me vengera : je périrai ; mais vous périrez aussi.

Comme on le conduisoit au supplice, il trouva moyen de s'échapper, et entra dans une petite chapelle dédiée à Apollon. Les Delphiens l'en arracherent. Vous violez cet asyle, leur dit-il, parce que ce n'est qu'une petite chapelle ; mais un jour viendra que votre méchanceté ne trouvera point de retraite sûre, non pas même dans les temples. Il vous arrivera la même chose qu'à l'aigle, laquelle, nonobstant les prieres de l'escarbot, enleva un lievre qui s'étoit réfugié chez lui. La génération de l'aigle en fut punie jusques dans le giron de Jupiter. Les Delphiens, peu touchés de tous ces exemples, le précipiterent.

Peu de tems après sa mort, une peste très-violente exerça sur eux ses ravages. Ils demanderent à l'oracle par quels moyens ils pourroient appaiser le courroux des dieux. L'oracle leur répondit qu'il n'y en avoit point d'autre que d'expier leur forfait, et satisfaire aux mânes d'Esope. Aussitôt une pyramide fut élevée. Les dieux ne témoignerent pas seuls combien ce crime leur déplaisoit : les hommes vengerent aussi la mort de leur sage. La Grece envoya des commissaires pour en informer, et en fit une punition rigoureuse.

FABLES

DE

LA FONTAINE.

A MONSEIGNEUR

LE DAUPHIN. (1)

Je chante les héros dont Esope (2) est le pere,
Troupe de qui l'histoire, encor que mensongere,
Contient des vérités qui servent de leçons.
Tout parle en mon ouvrage, et même les poissons:
Ce qu'ils disent s'adresse à tous tant que nous
sommes.
Je me sers d'animaux pour instruire les hommes.
Illustre rejeton d'un prince aimé des cieux,
Sur qui le monde entier a maintenant les yeux,
Et qui, faisant fléchir les plus superbes têtes,
Comptera désormais ses jours par ses conquêtes,
Quelqu'autre te dira, d'une plus forte voix,
Les faits de tes aïeux et les vertus des rois:
Je vais t'entretenir de moindres aventures,
Te tracer en ces vers de légeres peintures;
Et si de t'agréer je n'emporte le prix,
J'aurai du moins l'honneur de l'avoir entrepris.

(1) Fils de Louis XIV.
(2) Célebre inventeur des Fables.

LIVRE PREMIER.

I. *La Cigale et la Fourmi.*

La cigale ayant chanté
Tout l'été
Se trouva fort dépourvue
Quand la bise (1) fut venue.
Pas un seul petit morceau
De mouche ou de vermisseau.
Elle alla crier famine
Chez la fourmi sa voisine,
La priant de lui prêter
Quelque grain pour subsister
Jusqu'à la saison nouvelle.
Je vous paîrai, (2) lui dit-elle,
Avant l'août, foi d'animal,
Intérêt (3) et principal.

(1) Vent du nord qui contribue le plus au froid de l'hiver.

(2) Avant le tems où l'on recueille les grains, ainsi nommé, parce qu'il arrive en août, qu'on prononce *oût*.

(3) La somme que vous m'aurez prêtée, avec les intérêts.

La fourmi n'est pas prêteuse,
C'est-là son moindre défaut.
Que faisiez-vous au tems chaud,
Dit-elle à cette emprunteuse ?
Nuit et jour à tout venant
Je chantois, ne vous déplaise.
Vous chantiez ! j'en suis fort aise :
Hé bien ! dansez maintenant.

II. *Le Corbeau et le Renard.*

Maître corbeau sur un arbre perché,
Tenoit en son bec un fromage.
Maître renard, par l'odeur alléché, (1)
Lui tint à-peu-près ce langage :
Hé ! bon jour, monsieur du corbeau !
Que vous êtes joli ! que vous me semblez beau !
Sans mentir, si votre ramage
Se rapporte à votre plumage,
Vous êtes le phénix (2) des hôtes de ces bois.
A ces mots le corbeau ne se sent pas de joie ;
Et, pour montrer sa belle voix,

(1) Attiré.
(2) Le plus beau de tous les osiseaux, unique en son espece, et si rare, qu'il n'est pas trop sûr qu'il ait jamais existé.

Il ouvre un large bec, laisse tomber sa proie.
Le renard s'en saisit, et dit : Mon beau monsieur,
Apprenez que tout flatteur
Vit aux dépens de celui qui l'écoute.
Cette leçon vaut bien un fromage, sans doute.
Le corbeau honteux et confus,
Jura, mais un peu tard, qu'on ne l'y prendroit plus.

III. *La Grenouille qui se veut faire aussi grosse que le Bœuf.*

Une grenouille vit un bœuf
Qui lui sembla de belle taille.
Elle, qui n'étoit pas grosse en tout comme un œuf,
Envieuse, s'étend, et s'enfle, et se travaille,
Pour égaler l'animal en grosseur ;
Disant : Regarde bien, ma sœur,
Est-ce assez ? dites-moi, n'y suis-je point encore ?
Nenni. M'y voici donc ? Point du tout. M'y voilà ?
Vous n'en approchez point. La chétive pécore
S'enfla si bien qu'elle creva.
Le monde est plein de gens qui ne sont pas plus sages ;
Tout bourgeois veut bâtir comme les grands seigneurs ;
Tout petit prince a des ambassadeurs ;
Tout marquis veut avoir des pages.

IV.

IV. *Les deux Mulets.*

Deux mulets cheminoient, l'un d'avoine chargé,
    L'autre portant l'argent de la gabelle.
Celui-ci, glorieux d'une charge si belle,
N'eût voulu pour beaucoup en être soulagé.
        Il marchoit d'un pas relevé,
        Et faisoit sonner sa sonnette :
        Quand l'ennemi se présentant,
        Comme il en vouloit à l'argent,
Sur le mulet du fisc une troupe se jette,
        Le saisit au frein, et l'arrête.
        Le mulet, en se défendant,
Se sent percer de coups : il gémit, il soupire.
Est-ce donc là, dit-il, ce qu'on m'avoit promis ?
Ce mulet qui me suit du danger se retire,
        Et moi j'y tombe, et je péris !
        Ami, lui dit son camarade,
Il n'est pas toujours bon d'avoir un haut emploi :
Si tu n'avois servi qu'un meûnier, comme moi,
        Tu ne serois pas si malade.

V. *Le Loup et le Chien.*

Un loup n'avoit que les os et la peau,
Tant les chiens faisoient bonne garde:
Ce loup rencontre un dogue aussi puissant que beau,
Gras, poli, qui s'étoit fourvoyé par mégarde.
L'attaquer, le mettre en quartiers,
Sire loup l'eût fait volontiers:
Mais il falloit livrer bataille;
Et le mâtin étoit de taille
A se défendre hardiment.
Le loup donc l'aborde humblement,
Entre en propos, et lui fait compliment
Sur son embonpoint qu'il admire.
Il ne tiendra qu'à vous, beau sire,
D'être aussi gras que moi, lui repartit le chien.
Quittez les bois, vous ferez bien:
Vos pareils y sont misérables,
Cancres, héres (1), et pauvres diables,
Dont la condition est de mourir de faim.
Car, quoi! rien d'assuré! point de franche lipée (2)!

(1) Malingres, décharnés.
(2) Repas qui ne coûte rien à des impudens qui vont prendre part sans avoir été invités.

Tout à la pointe de l'épée !
Suivez-moi, vous aurez un bien meilleur destin.
Le loup reprit : Que me faudra-t-il faire ?
Presque rien, dit le chien : donner la chasse aux gens
Portant bâtons, et mendians ;
Flatter ceux du logis, à son maître complaire.
Moyennant quoi, votre salaire
Sera force reliefs (3) de toutes les façons,
Os de poulets, os de pigeons;
Sans parler de mainte caresse.
Le loup déjà se forge une félicité
Qui le fait pleurer de tendresse.
Chemin faisant, il vit le cou du chien pelé :
Qu'est-ce là ? lui dit-il. Rien. Quoi ? rien ? Peu de chose.
Mais encore ? Le collier dont je suis attaché
De ce que vous voyez est peut-être la cause.
Attaché ! dit le loup : vous ne courez donc pas
Où vous voulez ? Pas toujours : mais qu'importe ?
Il importe si bien, que de tous vos repas
Je ne veux en aucune sorte,
Et ne voudrois pas même à ce prix un trésor.
Cela dit, maître loup s'enfuit, et court encor.

(3) Le reste d'un repas.

VI. *La Génisse, la Chevre et la Brebis, en société avec le Lion.*

La génisse, la chevre, et leur sœur la brebis,
Avec un fier lion, seigneur du voisinage,
Firent société, dit-on, au tems jadis,
Et mirent en commun le gain et le dommage.
Dans les lacs de la chevre un cerf se trouva pris.
Vers ses associés, aussitôt elle envoie.
Eux venus, le lion par ses ongles compta,
Et dit : Nous sommes quatre à partager la proie.
Puis en autant de parts le cerf il dépeça :

D 2

Prit pour lui la premiere en qualité de sire (1):
Elle doit être à moi, dit-il; et la raison,
C'est que je m'appelle lion:
A cela l'on n'a rien à dire.
La seconde, par droit, me doit échoir encor:
Ce droit, vous le savez, c'est le droit du plus fort.
Comme le plus vaillant, je prétends la troisieme.
Si quelqu'un de vous touche à la quatrieme,
Je l'étranglerai tout d'abord.

(1) Seigneur ou roi, le lion étant réputé le roi des animaux, comme l'aigle celui des oiseaux.

VII. *La Besace.*

Jupiter dit un jour: Que tout ce qui respire
S'en vienne comparoître aux pieds de ma grandeur:
Si dans son composé quelqu'un trouve à redire,
Il peut le déclarer sans peur;
Je mettrai remede à la chose.
Venez, singe, parlez le premier, et pour cause;
Voyez ces animaux: faites comparaison
De leurs beautés avec les vôtres.
Etes-vous satisfait? Moi! dit-il, pourquoi non?
N'ai-je pas quatre pieds aussi-bien que les autres?

Mon portrait jusqu'ici ne m'a rien reproché :
Mais pour mon frere l'ours, on ne l'a qu'ébauché (1) :
Jamais, s'il me veut croire, il ne se fera peindre.
L'ours venant là-dessus, on crut qu'il s'alloit plaindre.
Tant s'en faut, de sa forme il se loua très-fort,
Glosa sur l'éléphant, dit qu'on pourroit encor
Ajouter à sa queue, ôter à ses oreilles ;
Que c'étoit une masse informe et sans beauté.
L'éléphant étant écouté,
Tout sage qu'il étoit, dit des choses pareilles :
Il jugea qu'à son appétit
Dame baleine étoit trop grosse.
Dame fourmi trouva le ciron (2) trop petit,
Se croyant pour elle un colosse.
Jupiter les renvoya, s'étant censurés tous,
Du reste, contens d'eux. Mais parmi les plus fous
Notre espece excella ; car tout ce que nous sommes,
Lynx (3) envers nos pareils, et taupes (4) envers nous,

(1) Très-imparfaitement formé.
(2) Très petit animal, qu'on ne peut voir que par le moyen d'un microscope.
(3) Animal aux yeux très-perçans.
(4) On croit communément que les taupes n'ont point d'yeux.

Nous nous pardonnons tout, et rien aux autres hommes :
On se voit d'un autre œil qu'on ne voit son prochain.
Le fabricateur souverain
Nous créa besaciers tous de même maniere,
Tant ceux du tems passé que du tems d'aujourd'hui :
Il fit pour nos défauts la poche de derriere,
Ee celle de devant pour les défauts d'autrui.

VIII. *L'Hirondelle et les petits Oiseaux.*

Une hirondelle en ses voyages
Avoit beaucoup appris. Quiconque a beaucoup vu
Peut avoir beaucoup retenu.
Celle-ci prévoyoit jusqu'aux moindres orages,
Et, devant qu'ils fussent éclos,
Les annonçoit aux matelots.
Il arriva qu'au tems que le chanvre (1) se seme,
Elle vit un manant en couvrir maints sillons (2).
Ceci ne me plaît pas, dit-elle aux oisillons :
Je vous plains ; car pour moi, dans ce péril extrême,

(1) Chenevis, graine de chanvre dont on fait la corde et le fil.

(2) Terre élevée entre deux rayons dans un champ labouré.

Je saurai m'éloigner, ou vivre en quelque coin.
Voyez-vous cette main qui par les airs chemine?
Un jour viendra, qui n'est pas loin,
Que ce qu'elle répand sera votre ruine.
De là naîtront engins à vous enveloper,
Et lacets pour vous attraper,
Enfin mainte et mainte machine
Qui causera dans la saison
Votre mort ou votre prison:
Gare la cage ou le chaudron!
C'est pourquoi, leur dit l'hirondelle,
Mangez ce grain; et croyez-moi.
Les oiseaux se moquerent d'elle:
Ils trouvoient aux champs trop de quoi.
Quand la cheneviere (3) fut verte,
L'hirondelle leur dit: Arrachez brin à brin
Ce qu'a produit ce maudit grain,
Ou soyez sûrs de votre perte.
Prophete de malheur! babillarde! dit-on,
Le bel emploi que tu nous donnes!
Il nous faudroit mille personnes
Pour éplucher tout ce canton.
La chanvre (4) étant tout-à-fait crûe,
L'hirondelle ajouta: Ceci ne va pas bien;
Mauvaise graine est tôt venue.
Mais puisque jusqu'ici l'on ne m'a crue en rien,
Dès que vous verrez que la terre
Sera couverte (5), et qu'à leurs blés
Les gens n'étant plus occupés
Feront aux oisillons la guerre,

(3) Champ où croît le chanvre.

(4) Selon le bel usage, chanvre est masculin. La Fontaine l'a mis au féminin, comme il l'est encore dans quelques provinces.

(5) C'est à-dire, *ensemencée*. Le mot *couvert*, pris dans ce sens-là, est un terme d'agriculture assez usité à la campagne, mais qui n'est pas fort connu dans les grandes villes.

Quand reginglettes (6) et reseaux
Attraperont petits oiseaux,
Ne volez plus de place en place,
Demeurez au logis, ou changez de climat;
Imitez le canard, la grue et la bécasse.
Mais vous n'êtes pas en état
De passer, comme nous, les déserts et les ondes,
Ni d'aller chercher d'autres mondes :
C'est pourquoi vous n'avez qu'un parti qui soit sûr,
C'est de vous renfermer aux trous de quelque mur.
Les oisillons, las de l'entendre,
Se mirent à jaser aussi confusément
Que faisoient les Troyens quand la pauvre Cassandre (7)
Ouvroit la bouche seulement.
Il en prit aux uns comme aux autres :
Maint oisillon se vit esclave retenu.
Nous n'écoutons d'instincts que ceux qui sont les nôtres,
Et ne croyons le mal que quand il est venu.

(6) Reginglette. Sorte de piege pour attraper les oiseaux. Ce mot usité dans quelques provinces, est inconnu à Paris, où les oiseliers disent *trebuchet*, *collet*, etc. au lieu de *reginglette*.

(7) Fille du roi Priam, dont on méprisoit les prophéties, qui cependant se trouvoient toujours très-véritables.

IX. *Le Rat de ville et le Rat des champs.*

Autrefois le rat de ville
Invita le rat des champs,
D'une façon fort civile,
A des reliefs d'ortolans (1).
Sur un tapis de turquie
Le couvert se trouva mis.
Je laisse à penser la vie
Que firent ces deux amis.

(1) Restes d'oiseaux d'un goût délicat, parmi lesquels l'ortolan passe pour un des plus friands morceaux.

Le régal fut fort honnête ;
Rien ne manquoit au festin ;
Mais quelqu'un troubla la fête
Pendant qu'ils étoient en train.
A la porte de la salle
Ils entendirent du bruit ;
Le rat de ville détale ;
Son camarade le suit.
Rats en campagne aussitôt ;
Le bruit cesse ; on se retire :
Et le citadin de dire :
Achevons tout notre rôt.
C'est assez, dit le rustique :
Demain vous viendrez chez moi.
Ce n'est pas que je me pique
De tout vos festins de roi :
Mais rien ne vient m'interrompre ;
Je mange tout à loisir.
Adieu donc. Fi du plaisir
Que la crainte peut corrompre.

X. *Le Loup et l'Agneau.*

La raison du plus fort est toujours la meilleure.
Nous l'allons montrer tout-à-l'heure.
Un agneau se désaltéroit
Dans le courant d'une onde pure.
Un loup survint à jeun, qui cherchoit aventure,
Et que la faim en ces lieux attiroit.
Qui te rend si hardi de troubler mon breuvage?
Dit cet animal plein de rage;
Tu seras châtié de ta témérité.
Sire, répond l'agneau, que votre majesté
Ne se mette pas en colere;
Mais plutôt qu'elle considere
Que je me vas désaltérant
Dans le courant,
Plus de vingt pas au-dessous d'elle;
Et que, par conséquent, en aucune façon,
Je ne puis troubler sa boisson.
Tu la troubles! reprit cette bête cruelle;
Et je sais que de moi tu médis l'an passé.
Comment l'aurai-je fait si je n'étois pas né?
Reprit l'agneau; je tette encor ma mere.
Si ce n'est toi, c'est donc ton frere?

Je n'en ai point. C'est donc quelqu'un des tiens ?
Car vous ne m'épargnez guere,
Vous, vos bergers et vos chiens :
On me l'a dit : il faut que je me venge.
Là-dessus, au fond des forêts
Le loup l'emporte, et puis le mange,
Sans autre forme de procès.

XI. *L'Homme et son Image.*

POUR M. LE DUC DE LA ROCHEFOUCAULD.

Un homme qui s'aimoit sans avoir de rivaux,
Passoit dans son esprit pour le plus beau du monde :
Il accusoit toujours les miroirs d'être faux,
Vivant plus que content dans son erreur profonde.
Afin de le guérir, le sort officieux
Présentoit par tout à ses yeux
Les conseillers muets dont se servent nos dames :
Miroirs dans les logis, miroirs chez les marchands,
Miroirs aux poches des galans,
Miroirs aux ceintures des femmes.
Que fait notre Narcisse (1) ? Il se va confiner

(1) On appelle Narcisse tout homme entêté de sa beauté, réelle ou chimérique ; par allusion à ce que dit la fable d'un beau jeune homme de ce nom, qui devint si follement amoureux de lui-même, qu'il en perdit la vie.

Aux lieux les plus cachés qu'il peut s'imaginer,
N'osant plus des miroirs éprouver l'aventure.
Mais un canal, formé par une source pure,
Se trouve en ces lieux écartés :
Il s'y voit, il se fâche ; et ses yeux irrités
Pensent appercevoir une chimère vaine.
Il fait tout ce qu'il peut pour éviter cette eau :
Mais quoi ! le canal est si beau,
Qu'il ne le quitte qu'avec peine.
On voit bien où je veux venir.
Je parle à tous ; et cette erreur extrême
Est un mal que chacun se plaît d'entretenir.
Notre ame, c'est cet homme amoureux de lui-même ;
Tant de miroirs, ce sont les sottises d'autrui,
Miroirs, de nos défauts les peintres légitimes ;
Et quant au canal, c'est celui
Que chacun sait, le livre des maximes (1).

(1) Celui des maximes morales, composé par le duc de la Rochefoucauld.

XII. *Le Dragon à plusieurs têtes et le Dragon à plusieurs queues.*

Un envoyé du grand seigneur
Préféroit, dit l'histoire, un jour chez l'empereur,
Les

Les forces de son maître à celles de l'empire.
Un Allemand se mit à dire :
Notre prince a des dépendans
Qui, de leur chef, sont si puissans,
Que chacun d'eux pourroit soudoyer une armée.
Le Chiaoux, homme de sens,
Lui dit : Je sais par renommée
Ce que chaque électeur peut de monde fournir ;
Et cela me fait souvenir
D'une aventure étrange, et qui pourtant est vraie.
J'étois en un lieu sûr, lorsque je vis passer
Les cent têtes d'une hydre au travers d'une haie.
Mon sang commence à se glacer ;
Et je crois qu'à moins on s'effraie.
Je n'en eus toutefois que la peur sans le mal.
Jamais le corps de l'animal
Ne peut venir vers moi, ni trouver d'ouverture.
Je rêvois à cette aventure,
Quand un autre dragon, qui n'avoit qu'un seul chef
Et bien plus d'une queue, à passer se présente.
Me voilà saisi derechef,
D'étonnement et d'épouvante.
Ce chef passe, et le corps, et chaque queue aussi :
Rien ne les empêcha : l'un fit chemin à l'autre.
Je soutiens qu'il en est ainsi
De votre empereur et du nôtre.

XIII. *Les Voleurs et l'Ane.*

Pour un âne enlevé deux voleurs se battoient :
L'un vouloit le garder, l'autre le vouloit vendre.
Tandis que coups de poing trottoient,
Et que nos champions songeoient à se défendre,
Arrive un troisieme larron,
Qui saisit maître aliboron (1).
L'âne, c'est quelquefois une pauvre province :
Les voleurs sont tel et tel prince,
Comme le Transilvain, le Turc et le Hongrois.
Au lieu de deux, j'en ai rencontré trois ;
Il est assez de cette marchandise.
De nul d'eux n'est souvent la province conquise ;
Un quart voleur survient, qui les accorde net,
En se saisissant du baudet.

(1) Nom burlesque qu'on donne à l'âne.

XIV. *Simonide préservé par les Dieux.*

On ne peut trop louer trois sortes de personnes :
Les dieux, sa maîtresse et son roi.

Malherbe (1) le disoit : j'y souscris quant à moi ;
Ce sont maximes toujours bonnes.
La louange chatouille et gagne les esprits ;
Les faveurs d'une belle en sont souvent le prix.
Voyons comme les dieux l'ont quelquefois payée.
Simonide (2) avoit entrepris
L'éloge d'un athlete (3) ; et, la chose essayée,
Il trouva son sujet plein de récits tout nus ;
Les parens de l'athlete étoient gens inconnus ;
Son pere, un bon bourgeois ; lui, sans autre mérite :
Matiere infertile et petite.
Le poëte d'abord parla de son héros.
Après en avoir dit ce qu'il en pouvoit dire,
Il se jette à côté, se met sur le propos
De Castor et Pollux (4) ; ne manque pas d'écrire

(1) Excellent poëte françois qui a vécu sous Henri IV et Louis XIII.

(2) Ancien poëte grec très-célebre, dont il ne nous reste que quelques fragmens.

(3) On nommoit athletes ceux qui, dans la Grece, paroissoient en divers lieux et en divers tems devant de nombreuses assemblées de peuple, pour y disputer le prix de la course, de la lutte, etc.

(4) Freres gémeaux, fils de Jupiter et de Léda, qui, s'étant rendus fameux par leur adresse dans les exercices du corps et par leur valeur, furent placés entre les étoiles après leur mort.

Que leur exemple étoit aux lutteurs glorieux;
Eleve leurs combats, spécifiant les lieux
Où ces freres s'étoient signalés davantage.
Enfin, l'éloge de ces dieux
Faisoit les deux tiers de l'ouvrage.
L'athlete avoit promis d'en payer un talent:
Mais quand il le vit, le galant
N'en donna que le tiers, et dit, fort franchement,
Que Castor et Pollux acquittassent le reste;
Faites-vous contenter par ce couple céleste.
Je vous veux traiter cependant;
Venez souper chez moi: nous ferons bonne vie;
Les conviés sont gens choisis,
Mes parens, mes meilleurs amis.
Soyez donc de la compagnie.
Simonide promit. Peut-être qu'il eut peur
De perdre, outre son dû, le gré de sa louange.
Il vient; l'on festine, l'on mange.
Chacun étant en belle humeur,
Un domestique accourt, l'avertit qu'à la porte
Deux hommes demandoient à le voir promptement.
Il sort de table, et la cohorte
N'en perd pas un seul coup de dent.
Ces deux hommes étoient les gémeaux de l'éloge.
Tous deux lui rendent grace, et pour prix de ses vers,
Ils l'avertissent qu'il déloge,
Et que cette maison va tomber à l'envers.
La prédiction en fut vraie.
Un pilier manque; et le plafond,
Ne trouvant plus rien qui l'étaie,
Tombe sur le festin, brise plats et flacons;
N'en fait pas moins aux échansons.
Ce ne fut pas le pis: car, pour rendre complette
La vengeance due au poëte,
Une poutre cassa les jambes à l'athlete,
Et renvoya les conviés
Pour la plupart estropiés.
La renommée eut soin de publier l'affaire;

Chacun cria : Miracle ! On doubla le salaire
Que méritoient les vers d'un homme aimé des dieux.
Il n'étoit fils de bonne mere
Qui, les payant à qui mieux mieux,
Pour ses ancêtres n'en fît faire.
Je reviens à mon texte ; et dis premiérement,
Qu'on ne sauroit manquer de louer largement
Les dieux et leurs pareils ; de plus, que Melpomene 5
Souvent, sans déroger, trafique de sa peine;
Enfin, qu'on doit tenir notre art en quelque prix.
Les grands se font honneur, dès-lors qu'ils nous font grace :
Jadis l'Olimpe et le Parnasse
Etoient freres et bons amis.

(5) Ici Melpomene se prend pour le poëte lui-même, qu'on suppose inspiré par cette muse.

XV. *La Mort et le Malheureux.*

Un malheureux appeloit tous les jours
La mort à son secours.
O mort ! lui disoit-il, que tu me sembles belle !
Viens vîte, viens finir ma fortune cruelle !

La mort crut, en venant, l'obliger en effet.
Elle frappe à sa porte, elle entre, elle se montre.
Que vois-je ! s'écria-t-il : ôtez-moi cet objet !
Qu'il est hideux ! que sa rencontre
Me cause d'horreur et d'effroi !
N'approche pas, ô mort ! ô mort, retire-toi !
Mécénas (1) fut un galant homme ;
Il a dit quelque part : Qu'on me rende impotent (2),
Cul-de-jatte, goutteux, manchot, pourvu qu'en somme
Je vive, c'est assez, je suis plus que content.
Ne viens jamais, ô mort ! on t'en dit tout autant.

(1) Favori de l'empereur Auguste, et grand protecteur des gens de lettres.

(2) *Debilem facito manu,*
Debilem pede coxâ :
Tuber adstrue gibberum,
Lubricos quate dentes.
Vita dum superest, bene est.
Hanc mihi, vel acutâ
Si sedeam cruce, sustine.

Ces vers de Mécénas nous ont été conservés par Sénèque (Epist. 101.)

XVI. *La Mort et le Bûcheron.*

Un pauvre bûcheron, tout couvert de ramée (1),

(1) Paquet de branches avec leurs feuilles.

Sous le faix du fagot, aussi-bien que des ans,
Gémissant et courbé, marchoit à pas pesans,
Et tâchoit de gagner sa chaumiere enfumée.
Enfin, n'en pouvant plus d'effort et de douleur,
Il met bas son fagot, et songe à son malheur.
Quel plaisir a-t-il eu depuis qu'il est au monde?
En est-il un plus pauvre en la machine ronde?
Point de pain quelquefois, et jamais de repos:
Sa femme, ses enfans, les soldats, les impôts,
Le créancier, et la corvée (2),
Lui font d'un malheureux la peinture achevée.
Il appelle la mort. Elle vient sans tarder,
Lui demande ce qu'il faut faire.
C'est, dit-il, afin de m'aider
A recharger ce bois; tu ne tarderas guere.
Le trépas vient tout guérir;
Mais ne bougeons d'où nous sommes;
PLUTÔT SOUFFRIR QUE MOURIR,
C'est la devise des hommes.

(2) Travail que les paysans doivent à leur seigneur, comme une redevance.

XVII. *L'Homme entre deux âges, et ses deux Maîtresses.*

Un homme de moyen âge,
Et tirant sur le grison,
Jugea qu'il étoit saison
De songer au mariage.
Il avoit du comptant,
Et partant
De quoi choisir; toutes vouloient lui plaire;
En quoi notre amoureux ne se pressoit pas tant;
Bien adresser n'est pas petite affaire.
Deux veuves sur son cœur eurent le plus de part:
L'une encor verte, et l'autre un peu bien mûre;
Mais qui réparoit par son art
Ce qu'avoit détruit la nature.
Ces deux veuves en badinant,

En riant, en lui faisant fête,
L'alloient quelquefois testonnant (1),
C'est-à-dire, ajustant sa tête.
La vieille, à tout moment, de sa part emportoit
Un peu de poil noir qui restoit,
Afin que son amant en fût plus à sa guise.
La jeune saccageoit les poils blancs à son tour.
Toutes deux firent tant, que notre tête grise
Demeura sans cheveux, et se douta du tour.
Je vous rends, leur dit-il, mille graces, les belles,
Qui m'avez si bien tondu :
J'ai plus gagné que perdu,
Car d'hymen point de nouvelles.
Celle que je prendrois, voudroit qu'à sa façon
Je vécusse, et non à la mienne ;
Il n'est tête chauve qui tienne :
Je vous suis obligé, belles, de la leçon.

(1) Comme ce mot n'est plus d'usage aujourd'hui, La Fontaine s'est avisé fort à propos de nous l'expliquer lui-même. Il y a grande apparence qu'il l'avoit pris de Rabelais, qui dit, en parlant du soin que l'on prenoit de l'éducation de Gargantua, que chaque matin » il » étoit habillé, peigné, testonné, accoutré et parfumé, » durant lequel tems on lui répétoit les leçons du jour de » devant. « (Gargantua, liv. 1, ch. 23.) Rabelais se sert encore ailleurs du mot testonner dans le même sens.

XVIII. *Le Renard et la Cigogne.*

Compere le renard se mit un jour en frais,
Et retint à dîner commere la cigogne.
Le régal fut petit et sans beaucoup d'apprêts :
Le galant pour toute besogne,
Avoit un brouet clair ; il vivoit chichement.
Ce brouet fut par lui servi sur une assiette :
La cigogne au long bec n'en put attraper miette ;
Et le drôle eut lapé le tout en un moment.
Pour se venger de cette tromperie,
A quelque tems de-là, la cigogne le prie.
Volontiers, lui dit-il, car avec mes amis
Je ne fais point cérémonie.
A l'heure dite, il courut au logis
De la cigogne son hôtesse ;
Loua très-fort sa politesse,
Trouva le dîner cuit à point :
Bon appétit sur-tout ; renards n'en manquent point.
Il se réjouissoit à l'odeur de la viande
Mise en menus morceaux, et qu'il croyoit friande.
On servit, pour l'embarrasser,
En un vase à long col et d'étroite embouchure.
Le bec de la cigogne y pouvoit bien passer ;

Mais le museau du sire étoit d'autre mesure.
Il lui fallut à jeun retourner au logis,
Honteux comme un renard qu'une poule auroit pris,
Serrant la queue, et portant bas l'oreille.
Trompeurs, c'est pour vous que j'écris :
Attendez-vous à la pareille.

XIX. *L'Enfant et le Maître d'école.*

Dans ce récit je prétends faire voir
D'un certain sot la remontrance vaine.
Un jeune enfant dans l'eau se laissa choir,
En badinant sur les bords de la Seine.
Le ciel permit qu'un saule se trouva,
Dont le branchage, après Dieu, le sauva.
S'étant pris, dis-je, aux branches de ce saule,
Par cet endroit passe un maître d'école ;
L'enfant lui crie : Au secours ! je péris !
Le magister, se tournant à ces cris,
D'un ton fort grave, à contre-tems s'avise
De le taucer. Ah ! le petit babouin !
Voyez, dit-il, où l'a mis sa sottise !
Et puis prenez de tels fripons le soin !
Que les parens sont malheureux, qu'il faille
Toujours veiller à semblable canaille !

Qu'ils ont de maux ! et que je plains leur sort !
Ayant tout dit, il mit l'enfant à bord.
Je blâme ici plus de gens qu'on ne pense.
Tout babillard, tout censeur, tout pédant (1),
Se peut connoître au discours que j'avance.
Chacun des trois fait un peuple fort grand :
Le créateur en a béni l'engeance.
En toute affaire ils ne font que songer
    Au moyen d'exercer leur langue.
Hé ! mon ami ! tire-moi du danger ;
    Tu feras après ta harangue.

(1) C'est-à-dire, toute personne sujette à étaler avec affectation et mal-à-propos ses lectures, sa science, et même son éloquence. Cette définition une fois admise, bien des hommes et des femmes, qui se croient à couvert du vice de pédanterie, en sont visiblement infectés.

XX. *Le Coq et la Perle.*

Un jour un coq détourna
Une perle, qu'il donna
Au beau premier lapidaire.
Je la crois fine, dit-il ;
Mais le moindre grain de mil
Seroit bien mieux mon affaire.

Un ignorant hérita
D'un manuscrit, qu'il porta
Chez son voisin le libraire.
Je crois, dit-il, qu'il est bon;
Mais le moindre ducaton
Seroit bien mieux mon affaire.

XXI. *Les Frêlons et les Mouches à miel.*

A l'œuvre on connoît l'artisan.
Quelques rayons de miel sans maître se trouverent;
Des frêlons (1) les réclamerent.
Des abeilles s'opposant,
Devant certaine guêpe on traduisit la cause.
Il étoit mal-aisé de décider la chose:
Les témoins déposoient qu'au tour de ces rayons
Des animaux aîlés, bourdonnans, un peu longs,
De couleur fort tannée, et tels que les abeilles,
Avoient long-tems paru. Mais quoi! dans les frêlons
Ces enseignes étoient pareilles.
La guêpe, ne sachant que dire à ces raisons,

(1) Espece de mouches qui s'introduisent dans les ruches des abeilles pour en piller le miel, incapables elles-mêmes de composer un suc si délicat.

Fit enquête nouvelle, et pour plus de lumiere,
Entendit une fourmiliere.
Le point en put être éclairci.
De grace, à quoi bon tout ceci?
Dit une abeille fort prudente.
Depuis tantôt six mois que la cause est pendante,
Nous voici comme aux premiers jours.
Pendant cela le miel se gâte.
Il est tems désormais que le juge se hâte:
N'a-t-il point assez léché l'ours (2)?
Sans tant de contredits et d'interlocutoires,
Et de fatras, et de grimoires,
Travaillons, les frêlons et nous:
On verra qui sait faire, avec un suc si doux,
Des cellules si bien bâties.
Le refus des frêlons fit voir
Que cet art passoit leur savoir:
Et la guêpe adjugea le miel à leurs parties.
Plût à Dieu qu'on réglât ainsi tous les procès!
Que des Turcs en cela l'on suivît la méthode!
Le simple sens commun nous tiendroit lieu de code (3);
Il ne faudroit point tant de frais.
Au lieu qu'on nous mange, on nous gruge,
On nous mine par des longueurs:
On fait tant, à la fin, que l'huître est pour le juge,
Les écailles pour les plaideurs.

(2) Expression proverbiale, pour dire, sucé, exténué les parties, en prolongeant les procès.

(3) Recueil des lois destinées à l'éclaircissement et à la décision des procès; mais qui, par l'adresse des procureurs et des avocats, servent quelquefois à embrouiller l'esprit des juges, et toujours à prolonger les procès aux dépens des parties intéressées.

XXII. *Le Chêne et le Roseau.*

Le chêne un jour dit au roseau :
Vous avez bien sujet d'accuser la nature ;
Un roitelet (1) pour vous est un pesant fardeau ;
Le moindre vent qui d'aventure
Fait rider la face de l'eau
Vous oblige à baisser la tête :
Cependant que mon front, au Caucase (2) pareil,
Non content d'arrêter les rayons du soleil,
Brave l'effort de la tempête.
Tout vous est aquilon ; tout me semble zéphir.
Encor, si vous naissiez à l'abri du feuillage,
Dont je couvre le voisinage,
Vous n'auriez pas tant à souffrir ;
Je vous défendrois de l'orage :
Mais vous naissez le plus souvent

(1) Fort petit oiseau. Qui voudra savoir pourquoi cet oiseau a été appelé roitelet, c'est-à-dire, petit roi, n'a qu'à consulter Plutarque dans son traité intitulé : *Instruction pour ceux qui manient affaires d'état*, chap. 7, de la traduction d'Amyot.

(2) Haute montagne en Asie.

Sur les humides bords des royaumes du vent (3).
La nature envers vous me semble bien injuste.
Votre compassion, lui répondit l'arbuste,
Part d'un bon naturel : mais quittez ce souci ;
Les vents me sont moins qu'à vous redoutables :
Je plie et ne romps pas. Vous avez jusqu'ici
Contre leurs coups épouvantables
Résisté sans courber le dos ;
Mais attendons la fin. Comme il disoit ces mots,
Du bout de l'horison accourt avec furie
Le plus terrible des enfans
Que le nord eût portés jusques-là dans ses flancs,
L'arbre tient bon ; le roseau plie.
Le vent redouble ses efforts,
Et fait si bien qu'il déracine
Celui de qui la tête au ciel étoit voisine (4),
Et dont les pieds touchoient à l'empire des morts (5).

(3) Comme les joncs croissent sur les bords des rivieres et des étangs, ils sont sans cesse agités par les vents qui regnent dans ces endroits-là.

(4) Imité de Virgile, qui dit, en parlant du chêne :

. . . . *Quæ quantùm vertice ad auras*
Æthereas, tantùm radice in tartara tendit.
Georg. l. II. v. 291, 292.

(5) Expression poétique, pour dire, et dont les racines pénétroient fort avant dans la terre.

FIN DU PREMIER LIVRE.

LIVRE SECOND.

I. *Contre ceux qui ont le goût difficile.*

Quand j'aurois en naissant reçu de Calliope
Les dons qu'à ses amans cette muse a promis,
Je les consacrerois aux mensonges d'Esope.
Le mensonge et les vers de tous tems sont amis.
Mais je ne me crois pas si chéri du Parnasse,
Que de savoir orner toutes ces fictions.
On peut donner du lustre à leurs inventions :
On le peut, je l'essaie ; un plus savant le fasse.
Cependant jusqu'ici d'un langage nouveau
J'ai fait parler le loup et répondre l'agneau.
J'ai passé plus avant ; les arbres et les plantes
Sont devenus chez moi créatures parlantes.
Qui ne prendroit ceci pour un enchantement ?
Vraiment, me diront nos critiques,
Vous parlez magnifiquement
De cinq ou six contes d'enfant.
Censeurs, en voulez-vous qui soient plus authentiques

Et d'un style plus haut ? En voici. Les Troyens,
Après dix ans de guerre autour de leurs murailles,
Avoient lassé les Grecs, qui, par mille moyens,
Par mille assauts, par cent batailles,
N'avoient pu mettre à bout cette fiere cité;
Quand un cheval de bois, par Minerve inventé,
D'un rare et nouvel artifice,
Dans ses énormes flancs reçut le sage Ulysse,
Le vaillant Diomede, Ajax (1) l'impétueux,
Que ce colosse monstrueux
Avec leurs escadrons devoit porter dans Troie,
Livrant à leur fureur ses dieux mêmes en proie;
Stratagême inoui, qui des fabricateurs
Paya la constance et la peine.....
C'est assez, me dira quelqu'un de nos auteurs:
La période est longue, il faut reprendre haleine.
Et puis, votre cheval de bois,
Vos héros avec leurs phalanges,
Ce sont des contes plus étranges
Qu'un renard qui cajole un corbeau sur sa voix.
De plus, il vous sied mal d'écrire en si haut style.
Et bien baissons d'un ton. La jalouse Amaryllé
Songeoit à son Alcippe, et croyoit de ses soins
N'avoir que ses moutons et son chien pour témoins:
Tircis, qui l'apperçut, se glisse entre des saules:
Il entend la bergere adressant ces paroles
Au doux zéphir, et le priant
De les porter à son amant...
Je vous arrête à cette rime,
Dira mon censeur à l'instant;
Je ne la tiens pas légitime,
Ni d'une assez grande vertu.
Remettez, pour le mieux, ces deux vers à la fonte.
Maudit censeur! te tairas-tu?
Ne saurois-je achever mon conte?
C'est un dessein très-dangereux

(1) Princes, héros grecs.

Que d'entreprendre de te plaire.
Les délicats sont malheureux ;
Rien ne sauroit les satisfaire.

II. Conseil tenu par les Rats.

Un chat nommé Rodilardus,
Faisoit des rats telle déconfiture,
Que l'on n'en voyoit presque plus,
Tant il en avoit mis dedans la sépulture.
Le peu qu'il en restoit, n'osant quitter son trou,
Ne trouvoit à manger que le quart de son soû ;
Et Rodilard passoit, chez la gent misérable,
Non pour un chat, mais pour un diable.
Or, un jour qu'au haut et au loin
Le galant alla chercher femme,
Pendant tout le sabat qu'il fit avec sa dame,
Le demeurant des rats tint chapitre en un coin
Sur la nécessité présente.
Dès l'abord, leur doyen, personne fort prudente,
Opina qu'il falloit, et plutôt que plus tard,
Attacher un grelot au cou de Rodilard ;
Qu'ainsi, quand il iroit en guerre,
De sa marche avertis ils s'enfuiroient sous terre :

Qu'il n'y savoit que ce moyen.
Chacun fut de l'avis de monsieur le doyen :
Chose ne leur parut à tous plus salutaire.
La difficulté fut d'attacher le grelot.
L'un dit : Je n'y vas point, je ne suis pas si sot.
L'autre : Je ne saurois. Si bien que sans rien faire
On se quitta. J'ai maints chapitres vus,
Qui pour néant se sont ainsi tenus ;
Chapitres, non de rats, mais chapitres de moines,
Voire (1) chapitres de chanoines.
Ne faut-il que délibérer ?
La cour en conseillers foisonne ;
Est-il besoin d'exécuter ?
L'on ne rencontre plus personne.

(1) Voire est un vieux mot, mais si bien placé dans cet endroit, que les dames qui lisent cette fable ne s'apperçoivent pas de son ancienneté. D'où je suis tenté de conclure qu'on pourroit employer avec succès bien des mots surannés, qu'on a laissé perdre sans en mettre d'autres à la place, et qui, employés à propos, plairoient comme dans La Fontaine ; ce qu'on ne peut pas dire de cette foule de mots nouveaux qu'on substitue tous les jours à d'autres très-usités, qui par-là sont en danger de se perdre.

III. *Le Loup plaidant contre le Renard, par devant le Singe.*

Un loup disoit que l'on l'avoit volé :
Un renard, son voisin, d'assez mauvaise vie,
Pour ce prétendu vol, par lui fut appelé.
Devant le singe il fut plaidé,
Non point par avocats, mais par chaque partie.
Thémis n'avoit point travaillé,
De mémoire de singe, à fait plus embrouillé.
Le magistrat suoit en son lit de justice.
Après qu'on eut bien contesté,
Répliqué, crié, tempêté,
Le juge instruit de leur malice,

Leur dit : Je vous connois de long-tems, mes amis;
Et tous deux vous paîrez l'amende :
Car toi, loup, tu te plains, quoiqu'on ne t'ait rien
pris ;
Et toi, renard, as pris ce que l'on te demande (1).
Le juge prétendoit qu'à tort et à travers,
On ne sauroit manquer, condamnant un pervers.

(1) Quelques personnes de bon sens ont cru que l'impossibilité et la contradiction qui est dans le jugement de ce singe étoit une chose à censurer ; mais je ne m'en suis servi qu'après Phedre. C'est en cela que consiste le bon mot, selon mon avis. (*Note de La Fontaine.*)

IV. *Les deux Taureaux et la Grenouille.*

Deux taureaux combattoient à qui posséderoit
Une génisse avec l'empire.
Une grenouille en soupiroit.
Qu'avez-vous ? se mit à lui dire
Quelqu'un du peuple croassant.
Eh ! ne voyez-vous pas, dit-elle,
Que la fin de cette querelle
Sera l'exil de l'un ; que l'autre le chassant,
Le fera renoncer aux campagnes fleuries ?

Il ne régnera plus sur l'herbe des prairies,
Viendra dans nos marais régner sur les roseaux ;
Et, nous foulant aux pieds jusques au fond des eaux,
Tantôt l'une, et puis l'autre, il faudra qu'on pâtisse
Du combat qu'a causé madame la génisse.
Cette crainte étoit de bon sens.
L'un des taureaux en leur demeure
S'alla cacher, à leurs dépens :
Il en écrasoit vingt par heure.
Hélas ! on voit que de tout tems
Les petits ont pâti des sottises des grands (1).

(1) Ce qui revient à ce que dit Horace à l'occasion de la guerre de Troie.
Quidquid delirant reges, plectuntur Achivi.

V. *La Chauve-Souris et les deux Belettes.*

Une chauve-souris donna tête baissée
Dans un nid de belette : et, sitôt qu'elle y fut,
L'autre, envers les souris de long-tems courroucée,
Pour la dévorer accourut.
Quoi, vous osez, dit-elle, à mes yeux vous produire,
Après que votre race a tâché de me nuire !

N'êtes-vous pas souris ? Parlez sans fiction.
Oui, vous l'êtes ; ou bien je ne suis pas belette.
Pardounez-moi, dit la pauvrette,
Ce n'est pas ma profession.
Moi, souris! des méchans vous ont dit ces nouvelles.
Grace à l'auteur de l'univers,
Je suis oiseau : voyez mes aîles ;
Vive la gent qui fent les airs !
Sa raison plut et sembla bonne.
Elle fait si bien qu'on lui donne
Liberté de se retirer.
Deux jours après, notre étourdie
Aveuglément se va fourrer
Chez une autre belette, aux oiseaux ennemie.
La voilà derechef en danger de sa vie.
La dame du logis avec son long museau,
S'en alloit la croquer en qualité d'oiseau ;
Quand elle protesta qu'on lui faisoit outrage :
Moi, pour telle passer ! vous n'y regardez pas.
Qui fait l'oiseau ? c'est le plumage.
Je suis souris ; vivent les rats !
Jupiter confonde les chats !
Par cette adroite repartie
Elle sauva deux fois sa vie.

Plusieurs se sont trouvés qui, d'écharpe changeans (1),
Aux dangers, ainsi qu'elle, ont souvent fait la figue.
Le sage dit : Selon les gens,
Vive le roi, vive la ligue !

(1) Paroissant tantôt d'un parti et tantôt d'un autre. C'est une chose ordinaire que les partis se distinguent les uns des autres par des écharpes de différentes couleurs.

VI. *L'Oiseau blessé d'une flèche.*

Mortellement atteint d'une flèche empennée (1),
Un oiseau déploroit sa triste destinée,
Et disoit, en souffrant un surcroît de douleur :
Faut-il contribuer à son propre malheur !
Cruels humains ! vous tirez de nos aîles
De quoi faire voler ces machines mortelles !
Mais ne vous moquez point, engeance sans pitié:
Souvent il vous arrive un sort comme le nôtre.
Des enfans de Japet (2) toujours une moitié
Fournira des armes à l'autre.

(1) Munie de plumes, qui contribuent à la direction et à la rapidité de son vol.

(2) Si, selon la fable, les hommes sont enfans de Japet, on ne voit pas trop bien comment elle a pu attribuer la formation de l'homme à Prométhée, fils de Japet. Mais il seroit ridicule de s'arrêter ici à démêler cette fusée.

VII. *La Lice et sa Compagne.*

Une lice (1) étant sur son terme,
Et ne sachant où mettre un fardeau si pressant,
Fait si bien qu'à la fin sa compagne consent
De lui prêter sa hutte, ou la lice s'enferme.
Au bout de quelque tems sa compagne revient.
La lice lui demande encore une quinzaine :
Ses petits ne marchoient, dit-elle, qu'à peine.
Pour faire court, elle l'obtient.
Ce second terme échu l'autre lui redemande
Sa maison, sa chambre, son lit.
La lice cette fois montre les dents, et dit :
Je suis prête à sortir avec toute ma bande,
Si vous pouvez nous mettre hors.
Ses enfans étoient déjà forts.
Ce qu'on donne aux méchans toujours on le regrette.
Pour tirer d'eux ce qu'on leur prête,
Il faut que l'on en vienne aux coups ;
Il faut plaider, il faut combattre.
Laissez-vous prendre un pied chez vous,
Ils en auront bientôt pris quatre.

(1) Une grosse chienne.

VIII.

VIII. *L'Aigle et l'Escarbot.*

L'aigle donnoit la chasse à maître Jean lapin,
Qui droit à son terrier s'enfuyoit au plus vîte.
Le trou de l'escarbot (1) se rencontre en chemin;
Je laisse à penser si ce gîte
Étoit sûr; mais où mieux? Jean lapin s'y blottit.
L'aigle fondant sur lui nonobstant cet asyle,
L'escarbot intercede, et dit:
Princesse des oiseaux, il vous est fort facile
D'enlever malgré moi ce pauvre malheureux:
Mais ne me faites pas cet affront, je vous prie:
Et puisque Jean lapin vous demande la vie,
Donnez-la-lui, de grace, ou l'ôtez à tous d'eux;
C'est mon voisin, c'est mon compere.
L'oiseau de Jupiter sans répondre un seul mot,
Choque de l'aîle l'escarbot,
L'étourdit, l'oblige à se taire,
Enleve Jean lapin. L'escarbot indigné
Vole au nid de l'oiseau, fracasse en son absence
Ses œufs, ses tendres œufs, sa plus douce espérance:
Pas un seul ne fut épargné.

(1) Espece d'insecte.

L'aigle étant de retour, et voyant ce ménage,
Remplit le ciel de cris ; et, pour comble de rage,
Ne sait sur qui venger le tort qu'elle a souffert.
Elle gémit en vain ; sa plainte au vent se perd.
Il fallut pour cet an vivre en mere affligée.
L'an suivant, elle mit son nid en lieu plus haut.
L'escarbot prend son tems, fait faire aux œufs le saut :
La mort de Jean lapin derechef est vengée.
Ce second deuil fut tel, que l'écho de ces bois
N'en dormit de plus de six mois.
L'oiseau qui porte Ganymede (2)
Du monarque des dieux enfin implore l'aide,
Dépose en son giron ses œufs, et croit qu'en paix
Ils seront dans ce lieu ; que pour ses intérêts
Jupiter se verra contraint de les défendre :
Hardi qui les iroit là prendre,
Aussi ne les y prit-on pas.
Leur ennemi changea de note,
Sur la robe du dieu fit tomber une crotte :
Le dieu la secouant jeta les œufs à bas.
Quand l'aigle sut l'inadvertence,
Elle menaça Jupiter
D'abandonner sa cour, d'aller vivre au désert,
De quitter toute dépendance ;
Avec mainte autre extravagance.
Le pauvre Jupiter se tut.
Devant son tribunal l'escarbot comparut,
Fit sa plainte, et conta l'affaire.
On fit entendre à l'aigle, enfin, qu'elle avoit tort.
Mais les deux ennemis ne voulant point d'accord,
Le monarque des dieux s'avisa pour bien faire,
De transporter le tems où l'aigle fait l'amour
En une autre saison, quand la race escarbotte
Est en quartier d'hiver, et comme la marmotte,
Se cache et ne voit point le jour.

(2) Bel enfant, aimé de Jupiter qui l'enleva sur son aigle.

IX. *Le Lion et le Moucheron.*

Va-t-en, chétif insecte, excrément de la terre !
C'est en ces mots que le lion
Parloit un jour au moucheron.
L'autre lui déclara la guerre :
Penses-tu, lui dit-il, que ton titre de roi
Me fasse peur ni me soucie ?
Un bœuf est plus puissant que toi ;
Je le mene à ma fantaisie.
A peine il achevoit ces mots,
Que lui-même il sonna la charge,
Fut le trompette et le héros.
Dans l'abord il se met au large,
Puis prend son tems, fond sur le cou
Du lion qu'il rend presque fou.
Le quadrupede écume, et son œil étincelle,
Il rugit. On se cache, on tremble à l'environ :
Et cette alarme universelle
Est l'ouvrage d'un moucheron.
Un avorton de mouche en cent lieux le harcelle ;
Tantôt pique l'échine, et tantôt le museau ;
Tantôt entre au fond du naseau.

La rage alors se trouve à son faîte montée.
L'invisible ennemi triomphe et rit de voir
Qu'il n'est ni griffe ni dent en la bête irritée
Qui de la mettre en sang ne fasse son devoir.
Le malheureux lion se déchire lui-même,
Fait résonner sa queue à l'entour de ses flancs,
Bat l'air, qui n'en peut mais ; et sa fureur extrême
Le fatigue, l'abat : le voilà sur les dents.
L'insecte du combat se retire avec gloire :
Comme il sonna la charge, il sonne la victoire,
Va par-tout l'annoncer, et rencontre en chemin
L'embuscade d'une araignée :
Il y rencontre aussi sa fin.
Quelle chose par là nous peut être enseignée ?
J'en vois deux, dont l'une est qu'entre nos ennemis
Les plus à craindre sont souvent les plus petits ;
L'autre, qu'aux grands périls tel a pu se soustraire,
Qui périt pour la moindre affaire.

X. *L'Ane chargé d'éponges, et l'Ane chargé de sel.*

Un ânier, son sceptre à la main,
Menoit, en empereur romain,

Deux coursiers (1) à longues oreilles.
L'un d'éponges chargé, marchoit comme un courier :
Et l'autre, se faisant prier,
Portoit, comme on dit, les bouteilles (2) :
Sa charge étoit de sel. Nos gaillards pélerins,
Par monts, par vaux et par chemins,
Au gué d'une riviere à la fin arriverent,
Et fort empêchés se trouverent.
L'ânier, qui tous les jours traversoit ce gué-là,
Sur l'âne à l'éponge monta,
Chassant devant lui l'autre bête,
Qui, voulant en faire à sa tête,
Dans un trou se précipita,
Revint sur l'eau, puis échappa :
Car au bout de quelques nagées
Tout son sel se fondit si bien,
Que le baudet ne sentit rien
Sur ses épaules soulagées.
Camarade épongier prit exemple sur lui,
Comme un mouton qui va dessus la foi d'autrui.
Voilà mon âne à l'eau; jusqu'au col il se plonge,
Lui, le conducteur et l'éponge.
Tous trois burent d'autant : l'ânier et le grison
Firent à l'éponge raison (3).
Celle-ci devint si pesante,
Et de tant d'eau s'emplit d'abord,
Que l'âne succombant ne put gagner le bord.
L'ânier l'embrassoit, dans l'attente
D'une prompte et certaine mort.
Quelqu'un vint au secours : qui ce fut, il n'importe ;
C'est assez qu'on ai vu par-là qu'il ne faut point
Agir chacun de même sorte.
J'en voulois venir à ce point.

(1) On donne le nom de coursier à de beaux et bons chevaux ; ici ce sont deux ânes, dont les oreilles sont à proportion beaucoup plus longues que celles des chevaux.

(2) Marchoit lentement, comme s'il eût porté des bouteilles.

(3) Se remplirent d'eau comme l'éponge.

XI. *Le Lion et le Rat.*

Il faut, autant qu'on peut, obliger tout le monde;
On a souvent besoin d'un plus petit que soi.
De cette vérité deux fables feront foi,
Tant la chose, en preuves, abonde.
Entre les pattes d'un lion,
Un rat sortit de terre assez à l'étourdie.
Le roi des animaux, en cette occasion,
Montra ce qu'il étoit, et lui donna la vie.
Ce bienfait ne fut pas perdu.
Quelqu'un auroit-il jamais cru,
Qu'un lion d'un rat eût affaire?
Cependant il avint qu'au sortir des forêts,
Ce lion fut pris dans des rêts,
Dont ses rugissemens ne le purent défaire.
Sire rat accourut, et fit tant par ses dents,
Qu'une maille rongée emporta tout l'ouvrage.
Patience et longueur de tems
Font plus que force ni que rage.

XII. *La Colombe et la Fourmi.*

L'autre exemple est tiré d'animaux plus petits.
Le long d'un clair ruisseau buvoit une colombe,
Quand sur l'eau se penchant une fourmi y tombe;
Et dans cet océan (1) l'on eût vu la fourmi
S'efforcer, mais en vain, de regagner la rive.
La colombe aussitôt usa de charité :
Un brin d'herbe dans l'eau, par elle étant jeté,
Ce fut un promontoire (2) où la fourmi arrive.
Elle se sauve; et là-dessus
Passe un certain croquant (3) qui marchoit les pieds nuds :
Ce croquant, par hasard, avoit une arbalête.
Dès qu'il voit l'oiseau de Vénus,
Il le croit en son pot, et déjà lui fait fête.
Tandis qu'à le tuer mon villageois s'apprête,
La fourmi le pique au talon :

(1) La grande mer, par rapport à la fourmi.
(2) Pointe de terre ou de roche qui avance dans la mer.
(3) Un paysan. En 1637, sous Louis XIII, il se fit un soulevement de quelques communes dans le Périgord et la Saintonge, qui, sous prétexte de liberté, ne vouloient plus payer de subsides, et se nommoient croquans. De-là ce nom a été employé pour désigner en général un pauvre paysan, un villageois.

Le vilain (4) retourne la tête.
La colombe l'entend, part et tire de long.
Le souper du croquant, avec elle s'envole :
Point de pigeon pour une obole.

(4) Mot ancien, qui signifie un paysan. De VILLA, maison de campagne, a été formé VILLANUS, qui n'est que de la basse latinité.

XIII. *L'Astrologue qui se laisse tomber dans un puits.*

Un astrologue un jour se laissa choir
Au fond d'un puits. On lui dit pauvre bête,
Tandis qu'à peine à tes pieds tu peux voir,
Penses-tu lire au-dessus de ta tête ?
Cette aventure en soi, sans aller plus avant,
Peut servir de leçon à la plupart des hommes.
Parmi ce que de gens sur la terre nous sommes,
Il en est peu qui fort souvent
Ne se plaisent d'entendre dire
Qu'au livre du destin les mortels peuvent lire.
Mais ce livre, qu'Homere et les siens ont chanté,
Qu'est-ce, que le hasard parmi l'antiquité,
Et parmi nous la providence ?
Or du hasard il n'est point de science :
S'il en étoit, on auroit tort

De l'appeler hasard, ni fortune, ni sort;
Toutes choses très-incertaines.
Quand aux volontés souveraines
De celui qui fait tout, et rien qu'avec dessein,
Qui les sait, que lui seul? Comment lire en son sein?
Auroit-il imprimé sur le front des étoiles
Ce que la nuit des tems enferme dans ses voiles?
A quelle utilité? Pour exercer l'esprit
De ceux qui de la sphere et du globe ont écrit?
Pour nous faire éviter des maux inévitables?
Nous rendre, dans les biens, des plaisirs incapables?
Et, causant du dégoût pour ces biens prévenus (1),
Les convertir en maux devant qu'ils soient venus?
C'est erreur; ou plutôt c'est crime de le croire.
Le firmament se meut, les astres font leur cours,
Le soleil nous luit tous les jours,
Tous les jours sa clarté succede à l'ombre noire,
Sans que nous en puissions autre chose inférer
Que la nécessité de luire et d'éclairer,
D'amener les saisons, de mûrir les semences,
De verser sur les corps certaines influences.
Du reste, en quoi répond au sort toujours divers
Ce train toujours égal dont marche l'univers?
Charlatans, faiseurs d'horoscope,
Quittez les cours des princes de l'Europe:
Emmenez avec vous les souffleurs (2) tout d'un tems;
Vous ne méritez pas plus de foi que ces gens.
Je m'emporte un peut trop: revenons à l'histoire
De ce spéculateur qui fut contraint de boire.
Outre la vanité de son art mensonger,
C'est l'image de ceux qui bâillent aux chimeres,
Cependant qu'ils sont en danger,
Soit pour eux, soit pour leurs affaires.

(1) Anticipés par notre imagination.

(2) Les chimistes qui s'amusent à chercher la pierre philosophale, c'est-à-dire, le moyen de convertir les métaux communs en or.

XIV. *Le Lievre et les Grenouilles.*

Un lievre en son gîte songeoit,
(Car que faire en un gîte, à moins que l'on ne songe)?
Dans un profond ennui ce lievre se plongeoit :
Cet animal est triste, et la crainte le ronge.
Les gens de naturel peureux
Sont, disoit-il, bien malheureux !
Ils ne sauroient manger morceaux qui leur profite;
Jamais un plaisir pur; toujours assauts divers.
Voilà comme je vis : cette crainte maudite
M'empêche de dormir sinon les yeux ouverts.
Corrigez-vous, dira quelque sage cervelle.
Eh ! la peur se corrige-t-elle ?
Je crois même qu'en bonne foi
Les hommes ont peur comme moi.
Ainsi raisonnoit notre lievre,
Et cependant faisoit le guet,
Il étoit douteux, inquiet;
Un souffle, une ombre, un rien, tout lui donnoit la
fievre.
Le mélancolique animal,
En rêvant à cette matiere,

Entend un léger bruit : ce lui fut un signal
Pour s'enfuir devers sa taniere.
Il s'en alla passer sur le bord d'un étang.
Grenouilles aussitôt de sauter dans les ondes ;
Grenouilles de rentrer en leurs grottes profondes.
Oh ! dit-il, j'en fais faire autant
Qu'on m'en fait faire ! Ma présence
Effraie aussi les gens ! Je mets l'alarme au camp !
Et d'où me vient cette vaillance ?
Comment ! des animaux qui tremblent devant moi !
Je suis donc un foudre de guerre !
Il n'est, je le vois bien, si poltron sur la terre,
Qui ne puisse trouver un plus poltron que soi.

XV. *Le Coq et le Renard.*

Sur la branche d'un arbre étoit en sentinelle
Un vieux coq adroit et matois.
Frere, dit un renard adoucissant sa voix,
Nous ne sommes plus en querelle :
Paix générale cette fois.
Je viens te l'annoncer ; descends, que je t'embrasse.
Ne me retarde point, de grace ;
Je dois faire aujourd'hui vingt postes sans manquer :

Les tiens et toi pouvez vacquer,
Sans nulle crainte, à vos affaires,
Nous vous y servirons en freres.
Faites-en les feux dès ce soir;
Et cependant viens recevoir
Le baiser d'amour fraternelle.
Ami, reprit le coq, je ne pouvois jamais,
Apprendre une plus douce et meilleure nouvelle,
Que celle
De cette paix :
Et ce m'est une double joie
De la tenir de toi. Je vois deux lévriers,
Qui, je m'assure, sont couriers
Que pour ce sujet on envoie :
Ils vont vîte, et seront dans un moment à nous.
Je descends : nous pourrons nous entrebaiser tous.
Adieu, dit le renard, ma traite est longue à faire:
Nous nous réjouirons du succès de l'affaire
Un autre fois. Le galant aussitôt
Tire ses gregues (1), gagne au haut,
Mal content de son stratagême.
Et notre vieux coq en soi-même
Se mit à rire de sa peur;
Car c'est double plaisir de tromper le trompeur.

(1) Vieux mot, pour dire tirer ses chausses, s'enfuir. Ménage souçonne que gregue vient de GRÆCA, comme qui diroit culotte à la grecque.

XVI. *Le Corbeau voulant imiter l'Aigle.*

L'oiseau de Jupiter enlevant un mouton,
Un corbeau, témoin de l'affaire,
Et plus foible de reins, mais non pas moins glouton,
En voulut sur l'heure autant faire.
Il tourne à l'entour du troupeau,
Marque entre cent moutons le plus gras, le plus beau,
Un vrai mouton de sacrifice :

On

On l'avoit réservé pour la bouche des dieux.
Gaillard corbeau, disoit, en le couvrant des yeux:
Je ne sais qui fut ta nourrice,
Mais ton corps me paroît en merveilleux état;
Tu me serviras de pâture.
Sur l'animal bêlant, à ces mots, il s'abat.
La moutonniere créature
Pesoit plus qu'un fromage; outre que sa toison
Etoit d'une épaisseur extrême,
Et mêlée à-peu-près de la même façon
Que la barbe de Polyphême (1).
Elle empêtra si bien les serres du corbeau,
Que le pauvre animal ne put faire retraite:
Le berger vient, le prend, l'encage bien et beau,
Le donne à ses enfans pour servir d'amusette.
Il faut se mesurer; la conséquence est nette:
Mal prend aux volereaux de faire les voleurs.
L'exemple est un dangereux leurre:
Tous les mangeurs de gens ne sont pas grands seigneurs;
Où la guêpe a passé, le moucheron demeure.

(1) Un Cyclope.

XVII. *Le Paon se plaignant à Junon.*

Le paon se plaignoit à Junon:
Déesse, dit-il, ce n'est pas sans raison
Que je me plains, que je murmure;
Le chant (1) dont vous m'avez fait don
Déplaît à toute la nature;
Au lieu qu'un rossignol, chétive créature,
Forme des sons aussi doux qu'éclatans,
Est lui seul l'honneur du printems.
Junon répondit en colere:
Oiseau jaloux, et qui devrois te taire,
Est-ce à toi d'envier la voix du rossignol,
Toi que l'on voit porter à l'entour de ton col
Un arc-en-ciel nué de cent sortes de soies,
Qui te panades, qui déploies
Une si riche queue et qui semble à nos yeux
La boutique d'un lapidaire?
Est-il quelque oiseau sous les cieux
Plus que toi capable de plaire?
Tout animal n'a pas toutes propriétés.
Nous vous avons donné diverses qualités:

(1) Le chant du paon n'a rien d'agréable; c'est plutôt un miaulement qu'un chant.

Les uns ont la grandeur et la force en partage,
Le faucon est léger, l'aigle plein de courage,
Le corbeau sert pour le présage,
La corneille avertit des malheurs à venir.
Tous sont contens de leur ramage.
Cesse donc de te plaindre; ou bien, pour te punir,
Je t'ôterai ton plumage.

XVIII. *La Chatte métamorphosée en Femme.*

Un homme chérissoit éperdument sa chatte;
Il la trouvoit mignonne, et belle, et délicate,
Qui miauloit d'un ton fort doux:
Il étoit plus fou que les fous.
Cet homme donc, par prieres, par larmes,
Par sortileges et par charmes,
Fait tant, qu'il obtient du destin
Que sa chatte, en un beau matin,
Devient femme; et, le matin même,
Maître sot en fait sa moitié.
Le voilà fou d'amour extrême,
De fou qu'il étoit d'amitié.
Jamais la dame la plus belle
Ne charma tant son favori,
Que fait cette épouse nouvelle

Son hypocondre de mari.
Il l'amadoue ; elle le flatte :
Il n'y trouve plus rien de chatte :
Et, poussant l'erreur jusqu'au bout,
La croit femme en tout et par-tout :
Lorsque quelques souris qui rongeoient de la natte,
Troublerent le plaisir des nouveaux mariés.
Aussitôt la femme est sur pieds.
Elle manqua son aventure.
Souris de revenir, femme d'être en posture :
Pour cette fois, elle accourut à point ;
Car ayant changé de figure,
Les souris ne la craignoient point.
Ce lui fut toujours une amorce :
Tant le naturel a de force !
Il se moque de tout ; certain âge accompli,
Le vase est imbibé, l'étoffe a pris son pli (1).
En vain de son train ordinaire
On le veut désaccoutumer :
Quelque chose qu'on puisse faire,
On ne sauroit le réformer.
Coups de fourches ni d'étrivieres
Ne lui font changer de manieres ;
Et, fuissiez-vous embâtonnés,
Jamais vous n'en serez les maîtres.
Qu'on lui ferme la porte au nez,
Il reviendra par les fenêtres.

(1) Tout ce que nous dit ici La Fontaine, Horace l'a renfermé plus heureusement, à mon avis, dans ce vers

Naturam expellas furcâ, tamen usque recurret.
Epist. X, *lib.* 1.

Je ne saurois m'empêcher d'ajouter, sans décider pourtant, que La Fontaine auroit beaucoup mieux fait de terminer sa fable par ces deux vers :

Il se moque de tout : certain âge accompli,
Le vase est imbibé, l'étoffe a pris son pli ;

car le reste n'est qu'une foible répétition de la même pensée, où je crois que La Fontaine s'est engagé par l'envie d'imiter Horace.

XIX. *Le Lion et l'Ane chassant.*

Le roi des animaux se mit un jour en tête
De giboyer. Il célébroit sa fête.
Le gibier du lion, ce ne sont pas moineaux.
Mais beau et bons sangliers, daims et cerfs bons et beaux.
Pour réussir dans cette affaire,
Il se servit du ministere
De l'âne, à la voix de Stentor (1).
L'âne à messer lion fit office de cor.
Le lion le posta, le couvrit de ramée,
Lui commenda de braire, assuré qu'à ce son
Les moins intimidés fuiroient de leur maison.
Leur troupe n'étoit pas encore accoutumée
A la tempête de sa voix;
L'air en retentissoit d'un bruit épouvantable:
La frayeur saisissoit les hôtes de ces bois;
Tous fuyoient, tous tomboient au piege inévitable
Où les attendoit le lion.
N'ai-je pas bien servi dans cette occasion?
Dit l'âne en se donnant tout l'honneur de la chasse.

(1) Un Grec, qui, selon Homere, avoit la voix fort supérieure à celle des autres hommes.

Oui, reprit le lion, c'est bravement crier:
Si je ne connoissois ta personne et ta race,
J'en serois moi-même effrayé.
L'âne, s'il eût osé, se fût mis en colere,
Encor qu'on le raillât avec juste raison.
Car qui pourroit souffrir un âne fanfaron?
Ce n'est pas là leur caractere.

XX. *Testament expliqué par Esope.*

Si ce qu'on dit d'Esope est vrai,
C'étoit l'oracle de la Grece:
Lui seul avoit plus de sagesse
Que tout l'aréopage. En voici pour essai
Une histoire des plus gentilles,
Et qui pourra plaire au lecteur.
Un certain homme avoit trois filles,
Toutes trois de contraire humeur.
Une buveuse, une coquette,
La troisieme, avare parfaite.
Cet homme, par son testament,
Selon les lois municipales,
Leur laissa tout son bien par portions égales,
En donnant à leur mere tant,

Payable quand chacune d'elles
Ne posséderoit plus sa contingente part.
Le pere mort, les trois femelles
Courent au testament, sans attendre plus tard.
On le lit ; on tâche d'entendre
La volonté du testateur ;
Mais en vain : car comment comprendre
Qu'aussitôt que chacune sœur
Ne possédera plus sa part héréditaire,
Il lui faudra payer sa mere ?
Ce n'est pas un fort bon moyen
Pour payer, que d'être sans bien.
Que vouloit donc dire le pere ?
L'affaire est consultée ; et tous les avocats,
Après avoir tourné le cas
En cent et cent mille manieres,
Y jettent leur bonnet (1), se confessent vaincus,
Et conseillent aux héritieres
De partager le bien sans songer au surplus.
Quant à la somme de la veuve,
Voici, leur dirent-ils, ce que le conseil treuve :
Il faut que chaque sœur se charge par traité
Du tiers, payable à volonté ;
Si mieux n'aime la mere en créer une rente,
Dès le décès du mort courante.
La chose ainsi réglée, on composa trois lots :
En l'un, les maisons de bouteille,
Les buffets dressés sous la treille,
La vaisselle d'argent, les cuvettes, les brocs,
Les magasins de malvoisie (2),
Les esclaves de bouche, et, pour dire en deux mots,
L'attirail de la goinfrerie ;
Dans un autre, celui de la coquetterie,
La maison de la ville, et les meubles exquis,

(1) Expression figurée, pour dire qu'ils se déclarent incapables d'expliquer le testament.

(2) Vin grec, fort doux. Ici malvoisie se prend pour toute sorte de bon vin.

Les eunuques et les coiffeuses,
Et les brodeuses,
Les joyaux, les robes de prix :
Dans le troisieme lot, les fermes, le ménage,
Les troupeaux et le pâturage,
Valets et bêtes de labeur.
Ces lots faits, on jugea que le sort pourroit faire
Que peut-être pas une sœur
N'auroit ce qui lui pourroit plaire.
Ainsi chacune prit son inclination,
Le tout à l'estimation.
Ce fut dans la ville d'Athenes
Que cette rencontre arriva.
Petits et grands, tout approuva
Le partage et le choix. Esope seul trouva
Qu'après bien du tems et des peines
Les gens avoient prix justement
Le contre-pied du testament.
Si le défunt vivoit, disoit-il, que l'Attique (3)
Auroit de reproches de lui !
Comment ! ce peuple, qui se pique
D'être le plus subtil des peuples d'aujourd'hui,
A si mal entendu la volonté suprême
D'un testateur ! ayant ainsi parlé,
Il fait le partage lui-même,
Donne à chaque sœur un lot contre son gré ;
Rien qui pût être convenable :
Partant rien aux sœurs d'agréable :
A la coquette, l'attirail
Qui suit les personnes buveuses ;
La biberonne eut le bétail ;
La ménagere eut les coiffeuses.
Tel fut l'avis du Phrygien (4) ;
Alléguant qu'il n'étoit moyen
Plus sûr pour obliger ces filles

(3) Cette partie de la Grece dont Athenes étoit la capitale.

(4) Esope né en Phrygie.

A se défaire de leur bien ;
Qu'elles se marîroient dans les bonnes familles
Quand on leur verroit de l'argent ;
Païroient leur mere tout comptant ;
Ne posséderoient plus les effets de leur pere :
Ce que disoit le testament.
Le peuple s'étonna comme il se pouvoit faire
Qu'un homme seul eût plus de sens
Qu'une multitude de gens.

FIN DU DEUZIEME LIVRE.

LIVRE TROISIEME.

I. *Le Meûnier, son Fils et l'Ane.*

A. M. D. M.

L'invention des arts étant un droit d'aînesse,
Nous devons l'apologue (1) à l'ancienne Grece :
Mais ce champ ne se peut tellement moissonner,
Que les derniers venus n'y trouvent à glaner.
La feinte est un pays plein de terres désertes ;
Tous les jours nos auteurs y font des découvertes.
Je t'en veux dire un trait assez bien inventé :
Autrefois à Racan (2) Malherbe l'a conté.
Ces deux rivaux d'Horace, héritiers de sa lyre,
Disciples d'Apollon, nos maîtres, pour mieux dire,
Se rencontrant un jour tous seuls et sans témoins,
(Comme ils se confioient leurs pensers et leurs soins)
Racan commence ainsi : Dites-moi, je vous prie,
Vous qui devez savoir les choses de la vie,
Qui par tous ses degrés avez déjà passé,

(1) Fables instructives.
(2) Excellent poëte françois, mort en 1670.

;t que rien ne doit fuir en cet âge avancé;
. quoi me résoudrai-je ? Il est tems que j'y pense.
'ous connoissez mon bien, mon talent, ma naissance :
)ois-je dans la province établir mon séjour?
rendre emploi dans l'armée, ou bien charge à la cour?
'out au monde est mêlé d'amertume et de charmes :
a guerre a ses douceurs, l'hymen a ses alarmes.
i je suivois mon goût, je saurois où buter;
lais j'ai les miens, la cour, le peuple, à contenter.
lalherbe là-dessus : Contenter tout le monde !
coutez ce récit avant que je réponde.
'ai lu dans quelque endroit qu'un meûnier et son fils,
'un vieillard, l'autre enfant, non pas des plus petits,
lais garçon de quinze ans, si j'ai bonne mémoire;
lloient vendre leur âne, un certain jour de foire.
.fin qu'il fût plus frais et de meilleur débit,
)n lui lia les pieds, on vous le suspendit :
uis cet homme et son fils le portent comme un lustre.
auvres gens ! idiots ! couple ignorant et rustre !
e premier qui les vit de rire s'éclata :
)uelle farce, dit-il, vont jouer ces gens-là ?
e plus âne des trois n'est pas celui qu'on pense.
e meûnier, à ces mots, connoît son ignorance :
met sur pied sa bête, et la fait détaler.
'âne, qui goûtoit fort l'autre façon d'aller,
e plaint en son patois. Le meûnier n'en a cure (1):
fait monter son fils, il suit: et, d'aventure,
assent trois bons marchands. Cet objet leur déplut.
e plus vieux au garçon s'écria tant qu'il put :
lolà ! ho ! descendez, que l'on ne vous le dise,
eune homme, qui menez laquais à barbe grise,
'étoit à vous de suivre, au vieillard de monter.
lessieurs, dit le meûnier, il vous faut contenter.
'enfant met pied à terre, et puis le vieillard monte;

(1) Ne s'en mettre point en peine.

Quand trois filles passant, l'une dit: C'est grand-honte
Qu'il faille voir ainsi clocher ce jeune fils,
Tandis que ce nigaud, comme un évêque assis,
Fait le veau sur son âne, et pense être bien sage.
Il n'est, dit le meûnier, plus de veaux à mon âge:
Passez votre chemin, la fille, et m'en croyez.
Après maints quolibets coup sur coup renvoyés,
L'homme crut avoir tort, et mit son fils en croupe.
Au bout de trente pas, une troisieme troupe
Trouve encore à gloser. L'un dit: Ces gens sont foux!
Le baudet n'en peut plus; il mourra sous leurs coups.
Hé, quoi! charger ainsi cette pauvre bourrique!
N'ont-ils point de pitié de leur vieux domestique?
Sans doute qu'à la foire ils vont vendre sa peau.
Parbleu dit le meûnier, est bien fou du cerveau
Qui prétend contenter tout le monde et son pere.
Essayons toutefois si par quelque maniere
Nous en viendrons à bout. Ils descendent tous deux:
L'âne se prélassant (4) marche seul devant eux.
Un quidam les rencontre, et dit: Est-ce la mode
Que baudet aille à l'aise, et meûnier s'incommode?
Qui de l'âne ou du maître est fait pour se lasser?
Je conseille à ses gens de le faire enchasser.
Ils usent leurs souliers, et conservent leur âne!
Nicolas, au rebours, car, quand il va voir Jeanne,
Il monte sur sa bête; et la chanson le dit.

(4) Prenant l'air grave et majestueux d'un prélat. On trouve *se prélasser* dans Rabelais; et c'est apparemment de là que La Fontaine l'a tiré. « Je vis Diogene, dit » Epistemon revenu des Enfers, qui se prélassoit en » magnificence avec une grande robe de pourpre et un » sceptre en sa dextre, et faisoit enrager Alexandre-le-» Grand, quand il n'avoit pas bien rapetassé ses chaus-» ses. » (Pantagruel, l. II, chap. 30.) Et ailleurs, parlant du bûcheron à qui Mercure avoit présenté trois coignées, l'une d'or, l'autre d'argent, et une troisieme de bois, et qui, s'étant contenté de celle de bois qu'il avoit perdue, reçut les deux autres en récompense de sa bonne-foi, il ajoute: « Ainsi le bûcheron s'en va se » prélassant, par le pays, faisant bonne trogne parmi » ses parochiens et voisins. »

Beau:

Beau trio de baudets ! Le meûnier repartit :
Je suis âne, il est vrai, j'en conviens, je l'avoue ;
Mais que dorénavant on me blâme, on me loue,
Qu'on dise quelque chose, ou qu'on ne dise rien,
J'en veux faire à ma tête. Il le fit, et fit bien.
Quant à vous, suivez Mars, ou l'Amour, ou le prince ;
Allez, venez, courez, demeurez en province ;
Prenez femme, abbaye, emploi, gouvernement :
Les gens en parleront, n'en doutez nullement.

II. *Les Membres et l'Estomac.*

Je devois par la royauté
Avoir commencé mon ouvrage ;
A la voir d'un certain côté,
Messer Gaster (1) en est l'image ;
S'il a quelque besoin, tout le corps s'en ressent.
De travailler pour lui les membres se lassant,
Chacun d'eux résolut de vivre en gentilhomme,
Sans rien faire, alléguant l'exemple de Gaster.
Il faudroit, disoient-ils, sans nous qu'il vécût d'air.

(1) L'estomac. C'est dans ce sens-là que Rabelais s'est avisé d'employer le mot de GASTER, qui est originairement grec.

Nous suons, nous peinons comme bêtes de somme:
Et pour qui? pour lui seul : nous n'en profitons pas;
Notre soin n'aboutit qu'à fournir ses repas.
Chommons, c'est un métier qu'il veut nous faire
apprendre.
Ainsi dit, ainsi fait. Les mains cessent de prendre,
Les bras d'agir, les jambes de marcher:
Tous disent à Gaster qu'il en allât chercher.
Ce leur fut une erreur dont ils se repentirent:
Bientôt les pauvres gens tomberent en langueur;
Il ne se forma plus de nouveau sang au cœur;
Chaque membre en souffrit; les forces se perdirent.
Par ce moyen les mutins virent
Que celui qu'ils croyoient oisif et paresseux
A l'intérêt commun contribuoit plus qu'eux.
Ceci peut s'appliquer à la grandeur royale.
Elle reçoit et donne; et la chose est égale.
Tout travaille pour elle; et réciproquement
Tout tire d'elle l'aliment.
Elle fait subsister l'artisan de ses peines,
Enrichit le marchand, gage le magistrat,
Maintient le laboureur, donne paie au soldat,
Distribue en cent lieux ses graces souveraines,
Entretient seule tout l'état.
Ménénius (2) le sut bien dire.
La commune s'alloit séparer du sénat.
Les méconteus disoient qu'il avoit tout l'empire,
Le pouvoir, les trésors, l'honneur, la dignité:
Au lieu que tout le mal étoit de leur côté,
Les tributs, les impôts, les fatigues de guerre.
Le peuple hors des murs étoit déjà posté,
La plupart s'en alloient chercher une autre terre,
Quand Ménénius leur fit voir
Qu'ils étoient aux membres semblables;
Et par cet apologue, insigne entre les fables,
Les ramena dans leur devoir.

(2) Sénateur romain, du tems des consuls.

III. *Le Loup devenu Berger.*

Un loup qui commençoit d'avoir petite part
Aux brebis de son voisinage,
Crut qu'il falloit s'aider de la peau du renard
Et faire un nouveau personnage.
Il s'habille en berger, endosse un hoqueton,
Fait sa houlette d'un bâton,
Sans oublier la cornemuse.
Pour pousser jusqu'au bout la ruse,
Il auroit volontiers écrit sur son chapeau :
« C'est moi qui suis Guillot, berger de ce troupeau».
Sa personne étant ainsi faite,
Et ses pieds de devant posés sur sa houlette,
Guillot le sycophante (1) approche doucement.
Guillot, le vrai Guillot, étendu sur l'herbette,
Dormoit profondément ;
Son chien dormoit aussi, comme aussi sa musette ;
La plupart des brebis dormoient pareillement.
L'hypocrite les laissa faire :
Et, pour pouvoir mener vers son fort les brebis,
Il voulut ajouter la parole aux habits,

(1) Trompeur.

Chose qu'il croyoit nécessaire ;
Mais cela gâta son affaire :
Il ne put du pasteur contrefaire la voix.
Le ton dont il parla fit retentir les bois,
Et découvrit tout le mystere.
Chacun se réveille à ce son,
Les brebis, le chien, le garçon.
Le pauvre loup dans cet esclandre,
Empêché par son hoqueton,
Ne put ni fuir ni se défendre.
Toujours par quelqu'endroit fourbes se laissent prendre.
Quiconque est loup, agisse en loup ;
C'est le plus certain de beaucoup.

IV. *Les Grenouilles qui demandent un Roi.*

Les grenouilles se lassant
De l'état démocratique (1),
Par leurs clameurs firent tant,
Que Jupin les soumit au pouvoir monarchique (2).
Il leur tomba du ciel un roi tout pacifique.

(1) Où le peuple gouverne.
(2) Au gouvernement souverain d'un seul, qu'on nomme monarque, roi, prince, etc.

Ce roi fit toutefois un tel bruit en tombant,
Que la gent marécageuse,
Gent fort sotte et fort peureuse,
S'alla cacher sous les eaux,
Dans les joncs, dans les roseaux,
Dans les trous du marécage,
Sans oser de long-tems regarder au visage
Celui qu'elles croyoient être un géant nouveau.
Or c'étoit un soliveau,
De qui la gravité fit peur à la premiere,
Qui de le voir s'aventurant,
Osa bien quitter sa taniere.
Elle approcha, mais en tremblant.
Une autre la suivit, un autre en fit autant;
Il en vint une fourmiliere:
Et leur troupe à la fin se rendit familiere
Jusqu'à sauter sur l'épaule du roi.
Le bon sire le souffre, et se tient toujours coi.
Jupin a bientôt la servelle rompue:
Donnez-nous, dit ce peuple, un roi qui se remue.
Le monarque des dieux leur envoie une grue,
Qui les croque, qui les tue,
Qui les gobe à son plaisir:
Et grenouilles de se plaindre;
Et Jupin de leur dire: Et quoi! votre desir
A ses lois croit-il nous astreindre?
Vous avez dû premiérement
Garder votre gouvernement;
Mais ne l'ayant pas fait, il vous devoit suffire
Que votre premier roi fût débonnaire et doux;
De celui-ci contentez-vous,
De peur d'en rencontrer un pire.

V. *Le Renard et le Bouc.*

Capitaine renard alloit de compagnie
Avec son ami bouc des plus hauts encornés :
Celui-ci ne voyoit pas plus loin que son nez ;
L'autre étoit passé maître en fait de tromperie.
La soif les obligea de descendre en un puits :
Là, chacun d'eux se désaltere.
Après qu'abondamment tous deux en eurent pris,
Le renard dit au bouc : Que ferons-nous, compere ?
Ce n'est pas tout de boire, il faut sortir d'ici.
Leve tes pieds en haut, et tes cornes aussi,
Mets-les contre le mur : le long de ton échine
Je grimperai premiérement ;
Puis sur tes cornes m'élevant,
A l'aide de cette machine,
De ce lieu-ci je sortirai,
Après quoi je t'en tirerai.
Par ma barbe, dit l'autre, il est bon ; et je loue
Les gens bien sensés comme toi.
Je n'aurois jamais, quant à moi,
Trouvé ce secret, je l'avoue.
Le renard sort du puits, laisse son compagnon,
Et vous lui fait un beau sermon

Pour l'exhorter à patience :
Si le ciel t'eût, dit-il, donné par excellence
Autant de jugement que de barbe au menton,
Tu n'aurois pas, à la légere,
Descendu dans ce puits. Or, adieu, j'en suis hors :
Tâche de t'en tirer, et fais tous tes efforts ;
Car pour moi j'ai certaine affaire
Qui ne me permet pas d'arrêter en chemin.
En toute chose il faut considérer la fin.

VI. *L'Aigle, la Laie et la Chatte.*

L'aigle avoit ses petits au haut d'un arbre creux,
La laie (1) au pied, la chatte entre les deux ;
Et sans s'incommoder, moyennant ce partage,
Meres et nourrissons faisoient leur tripotage.
La chatte détruisit par sa fourbe l'accord :
Elle grimpa chez l'aigle, et lui dit : Notre mort
(Au moins de nos enfans, car c'est tout un aux meres)
Ne tardera possible gueres.
Voyez-vous à nos pieds fouir incessamment
Cette maudite laie, et creuser une mine?
C'est pour déraciner le chêne assurément,

(1) La femelle du sanglier.

Et de nos nourrissons attirer la ruine :
L'arbre tombant, ils seront dévorés ;
Qu'ils s'en tiennent pour assurés.
S'il m'en restoit un seul, j'adoucirai ma plainte.
Au partir de ce lieu, qu'elle rempli de crainte,
La perfidie descend tout droit
A l'endroit
Où la laie étoit en gésine.
Ma bonne amie et ma voisine,
Lui dit-elle tout bas, je vous donne un avis ;
L'aigle, si vous sortez, fondra sur vos petits.
Obligez-moi de n'en rien dire :
Son courroux tomberoit sur moi.
Dans cette autre famille ayant semé l'effroi,
La chatte en son trou se retire.
L'aigle n'ose sortir, ni pourvoir aux besoins
De ses petits ; la laie encore moins :
Sottes de ne pas voir que le plus grand des soins
Ce doit être celui d'éviter la famine.
A demeurer chez soi l'une et l'autre s'obstine,
Pour secourir les siens dedans l'occasion :
L'oiseau royal, en cas de mine ;
La laie, en cas d'irruption.
La faim détruisit tout ; il ne resta personne
De la gent marcassine et de la gent aiglonne
Qui n'allât de vie à trépas :
Grand renfort pour messieurs les chats.
Que ne sait point ourdir une langue traîtresse
Par sa pernicieuse adresse !
Des malheurs qui sont sortis
De la boîte de Pandore (2),
Celui qu'à meilleur droit tout l'univers abhorre,
C'est la fourbe, à mon avis.

(2) Très-belle fille forgée par Vulcain, à laquelle Jupiter donna une boîte remplie de toutes sortes de maux.

VIII. *L'Ivrogne en sa Femme.*

Chacun a son défaut, où toujours il revient:
Honte ni peur n'y remédie.
Sur ce propos, d'un conte il me souvient:
Je ne dis rien que je n'appuie
De quelque exemple. Un suppôt de Bacchus
Altéroit sa santé, son esprit et sa bourse:
Telles gens n'ont pas fait la moitié de leur course,
Qu'ils sont au bout de leurs écus.
Un jour que celui-ci, plein du jus de la treille,
Avoit laissé ses sens au fond d'une bouteille,
Sa femme l'enferma dans un cerain tombeau.
Là, les vapeurs du vin nouveau
Cuverent à loisir. A son réveil il trouve
L'attirail de la mort à l'entour de son corps,
Un luminaire, un drap des morts.
Oh! dit-il, qu'est ceci? Ma femme est-elle veuve?
Là dessus son épouse, en habit d'Alecton,
Masquée, et de sa voix contrefaisant le ton,
Vient au prétendu mort, approche de sa biere,
Lui présente un chaudeau (1) propre pour Lucifer.

(1) Bouillon ou potage. Chaudeau, JUSCULUM. Nicot. De CALDELLUM, parce qu'on le prend chaud, dit Ménage dans son Dictionnaire étymologique.

L'époux alors ne doute en aucune maniere
Qu'il ne soit citoyen d'enfer.
Quelle personne es-tu ? dit-il à ce fantôme.
La cellériere (2) du royaume
De Satan, reprit-elle ; et je porte à manger
A ceux qu'enclôt la tombe noire.
Le mari repart, sans songer :
Tu ne leur portes point à boire ?

(2) C'est le nom qu'on donne chez les religieuses à celle qui a soin de recevoir et d'employer le revenu de la maison.

VIII. *La Goutte et l'Araignée.*

Quand l'enfer eut produit la goutte et l'araignée :
Mes filles, leur dit-il, vous pouvez vous vanter
D'être pour l'humaine lignée
Egalement à redouter.
Or, avisons aux lieux qu'il vous faut habiter.
Voyez-vous ces caves étroites,
Et ces palais si grands, si beaux, si bien dorés ?
Je me suis proposé d'en faire vos retraites.
Tenez donc, voici deux bûchettes :
Accommodez-vous, ou tirez.
Il n'est rien, dit l'aragne, aux cases qui me plaise.

L'autre, tout au rebours, voyant les palais pleins
De ces gens nommés médecins,
Ne crut pas y pouvoir demeurer à son aise.
Elle prend l'autre lot, y plante le piquet,
S'étend à son plaisir sur l'orteil d'un pauvre homme,
Disant : Je ne crois pas qu'en ce poste je chomme,
Ni que d'en déloger et faire mon paquet
Jamais Hippocrate me somme.
L'aragne cependant se campe en un lambris,
Comme si de ces lieux elle eût fait bail à vie,
Travaille à demeurer : voilà sa toile ourdie ;
Voilà des moucherons de pris.
Une servante vient balayer tout l'ouvrage.
Autre toile tissue, autre coup de balai.
Le pauvre bestion tous les jours déménage.
Enfin, après un vain essai,
Il va trouver la goutte. Elle étoit en campagne,
Plus malheureuse mille fois
Que la plus malheureuse aragne.
Son hôte la menoit tantôt fendre du bois,
Tantôt fouir, houer (1) : goutte bien tracassée
Est, dit-on, à demi pensée.
Oh ! je ne saurois plus, dit-elle, y résister.
Changeons, ma sœur l'aragne. Et l'autre d'écouter;
Elle la prend au mot, se glisse en la cabane :
Point de coup de balai qui l'oblige à changer.
La goutte, d'autre part, va tout droit se loger
Chez un prélat, qu'elle condamne
A jamais du lit ne bouger.
Cataplasme, Dieu sait ! les gens n'ont point de honte
De faire aller le mal toujours de pis en pis.
L'une et l'autre trouva de la sorte son compte,
Et fit très-sagement de changer de logis.

(1) Travailler avec la houe, outil dont se servent les vignerons pour remuer et labourer la terre.

IX. *Le Loup et la Cigogne.*

Les loups mangent gloutonnement.
Un loup donc étant de frairie,
Se pressa, dit-on, tellement,
Qu'il en pensa perdre la vie;
Un os lui demeura bien avant au gosier.
De bonheur pour ce loup, qui ne pouvoit crier,
Près de là passe une cigogne.
Il lui fait signe; elle accourt.
Voilà l'opératrice aussitôt en besogne.
Elle retira l'os: puis, pour un si bon tour,
Elle demanda son salaire.
Votre salaire? dit le loup:
Vous riez, ma bonne commere.
Quoi! ce n'est pas encor beaucoup
D'avoir de mon gosier retiré votre coup?
Allez, vous êtes une ingrate:
Ne tombez jamais sous ma patte.

X. *Le Lion abattu par l'Homme.*

On exposoit une peinture
Où l'artisan avoit tracé
Un lion d'immense stature
Par un seul homme terrassé.
Les regardans en tiroient gloire :
Un lion en passant rabattit leur caquet :
Je vois bien, dit-il, qu'en effet
On vous donne ici la victoire :
Mais l'ouvrier vous a déçus ;
Il avoit liberté de feindre.
Avec plus de raison nous aurions le dessus,
Si mes confreres savoient peindre.

XI. *Le Renard et les Raisins.*

Certain renard gascon 1, d'autres disent normand 2,
Mourant presque de faim, vit au haut d'une treille

(1) Fanfaron, effronté, toujours prêt à justifier ses fautes par quelques traits de plaisanterie, bonne ou mauvaise.

(2) Plein de dissimulation, porté, comme par instinct, à répondre indirectement et obscurément à ceux qui lui parlent, et, lorsqu'il y trouve son compte, à leur dire nettement le contraire de ce qu'il pense.

Des raisins, mûrs apparemment,
Et couverts d'une peau vermeille.
Le galant en eût fait volontiers un repas.
Mais comme il n'y pouvoit atteindre :
Ils sont trop verds, dit-il, et bons pour des goujats (3).
Fit-il pas mieux que de se plaindre ?

(3) Valets de soldats.

XII. Le *Cygne et le Cuisinier.*

Dans une ménagerie
De volatiles remplies,
Vivoient le cygne et l'oison :
Celui-là destiné pour les regards du maître,
Celui-ci, pour son goût : l'un qui se piquoit d'être
Commensal du jardin ; l'autre, de la maison (1).
Des fossés du château faisant leurs galeries (2),
Tantôt on les eût vus côte à côte nager,
Tantôt courir sur l'onde, et tantôt se plonger,

(1) Fréquentant le plus ordinairement le jardin comme l'autre la maison.
(2) Leur lieu de plaisance.

Sans pouvoir satisfaire à leurs vaines envies.
Un jour, le cuisinier, ayant trop bu d'un coup,
Prit pour un oison le cygne ; et, le tenant au cou,
Il alloit l'égorger, puis le mettre en potage.
L'oiseau, près de mourir, se plaint en son ramage.
Le cuisinier fut fort surpris,
Et vit bien qu'il s'étoit mépris.
Quoi! je mettrois, dit-il, un tel chanteur (3) en soupe !
Non, non, ne plaise aux dieux que jamais ma main coupe
La gorge à qui s'en sert si bien !
Ainsi dans les dangers qui nous suivent en croupe
Le doux parler ne nuit de rien.

(3) Le chant mélodieux des cygnes n'est fondé que sur une tradition poétique, dont la vérité n'a jamais été bien confirmée par l'événement. Je n'ai jamais entendu chanter le cygne, ni personne peut-être, non plus que moi, dit Ælien dans ses Collections historiques, liv. I, chap. 14.

XIII. *Les Loups et les Brebis.*

Après mille ans et plus d'une guerre déclarée,
Les loups firent la paix avecque les brebis.
C'étoit apparemment le bien des deux partis :
Car si les loups mangoient mainte bête égarée,
Les bergers de leur peau se faisoient maints habits.
Jamais de liberté, ni pour les pâturages,
Ni d'autre part pour les carnages ;
Ils ne pouvoient jouir, qu'en tremblant, de leurs biens.
La paix se conclut donc : on donne des ôtages ;
Les loups, leurs louveteaux ; et les brebis, leurs chiens.
L'échange en étant fait aux termes ordinaires,
Et réglé par des commissaires,
Au bout de quelque tems que messieurs les louvats
Se virent loups parfaits, et friands de tuerie,
Ils vous prennent le tems que dans la bergerie
Messieurs les bergers n'étoient pas,
Etranglent la moitié des agneaux les plus gras,
Les emportent aux dents, dans les bois se retirent.
Ils avoient averti leurs gens secrétement.

Les chiens, qui, sur leur foi, reposoient sûrement,
Furent étranglés en dormant :
Cela fut sitôt fait, qu'à peine ils le sentirent.
Tout fut mis en morceaux, un seul n'en échappa.
Nous pouvons conclure de là
Qu'il faut faire aux méchans guerre continuelle.
La paix est fort bonne de soi,
J'en conviens ; mais de quoi sert-elle
Avec des ennemis sans foi ?

XIV. *Le Lion devenu vieux.*

Le lion, terreur des forêts,
Chargé d'ans, et pleurant son antique prouesse,
Fut enfin attaqué par ses propres sujets,
Devenus forts par sa foiblesse.
Le cheval s'approchant lui donne un coup de pied,
Le loup un coup de dents, le bœuf un coup de corne.
Le malheureux lion, languissant, triste et morne,
Peut à peine rugir, par l'âge estropié.
Il attend son destin sans faire aucunes plaintes ;
Quand voyant l'âne même à son antre accourir :
Ah ! c'est trop, lui dit-il, je voulois bien mourir ;
Mais c'est mourir deux fois que souffrir tes atteintes.

XV. *Philomele et Progné.*

Autrefois Progné (1) l'hirondelle
De sa demeure s'écarta,
Et loin des villes s'emporta
Dans un bois où chantoit la pauvre Philomele (2).
Ma sœur, lui dit Progné, comment vous portez-vous?
Voici tantôt mille ans que l'on ne vous a vue:
Je ne me souviens point que vous soyiez venue,
Depuis le tems de Thrace, habiter parmi nous.
Dites-moi, que pensez-vous faire?
Ne quitterez-vous point ce séjour solitaire?
Ah! reprit Philomele, en est-il de plus doux?
Progné lui repartit: Eh quoi! cette musique,
Pour ne chanter qu'aux animaux,
Tout au plus à quelque rustique!
Le désert est-il fait pour des talens si beaux?
Venez faire aux cités éclater leurs merveilles:
Aussi-bien, en voyant les bois,

(1) Fille de Pandion, femme de Térée, changée en hirondelle.
(2) Sœur de Progné, qui, ayant été violée par Térée, roi de Thrace, fut changée en rossignol.

Sans cesse il vous souvient que Térée autrefois
Parmi des demeures pareilles
Exerça sa fureur sur vos divins appas.
Et c'est le souvenir d'un si cruel outrage
Qui fait, reprit sa sœur, que je ne vous suis pas :
En voyant les hommes, hélas !
Il m'en souvient bien davantage.

XVI. *La Femme noyée.*

Je ne suis pas de ceux qui disent : Ce n'est rien ;
C'est une femme qui se noie.
Je dis que c'est beaucoup : et ce sexe vaut bien
Que nous le regrettions, puisqu'il fait notre joie.
Ce que j'avance ici n'est point hors de propos,
Puisqu'il s'agit, en cette fable,
D'une femme qui dans les flots
Avoit fini ses jours par un sort déplorable.
Son époux en cherchoit le corps
Pour lui rendre, en cette aventure,
Les honneurs de la sépulture.
Il arriva que sur les bords
Du fleuve, auteur de sa disgrace,
Des gens se promenoient ignorant l'accident.
Ce mari donc leur demandant

S'ils n'avoient de sa femme apperçu nulle trace ?
Nulle, reprit l'un d'eux : mais cherchez-la plus bas,
        Suivez le fil de la riviere.
Un autre repartit : Non, ne le suivez pas,
        Rebroussez plutôt en arriere :
Quelle que soit la pente et l'inclination
        Dont l'eau par sa course l'emporte,
        L'esprit de contradiction
        L'aura fait flotter d'autre sorte.
Cet homme se railloit assez hors de saison.
        Quant à l'humeur contredisante,
        Je ne sais s'il avoit raison.
        Mais, que cette humeur soit ou non
        Le défaut du sexe et sa pente,
        Quiconque avec elle naîtra
        Sans faute avec elle mourra,
        Et jusqu'au bout contredira,
        Et, s'il peut, encor par-delà.

XVII. *La Belette entrée dans un grenier.*

Damoiselle belette, au corps long et fluet,
Entra dans un grenier par un trou fort étroit ;
        Elle sortoit de maladie.

Là, vivant à discrétion,
La galande fit chere lie, (1)
Mangea, rongea, Dieu sait la vie,
Et le lard qui périt en cette occasion!
La voilà, pour conclusion,
Grasse, mafflue et rebondie.
Au bout de la semaine, ayant dîné son sou,
Elle entend quelque bruit, veut sortir par le trou,
Ne peut plus repasser et croit s'être méprise.
Après avoir fait quelques tours:
C'est, dit-elle, l'endroit; me voilà bien surprise;
J'ai passé par ici depuis cinq ou six jours.
Un rat, qui la voyoit en peine,
Lui dit: Vous aviez lors la panse un peu moins pleine.
Vous êtes maigre entrée, il faut maigre sortir.
Ce que je vous dis là, l'on le dit à bien d'autres:
Mais ne confondons point, par trop approfondir,
Leurs affaires avec les vôtres.

(1) Grand'chere. Chere lie, qu'on trouve souvent dans Rabelais, signifie proprement chere joyeuse. Le mot *lie*, qui vient de LÆTUS, n'est plus guere entendu dans ce sens là, quoique liesse, qui en a été formé, ne soit encore ni barbare, ni tout-à-fait hors d'usage; témoins Notre-Dame de Liesse, et ce vers de La Fontaine, qui est entendu de tout le monde:
Aux noces d'un tyran tout le peuple en liesse....
Liv. VI, fab. 12.

XVIII. *Le Chat et le vieux Rat.*

J'ai lu, chez un conteur de fables,
Qu'un second Rodilard, l'Alexandre des chats,
L'Attila, (1) le fléau des rats,
Rendoit ces derniers misérables:
J'ai lu, dis-je, en un certain auteur,
Que ce chat exterminateur,

(1) Attila, roi des Goths, qu'on nomme le fléau de Dieu.

Vrai Cerbere, étoit craint une lieue à la ronde :
Il vouloit de souris dépeupler tout le monde.
Les planches qu'on suspend sur un léger appui,
La mort-aux-rats, les souricieres,
N'étoient que jeux auprès de lui.
Comme il voit que dans leurs tanieres,
Les souris étoient prisonnieres,
Qu'elles n'osoient sortir, qu'il avoit beau chercher,
Le galant fait le mort, et du haut d'un plancher
Se pend la tête en bas; la bête scélérate
A de certains cordons se tenoit par la patte.
Le peuple des souris croit que c'est châtiment,
Qu'il a fait un larcin de rot et de fromage,
Egratigné quelqu'un, causé quelque dommage,
Enfin, qu'on a pendu le mauvais garnement.
Toutes, dis-je, unanimement
Se promettent de rire à son enterrement,
Mettent le nez à l'air, montrent un peu la tête,
Puis rentrent dans leurs nids à rats,
Puis ressortant font quatre pas,
Puis enfin se mettent en quête.
Mais voici bien une autre fête :
Le pendu ressuscite, et, sur ses pieds tombant,

Attrape les plus paresseuses.
Nous en savons plus d'un, dit-il en les gobant:
C'est tour de vieille guerre ; et vos cavernes creuses
Ne vous sauveront pas, je vous en avertis ;
Vous viendrez toutes au logis.
Il prophétisoit vrai : notre maître Mitis,
Pour la seconde fois, les trompe et les affine,
Blanchit sa robe et s'enfarine ;
Et, de la sorte déguisé,
Se niche et se blottit dans une huche ouverte.
Ce fut à lui bien avisé :
La gent trotte menu s'en vient chercher sa perte.
Un rat, sans plus, s'abstient d'aller flairer autour ;
C'étoit un vieux routier, il savoit plus d'un tour ;
Même il avoit perdu sa queue à la bataille.
Ce bloc enfariné ne me dit rien qui vaille,
S'écria-t-il de loin au général des chats :
Je soupçonne dessous encor quelque machine.
Rien ne te sert d'être farine :
Car, quand tu serois sac, je n'approcherois pas.
C'étoit bien dit à lui ; j'approuve sa prudence :
Il étoit expérimenté,
Et savoit que la méfiance
Est mere de la sûreté.

FIN DU TROISIEME LIVRE.

LIVRE QUATRIEME.

I. *Le Lion amoureux.*

A MADEMOISELLE DE SÉVIGNÉ.

Sévigné, (1) de qui les attraits
Servent aux Graces de modele,
Et qui nâquîtes toute belle,
A votre indifférence près,
Pourriez-vous être favorable
Aux jeux innocens d'une fable,
Et voir, sans vous épouvanter,
Un lion qu'amour sut dompter?
Amour est un étrange maître!
Heureux qui ne peut le connoître
Que par récit, lui ni ses coups!
Quand on en parle devant vous,
Si la vérité vous offense,

(1) Fille d'esprit, qui fut mariée au comte de Grignan, et dont la mere est immortalisée par le génie, la vivacité, la politesse et le bon sens qui regnent dans ses lettres, imprimées après sa mort.

La

La fable au moins se peut souffrir.
Celle-ci prend bien l'assurance
De venir à vos pieds s'offrir,
Par zele et par reconnoissance.
Du tems que les bêtes parloient,
Les lions entre autres vouloient
Etre admis dans notre alliance.
Pourquoi non ? puisque leur engeance
Valoit la nôtre en ce tems-là,
Ayant courage, intelligence,
Et belle hure outre cela.
Voici comment il en alla.
Un lion de haut parentage,
En passant par un certain pré,
Rencontra bergere à son gré ;
Il la demande en mariage.
Le pere auroit fort souhaité
Quelque gendre un peu moins terrible.
La donner lui sembloit bien dur :
La refuser n'étoit pas sûr ;
Même un refus eût fait possible,
Qu'on eût vu quelque beau matin
Un mariage clandestin ;
Car, outre qu'en toute maniere
La belle étoit pour les gens fiers,
Fille se coiffe volontiers
D'amoureux à longue criniere.
Le pere donc ouvertement
N'osant renvoyer notre amant,
Lui dit : Ma fille est délicate ;
Vos griffes la pourront blesser
Quand vous voudrez la caresser.
Permettez donc qu'à chaque patte
On vous les rogne, et pour les dents,
Qu'on vous les lime en même tems :
Vos baisers en seront moins rudes,
Et pour vous plus délicieux,
Car ma fille y répondra mieux.

Etant sans ces inquiétudes.
Le lion consent à cela,
Tant son ame étoit aveuglée !
Sans dents ni griffes le voilà,
Comme place démantelée.
On lâcha sur lui quelques chiens :
Il fit fort peu de résistance.
Amour ! Amour ! quand tu nous tiens,
On peut bien dire : Adieu prudence !

II. *Le Berger et la Mer.*

Du rapport d'un troupeau, dont il vivoit sans soins,
Se contenta long-tems un voisin d'Amphitrite. (1)
Si sa fortune étoit petite,
Elle étoit sûre tout au moins.
A la fin, les trésors déchargés sur la plage
Le tenterent si bien, qu'il vendit son troupeau,
Trafiqua de l'argent, le mit entier sur l'eau.
Cet argent périt par naufrage.
Son maître fut réduit à garder les brebis,
Non plus berger en chef, comme il étoit jadis,

(1) La mer, ainsi appelée du nom de la femme de Neptune.

Quand ses propres moutons paissoient sur le rivage :
Celui qui s'étoit vu Coridon ou Tircis (2)
Fut Pierrot, (3) et rien davantage.
Au bout de quelque tems il fit quelques profits,
Racheta des bêtes à laine ;
Et comme un jour les vents, retenant leur haleine, (4)
Laissoient paisiblement aborder les vaisseaux,
Vous voulez de l'argent : O mesdames les Eaux,
Dit-il, adressez-vous, je vous prie, à quelque autre :
Ma foi, vous n'aurez pas le nôtre.
Ceci n'est plus un conte à plaisir inventé.
Je me sers de la vérité
Pour montrer, par expérience,
Qu'un sou, quand il est assuré,
Vaut mieux que cinq en espérance ;
Qu'il se faut contenter de sa condition ;
Qu'aux conseils de la mer et de l'ambition
Nous devons fermer les oreilles.
Pour un qui s'en louera, dix mille s'en plaindront.
La mer promet monts et merveilles :
Fiez-vous-y, les vents et les voleurs viendront.

(2) Maître de ses troupeaux.

(3) Berger à gages sous un maître.

(4) Lucrece, parlant des premiers habitans de la terre, dit que, contens de se nourrir des fruits de la terre, ils ne songeoient point à s'enrichir par des voyages sur la mer, qu'ils voyoient tantôt agitée par de violentes tempêtes, et tantôt dans une tranquillité charmante. Ce calme, si sujet à changer, ne les tenta jamais de se fier à de si belles apparences.

Nec poterat quemquam placidi pellacia ponti
Subdola pellicere in fraudem ridentibus aquis.
Lucret. lib. 5.

Ces images si gracieuses et si vives n'auroient pas convenu au ton que La Fontaine est obligé de prendre dans cette fable ; et je n'oserois dire qu'il les ait eues dans l'esprit en la composant.

III. *La Mouche et la Fourmi.*

La mouche et la fourmi contestoient de leur prix.
O Jupiter ! dit la premiere,
Faut-il que l'amour-propre aveugle les esprits
D'une si terrible maniere,
Qu'un vil et rampant animal
A la fille de l'air (1) ose se dire égal !
Je hante les palais, je m'assieds à ta table ;
Si l'on t'immole un bœuf, j'en goûte devant toi ;
Pendant que celle-ci, chétive et misérable,
Vit trois jours d'un fétu qu'elle a traîné chez soi.
Mais ma mignonne, dites-moi,
Vous campez-vous jamais sur la tête d'un roi,
D'un empereur, ou d'une belle ?
Je le fais, et je baise un beau sein quand je veux ;
Je me joue entre des cheveux,
Je rehausse d'un teint la blancheur naturelle ;
Et la derniere main que met à sa beauté
Une femme allant en conquête,
C'est un ajustement des mouches emprunté.
Puis allez-moi rompre la tête

(1) Madame Dacier étoit charmée de ce trait poétique, comme je le lui ai ouï dire à elle-même.

De vos greniers ! Avez-vous dit ?
Lui répliqua la ménagere.
Vous hantez les palais, mais on vous y maudit.
Et quant à goûter la premiere
De ce qu'on sert devant les dieux,
Croyez-vous qu'il en vaille mieux ?
Si vous entrez par-tout, aussi font les profanes.
Sur la tête des rois, et sur celle des ânes,
Vous allez vous planter, je n'en disconviens pas ;
Et je sais que d'un prompt trépas
Cette importunité bien souvent est punie.
Certain ajustement, dites-vous, rend jolie ;
J'en conviens : il est noir ainsi que vous et moi.
Je veux qu'il ait nom mouche : est-ce un sujet pourquoi
Vous fassiez sonner vos mérites ?
Nomme-t-on pas aussi mouches les parasites ?
Cessez donc de tenir un langage si vain :
N'ayez plus ces hautes pensées.
Les mouches de cour (2) sont chassées ;
Les mouchards (3) sont pendus : et vous mourrez de faim,
De froid, de langueur, de misere,
Quand Phébus (4) régnera sur un autre hémisphere.
Alors je jouirai du fruit de mes travaux :
Je n'irai par monts ni par vaux, (5)
M'exposer au vent, à la pluie ;
Je vivrai sans mélancolie :
Le soin que j'aurai pris, de soin m'exemptera.
Je vous enseignerai par-là
Ce que c'est qu'une fausse ou véritable gloire.

(2) Les importuns.
(3) Les espions.
(4) Quand l'hiver sera venu.
(5) Au lieu de vaux, vieux mot, on dit aujourd'hui vallées. Par monts et par vaux, est pourtant une expression qui peut encore être admise avec grace dans un style simple et familier, comme celui dont La Fontaine a trouvé bon de se servir dans la plupart de ses Fables.

Adieu ; je perds le tems : laissez-moi travailler ;
Ni mon grenier, ni mon armoire,
Ne se remplit à babiller.

IV. *Le Jardinier et son Seigneur.*

Un amateur du jardinage,
Demi-bourgeois, demi-manant,
Possédoit en certain village
Un jardin assez propre, et le clos attenant. (1)
Il avoit de plant vif fermé cette étendue :
Là croissoit à plaisir l'oseille et la laitue,
De quoi faire à Margot pour sa fête un bouquet,
Peu de jasmin d'Espagne, et force serpolet.
Cette félicité par un lievre troublée,
Fit qu'au seigneur du bourg notre homme se plaignit.
Ce maudit animal vient prendre sa goulée
Soir et matin, dit-il, et des pieges se rit :
Les pierres et les bâtons y perdent leur crédit :
Il est sorcier, je crois. Sorcier ! je l'en défie,
Repartit le seigneur : Fût-il diable, Miraut, (2)

(1) Tout proche.
(2) Nom d'un chien de chasse.

En dépit de ses tours, l'attrapera bientôt.
Je vous en déferai, bon homme, sur ma vie ;
Et quand? Et dès demain, sans tarder plus longtems.
La partie ainsi faite, il vient avec ses gens.
Çà, déjeûnons, dit-il : vos poulets sont-ils tendres?
La fille du logis, qu'on vous voie, approchez :
Quand la marîrons-nous? quand aurons-nous des gendres?
Bon homme, c'est ce coup qu'il faut, vous m'entendez,
Qu'il faut fouiller à l'escarcelle. (3)
Disant ces mots, il fait connoissance avec elle,
Auprès de lui la fait asseoir,
Prend une main, un bras, leve un coin du mouchoir;
Toutes sottises dont la belle
Se défend avec grand respect :
Tant qu'au pere à la fin cela devient suspect.
Cependant on fricasse, on se rüe en cuisine.
De quand sont vos jambons? ils ont fort bonne mine.
Monsieur, ils sont à vous. Vraiment, dit le seigneur,
Je les reçois, et de bon cœur.
Il déjeûne très-bien ; aussi fait sa famille,
Chiens, chevaux et valets, tous gens bien endentés:
Il commande chez l'hôte, il prend des libertés,
Boit son vin, caresse sa fille.
L'embarras des chasseurs succede au déjeûné.
Chacun s'anime et se prépare :
Les trompes et les cors font un tel tintamarre,
Que le bonhomme est étonné.
Le pis fut que l'on mit en piteux équipage
Le pauvre potager : adieu planches, carreaux,
Adieu chicorée et poireaux,
Adieu de quoi mettre au potage.

(3) Vieux mot, pour dire une grande bourse. » Adonc » frere Jean descend en terre, dit Rabelais, mit la main » à son escarcelle, en tira vingt escus au soleil. « (Pantagruel, liv. IV, chap. 16.)

Le lievre étoit gîté dessous un maître chou.
On le quête, on le lance : il s'enfuit par un trou,
Non pas trou, mais trouée, horrible et large plaie
Que l'on fit à la pauvre haie
Par ordre du seigneur; car il eût été mal
Qu'on n'eût pu du jardin sortir tout à cheval.
Le bon homme disoit : Ce sont là jeux de prince. (4)
Mais on le laissoit dire; et les chiens et les gens
Firent plus de dégât en une heure de tems,
Que n'en auroient fait en cent ans
Tous les lievres de la province.
Petits princes, videz vos débats entre vous :
De recourir aux rois vous seriez de grands fous.
Il ne les faut jamais engager dans vos guerres,
Ni les faire entrer sur vos terres.

(4) Qui ne plaisent, dit le proverbe, qu'à ceux qui les font.

V. *L'Ane et le petit Chien.*

Ne forçons point notre talent;
Nous ne ferions rien avec grace :
Jamais un lourdeau, quoi qu'il fasse,
Ne sauroit passer pour galant.

Peu de gens, que le ciel chérit et gratifie,
Ont le don d'agréer infus avec la vie.
C'est un point qu'il leur faut laisser,
Et ne pas ressembler à l'âne de la fable,
Qui, pour se rendre plus aimable
Et plus cher à son maître, alla le caresser.
Comment! disoit-il en son ame,
Ce chien, parce qu'il est mignon,
Vivra de pair à compagnon
Avec monsieur, avec madame:
Et j'aurai des coups de bâton!
Que fait-il? il donne la patte,
Puis aussitôt il est baisé:
S'il en faut faire autant afin que l'on me flatte,
Cela n'est pas bien mal-aisé.
Dans cette admirable pensée,
Voyant son maître en joie, il s'en vient lourdement,
Leve une corne toute usée,
La lui porte au menton fort amoureusement,
Non sans accompagner, pour plus grand ornement,
De son chant gracieux cette action hardie.
Ho! ho! quelle caresse! et quelle mélodie!
Dit le maître aussitôt. Holà! Martin-bâton! (1)
Martin-bâton accourt: l'âne change de ton.
Ainsi finit la comédie.

(1) Un valet armé d'un gros bâton. Ici Martin-bâton ne peut guere signifier autre chose: mais, si je ne me trompe, il doit se prendre pour le bâton même dans cet endroit de Rabelais où il fait dire à Panurge: » Je battrai ma femme en tigre si elle me fâche. Martin-» bâton, ajoute-t-il, en fera l'office. Et faute de bâton, » le diable me mange si je ne la mangeois pas toute » vive, etc. « (Pantagruel, liv. III, chap. 13.)

VI. *Le combat des Rats et des Belettes.*

La nation des belettes,
Non plus que celle des chats,
Ne veut aucun bien aux rats :
Et sans les portes étroites
De leurs habitations,
L'animal à longue échine
En feroit, je m'imagine,
De grandes destructions.
Or, une certaine année
Qu'il en étoit à foison,
Leur roi, nommé Ratapon,
Mit en campagne une armée.
Les belettes, de leur part,
Déployerent l'étendard.
Si l'on croit la renommée,
La victoire balança :
Plus d'un guéret s'engraissa
Du sang de plus d'une bande.
Mais la perte la plus grande
Tomba presque en tous endroits
Sur le peuple souriquois :
Sa déroute fut entiere,

Quoi que pût faire Artapax,
Psicarpax, Méridarpax, (1)
Qui, tout couverts de poussiere,
Soutinrent assez long-tems
Les efforts des combattans.
Leur résistance fut vaine;
Il fallut céder au sort:
Chacun s'enfuit au plus fort,
Tant soldats que capitaine.
Les princes périrent tous.
La racaille, dans des trous,
Trouvant sa retraite prête,
Se sauva sans grand travail:
Mais les seigneurs sur leur tête
Ayant chacun un plumail,
Des cornes ou des aigrettes,
Soit comme marque d'honneur;
Soit afin que les belettes
En conçussent plus de peur,
Cela causa leur malheur.
Trou, ni fente, ni crevasse,
Ne fut large, assez pour eux;
Au lieu que la populace
Entroit dans les moindres creux.
La principale jonchée
Fut donc des principaux rats.
Une tête empanachée
N'est pas petit embarras.
Le trop superbe équipage
Peut souvent en un passage
Causer du retardement.
Les petits en toute affaire
Esquivent fort aisément:
Les grands ne le peuvent faire.

(1) Noms des rats plaisamment inventés par Homere dans sa Batrachomyomachie; de quoi tomberont d'accord tous ceux qui entendent assez de grec pour découvrir la vraie signification de ces noms-là.

VII. *Le Singe et le Dauphin.*

C'étoit chez les Grecs un usage
Que sur la mer tous voyageurs
Menoient avec eux en voyage
Singes et chiens de bateleurs.
Un navire en cet équipage
Non loin d'Athenes fit naufrage.
Sans les dauphins tout eût péri.
Cet animal est fort ami
De notre espece : en son histoire
Pline le dit ; il le faut croire.
Il sauva donc tout ce qu'il put.
Même un singe en cette occurrence,
Profitant de la ressemblance,
Lui pensa devoir son salut :
Un dauphin le prit pour un homme,
Et sur son dos le fit asseoir
Si gravement, qu'on eût cru voir
Ce chanteur (1) que tant on renomme.
Le dauphin l'alloit mettre à bord,
Quand, par hasard, il lui demande :

(1) C'est Arion, sauvé d'un naufrage par un dauphin. Sur ce fait merveilleux, voyez Hérodote, liv. I.

Etes-

Etes-vous d'Athenes la grande ?
Oui, dit l'autre ; on m'y connoît fort ;
S'il vous y survient quelque affaire,
Employez-moi, car mes parens
Y tiennent tous les premiers rangs.
Un mien cousin est juge-maire.
Le dauphin dit : Bien grand-merci :
Et le Pirée (2) a part aussi
A l'honneur de votre présence ?
Vous le voyez souvent, je pense ?
Tous les jours : il est mon ami ;
C'est une vieille connoissance.
Notre magot, prit pour ce coup,
Le nom d'un port pour un nom d'homme.
De telles gens il est beaucoup,
Qui prendroient Vaugirard 3 pour Rome ; 4
Et qui, caquetant au plus dru,
Parlent de tout, et n'ont rien vu.
Le dauphin rit, tourne la tête :
Et, le magot considéré,
Il s'apperçoit qu'il n'a tiré
Du fond des eaux rien qu'une bête :
Il l'y replonge, et va trouver
Quelque homme, afin de le sauver.

(2) Fameux port d'Athenes.
(3) Village près de Paris.
(4) La capitale de l'état ecclésiastique, et la plus grande ville d'Italie.

VIII. *L'Homme et l'Idole de bois.*

Certain payen chez lui gardoit un pieu de bois,
De ces dieux qui sont sourds, bien qu'ayant des oreilles :
Le payen cependant s'en promettoit merveilles.
Il lui coûtoit autant que trois :
Ce n'étoit que vœux et qu'offrandes,
Sacrifices de bœufs couronnés de guirlandes.

Jamais idole, quel qu'il fût,
N'avoit eu cuisine si grasse,
Sans que, pour tout ce culte, à son hôte il échût
Succession, trésor, gain au jeu, nulle grace.
Bien plus, si pour un sou d'orage en quelque endroit
S'amassoit d'une ou d'autre sorte,
L'homme en avoit sa part; et sa bourse en souffroit:
La pitance du dieu n'en étoit pas moins forte.
A la fin, se fâchant de n'en obtenir rien,
Il vous prend un levier, met en pieces l'idole,
Le trouve rempli d'or. Quand je t'ai fait du bien,
M'as-tu valu, dit-il, seulement une obole?
Va, sors de mon logis, cherche d'autres autels.
Tu ressemble aux naturels
Malheureux, grossiers et stupides:
On n'en peut rien tirer qu'avecque le bâton.
Plus je te remplissois, plus mes mains étoient vides.
J'ai bien fait de changer de ton.

IX. *Le Geai paré des plumes du Paon.*

Un paon muoit : un geai prit son plumage :
Puis après se l'accommoda :
Puis parmi d'autres paons tout fier se panada,
Croyant être un beau personnage.
Quelqu'un le reconnut : il se vit bafoué,
Berné, sifflé, moqué, joué,
Et par messieurs les paons plumé d'étrange sorte :
Il fut par eux mis à la porte.
Il est assez de gens à deux pieds comme lui,
Qui se parent souvent des dépouilles d'autrui,
Et que l'on nomme plagiaires.
Je m'en tais, et ne veux leur causer nul ennui :
Ce ne sont pas là mes affaires.

X. *Le Chameau et les Bâtons flottans.*

Le premier qui vit un chameau (1)
S'enfuit à cet objet nouveau ;
Le second approcha ; le troisieme osa faire

(1) Animal propre à porter de gros fardeaux.

Un licou pour le dromadaire. (2)
L'accoutumance ainsi nous rend tout familier :
Ce qui nous paroissoit terrible et singulier
S'apprivoise avec notre vue,
Quand ce vient à la continue.
Et puisque nous voici tombés sur ce sujet :
On avoit mis des gens au guet,
Qui, voyant sur les eaux de loin certain objet,
Ne purent s'empêcher de dire
Que c'étoit un puissant navire.
Quelques momens après, l'objet devint brûlot,
Et puis nacelle, et puis ballot,
Enfin bâtons flottans sur l'onde.
J'en sais beaucoup de par le monde
A qui ceci conviendroit bien :
De loin, c'est quelque chose ; et de près, ce n'est rien.

(2) Autre nom de chameau. C'est proprement une espece de chameaux qui vont d'un pas plus léger et plus vîte que les autres.

XI. *La Grenouille et le Rat.*

Tel, comme dit Merlin, (1) cuide engeigner (2)
autrui,
Qui souvent s'engeigne soi-même.
J'ai regret que ce mot soit trop vieux aujourd'hui,
Il m'a toujours semblé d'une énergie extrême.
Mais afin d'en venir au dessein que j'ai pris,
Un rat plein d'embonpoint, gras, et des mieux
nourris,
Et qui ne connoissoit l'avent ni le carême,
Sur le bord d'un marais égayoit ses esprits.
Une grenouille approche, et lui dit en sa langue:

(1) Qui, distingué en son tems, ou par son habileté ou par la subtilité de son esprit, passoit communément pour sorcier. C'est un fameux enchanteur dans l'*Orlando furioso* d'Arioste. Merlin, prétendu magicien, étoit anglois. Il vivoit vers la fin du cinquieme siecle. Si vous voulez en savoir davantage, voyez le dictionnaire de Moréri.

(2) Pense duper, tromper. Cuide engeigner, sont deux mots à présent surannés et tout-à-fait hors d'usage. Cuider se trouve encore dans Amyot. Pour engeigner, ou enginer, comme l'écrit Ménage dans son dictionnaire étymologique, il vient, selon ce savant étymologiste, d'INGANNARE, tromper.

Venez me voir chez moi, je vous ferai festin;
Messire rat promit soudain :
Il n'étoit pas besoin de plus longue harangue :
Elle allégua pourtant les délices du bain,
La curiosité, le plaisir du voyage,
Cent raretés à voir le long du marécage :
Un jour il conteroit à ses petits enfans
Les beautés de ces lieux, les mœurs des habitans,
Et le gouvernement de la chose publique
Aquatique.
Un point sans plus tenoit le galant empêché,
Il nageoit quelque peu, mais il falloit de l'aide.
La grenouille à cela trouve un très-bon remede;
Le rat fut à son pied par la patte attaché,
Un brin de jonc en fit l'affaire.
Dans le marais entrés, notre bonne commere
S'efforce de tirer son hôte au fond de l'eau,
Contre le droit des gens, contre la foi jurée;
Prétend qu'elle en fera gorge-chaude et curée :
C'étoit, à son avis, un excellent morceau.
Déjà dans son esprit la galande le croque.
Il atteste les dieux; la perfide s'en moque :
Il résiste, elle tire. En ce combat nouveau,
Un milan, qui dans l'air planoit, faisoit la ronde,
Voit d'en-haut le pauvret se débattant sur l'onde;
Il fond dessus, l'enleve, et, par même moyen,
La grenouille et le lien.
Tout en fut; tant et si bien,
Que de cette double proie
L'oiseau se donne au cœur joie,
Ayant, de cette façon,
A souper chair et poisson.
La ruse la mieux ourdie
Peut nuire à son inventeur;
Et souvent la perfidie
Retourne sur son auteur.

XII. *Tribut envoyé par les Animaux à Alexandre.*

Une fable avoit cours parmi l'antiquité,
Et la raison ne m'en est pas connue.
Que le lecteur en tire une moralité :
Voici la fable toute nue.
La renommée ayant dit en cent lieux
Q'un fils de Jupiter, un certain Alexandre,
Ne voulant rien laisser de libre sous les cieux,
Commandoit que, sans plus attendre,
Tout peuple à ses pieds s'allât rendre,
Quadrupedes, humains, éléphans, vermisseaux,
Les républiques des oiseaux :
La déesse aux cent bouches, dis-je,
Ayant mis par-tout la terreur
En publiant l'édit du nouvel empereur,
Les animaux, et toute espece lige (1)
De son seul appétit, crurent que cette fois
Il falloit subir d'autres lois.
On s'assemble au désert. Tous quittent leur taniere.

(1) Asservie à son seul appétit. C'est le plus haut point de liberté où puissent parvenir les animaux. Et l'homme est lige d'un seigneur, lorsqu'il dépend de ce seigneur à certain égard, qu'il est son vassal.

Après divers avis, on résout, on conclut,
D'envoyer hommage et tribut.
Pour l'hommage et pour la maniere,
Le singe en fut chargé: l'on lui mit par écrit
Ce que l'on vouloit qui fût dit.
Le seul tribut les tint en peine:
Car, que donner? il falloit de l'argent.
On en prit d'un prince obligeant,
Qui possédant dans son domaine
Des mines d'or, fournit ce qu'on voulut.
Comme il fut question de porter ce tribut,
Le mulet et l'âne s'offrirent,
Assistés du cheval ainsi que du chameau.
Tous quatre en chemin ils se mirent
Avec le singe, ambassadeur nouveau.
La caravane enfin rencontre en un passage
Monseigneur le lion. Cela ne leur plut point.
Nous nous rencontrons tout à point,
Dit-il, et nous voici compagnons de voyage.
J'allois offrir mon fait à part;
Mais, bien qu'il soit léger, tout fardeau m'embarrasse.
Obligez-moi de me faire la grace
Que d'en porter chacun un quart;
Ce ne vous sera pas une charge trop grande,
Et j'en serai plus libre, et bien plus en état,
En cas que les voleurs attaquent notre bande,
Et que l'on en vienne au combat.
Econduire un lion rarement se pratique.
Le voilà donc admis, soulagé, bien reçu,
Et, malgré le héros de Jupiter issu, (2)
Faisant chere et vivant sur la bourse publique.
Ils arriverent dans un pré
Tout bordé de ruisseaux, de fleurs tout diapré,
Où maint mouton cherchoit sa vie,
Séjour du frais, véritable patrie
Des zéphirs. Le lion n'y fut pas, qu'à ces gens

(1) Alexandre, qui se disoit fils de Jupiter.

Il se plaignit d'être malade.
Continuez votre ambassade,
Dit-il ; je sens un feu qui me brûle au-dedans,
Et veux chercher ici quelque herbe salutaire.
Pour vous, ne perdez point de tems :
Rendez-moi mon argent, j'en puis avoir affaire.
On déballe ; et d'abord le lion s'écria,
D'un ton qui témoigne sa joie :
Que de filles, ô dieux ! mes pieces de monnoie
Ont produites ! voyez : la plupart sont déjà
Aussi grandes que leurs meres.
Le croît m'en appartient. Il prit tout là-dessus ;
Ou bien, s'il ne prit tout, il n'en demeura gueres.
Le singe et les sommiers confus,
Sans oser répliquer, en chemin se remirent.
Au fils de Jupiter on dit qu'ils se plaignirent,
Et n'en eurent point de raison.
Qu'eût-il fait ? C'eût été lion contre lion ;
Et le proverbe dit : Corsaires à corsaires, (3)
L'un l'autre s'attaquant, ne font pas leurs affaires.

(3) Espece de proverbe, que La Fontaine a pris mot pour mot de Regnier, satyre XII, à la fin.

XIII. *Le Cheval s'étant voulu venger du Cerf.*

De tous tems les chevaux ne sont nés pour les hommes.
Lorsque le genre humain de glands se contentoit,
Ane, cheval et mule, aux forêts habitoit :
Et l'on ne voyoit point, comme au siecle où nous sommes,
Tant de selles et tant de bats,
Tant de harnois pour les combats,
Tant de chaises, tant de carrosses,
Comme aussi ne voyoit-on pas
Tant de festins et tant de noces.

Or un cheval eut alors différend
Avec un cerf plein de vitesse ;
Et ne pouvant l'attraper en courant,
Il eut recours à l'homme, implora son adresse.
L'homme lui mit un frein, lui sauta sur le dos,
Ne lui donna point de repos
Que le cerf ne fût pris, et n'y laissât la vie.
Et cela fait, le cheval remercie
L'homme son bienfaiteur, disant : Je suis à vous ;
Adieu ; je m'en retourne en mon séjour sauvage.
Non pas cela, dit l'homme ; il fait meilleur chez nous :
Je vois trop quel est votre usage.
Demeurez donc ; vous serez bien traité,
Et jusqu'au ventre en la litiere.
Hélas, que sert la bonne chere
Quand on n'a pas la liberté ?
Le cheval s'apperçut qu'il avoit fait folie :
Mais il n'étoit plus tems ; déjà son écurie
Etoit prête et toute bâtie.
Il y mourut en traînant son lien :
Sage, s'il eût remis une légere offense.
Quel que soit le plaisir que cause la vengeance,

C'est l'acheter trop cher, que l'acheter d'un bien, (1)
Sans qui les autres ne sont rien.

(1) La liberté, préférable aux métaux les plus précieux, dit Horace, en appliquant la fable du cheval à toute personne qui, pour vivre plus commodément, devient esclave, d'un grand, qui, l'ayant admise chez lui et à sa table, la rend insensiblement le jouet de ses humeurs et de ses plus bizarres fantaisies. Pour La Fontaine, comme il n'a pas trouvé à propos de sortir ouvertement de son sujet, il ne pouvoit peindre la liberté qu'en termes généraux; ce qu'il a fait d'une maniere fort délicate, mais peut-être moins propre à toucher et instruire tous ses lecteurs, que l'idée qu'en donne Horace: d'où je ne vois pourtant pas qu'on puisse rien conclure en faveur d'Horace au désavantage de La Fontaine, qui n'auroit pu s'écarter ici de son sujet, comme a fait Horace, sans nous faire perdre une sage instruction, directement fondée sur cette fable.

XIV. *Le Renard et le Buste.*

Les grands, pour la plupart, sont masques de théâtre;
Leur apparence impose au vulgaire idolâtre.
L'âne n'en sait juger que par ce qu'il en voit:
Le renard, au contraire, à fond les examine,
Les tourne de tout sens; et, quand il s'apperçoit
Que leur fait n'est que bonne mine,

Il leur applique un mot qu'un buste de héros (1)
Lui fit dire fort à propos.
C'étoit un buste creux et plus grand que nature.
Le renard, en louant le fort de la sculpture :
» Belle tête, dit-il ; mais de cervelle point. «
Combien de grands seigneurs sont bustes en ce point!

(1) Figure d'une personne à demi-corps, en plein relief.

XV. *Le Loup, la Chevre et le Chevreau.*

La bique allant remplir sa traînante mamelle,
Et paître l'herbe nouvelle,
Ferma sa porte au loquet,
Non sans dire à son biquet :
Gardez-vous, sur votre vie,
D'ouvrir, que l'on ne vous die,
Pour enseigne et mot du guet :
Foin du loup et de sa race !
Comme elle disoit ces mots,
Le loup, de fortune, passe ;
Il les recueille à propos,
Et les garde en sa mémoire.
La bique, comme on peut le croire,
N'avoit pas vu le glouton.

Dès

Dès qu'il la voit partie, il contrefait son ton ;
Et, d'une voix papelarde (1),
Il demande qu'on ouvre, en disant : Foin du loup !
Et croyant entrer tout-d'un-coup.
Le biquet soupçonneux par la fente regarde :
Montrez-moi patte blanche, ou je n'ouvrirai point,
S'écria-t-il d'abord. Patte blanche est un point
Chez les loups, comme on sait, rarement en usage.
Celui-ci fort surpris d'entendre ce langage,
Comme il étoit venu s'en retourna chez soi.
Où seroit le biquet s'il eût ajouté foi
Au mot de guet, que de fortune,
Notre loup avoit entendu ?
Deux sûretés valent mieux qu'une ;
Et le trop en cela ne fut jamais perdu.

(1) Douce et contrefaite.

XVI. *Le Loup, la Mere et l'Enfant.*

Ce loup me remet en mémoire
Un de ses compagnons qui fut encor mieux pris ;
Il y périt. Voici l'histoire.
Un villageois avoit à l'écart son logis.

Messer loup attendoit chape-chûte (1) à la porte :
Il avoit vu sortir gibier de toute sorte,
Veaux de lait, agneaux et brebis,
Régiment de dindons, enfin bonne provende.
Le larron commençoit pourtant à s'ennuyer.
Il entend un enfant crier.
La mere aussitôt le gourmande,
Le menace, s'il ne se tait,
De le donner au loup. L'animal se tient prêt,
Remerciant les dieux d'une telle aventure :
Quand la mere appaisant sa chere géniture,
Lui dit : Ne criez point : s'il vient, nous le tuerons.
Qu'est ceci ? s'écria le mangeur de mouton ;
Dire d'un, puis d'un autre ! Est-ce ainsi que l'on traite
Les gens faits comme moi? me prend-on pour un sot?
Que quelque jour ce beau marmot
Vienne au bois cueillir la noisette.....
Comme il disoit ces mots, on sort de la maison :
Un chien de cour l'arrête ; épieux et fourches fieres
L'ajustent de toutes manieres.
Que veniez-vous chercher en ces lieux? lui dit-on.
Aussitôt il conta l'affaire.
Merci de moi ! lui dit la mere,
Tu mangeras mon fils? L'ai-je fait à dessein
Qu'il assouvisse un jour ta faim?
On assomma la pauvre bête.
Un manant lui coupa le pied droit et la tête :
Le seigneur du village à sa porte le mit ;
Et ce dicton picard alentour fut écrit :
» Biaux chires leups, n'écoutez mie
» Mere tenchent chen fieux qui crie. »

(1) Quelque bonne aventure. Si vous voulez savoir ce qui a donné lieu à cette expression, voyez le Dictionnaire de Trévoux, au mot *chape-chûte*. J'avois fait sur ce mot une note, qui m'a paru trop longue pour être mise ici.

XVII. *Parole de Socrate.*

Socrate (1) un jour faisant bâtir,
Chacun censuroit son ouvrage :
L'un trouvoit les dedans, pour ne lui point mentir,
Indignes d'un tel personnage ;
L'autre blâmoit la face, et tous étoient d'avis
Que les appartemens en étoient trop petits.
Quelle maison pour lui ! l'on y tournoit à peine :
Plût au ciel que de vrais amis,
Telle qu'elle est, dit-il, elle pût être pleine !
Le bon Socrate avoit raison
De trouver pour ceux-là trop grande sa maison.
Chacun se dit ami ; mais fou qui s'y repose ;
Rien n'est plus commun que ce nom,
Rien n'est plus rare que la chose.

(1) Philosophe grec, dont la sagesse et la vertu ne peuvent être assez admirées de quiconque prendra la peine d'étudier son caractere.

XVIII. *Le Vieillard et ses Enfans.*

Toute puissance est foible, à moins que d'être unie.
Ecoutez là-dessus l'esclave de Phrygie.
Si j'ajoute du mien à son invention,
C'est pour peindre nos mœurs, et non point par envie ;
Je suis trop au-dessous de cette ambition.
Phedre enrichit souvent par un motif de gloire :
Pour moi, de tels pensers me seroient mal-séans.
Mais venons à la fable, ou plutôt à l'histoire
De celui qui tâcha d'unir tous ses enfans.
Un vieillard près d'aller où la mort l'appeloit,
Mes chers enfans, dit-il (à ses fils il parloit),
Voyez si vous romprez ces dards liés ensemble ;
Je vous expliquerai le nœud qui les assemble :
L'aîné les ayant pris, et fait tous ses efforts,
Les rendit, en disant : Je le donne aux plus forts (1).

(1) Je défie les plus forts d'en venir à bout ; c'est-à-dire, de rompre ces dards joints ensemble. Dans la plupart des éditions des Fables de La Fontaine, au lieu de *je le donne aux plus forts*, on trouve, *je les donne aux plus forts ;* faute grossiere, qui a été corrigée par La Fontaine lui-même, dans une édition de Paris, publiée en 1678. La même faute a reparu depuis, dans plusieurs autres éditions, par la négligence ou l'ignorance des

Un second lui succede, et se met en posture ;
Mais en vain. Un cadet tente aussi l'aventure.
Tous perdirent leur tems, le faisceau résista ;
De ces dards joints ensemble un seul ne s'éclata.
Foibles gens ! dit le pere ; il faut que je vous montre
Ce que ma force peut en semblable rencontre.
On crut qu'il se moquoit ; on sourit, mais à tort :
Il sépare les dards, et les rompt sans effort.
Vous voyez, reprit-il, l'effet de la concorde :
Soyez joints, mes enfans ; que l'amour vous accorde.
Tant que dura son mal, il n'eut autre discours.
Enfin se sentant près de terminer ses jours,
Mes chers enfans, dit-il, je vais où sont nos peres ;
Adieu : promettez-moi de vivre comme freres ;
Que j'obtienne de vous cette grace en mourant.
Chacun de ses trois fils l'en assure en pleurant.
Il prend à tous les mains ; il meurt. Et les trois freres
Trouvent un bien fort grand, mais fort mêlé d'affaires.
Un créancier saisit, un voisin fait procés :
D'abord notre trio s'en tire avec succès.
Leur amitié fut courte autant qu'elle étoit rare.
Le sang les avoit joints, l'intérêt les sépare :
L'ambition, l'envie, avec les consultans (2),
Dans la succession entrent en même tems.
On en vient au partage, on conteste, on chicane ;
Le juge sur cent points tour-à-tour les condamne.
Créanciers et voisins reviennent aussitôt,
Ceux-là sur une erreur, ceux-ci sur un défaut.
Les freres désunis sont tous d'avis contraire :
L'un veut s'accommoder, l'autre n'en veut rien faire.
Tous perdirent leur bien, et voulurent trop tard
Profiter de ces dards unis, et pris à part.

correcteurs ; mais on peut compter présentement que cette note, munie de l'autorité de La Fontaine, la fera disparoître pour toujours.

(2) Avocats qui ne plaident plus au barreau, mais qu'on va consulter chez eux.

XIX. *L'Oracle et l'Impie.*

Vouloir tromper le ciel, c'est folie à la terre.
Le dédale (1) des cœurs en ses détours n'enserre
Rien qui ne soit d'abord éclairé par les dieux :
Tout ce que l'homme fait, il le fait à leurs yeux,
Même les actions que dans l'ombre il croit faire.
Un païen, qui sentoit quelque peu le fagot (2),
Et qui croyoit en Dieu, pour user de ce mot,
Par bénéfice d'inventaire (3),
Alla consulter Apollon.

(1) Le labyrinthe, que les poëtes nomment souvent dédale dans le sens propre et dans un sens figuré, comme ici, par allusion à Dédale, architecte athénien, qui bâtit le fameux labyrinthe de Crete.

(2) Qui s'exposoit à être brûlé comme athée.

(3) Qu'un homme se trouve héritier par testament, s'il soupçonne que l'héritage pourroit l'obliger à payer aux créanciers du défunt plus qu'il ne lui a laissé par son testament, il n'accepte l'héritage que par bénéfice d'inventaire : et, dans ce cas, il n'est tenu de payer des dettes du défunt que jusqu'à la concurrence des biens inventoriés. Ainsi un homme qui croit en Dieu sans être fort assuré de son existence, se réserve la liberté de n'y point croire du tout. Un tel homme, dit La Fontaine, croit en Dieu, pour user de ce mot, par bénéfice d'inventaire : expression hardie, qui n'est ni fort juste, ni fort claire, si je ne me trompe.

Dès qu'il fut en son sanctuaire,
Ce que je tiens, dit-il, est-il en vie ou non?
Il tenoit un moineau, dit-on,
Prêt d'étouffer la pauvre bête,
Ou de la lâcher aussitôt,
Pour mettre Apollon en défaut.
Apollon reconnut ce qu'il avoit en tête:
Mort ou vif, lui dit-il, montre-nous ton moineau,
Et ne me tends plus de panneau:
Tu te trouverois mal d'un pareil stratagême:
Je vois de loin, j'atteins de même.

XX. *L'Avare qui a perdu son trésor.*

L'usage seulement fait la possession.
Je demende à ces gens de qui la passion
Est d'entasser toujours, mettre somme sur somme,
Quel avantage ils ont que n'ait pas un autre homme.
Diogène (1) là-bas est aussi riche qu'eux:
Et l'avare ici-haut, comme lui, vit en gueux.
L'homme au trésor caché, qu'Esope nous propose,
Servira d'exemple à la chose.
Ce malheureux attendoit,

(1) Philosophe fort pauvre, mais pauvre volontaire.

Pour jouir de son bien, une seconde vie;
Ne possédoit pas l'or, mais l'or le possédoit.
Il avoit dans la terre une somme enfouie,
Son cœur avec, n'ayant autre déduit (2)
Que d'y ruminer jour et nuit,
Et rendre sa chevanche (3) à lui-même sacrée.
Qu'il allât ou qu'il vînt, qu'il bût ou qu'il mangeât,
On l'eût pris de bien court à moins qu'il ne songeât
A l'endroit où gissoit cette somme enterrée.
Il y fit tant de tours, qu'un fossoyeur le vit,
Se douta du dépôt, l'enleva sans rien dire.
Notre avare un beau jour ne trouva que le nid.
Voilà mon homme aux pleurs : il gémit, il soupire;
Il se tourmente, il se déchire.
Un passant lui demande à quel sujet ses cris? —
C'est mon trésor que l'on m'a pris. —
Votre trésor : où pris? — Tout joignant cette pierre. —
Eh! sommes-nous en tems de guerre
Pour l'apporter si loin? N'eussiez-vous pas mieux fait
De le laisser chez vous en votre cabinet,
Que de le changer de demeure?
Vous auriez pu sans peine y puiser à toute heure. —
A toute heure, bon dieu! ne tient-il qu'à cela?
L'argent vient-il comme il s'en va?
Je n'y touchois jamais. — Dites-moi donc de grace,
Reprit l'autre, pourquoi vous vous affligez tant?
Puisque vous ne touchiez jamais à cet argent,
Mettez une pierre à sa place,
Elle vous vaudra tout autant.

(2) Pas de plus grand plaisir. Déduit, qui signifie plaisir, divertissement, est vieux. Quoiqu'usité encore, il l'est pourtant si peu, que je ne crois pas qu'il soit inutile de l'expliquer ici en faveur de plusieurs étrangers qui se plaisent à lire les fables de La Fontaine.

(3) Son bien, son trésor. Chevance, qui signifioit autrefois le bien d'une personne, est présentement un vieux mot.

XXI. *L'Œil du Maître.*

Un cerf s'étant sauvé dans un étable à bœufs,
Fut d'abord averti par eux
Qu'il cherchât un meilleur asile.
Mes freres, leur dit-il, ne me décelez pas :
Je vous enseignerai les pâtis les plus gras ;
Ce service vous peut quelque jour être utile,
Et vous n'en aurez point regret.
Les bœufs, à toute fin, promirent le secret.
Il se cache en un coin, respire, et prend courage.
Sur le soir on apporte herbe fraîche et fourrage,
Comme l'on faisoit tous les jours :
L'on va, l'on vient, les valets font cent tours,
L'intendant même ; et pas un d'aventure
N'apperçut ni cor, ni ramure,
Ni cerf enfin. L'habitant des forêts
Rend déjà grace aux bœufs, attend dans cette étable
Que, chacun retournant au travail de Cérès,
Il trouve, pour sortir, un moyen favorable.
L'un des bœufs ruminant, lui dit : Cela va bien ;
Mais quoi ! l'homme aux cent yeux n'a pas fait sa revue :
Je crains fort pour toi sa venue ;

Jusques-là pauvre cerf, ne te vante de rien.
Là-dessus le maître entre, et vient faire sa ronde.
Qu'est ceci? dit-il à son monde,
Je trouve bien peu d'herbe en tous ces ratelliers.
Cette litiere est vieille, allez vîte aux greniers.
Je veux voir désormais vos bêtes mieux soignées.
Que coûte-t-il d'ôter toutes ces araignées?
Ne sauroit-on ranger ces jougs et ces colliers?
En regardant à tout, il voit une autre tête
Que celles qu'il voyoit d'ordinaire en ce lieu.
Le cerf est reconnu: chacun prend un épieu;
Chacun donne un coup à la bête.
Ses larmes ne sauroient la sauver du trépas.
On l'emporte, on la sale, on en fait maints repas,
Dont maint voisin s'éjouit d'être.
Phedre (1) sur ce sujet dit fort élégamment:
Il n'est, pour voir, que l'œil du maître.
Quant à moi, j'y mettrois encor l'œil de l'amant.

(1) Phedre, exellent auteur de fables, qu'il a écrites en vers latins, d'un style fort semblable à celui de Térence.

XXII. *L'Alouette et ses Petits, avec le maître d'un champ.*

Ne t'attends qu'à toi seul: c'est un commun proverbe.
Voici comme Esope le mit
En crédit (1).
Les alouettes font leur nid
Dans les blés quand ils sont en herbe,
C'est-à-dire, environ le tems

(1) Par la fable suivante, qui nous a été conservée en latin par Aulu-Gelle, liv. ij, chap. 29, on n'a qu'à comparer la maniere de compter d'Aulu-Gelle, assez élégante, avec celle de La Fontaine: pour être convaincu que La Fontaine a trouvé l'art d'embellir ses originaux, qu'il leur prête des graces si naturelles, qu'en les imitant il devient original lui-même, et un original qui, selon toutes les apparences, restera long-tems inimitable.

Que tout aime, et que tout pullule dans le monde,
Monstres marins au fond de l'onde,
Tigres dans les forêts, alouettes aux champs.
Une pourtant de ces dernieres
Avoit laissé passer la moitié du printems
Sans goûter le plaisir des amours printanieres.
A toute force enfin elle se résolut
D'imiter la nature, et d'être mere encore.
Elle bâtit un nid, pond, couve, et fait éclore
A la hâte : le tout alla du mieux qu'il put.
Les blés d'alentour mûrs avant que la nitée (2)
Se trouvât assez forte encor
Pour voler et prendre l'essor,
De mille soins divers l'alouette agitée
S'en va chercher pâture, avertit ses enfans
D'être toujours au guet et faire sentinelle.
Si le possesseur de ces champs

(2) On trouve nitée dans l'édition in-quarto de 1668; et ce qui prouve qu'en effet La Fontaine a employé nitée, qui est en usage dans quelques provinces, c'est qu'il a laissé ce mot dans l'édition de 1678, qu'il a eu soin d'accompagner d'un bon errata.

Vient aveeque son fils, comme il viendra, dit-elle;
Ecoutez bien : selon ce qu'il dira,
Chacun de nous décampera.
Sitôt que l'alouette eut quitté sa famille,
Le possesseur du champ vient aveeque son fils.
Ces blés sont mûrs, dit-il; allez chez nos amis
Les prier que chacun, apportant sa faucille,
Nous vienne aider demain dès la pointe du jour.
Notre alouette de retour
Trouve en alarme sa couvée.
L'un commence : Il a dit que, l'aurore levée,
L'on fît venir demain ses amis pour l'aider.
S'il n'a dit que cela, repartit l'alouette,
Rien ne nous presse encor de changer de retraite;
Mais c'est demain qu'il faut tout de bon écouter.
Cependant soyez gai; voilà de quoi manger.
Eux repus, tout s'endort, les petits et la mere.
L'aube du jour arrive, et d'amis point du tout.
L'alouette à l'essor, le maître s'en vient faire
Sa ronde ainsi qu'à l'ordinaire.
Ces blés ne devroient pas, dit-il, être debout.
Nos amis ont grand tort, et tort qui se repose
Sur de tels paresseux, à servir ainsi lents.
Mon fils, allez chez nos parens
Les prier de la même chose.
L'épouvante est au nid plus forte que jamais.
Il a dit ses parens, mere! c'est à cette heure....
Non, mes enfans, dormez en paix:
Ne bougeons de notre demeure.
L'alouette eut raison, car personne ne vint.
Pour la troisieme fois, le maître se souvint
De visiter ses blés. Notre erreur est extrême,
Dit-il, de nous attendre à d'autres gens que nous.
Il n'est meilleur ami ni parent que soi-même.
Retenez bien cela, mon fils. Et savez-vous
Ce qu'il faut faire? Il faut qu'avec notre famille
Nous prenions dès demain chacun une faucille;
C'est-là notre plus court; et nous acheverons

Notre

Notre moisson quand nous pourrons.
Dès-lors que ce dessein fut su de l'alouette :
C'est ce coup qu'il est bon de partir, mes enfans;
Et les petits en même tems,
Voletans, se culbutans,
Délogerent tous sans trompette.

FIN DU QUATRIEME LIVRE.

LIVRE CINQUIEME.

I. *Le Bûcheron et Mercure.*

A M. LE C. D. B.

Votre goût a servi de regle à mon ouvrage,
J'ai tenté les moyens d'acquérir son suffrage.
Vous voulez qu'on évite un soin trop curieux,
Et des vains ornemens (1) l'effort ambitieux;
Je le veux comme vous : cet effort ne peut plaire.
Un auteur gâte tout quand il veut trop bien faire.
Non qu'il faille bannir certains traits délicats :
Vous les aimez, ces traits; et je ne les hais pas.
Quant au principal but qu'Esope se propose,
J'y tombe au moins mal que je puis.

(1) Ornemens inutiles et affectés. Horace, qui les nomme des ornemens ambitieux, nous dit expressément qu'un esprit juste et éclairé les retranchera sans façon de tout écrit soumis à sa critique : » Ambitiosa recidet » ornamenta. « De arte poeticâ, etc. v. 447. La Fontaine a bien profité du conseil d'Horace; ce qu'on ne peut dire que d'un très-petit nombre d'écrivains, tant anciens que modernes.

Enfin, si dans ces vers je ne plais et n'instruis,
Il ne tient pas à moi : c'est toujours quelque chose :
Comme la force est un point
Dont je ne me pique point,
Je tâche d'y tourner le vice en ridicule,
Ne pouvant l'attaquer avec des bras d'Hercule.
C'est là tout mon talent ; je ne sais s'il suffit.
Tantôt je peins en un récit
La sotte vanité jointe avecque l'envie,
Deux pivots sur qui roule aujourd'hui notre vie :
Tel est ce chétif animal
Qui voulut en grosseur au bœuf se rendre égal.
J'oppose quelquefois par une double image
Le vice à la vertu, la sottise au bon sens,
Les agneaux aux loups ravissans,
La mouche à la fourmi ; faisant de cet ouvrage
Une ample comédie à cent actes divers,
Et dont la scene est l'univers.
Hommes, dieux, animaux, tout y fait quelque rôle ;
Jupiter comme un autre. Introduisons celui
Qui porte de sa part aux belles la parole :
Ce n'est pas de cela qu'il s'agit aujourd'hui.
Un bûcheron perdit son gagne pain,
C'est sa cognée ; et la cherchant en vain,
Ce fut pitié là-dessus de l'entendre.
Il n'avoit pas des outils à revendre :
Sur celui-ci rouloit tout son avoir (2).
Ne sachant donc où mettre son espoir,
Sa face étoit de pleurs toute baignée :
O ma cognée ! ô ma pauvre cognée !
S'écrioit-il : Jupiter, rends-la-moi ;
Je tiendrai l'être encore un coup de toi.
Sa plainte fut de l'Olympe entendue.
Mercure vient. Elle n'est pas perdue,
Lui dit ce dieu, la connoîtras-tu bien ?
Je crois l'avoir près d'ici rencontrée.

(2) Avoir, vieux mot, qui signifioit *bien*, *richesses*, et que La Fontaine emploie ici dans le même sens.

Lors une d'or à l'homme étant montrée,
Il répondit : Je n'y demande rien.
Une d'argent succede à la premiere ;
Il la refuse. Enfin une de bois.
Voilà, dit-il, la mienne cette fois.
Je suis content si j'ai cette derniere.
Tu les auras, dit le dieu, toutes trois :
Ta bonne foi sera récompensée.
En ce cas-là je les prendrai, dit-il.
L'histoire en est aussitôt dispersée :
Et boquillons de perdre leur outil,
Et de crier pour se le faire rendre.
Le roi des dieux ne sait auquel entendre.
Son fils Mercure aux criards vient encor.
A chacun d'eux il en montre une d'or.
Chacun eût cru passer pour une bête
De ne pas dire aussitôt : La voilà !
Mercure, au lieu de donner celle-là,
Leur en décharge un grand coup sur la tête.
Ne point mentir, être content du sien,
C'est le plus sûr : cependant on s'occupe
A dire faux pour attraper du bien.
Que sert cela ? Jupiter n'est pas dupe.

II. *Le Pot de terre et le Pot de fer.*

Le pot de fer proposa.
Au pot de terre un voyage.
Celui-ci s'en excusa,
Disant qu'il feroit que sage (1)

(1) C'est-à-dire, qu'il feroit fort sagement. *Il feroit que sage* est une expression un peu surannée, mais qui se trouve communément dans nos vieux auteurs, sans en excepter Amyot lui-même, l'écrivain le plus correct et le plus poli de son tems, qui l'a employé dans sa traduction de Plutarque. » Tu fais que sage, Géminius, dit-il » dans la vie de Marc Antoine, ch. 12, de confesser le

De garder le coin du feu ;
Car il lui falloit si peu ,
Si peu , que la moindre chose
De son débris seroit cause ;
Il n'en reviendroit morceau.
Pour vous , dit-il , dont la peau
Est plus dure que la mienne ;
Je ne vois rien qui vous tienne.
Nous nous mettrons à couvert ,
Repartit le pot de fer :
Si quelque matiere dure
Vous menace , d'aventure ,

» vérité avant qu'on te donne la géhenne pour te la faire » dire. « La Fontaine , touché de la naïveté de cette expression , s'est fait un plaisir d'en orner son style. Mais un correcteur d'imprimerie , fort éloigné d'en sentir la naïveté, la trouvant barbare , parce qu'il ne l'entendoit pas , a cru faire merveille de mettre à la place , qu'*il seroit plus sage* , et cette prétendue correction a été reçue dans toutes les éditions des Fables de La Fontaine qui ont paru depuis en France , en Hollande , etc. quoique dans l'édition de Paris 1678 , corrigée par La Fontaine lui même , il y eût qu'*il feroit que sage* , comme dans toutes les éditions précédentes ; ce qui auroit dû tenir en respect cet imprudent correcteur , ou du moins empêcher les éditeurs qui sont venus après lui , de marcher aveuglément sur ses traces.

Entre deux je passerai,
Et du coup vous sauverai.
Cette offre le persuade.
Pot de fer son camarade
Se met droit à ses côtés.
Mes gens s'en vont à trois pieds,
Clopin clopant, comme ils peuvent,
L'un contre l'autre jetés
Au moindre hoquet qu'ils trouvent.
Le pot de terre en souffre : il n'eut pas fait cent pas,
Que par son compagnon il fut mis en éclats,
Sans qu'il eût lieu de se plaindre.
Ne nous associons qu'avecque nos égaux ;
Ou bien il nous faudra craindre
Le destin d'un de ces pots.

III. *Le petit Poisson et le Pêcheur.*

Petit poisson deviendra grand,
Pourvu que Dieu lui prête vie.
Mais le lâcher en attendant,
Je tiens pour moi que c'est folie :
Car de le rattraper il n'est pas trop certain.
Un crapeau, qui n'étoit encore que fretin,

Fut pris par un pêcheur au bord d'une riviere.
Tout fait nombre, dit l'homme en voyant son butin ;
Voilà commencement de chere et de festin :
Mettons-le en notre gibeciere.
Le pauvre carpillon lui dit en sa maniere :
Que ferez-vous de moi ? je ne saurois fournir
Au plus qu'une demi-bouchée.
Laissez-moi carpe devenir :
Je serai par vous repêchée ;
Quelque gros partisan m'achetera bien cher.
Au lieu qu'il vous en faut chercher
Peut-être encor cent de ma taille
Pour faire un plat : quel plat ! croyez-moi, rien qui vaille.
Rien qui vaille ! eh bien ! soit, repartit le pêcheur :
Poisson, mon bel ami, qui faites le prêcheur,
Vous irez dans la poële ; et vous aurez beau dire,
Dès ce soir on vous fera frire.
Un tiens (1) vaut, ce dit-on, mieux que deux tu l'auras.
L'un est sûr, l'autre ne l'est pas.

(1) Prends cela, je te le donne.

IV. *Les Oreilles du Lievre.*

Un animal cornu blessa de quelques coups
Le lion, qui, plein de courroux,
Pour ne plus tomber en la peine,
Bannit des lieux de son domaine
Toute bête portant des cornes à son front.
Chevres, beliers, taureaux, aussitôt délogerent ;
Daims et cerfs de climat changerent :
Chacun à s'en aller fut prompt.
Un lievre, appercevant l'ombre de ses oreilles,
Craignit que quelque inquisiteur (1)

(1) Délateur, qui fait le métier de noircir, de décrier ses actions les plus innocentes.

N'allât interpréter à cornes leur longueur,
Ne les soutînt en tout à des cornes pareilles.
Adieu, voisin grillon, dit-il, je pars d'ici :
Mes oreilles enfin seroient cornes aussi ;
Et quand je les aurois plus courtes qu'une autruche,
Je craindrois même encor. Le grillon repartit :
Cornes cela ! Vous me prenez pour cruche !
Ce sont oreilles que Dieu fit.
On les fera passer pour cornes,
Dit l'animal craintif, et cornes de licornes (2).
J'aurai beau protester : mon dire et mes raisons
Iront aux petites maisons (3).

(2) Animal qui n'a qu'une corne très-sensible au bas du front.
(3) Lieu où l'on renferme les fous à Paris.

V. *Le Renard ayant la queue coupée.*

Un vieux renard, mais des plus fins,
Grand croqueur de poulets, grand preneur de lapins,
Sentant son renard d'une lieue (1),
Fut enfin au piege attrapé.

(1) Connu pour le plus rusé de ce quartier-là.

Par grand hasard en étant échappé,
Non pas franc, car pour gage il laissa sa queue;
S'étant, dis-je, sauvé, sans queue et tout honteux,
Pour avoir de pareils (comme il étoit habile),
Un jour que les renards tenoient conseil entre eux:
Que faisons-nous, dit-il, de ce poil inutile,
Et qui va balayant tous les sentiers fangeux?
Que nous sert cette queue? Il faut qu'on se la coupe:
Si l'on me croit, chacun s'y résoudra.
Votre avis est fort bon, dit quelqu'un de la troupe:
Mais tournez-vous, de grace, et l'on vous répondra.
A ces mots il se fit une telle huée,
Que le pauvre écourté ne put être entendu.
Prétendre ôter la queue eût été tems perdu:
La mode en fut continuée.

VI. *La Vieille et les deux Servantes.*

Il étoit une vieille ayant deux chambrieres:
Elles filoient si bien, que les sœurs filandieres (1)
Ne faisoient que brouiller au prix de celles-ci.

(1) Les trois Parques, occupées à filer la vie des hommes.

La vieille n'avoit point de plus pressant souci
Que de distribuer aux servantes leur tâche.
Dès que Thétis (2) chassoit Phébus (3) aux crins dorés,
Tourets entroient en jeu, fuseaux étoient tirés,
Deçà, delà vous en aurez :
Point de cesse, point de relâche.
Dès que l'aurore, dis-je, en son char remontoit,
Un misérable coq à point nommé chantoit :
Aussitôt notre vieille, encor plus misérable,
S'affubloit d'un jupon crasseux et détestable,
Allumoit une lampe, et couroit droit au lit
Où, de tout leur pouvoir, de tout leur appétit,
Dormoient les deux pauvres servantes.
L'une entr'ouvroit un œil, l'autre étendoit un bras;
Et toutes deux, très-mal contentes,
Disoient entre leurs dents : Maudit coq! tu mourras!
Comme elles l'avoient dit, la bête fut grippée;

(2) Déesse de la mer, et la mer même, d'où les poëtes supposent que le soleil, qu'ils nomment Phébus, se leve tous les matins, après s'y être allé coucher tous les soirs.
(3) C'est-à-dire, dès que le soleil se levoit.

Le réveille-matin (4) eut la gorge coupée.
Ce meurtre n'amenda nullement leur marché :
Notre couple, au contraire, à peine étoit couché,
Que la vieille, craignant de laisser passer l'heure,
Couroit comme un lutin par toute sa demeure.
C'est ainsi que, le plus souvent,
Quand on pense sortir d'une mauvaise affaire,
On s'enfonce encor plus avant :
Témoin ce couple et son salaire.
La vieille, au lieu du coq, les fit tomber par là
De Carybde en Scylla (5).

(4) Comme le coq chante régulièrement au point du jour, La Fontaine s'est avisé fort à propos de lui donner le nom de réveille-matin, nom propre de cette espece de montres, qui, faites pour carillonner à telle heure qu'on veut, servent à réveiller ceux qui les montent pour être éveillés précisément à cette heure-là.

(5) Deux écueils dans le détroit qui sépare l'Italie de la Sicile, dont l'un, funeste aux vaisseaux qui s'approchoient de trop près des côtes d'Italie, se nommoit Scylla; et l'autre, gouffre horrible en Sicile, vis-à-vis de Scylla, se nommoit Carybde. Il arrivoit souvent qu'on donnoit contre l'un de ces écueils en voulant éviter l'autre; ce qui a fondé le proverbe: Tomber de Carybde en Scylla.

VII. *Le Satyre et le Passant.*

Au fond d'un antre sauvage
Un satyre et ses enfans
Alloient manger leur potage
Et prendre l'écuelle aux dents.
On les eût vus sur la mousse,
Lui, sa femme et maint petit :
Ils n'avoient tapis ni housse,
Mais tous fort bon appétit.
Pour se sauver de la pluie,
Entre un passant morfondu.
Au brouet on le convie :
Il n'étoit pas attendu.

Son hôte n'eut pas la peine
De le semondre (1) deux fois.
D'abord avec son haleine
Il se réchauffe les doigts :
Puis sur le mets qu'on lui donne,
Délicat, il souffle aussi.
Le satyre s'en étonne :
Notre hôte, à quoi bon ceci ?
L'un refroidit mon potage,
L'autre réchauffe ma main.
Vous pouvez, dit le sauvage,
Reprendre votre chemin :
Ne plaise aux dieux que je couche
Avec vous sous même toit !
Arriere ceux dont la bouche
Souffle le chaud et le froid (2) !

(1) Vieux mot, qui signifie inviter, convier.

(2) Qui disent d'une même personne, d'un même fait, le blanc et le noir, le pour et le contre, louant et blâmant indifféremment toutes choses, dans des vues intéressées, sans aucun respect pour la vérité.

VIII.

VIII. *Le Cheval et le Loup.*

Un certain loup, dans la saison
Que les tiedes zéphirs ont l'herbe rajeunie,
Et que les animaux quittent tous la maison
Pour s'en aller chercher leur vie;
Un loup, dis-je, au sortir des rigueurs de l'hiver,
Apperçut un cheval qu'on avoit mis au verd.
Je laisse à penser quelle joie.
Bonne chasse, dit-il, qui l'auroit à son croc.
Eh! que n'es-tu mouton! car tu me serois hoc (1);
Au lieu qu'il faut ruser pour avoir cette proie.
Rusons donc. Ainsi dit, il vient à pas comptés,
Se dit écolier d'Hippocrate;
Qu'il connoît les vertus et les propriétés
De tous les simples de ces prés;
Qu'il sait guérir, sans qu'il se flatte,
Toutes sortes de maux. Si don coursier vouloit
Ne point céler sa maladie,
Lui loup gratis le guériroit:

(1) Tu serois à moi, par allusion à une sorte de jeu de carte qu'on nomme le *Hoc*, où l'on dit *hoc* en jetant sur le tapis certaines cartes qui font gagner ceux qui les jouent.

Car le voir en cette prairie
Paître ainsi sans être lié,
Témoignoit quelque mal, selon la médecine.
J'ai, dit la bête chevaline,
Un apostume sous le pied.
Mon fils, dit le docteur, il n'est point de partie
Susceptible de tant de maux.
J'ai l'honneur de servir nosseigneurs les chevaux,
Et fais aussi la chirurgie.
Mon galant ne songeoit qu'à bien prendre son tems,
Afin de happer son malade.
L'autre, qui s'en doutoit, lui lâche une ruade,
Qui vous lui met en marmelade,
Les mandibules et les dents.
C'est bien fait, dit le loup en soi-même, fort triste;
Chacun à son métier doit toujours s'attacher.
Tu veux faire ici l'herboriste (2),
Et ne fus jamais que boucher.

(2) Qui s'applique à la connoissance des plantes.

IX. *Le Laboureur et ses Enfans.*

Travaillez, prenez de la peine:
C'est le fonds qui manque le moins.
Un riche laboureur, sentant sa mort prochaine,

Fit venir ses enfans, leur parla sans témoins.
Gardez-vous, leur dit-il, de vendre l'héritage
Que nous ont laissé nos parens :
Un trésor est caché dedans.
Je ne sais pas l'endroit : mais un peu de courage
Vous le fera trouver ; vous en viendrez à bout ;
Remuez votre champ dès qu'on aura fait l'oût :
Creusez, fouillez, bêchez, ne laissez nulle place
Où la main ne passe et repasse.
Le pere mort, les fils vous retournent le champ,
Deçà, delà, par-tout ; si bien qu'au bout de l'an
Il en rapporta davantage.
D'argent, point de caché. Mais le pere fut sage
De leur montrer, avant sa mort,
Que le travail est un trésor.

X. *La Montagne qui accouche.*

Une montagne en mal d'enfant
Jetoit une clameur si haute,
Que chacun, au bruit accourant,
Crut qu'elle accoucheroit sans faute,
D'une cité plus grosse que Paris :
Elle accoucha d'une souris.

Quand je songe à cette fable,
Dont le récit est menteur
Et le sens est véritable,
Je me figure un auteur
Qui dit : Je chanterai la guerre
Que firent les Titans au maître du tonnerre.
C'est promettre beaucoup: mais qu'en sort-il souvent?
Du vent.

XI. *La Fortune et le jeune Enfant.*

Sur le bord d'un puits très-profond,
Dormoit, étendu de son long,
Un enfant alors dans ses classes:
Tout est aux écoliers couchette et matelas.
Un honnête homme, en pareil cas,
Auroit fait un saut de vingt brasses.
Près de là tout heureusement,
La fortune passa, l'éveilla doucement,
Lui disant : Mon mignon, je vous sauve la vie;
Soyez une autre fois plus sage, je vous prie.
Si vous fussiez tombé, l'on s'en fût pris à moi;
Cependant c'étoit votre faute.
Je vous demande en bonne foi,

Si cette imprudence si haute
Provient de mon caprice. Elle part à ces mots.
Pour moi, j'approuve son propos.
Il n'arrive rien dans le monde,
Qu'il ne faille qu'elle en réponde :
Nous la faisons de tous écots (1) :
Elle est prise à garant de toutes aventures.
Est-on sot, étourdi, prend-on mal ses mesures :
On pense en être quitte en accusant son sort :
Bref, la fortune a toujours tort.

(1) Ecot est la part que chacun doit payer pour un repas commun. Faisons-nous une sottise, nous en mettons la meilleure partie sur le compte de la fortune. Nous lui faisons payer largement son écot pour le mauvais succès d'une affaire, auquel succès elle n'a contribué en aucune maniere.

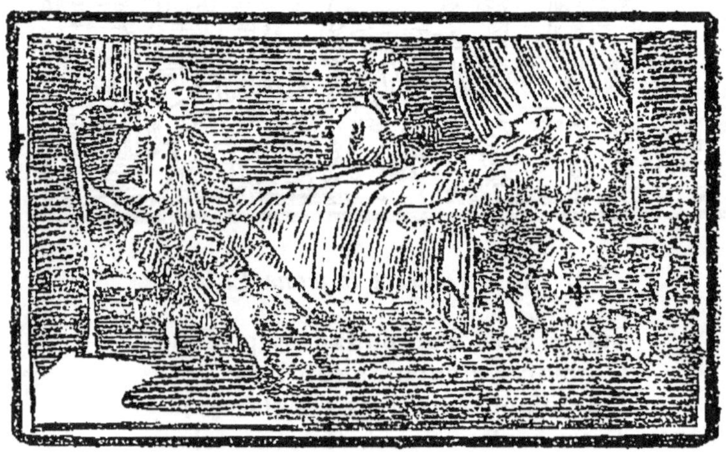

XII. Les Médecins.

Le médecin Tant-pis (1) alloit voir un malade
Que visitoit aussi son confrere Tant-mieux (2).
Ce dernier espéroit, quoique son camarade
Soutînt que le gisant iroit voir ses aïeux.

(1) (2) Médecins d'un caractere opposé, dont l'un faisoit toujours des pronostics funestes, et l'autre des pronostics heureux.

Tous deux s'étant trouvés différens pour la cure,
Leur malade paya le tribut à nature,
Après qu'en ces conseils Tant-pis eut été cru.
Ils triomphoient encor sur cette maladie.
L'un disoit : Il est mort ; je l'avois bien prévu.
S'il m'eût cru, disoit l'autre, il seroit plein de vie.

XIII. *La Poule aux œufs d'or.*

L'avarice perd tout en voulant tout gagner.
Je ne veux, pour le témoigner,
Que celui dont la poule, à ce que dit la fable,
Pondoit tous les jours un œuf d'or.
Il crut que dans son corps elle avoit un trésor ;
Il la tua, l'ouvrit, et la trouva semblable
A celles dont les œufs ne lui rapportoient rien,
S'étant lui-même ôté le plus beau de son bien.
Belle leçon pour les gens chiches !
Pendant ces derniers tems, combien en a-t-on vus
Qui du soir au matin sont pauvres devenus
Pour vouloir trop tôt être riches !

XIV. *L'Ane portant des Reliques.*

Un baudet chargé de reliques
S'imagina qu'on l'adoroit :
Dans ce penser il se quarroit,
Recevant comme siens l'encens et les cantiques.
Quelqu'un vit l'erreur, et lui dit :
Maître baudet, ôtez-vous de l'esprit
Une vanité si folle.
Ce n'est pas vous, c'est l'idole,
A qui cet honneur se rend,
Et que la gloire en est due.
D'un magistrat ignorant
C'est la robe qu'on salue.

XV. *Le Cerf et la Vigne.*

Un cerf, à la faveur d'une vigne fort haute,
Et telle qu'on en voit en de certains climats,
S'étant mis à couvert et sauvé du trépas,
Les veneurs, pour ce coup, croyoient leurs chiens en faute (1).

(1) Qu'ils avoient perdu la piste de la bête qu'ils chassoient.

Ils les rappellent donc. Le cerf, hors de danger,
Broute sa bienfaitrice: ingratitude extrême!
On l'entend ; on retourne, on le fait déloger:
Il vient mourir en ce lieu même.
J'ai mérité, dit-il, ce juste châtiment.
Profitez-en, ingrats. Il tombe en ce moment.
La meute en fait curée (2) : il lui fut inutile
De pleurer aux veneurs à sa mort arrivés.
Vraie image de ceux qui profanent l'asile
Qui les a conservés.

(2) Les chiens mangent la portion que les chasseurs leur en donnent, et qu'on nomme curée.

XVI. *Le Serpent et la Lime.*

On conte qu'un serpent, voisin d'un horloger,
(C'étoit pour l'horloger un mauvais voisinage,)
Entra dans sa boutique, et, cherchant à manger,
N'y rencontra pour tout potage
Qu'une lime d'acier qu'il se mit à ronger.
Cette lime lui dit, sans se mettre en colere :
Pauvre ignorant! eh! que prétends-tu faire?
Tu te prends à plus dur que toi,

Petit serpent à tête folle :
Plutôt que d'emporter de moi
Seulement le quart d'une obole,
Tu te romprois toutes les dents.
Je ne crains que celles du tems.
Ceci s'adresse à vous, esprits du dernier ordre,
Qui n'étant bons à rien, cherchez sur tout à mordre :
Vous vous tourmentez vainement.
Croyez-vous que vos dents impriment leurs outrages
Sur tant de beaux ouvrages ?
Ils sont pour vous d'airain, d'acier, de diamant.

XVII. *Le Lievre et la Perdrix.*

Il ne se faut jamais moquer des misérables ;
Car qui peut s'assurer d'être toujours heureux ?
Le sage Esope dans ses fables
Nous en donne un exemple ou deux.
Celui qu'en ces vers je propose,
Et les siens, ce sont même chose.
Le lievre et la perdrix, concitoyens d'un champ,

Vivoient dans un état, ce semble, assez tranquille;
Quand une meute s'approchant
Oblige le premier à chercher un asile :
Il s'enfuit dans son fort, met les chiens en défaut,
Sans même en excepter Brifaut.
Enfin il se trahit lui-même
Par les esprits sortant de son corps échauffé.
Mirant, sur leur odeur ayant philosophé,
Conclut que c'est son lievre, et d'une ardeur extrême
Il le pousse; et Rustant, qui n'a jamais menti,
Dit que le lievre est reparti.
Le pauvre malheureux vient mourir à son gîte.
La perdrix le raille, et lui dit :
Tu te vantois d'être si vîte!
Qu'as-tu fait de tes pieds? Au moment qu'elle rit,
Son tour vient, on la trouve. Elle croit que ses aîles
La sauront garantir à toute extrémité :
Mais la pauvrette avoit compté
Sans l'autour aux serres cruelles.

XVIII. *L'Aigle et le Hibou.*

L'aigle et le chat-huant leurs querelles cesserent,
Et firent tant qu'ils s'embrasserent.
L'un jura foi de roi, l'autre foi de hibou,
Qu'ils ne goberoient leurs petits peu ni prou.
Connoissez-vous les miens? dit l'oiseau de Minerve.
Non, dit l'aigle. Tant pis, reprit le triste oiseau:
Je crains en ce cas pour leur peau:
C'est hasard si je les conserve.
Comme vous êtes roi, vous ne considérez
Qui ni quoi: rois et dieux mettent, quoi qu'on leur die,
Tout en même catégorie (1).
Adieu mes nourrissons, si vous les rencontrez.
Peignez-les-moi, dit l'aigle, ou bien me les montrez:
Je n'y toucherai de ma vie.
Le hibou repartit: Mes petits sont mignons,
Beaux, bien faits, et jolis, sur tous leurs compagnons;
Vous les reconnoîtrez sans peine à cette marque.
N'allez pas l'oublier: retenez-la si bien,
Que chez moi la maudite parque
N'entre point par votre moyen.

(1) Au même rang, sans faire la moindre distinction.

Il avint qu'au hibou Dieu donna géniture.
De façon qu'un beau soir qu'il étoit en pâture ;
Notre aigle apperçut, d'aventure,
        Dans les coins d'une roche dure,
        Ou dans les trous d'une masure,
        (Je ne sais pas lequel des deux),
        De petits monstres fort hideux,
Rechignés, un air triste, une voix de Mégere.
Ces enfans ne sont pas, dit l'aigle, à notre ami :
Croquons-les. Le galant n'en fit pas à demi ;
Ses repas ne sont point repas à la légere.
Le hibou, de retour, ne trouve que les pieds
De ses chers nourrissons, hélas ! pour toute chose.
Il se plaint ; et les dieux sont par lui suppliés
De punir le brigand qui de son deuil est cause.
Quelqu'un lui dit alors : N'en accuse que toi,
        Ou plutôt la commune loi
        Qui veut qu'on trouve son semblable
        Beau, bien fait, et sur-tout aimable.
Tu fis de tes enfans à l'aigle ce portrait :
        En avoient-ils le moindre trait ?

XIX. *Le Lion s'en allant en guerre.*

Le lion dans sa tête avoit une entreprise :
Il tint conseil de guerre, envoya ses prévôts,
        Fit avertir les animaux.
Tous furent du dessein, chacun selon sa guise.
        L'éléphant devoit sur son dos
        Porter l'attirail nécessaire,
        Et combattre à son ordinaire ;
        L'ours s'apprêter pour les assauts ;
Le renard ménager de secretes pratiques,
Et le singe amuser l'ennemi par ses tours.
Renvoyez, dit quelqu'un, les ânes qui sont lourds,

Et

Et les lievres sujets à des terreurs paniques.
Point du tout, dit le roi, je les veux employer :
Notre troupe sans eux ne seroit pas complette.
L'âne effraîra les gens, nous servant de trompette;
Et le lievre pourra nous servir de courier.
Le monarque prudent et sage
De ses moindres sujets sait tirer quelque usage,
Et connoît les divers talens.
Il n'est rien d'inutile aux personnes de sens.

XX. *L'Ours et ses deux Compagnons.*

Deux compagnons, pressés d'argent,
A leur voisin fourreur vendirent
La peau d'un ours encor vivant,
Mais qu'ils tueroient bientôt, du moins à ce qu'ils dirent.
C'étoit le roi des ours : au compte de ces gens,
Le marchand à sa peau devoit faire fortune ;
Elle garantiroit des froids les plus cuisans,
On en pourroit fourrer plutôt deux robes qu'une.

Dindenaut (1) prisoit moins ses moutons, qu'eux leur ours :
Leur, à leur compte, et non à celui de la bête.
S'offrant de la livrer au plus tard dans deux jours,
Ils conviennent du prix, et se mettent en quête,
Trouvent l'ours qui s'avance et vient vers eux au trot.
Voilà mes gens frappés comme d'un coup de foudre.
Le marché ne tint pas, il fallut le résoudre :
D'intérêts (2) contre l'ours, on n'en dit pas un mot.
L'un des deux compagnons grimpe au faîte d'un arbre ;
L'autre plus froid que n'est un marbre,
Se couche sur le nez, fait le mort, tient son vent,
Ayant quelque part ouï dire
Que l'ours s'acharne peu souvent

(1) Marchand de moutons, nommé Dindenaut, sévèrement puni pour avoir insulté Panurge, et mis à trop haut prix sa marchandise, comme Rabelais le raconte plaisamment à sa maniere. Voyez Pantagruel, liv. IX, chap. 6, 7 et 8.

(2) Quant à la peine et à la dépense qu'avoit coûté cette expédition contre l'ours, on ne lui en dit pas un mot pour en obtenir le dédommagement.

Sur un corps qui ne vit, ne meut, ni ne respire.
Seigneur ours, comme un sot, donna dans ce panneau :
Il voit ce corps gissant, le croit privé de vie :
Et de peur de supercherie,
Le tourne, le retourne, approche son museau,
Flaire aux passages de l'haleine.
C'est, dit-il, un cadavre, ôtons-nous, car il sent.
A ces mots, l'ours s'en va dans la forêt prochaine.
L'un de nos deux marchands de son arbre descend,
Court à son compagnon, lui dit que c'est merveille
Qu'il n'ait eu seulement que la peur pour tout mal.
Eh bien, ajouta-t-il, la peau de l'animal?
Mais que t'a-t-il dit à l'oreille?
Car il t'approchoit de bien près,
Te tournant avec sa serre. —
Il m'a dit qu'il ne faut jamais
Vendre la peau de l'ours qu'on ne l'ait mis par terre.

XXI. *L'Ane vêtu de la peau du Lion.*

De la peau du lion, l'âne s'étant vêtu,
Etoit craint par-tout à la ronde ;
Et, bien qu'animal sans vertu,
Il faisoit trembler tout le monde.

Un petit bout d'oreille échappé par malheur
Découvrit la fourbe et l'erreur.
Martin (1) fit alors son office.
Ceux qui ne savoient pas la ruse et la malice,
S'étonnoient de voir que Martin
Chassât les lions au moulin.
Force gens font du bruit en France
Par qui cet apologue est rendu familier.
Un équipage cavalier
Fait les trois quarts de leur vaillance.

(1) Valet de meûnier, armé d'un gros bâton.

FIN DU CINQUIEME LIVRE.

LIVRE SIXIEME.

I. *Le Pâtre et le Lion.*

Les fables ne sont pas ce qu'elles semblent être,
Le plus simple animal nous y tient lieu de maître.
Une morale nue apporte de l'ennui :
Le conte fait passer le précepte avec lui.
En ces sortes de feintes il faut instruire et plaire ;
Et conter pour conter me semble peu d'affaire.
C'est par cette raison qu'égayant leur esprit,
Nombre de gens fameux en ce genre ont écrit.
Tous ont fui l'ornement et le trop d'étendue ;
On ne voit point chez eux de parole perdue.
Phedre étoit si succinct, qu'aucuns l'en ont blâmé.
Esope en moins de mots s'est encore exprimé.
Mais sur tous certain Grec (1) renchérit, et se pique
D'une élégance laconique (2) ;
Il renferme toujours son conte en quatre vers ;
Bien ou mal, je le laisse à juger aux experts.

(1) Gabrias.
(2) Très-succincte, comme celle des Lacédémoniens.

Voyons-le avec Esope en un sujet semblable.
L'un amene un chasseur, l'autre un pâtre, en sa
fable.
J'ai suivi leur projet quant à l'événement,
Y cousant en chemin quelque trait seulement.
Voici comme, à-peu-près, Esope le raconte.
Un pâtre, à ses brebis trouvant quelque mécompte,
Voulut à toute force attraper le larron.
Il s'en va près d'un antre, et tend à l'environ
Des lacs à prendre loups, soupçonnant cette engeance.
Avant que partir de ces lieux,
Si tu fais, disoit-il, ô monarque des dieux,
Que le drôle à ces lacs se prenne en ma présence,
Et que je goûte ce plaisir,
Parmi vingt veaux je veux choisir
Le plus gras, et t'en faire offrande !
A ces mots sort de l'antre un lion grand et fort :
Le pâtre se tapit, et dit, à demi-mort :
Que l'homme ne sait guere, hélas ! ce qu'il demande !
Pour trouver le larron qui détruit mon troupeau,
Et le voir en ces lacs pris avant que je parte,
O monarque des dieux, je t'ai promis un veau ;
Je te promets un bœuf si tu fais qu'il s'écarte !
C'est ainsi que l'a dit le principal auteur :
Passons à son imitateur.

II. *Le Lion et le Chasseur.*

Un fanfaron, amateur de la chasse,
Venant de perdre un chien de bonne race,
Qu'il soupçonnoit dans le corps du lion,
Vit un berger : Enseignez-moi, de grace,
De mon voleur, lui dit-il, la maison,
Que de ce pas je me fasse raison.
Le berger dit : C'est vers cette montagne.
En lui payant de tribut un mouton

Par chaque mois, j'erre dans la campagne
Comme il me plaît ; et je suis en repos.
Dans le moment qu'ils tenoient ces propos,
Le lion sort, et vient d'un pas agile.
Le fanfaron aussitôt d'esquiver :
O Jupiter, montre-moi quelque asile,
S'écria-t-il, qui me puisse sauver !
La vraie épreuve de courage
N'est que dans le danger que l'on touche du doigt :
Tel le cherchoit, dit-il, qui, changeant de langage,
S'enfuit aussitôt qu'il le voit.

III. *Phébus et Borée* (1).

Borée et le soleil virent un voyageur
Qui s'étoit muni par bonheur
Contre le mauvais tems. On entroit dans l'automne,
Quand la précaution aux voyageurs est bonne.
Il pleut ; le soleil luit, et l'écharpe d'Iris
Rend ceux qui sortent avertis

(1) Le soleil et le vent du nord, qui est en général très-violent.

Qu'en ces mois (2) le manteau leur est fort nécessaire :
Les Latins les nommoient douteux (3) pour cette
affaire.
Notre homme s'étoit donc à la pluie attendu.
Bon manteau bien doublé, bonne étoffe bien forte.
Celui-ci, dit le vent, prétend avoir pourvu
A tous les accidens ; mais il n'a pas prévu
Que je saurois souffler de sorte,
Qu'il n'est bouton qui tienne : il faudra, si je veux,
Que le manteau s'en aille au diable.
L'ébattement pourroit nous en être agréable :
Vous plaît-il de l'avoir ? Eh bien ! gageons nous deux,
Dit Phébus, sans tant de paroles,
A qui plutôt aura dégarni les épaules
Du cavalier que nous voyons.
Commencez : je vous laisse obscurcir mes rayons.
Il n'en fallut pas plus. Notre souffleur à gage
Se gorge de vapeurs, s'enfle comme un ballon,
Fait un vacarme de démon,

(2) A cause de la pluie qui forme actuellement l'arc-en-ciel, à la faveur des rayons du soleil.

(3) Incertains. » Incertis si mensibus amnis abundans » exit. « Virg. Georg. lib. I, v. 115, 116.

Siffle, souffle, tempête, et brise en son passage
Maint toit qui n'en peut mais, fait périr maint bateau;
Le tout au sujet d'un manteau.
Le cavalier eut soin d'empêcher que l'orage
Ne se pût engouffrer dedans.
Cela le préserva. Le vent perdit son tems;
Plus il se tourmentoit, plus l'autre tenoit ferme.
Il eut beau faire agir le collet et les plis.
Sitôt qu'il fut au bout du terme
Qu'à la gageure on avoit mis,
Le soleil dissipe la nue,
Récrée, et puis pénetre enfin le cavalier,
Sous son balandras fait qu'il sue,
Le contraint de s'en dépouiller:
Encor n'usa-t-il pas de toute sa puissance;
Plus fait douceur que violence.

IV. *Jupiter et le Métayer.*

Jupiter eut jadis une ferme à donner.
Mercure en fit l'annonce, et gens se présenterent,
Firent des offres, écouterent:
Ce ne fut pas sans bien tourner;
L'un alléguoit que l'héritage

Etoit frayant (1) et rude ; et l'autre un autre si.
Pendant qu'ils marchandoient ainsi,
Un d'eux, le plus hardi, mais non pas le plus sage,
Promit d'en rendre tant, pourvu que Jupiter
Le laissât disposer de l'air,
Lui donnât saison à sa guise,
Qu'il eût du chaud, du froid, du beau tems, de la bise,
Enfin du sec et du mouillé,
Aussitôt qu'il auroit bâillé.
Jupiter y consent. Contrat passé, notre homme
Tranche du roi des airs, pleut, vente, et fait en somme
Un climat pour lui seul : ses plus proches voisins
Ne s'en sentoient pas plus que les Américains.
Ce fut leur avantage : ils eurent bonne année,
Pleine moisson, pleine vinée.
Monsieur le receveur fut très-mal partagé.
L'an suivant, voilà tout changé ;
Il ajuste d'une autre sorte
La température des cieux ;
Son champ ne s'en trouve pas mieux :
Celui de ses voisins fructifie et rapporte.
Que fait-il ? il recourt au monarque des dieux ;
Il confesse son imprudence.
Jupiter en usa comme un maître fort doux.
Concluons que la providence
Sait ce qu'il nous faut, mieux que nous.

(1) Héritage frayant, qu'on ne peut mettre en valeur sans faire de grosses dépenses. Les fermiers et les paysans de Champagne, et des environs de Château-Thierry, où est né La Fontaine, se servent fort communément des mots *frayant* et *frayer*. La vigne, disent-ils, et certaines terres labourables fraient beaucoup ; c'est-à-dire, que la culture de la vigne et de certains champs exige des soins et des frais considérables. C'est ce que j'ai appris d'une demoiselle champenoise, d'un esprit très-juste et très-délicat, qui sait observer et retenir exactement ce qui mérite d'être observé. Le mot de *frayer* est présentement inconnu à la langue françoise dans ce sens-là ; et c'est pourtant de *frayer* qu'est venu *défrayer*, terme fort connu, fort usité, et dont le sens conserve un rapport très-sensible avec celui de *frayer* que lui donnent les paysans de Champagne.

V. *Le Cochet, la Chat et le Souriceau.*

Un souriceau tout jeune, et qui n'avoit rien vu,
Fut presque pris au dépourvu.
Voici comme il conta l'aventure à sa mere.
J'avois franchi les monts qui bornent cet état,
Et trottois comme un jeune rat
Qui cherche à se donner carriere,
Lorsque deux animaux m'ont arrêté les yeux:
L'un doux, benin et gracieux,
Et l'autre turbulent et plein d'inquiétude.
Il a la voix perçante et rude,
Sur la tête un morceau de chair,
Une sorte de bras dont il s'éleve en l'air
Comme pour prendre sa volée,
La queue en panache étalée.
Or c'étoit un cochet dont notre souriceau
Fit à sa mere le tableau
Comme d'un animal venu de l'Amérique.
Il se battoit, dit-il, les flancs avec ses bras,
Faisant tel bruit et tel fracas,
Que moi, qui grace aux dieux de courage me pique,

En ai pris la fuite de peur,
Le maudissant de très-bon cœur.
Sans lui j'aurois fait connoissance
Avec cet animal qui m'a semblé si doux :
Il est velouté comme nous,
Marqueté, longue queue, une humble contenance,
Un modeste regard, et pourtant l'œil luisant.
Je le crois fort sympathisant
Avec messieurs les rats : car il a des oreilles
En figure aux nôtres pareilles.
Je l'allois aborder, quand d'un son plein d'éclat
L'autre m'a fait prendre la fuite.
Mon fils, dit la souris, ce doucet est un chat,
Qui, sous son minois hypocrite,
Contre toute ta parenté
D'un malin vouloir est porté.
L'autre animal, tout au contraire,
Bien éloigné de nous mal faire,
Servira quelque jour peut-être à nos repas.
Quant au chat, c'est sur nous qu'il fonde sa cuisine.
Garde-toi, tant que tu vivras,
De juger des gens sur la mine.

VI. Le *Renard*, *le Singe et les Animaux*.

Les animaux, au décès d'un lion,
En son vivant prince de la contrée,
Pour faire un roi s'assemblerent, dit-on.
De son étui la couronne est tirée :
Dans une chartre (1) un dragon la gardoit.
Il se trouva, que sur tous essayée,
A pas un d'eux elle ne convenoit :
Plusieurs avoient la tête trop menue.

(1) Le mot de *Chartre* signifie proprement une prison, et nos vieux romanciers l'emploient souvent en ce sens-là. Il se prend ici pour un lieu propre à mettre quelque chose en sûreté.

Aucuns trop grosse, aucuns même cornue.
Le singe aussi fit l'épreuve en riant;
Et, par plaisir, la tiare essayant,
Il fit autour force grimaceries,
Tours de souplesse et mille singeries,
Passa dedans ainsi qu'en un cerceau.
Aux animaux cela sembla si beau,
Qu'il fut élu : chacun lui fit hommage.
Le renard seul regretta son suffrage,
Sans toutefois montrer son sentiment.
Quand il eut fait son petit compliment,
Il dit au roi : Je sais, sire, une cache,
Et ne crois pas qu'autre que moi la sache.
Or tout trésor, par droit de royauté,
Appartient, sire, à votre majesté.
Le nouveau roi bâille après la finance :
Lui-même y court pour n'être pas trompé.
C'étoit un piege; il y fut attrapé.
Le renard dit, au nom de l'assistance :
Prétendrois-tu nous gouverner encor,
Ne sachant pas te conduire toi-même?
Il fut démis; et l'on tomba d'accord
Qu'à peu de gens convient le diadême.

VII. *Le Mulet se vantant de sa généalogie.*

Le mulet d'un prélat se piquoit de noblesse,
Et ne parloit incessamment
Que de sa mere la jument,
Dont il contoit mainte prouesse.
Elle avoit fait ceci, puis avoit été là.
Son fils prétendoit pour cela
Qu'on le dût mettre dans l'histoire.
Il eût cru s'abaisser servant un médecin.
Etant devenu vieux, on le mit au moulin :
Son pere l'âne alors lui revint en mémoire.
Quand le malheur ne seroit bon
Qu'à mettre un sot à la raison,
Toujours seroit-ce à juste cause
Qu'on le dit bon à quelque chose.

VIII. *Le Vieillard et l'Ane.*

Un vieillard sur son âne apperçut en passant
Un pré plein d'herbe et fleurissant;
Il y lâche sa bête, et le grison se rue
Au travers de l'herbe menue,
Se vautrant, grattant et frottant,

Gambadant, chantant et broutant,
Et faisant mainte place nette.
L'ennemi vient sur l'entrefaite.
Fuyons, dit alors le vieillard.
Pourquoi ? répondit le paillard :
Me fera-t-on porter double bat, double charge ?
Non pas, dit le vieillard, qui prit d'abord le large.
Et que m'importe donc, dit l'âne, à qui je sois ?
Sauvez-vous, et me laissez paître.
Notre ennemi, c'est notre maître :
Je vous le dis en bon françois.

IX. *Le Cerf se voyant dans l'eau.*

Dans le crystal d'une fontaine
Un cerf se mirant autrefois,
Louoit la beauté de son bois,
Et ne pouvoit qu'avecque peine
Souffrir ses jambes de fuseaux,
Dont il voyoit l'objet se perdre dans les eaux.
Quelle proportion de mes pieds à ma tête !
Disoit-il en voyant leur ombre avec douleur :
Des taillis les plus hauts mon front atteint le faîte :

Mes pieds ne me font point d'honneur.
Tout en parlant de la sorte,
Un limier (1) le fait partir.
Il tâche à se garantir;
Dans les forêts il s'emporte :
Son bois, dommageable ornement,
L'arrêtant à chaque moment,
Nuit à l'office que lui rendent
Ses pieds, de qui ses jours dépendent.
Il se dédit alors, et maudit les présens
Que le ciel lui fait tous les ans.
Nous faisons cas du beau, nous méprisons l'utile,
Et le beau souvent nous détruit.
Ce cerf blâme ses pieds qui le rendent agile :
Il estime un bois qui lui nuit.

(1) Gros chien, bon pour la chasse.

X. *Le Lievre et la Tortue.*

Rien ne sert de courir; il faut partir à point.
Le lievre et la tortue en sont un témoignage.
Gageons, dit celle-ci, que vous n'atteindrez point
Sitôt que moi ce but. Sitôt! êtes-vous sage?

Repartit l'animal léger :
Ma commere, il vous faut purger
Avec quatre grains d'ellébore.
Singe ou non, je parie encore.
Ainsi fut fait, et de tous deux
On mit près du but les enjeux.
Savoir quoi, ce n'est pas l'affaire,
Ni de quel juge l'on convint.
Notre lievre n'avoit que quatre pas à faire,
J'entends de ceux qu'il fait lorsque, près d'être
atteint,
Il s'éloigne des chiens, les renvoie aux calendes (1),

(1) S'en éloigne si bien, que les chiens ne peuvent le rattraper, et se trouvent par-là dans le cas où est un créancier que ses débiteurs renvoient aux calendes grecques ; terme de paiement tout-à-fait chimérique, parce qu'il n'y a point de jour dans l'année que les Grecs aient nommé calendes. » Quand serez-vous hors de debte ? » demanda Pantagruel. Es calendes grecques, répondit » Panurge, lorsque tout le monde sera content, etc. « Pantagruel, liv. III, chap. 3. La Fontaine, supposant son lecteur déjà instruit sur ce point de littérature fort trivial, et qu'on doit avoir appris au college, s'est contenté de dire que le lievre renvoie les chiens aux calendes.

Et leur fait arpenter les landes (2).
Ayant, dis-je, du tems de reste pour brouter,
Pour dormir, et pour écouter
D'où vient le vent, il laisse la tortue
Aller son train de sénateur.
Elle part, elle s'évertue,
Elle se hâte avec lenteur.
Lui cependant méprise une telle victoire,
Tient la gageure à peu de gloire,
Croit qu'il y va de son honneur
De partir tard. Il broute, il se repose,
Il s'amuse à toute autre chose
Qu'à la gageure. A la fin, quand il vit
Que l'autre touchoit presque au bout de la carriere,
Il partit comme un trait. Mais les élans qu'il fit
Furent vains : la tortue arriva la premiere.
Hé bien ! lui cria-t-elle, n'avois-je pas raison ?
De quoi vous sert votre vîtesse ?
Moi, l'emporter ! et que seroit-ce
Si vous portiez une maison ?

(2) Terres stériles, incultes, fort propres pour la chasse.

XI. *L'Ane et ses Maîtres.*

L'âne d'un jardinier se plaignoit au destin
De ce qu'on le faisoit lever devant l'aurore.
Les coqs, lui disoit-il, ont beau chanter matin ;
Je suis plus matineux encore.
Et pourquoi ? pour porter des herbes au marché !
Belle nécessité d'interrompre mon somme !
Le Sort, de sa plainte touché,
Lui donne un autre maître ; et l'animal de somme
Passe du jardinier aux mains d'un corroyeur.
La pesanteur des peaux et leur mauvaise odeur
Eurent bientôt choqué l'impertinente bête.
J'ai regret, disoit-il, à mon premier seigneur :

Encor, quand il tournoit la tête,
J'attrapois, s'il m'en souvient bien,
Quelque morceau de chou qui ne me coûtoit rien :
Mais ici point d'aubaine (1); ou, si j'en ai quelqu'une,
C'est de coups. Il obtint changement de fortune ;
Et sur l'état d'un charbonnier
Il fut couché tout le dernier.
Autre plainte. Quoi donc ! dit le Sort en colere!
Ce baudet-ci m'occupe autant
Que cent monarques pourroient faire ;
Croit-il être le seul qui ne soit pas content ?
N'ai-je en l'esprit que son affaire ?
Le Sort avoit raison. Tous gens sont ainsi faits :
Notre condition jamais ne nous contente ;
La pire est toujours la présente.
Nous fatiguons le ciel à force de placets.
Qu'à chacun Jupiter accorde sa requête,
Nous lui romprons encor la tête.

(1) Nul profit casuel, nulle bonne aventure.

XII. *Le Soleil et les Grenouilles.*

Aux noces d'un tyran tout le peuple en liesse
Noyoit son souci dans les pots.
Esope seul trouvoit que les gens étoient sots
De témoigner tant d'allégresse.
Le soleil, disoit-il, eut dessein autrefois
De songer à l'hyménée.
Aussitôt on ouit, d'une commune voix,
Se plaindre de leur destinée
Les citoyennes des étangs.
Que ferons-nous s'il lui vient des enfans?
Dirent-elles au Sort : un seul soleil à peine
Se peut souffrir ; une demi-douzaine
Mettra la mer à sec et tous ses habitans.
Adieu joncs et marais : notre race est détruite ;
Bientôt on la verra réduite
A l'eau du Styx. Pour un pauvre animal,
Grenouilles, à mon sens, ne raisonnoient pas mal.

XIII. *Le Villageois et le Serpent.*

Esope conte qu'un manant
Charitable autant que peu sage,

Un jour d'hiver se promenant
A l'entour de son héritage,
Apperçut un serpent sur la neige étendu,
Transi, gelé, perclus, immobile, rendu,
N'ayant pas à vivre un quart-d'heure.
Le villageois le prend, l'emporte en sa demeure;
Et, sans considérer quel sera le loyer
D'une action de ce mérite,
Il l'étend le long du foyer,
Le réchauffe, le ressuscite.
L'animal engourdi sent à peine le chaud,
Que l'ame lui revient avecque la colere.
Il leve un peu la tête, et puis siffle aussi-tôt,
Puis fait un long repli, puis tâche à faire un saut
Contre son bienfaiteur, son sauveur et son pere.
Ingrat, dit le manant, voilà donc mon salaire!
Tu mourras! A ces mots, plein d'un juste courroux,
Il vous prend sa cognée, il vous tranche la bête,
Il fait trois serpens de deux coups,
Un tronçon, la queue, et la tête.
L'insecte, sautillant, cherche à se réunir;
Mais il ne put y parvenir.
Il est bon d'être charitable;

Mais envers qui? c'est là le point.
Quant aux ingrats, il n'en est point
Qui ne meure enfin misérable.

XIV. *Le Lion malade et le Renard.*

De par le roi des animaux,
Qui dans son antre étoit malade,
Fut fait savoir à ses vassaux
Que chaque espece en ambassade,
Envoyât gens le visiter,
Sous promesse de bien traiter
Les députés, eux et leur suite,
Foi de lion, très-bien écrite:
Bon passe-port contre la dent,
Contre la griffe tout autant.
L'édit du prince s'exécute:
De chaque espece on lui députe.
Les renards gardant la maison,
Un d'eux en dit cette raison:
Les pas empreints sur la poussiere
Par ceux qui s'en vont faire au malade leur cour,
Tous, sans exception, regardent sa taniere;
Pas un ne marque de retour.

Cela nous met en méfiance.
Que sa majesté nous dispense :
Grand-merci de son passe-port.
Je le crois bon : mais dans cet autre
Je vois fort bien comme l'on entre,
Et ne vois pas comme on en sort.

XV. *L'Oiseleur, l'Autour et l'Alouette.*

Les injustices des pervers
Servent souvent d'excuse aux nôtres.
Telle est la loi de l'univers :
Si tu veux qu'on t'épargne, épargne aussi les autres.
Un manant au miroir prenoit des oisillons.
Le fantôme brillant attire une alouette :
Aussitôt un autour, planant sur les sillons,
Descend des airs, fond et se jette
Sur celle qui chantoit, quoique près du tombeau.
Elle avoit évité la perfide machine,
Lorsque se rencontrant sous la main de l'oiseau,
Elle sent son ongle maligne (1).
Pendant qu'à la plumer l'autour est occupé,

(1) Quoique le mot d'*ongle* soit masculin, La Fontaine le fait ici féminin, selon l'usage de quelques provinces, où l'on ne lui donne point d'autre genre.

Lui-même sous les rets demeure enveloppé :
Oiseleur, laisse-moi, dit-il en son langage;
Je ne t'ai jamais fait du mal.
L'oiseleur repartit : Ce petit animal
T'en avoit-il fait davantage?

XVI. *Le Cheval et l'Ane.*

En ce monde il se faut l'un l'autre secourir :
Si ton voisin vient à mourir,
C'est sur toi que le fardeau tombe.
Un âne accompagnoit un cheval peu courtois,
Celui-ci ne portant que son simple harnois,
Et le pauvre baudet si chargé qu'il succombe.
Il pria le cheval de l'aider quelque peu,
Autrement il mourroit devant qu'être à la ville.
La priere, dit-il, n'en est pas incivile :
Moitié de ce fardeau ne vous sera que jeu.
Le cheval refusa, fit une pétarade ;
Tant qu'il vit sous le faix mourir son camarade,
Et reconnut qu'il avoit tort.
Du baudet, en cette aventure,
On lui fit porter la voiture,
Et la peau par-dessus encor.

XVII.

XVII. *Le Chien qui lâche sa proie pour l'ombre.*

Chacun se trompe ici-bas :
On voit courir après l'ombre
Taut de fous, qu'on n'en sait pas,
La plupart du tems, le nombre.
Au chien dont parle Esope il faut les renvoyer.
Ce chien voyant sa proie en l'eau représentée,
La quitta pour l'image, et pensa se noyer :
La riviere devint tout d'un coup agitée ;
A toute peine, il regagna les bords,
Et n'eut ni l'ombre ni le corps.

XVIII. *Le Charretier embourbé.*

Le phaéton d'une voiture à foin
Vit son char embourbé. Le pauvre homme étoit loin
De tout humain secours : c'étoit à la campagne,
Près d'un certain canton de la basse-Bretagne,
Appelé Quimper-Corentin.
On sait assez que le destin
Adresse là les gens, quand il veut qu'on enrage.
Dieu nous préserve du voyage !
Pour venir au chartier embourbé dans ces lieux,

Le voilà qui déteste et jure de son mieux,
Pestant, en sa fureur extrême,
Tantôt contre les trous, puis contre ses chevaux,
Contre son char, contre lui-même.
Il invoque à la fin le dieu dont les travaux
Sont si célebres dans le monde :
Hercule, lui dit-il, aide-moi ; si ton dos
A porté la machine ronde,
Ton bras peut me tirer d'ici.
Sa priere étant faite, il entend dans la nue
Une voix qui lui parle ainsi :
Hercule veut qu'on se remue;
Puis il aide les gens. Regarde d'où provient
L'achoppement qui te retient;
Ote d'autour de chaque roue
Ce malheureux mortier, cette maudite boue
Qui jusqu'à l'essieu les enduit;
Prends ton pic, et me romps ce caillou qui te nuit;
Comble-moi cette orniere. As-tu fait ? Oui, dit l'homme.
Or bien je vais t'aider, dit la voix, prends ton fouet.
Je l'ai pris... Qu'est ceci? mon char marche à souhait!

Hercule en soit loué ! Lors la voix : Tu vois comme
Tes chevaux aisément se sont tirés de là.
Aide-toi, le ciel t'aidera.

XIX. *Le Charlatan*.

Le monde n'a jamais manqué de charlatans.
Cette science, de tout tems,
Fut en professeurs très-fertile.
Tantôt l'un en théâtre affronte l'Achéron (1),
Et l'autre affiche par la ville
Qu'il est un passe-Cicéron.
Un des derniers se vantoit d'être
En éloquence si grand maître,
Qu'il rendroit disert un badaud,
Un manant, un rustre, un lourdeau ;
Oui, messieurs, un lourdeau, un animal, un âne :
Que l'on m'amene un âne, un âne renforcé,
Je le rendrai maître passé,
Et veux qu'il porte la soutane (2).
Le prince sut la chose ; il manda le rhéteur.

(1) Affronte la mort, faisant sur lui-même des épreuves très-périlleuses en apparence, pour justifier aux yeux des spectateurs la bonté de son antidote.

(2) Robe longue, que portent les bacheliers en licence.

J'ai, dit-il, en mon écurie
Un fort beau roussin d'Arcadie (3);
J'en voudrois faire un orateur.
Sire, vous pouvez tout, reprit d'abord notre homme.
On lui donna certaine somme.
Il devoit au bout de dix ans
Mettre son âne sur les bancs (4):
Sinon il consentoit d'être en place publique
Guindé la hart au col, étranglé court et net,
Ayant au dos sa rhétorique,
Et les oreilles d'un baudet.
Quelqu'un des courtisans lui dit qu'à la potence
Il vouloit l'aller voir, et que, pour un pendu,
Il auroit bonne grace et beaucoup de prestance;
Sur-tout qu'il se souvînt de faire à l'assistance
Un discours où son art fût au long étendu;
Un discours pathétique, et dont le formulaire
Servît à certains Cicérons,
Vulgairement nommés larrons.
L'autre reprit: Avant l'affaire,
Le roi, l'âne ou moi, nous mourrons.
Il avoit raison. C'est folie
De compter sur dix ans de vie.
Soyons bien buvans, bien mangeans,
Nous devons à la mort de trois l'un en dix ans.

(1) Comme l'Arcadie nourrit peu de chevaux, mais grand nombre d'ânes, on s'est avisé d'appeler l'âne un roussin d'Arcadie, par pure plaisanterie. Car du reste, le roussin est proprement et en bon françois, un cheval entier, un peu épais, entre deux tailles, comme on peut voir dans le Dictionnaire de l'académie françoise.

(4) Des écoles publiques.

XX. *La Discorde.*

La déesse Discorde ayant brouillé les dieux,
Et fait un grand procès là haut pour une pomme (1),
On la fit déloger des cieux.
Chez l'animal qu'on appelle homme,
On la reçut à bras ouverts,
Elle et Que-si-que-non (2), son frere,
Avecque Tien-et-mien, son pere.
Elle nous fit l'honneur en ce bas univers
De préférer notre hémisphere
A celui des mortels (3) qui nous sont opposés,
Gens grossiers, peu civilisés,
Et qui, se mariant sans prêtre et sans notaire,
De la discorde n'ont que faire
Pour la faire trouver aux lieux où le besoin
Demandoit qu'elle fût présentée,

(1) La pomme d'or prétendue par Junon, Pallas et Vénus, et qui fut donnée à la derniere par Pâris.

(2) *Que si*, *que non*, termes que répetent incessamment ceux qui sont en dispute, l'un pour affirmer ce que l'autre nie. » Les uns disent *que si*, et les autres » *que non*. « (Scarron, Poés.)

(3) Nous les nommons nos antipodes; et nous sommes leurs antipodes à leur égard, étant opposés à eux comme ils le sont à nous.

La Renommée avoit le soin
De l'avertir ; et l'autre, diligente,
Couroit vîte aux débats, et prévenoit la Paix ;
Faisoit d'une étincelle un feu long à s'éteindre.
La Renommée enfin commença de se plaindre
Que l'on ne lui trouvoit jamais
De demeure fixe et certaine ;
Bien souvent l'on perdoit, à la chercher, sa peine :
Il falloit donc qu'elle eût un séjour affecté,
Un séjour d'où l'on pût en toutes les familles
L'envoyer à jour arrêté.
Comme il n'étoit alors aucun couvent de filles,
On y trouva difficulté.
L'auberge enfin de l'hyménée,
Lui fut pour maison assignée.

XXI. *La jeune Veuve.*

La perte d'un époux ne va point sans soupirs :
On fait beaucoup de bruit ; et puis on se console.
Sur les aîles du tems la tristesse s'envole ;
Le tems ramene les plaisirs.
Entre la veuve d'une année
Et la veuve d'une journée
La différence est grande ; on ne croiroit jamais

Que ce fût la même personne :
L'une fait fuir les gens, et l'autre a mille attraits.
Aux soupirs vrais ou faux celle-là s'abandonne,
C'est toujours même note et pareil entretien.
On dit qu'on est inconsolable :
On le dit ; mais il n'en est rien,
Comme on verra par cette fable,
Ou plutôt par la vérité.
L'époux d'une jeune beauté
Partoit pour l'autre monde. A ses côtés sa femme
Lui crioit : Attends-moi, je te suis ; et mon ame,
Aussi-bien que la tienne, est prête à s'envoler.
Le mari fait seul le voyage.
La belle avoit un pere, homme prudent et sage :
Il laissa le torrent couler.
A la fin, pour la consoler :
Ma fille, lui dit-il, c'est trop verser de larmes ;
Qu'a besoin le défunt que vous noyiez vos charmes ?
Puisqu'il est des vivans, ne songez plus aux morts.
Je ne dis pas que tout-à-l'heure
Une condition meilleure
Change en des noces ces transports :
Mais après certain tems souffrez qu'on vous propose
Un époux, beau, bien fait, jeune, et tout autre chose
Que le défunt. Ah ! dit-elle aussitôt,
Un cloître est l'époux qu'il me faut.
Le pere lui laissa digérer sa disgrace.
Un mois de la sorte se passe :
L'autre mois, on l'emploie à changer tous les jours
Quelque chose à l'habit, au linge, à la coîffure ;
Le deuil enfin sert de parure,
En attendant d'autres atours.
Toute la bande des amours
Revient au colombier (1) ; les jeux, les ris, la danse

(1) Les amours rentrent en foule dans le cœur de la veuve, leur véritable domaine, leur séjour naturel et ordinaire ; ce que La Fontaine a pris plaisir d'appeler *Revenir au colombier ;* expression proverbiale, qui a été introduite dans la langue par allusion à ce que font les

Ont aussi leur tour à la fin :
On se plonge soir et matin
Dans la fontaine de Jouvence (2).
Le pere ne craint plus ce défunt tant chéri.
Mais comme il ne parloit de rien à notre belle :
Où donc est le jeune mari
Que vous m'avez promis ? dit-elle.

pigeons, qui, transportés bien loin de chez eux, reviennent toujours au colombier où ils ont reçu leur premiere nourriture.

(2) Dans les plaisirs dont la jeunesse aime à faire son unique amusement. Par la fontaine de Jouvence (fiction romanesque), on entend une eau qui a la propriété de rajeunir ceux qui en boivent.

Grand dommage est que ceci soit sornettes :
Filles connois qui ne sont pas jeunettes,
A qui cette eau de Jouvence viendroit
Bien à propos.

Plaisante conclusion d'un ancien rondeau qu'on peut voir à la fin du chap. 14 des Caracteres de ce siecle.

ÉPILOGUE (1).

Bornons ici cette carriere ;
Les longs ouvrages me font peur.
Loin d'épuiser une matiere,
On n'en doit prendre que la fleur.
Il s'en va tems que je reprenne
Un peu de force et d'haleine
Pour fournir à d'autres projets.
Amour, ce tyran de ma vie,
Veut que je change de sujets :
Il faut contenter son envie.
Retournons à Psyché (2). Damon, vous m'exhortez
A peindre ses malheurs et ses félicités :
J'y consens ; peut-être ma veine
En sa faveur s'échauffera.
Heureux, si ce travail est la derniere peine
Que ton époux me causera !

(1) Conclusion.

(2) Ici La Fontaine veut parler d'un petit ouvrage en prose et en vers, où il a raconté très-agréablement les aventures de Psyché, mais qu'il n'avoit pas encore achevé quand il dit, *Retournons à Psyché*. Quoique le fond de cet ouvrage soit tiré d'Apulée, auteur latin, La Fontaine a trouvé le secret de l'enrichir de plusieurs beaux tableaux de son invention, qui, selon l'opinion la plus générale, mettent l'ouvrage françois au-dessus de l'original latin.

FIN DU SIXIEME LIVRE.

AVERTISSEMENT.

Voici un second recueil de fables que je présente au public. J'ai jugé à propos de donner à la plupart de celles-ci un air et un tour un peu différent de celui que j'ai donné aux premieres, tant à cause de la différence des sujets, que pour remplir de plus de variété mon ouvrage. Les traits familiers que j'ai semés avec assez d'abondance dans les deux autres parties (1) convenoient bien mieux aux inventions d'Esope qu'à ces dernieres, où j'en use plus sobrement pour ne pas tomber en des répétitions; car le nombre de ces traits n'est pas infini. Il a donc fallu que j'aie cherché d'autres enrichissemens, et étendu davantage les circonstances de ces récits, qui d'ailleurs me sembloient le demander de la sorte. Pour peu que le lecteur y prenne garde, il le reconnoîtra lui-même : ainsi je ne tiens pas qu'il soit nécessaire d'en étaler ici les raisons, non plus que de dire où j'ai puisé ces derniers sujets. Seulement je dirai, par reconnoissance, que j'en dois la plus grande partie à Pilpay, sage indien. Son livre a été traduit en toutes les langues. Les gens du pays le croient fort ancien, et original à l'égard d'Esope, si ce n'est Esope lui-même sous le nom du sage Locman. Quelques autres m'ont fourni des sujets assez heureux. Enfin, j'ai taché de mettre en ces deux dernieres parties toute la diversité dont j'étois capable.

(1) Ces deux parties contiennent les six premiers livres des fables.

A MADAME

DE MONTESPAN.

L'apologue est un don qui vient des immortels :
Ou si c'est un présent des hommes,
Quiconque nous l'a fait mérite des autels :
Nous devons tous, tant que nous sommes,
Eriger en divinité
Le sage par qui fut ce bel art inventé.
C'est proprement un charme : il rend l'ame attentive,
Ou plutôt il la tient captive,
Nous attachant à des récits
Qui menent à son gré les cœurs et les esprits.
O vous qui l'imitez, Olympe, si ma muse
A quelquefois pris place à la table des dieux,
Sur ses dons aujourd'hui daignez porter les yeux :
Favorisez les jeux où mon esprit s'amuse.
Le tems qui détruit tout, respectant votre appui,
Me laissera franchir les ans dans cet ouvrage :
Tout auteur qui voudra vivre encore après lui
Doit s'acquérir votre suffrage.
C'est de vous que mes vers attendent tout leur prix.
Il n'est beauté dans nos écrits
Dont vous ne connoissiez jusques aux moindres traces :
Eh ! qui connoît que vous les beautés et les graces ?
Paroles et regards, tout est charme dans vous.
Ma muse, en un sujet si doux,
Voudroit s'étendre davantage :
Mais il faut réserver à d'autres cet emploi ;
Et d'un plus grand maître que moi
Votre louange est le partage.
Olympe, c'est assez qu'à mon dernier ouvrage

Votre nom serve un jour de rempart et d'abri ;
Protégez désormais le livre favori
Par qui j'ose espérer une seconde vie :
Sous vos seuls auspices, ces vers
Seront jugés, malgré l'envie,
Dignes des yeux de l'univers.
Je ne mérite pas une faveur si grande :
La fable en son nom la demande :
Vous savez quel crédit ce mensonge a sur nous.
S'il procure à mes vers le bonheur de vous plaire,
Je croirai lui devoir un temple pour salaire :
Mais je ne veux bâtir des temples que pour vous.

LIVRE

LIVRE SEPTIEME.

1. *Les Animaux malades de la peste.*

Un mal qui répand la terreur,
Mal que le ciel en sa fureur
Inventa pour punir les crimes de la terre,
La peste (puisqu'il faut l'appeler par son nom,)
Capable d'enrichir en un jour l'Acheron, (1)
Faisoit aux animaux la guerre.
Ils ne mouroient pas tous, mais tous étoient frappés:
On n'en voyoit point d'occupés
A chercher le soutien d'une mourante vie:
Nul mets n'excitoit leur envie:
Ni loups ni renards n'épioient
La douce et l'innocente proie:
Les tourterelles se fuyoient;
Plus d'amour, partant plus de joie.
Le lion tint conseil, et dit: Mes chers amis,
Je crois que le ciel a permis
Pour nos péchés cette infortune,

(1) Les enfers, séjour des morts.

T

Que le plus coupable de nous
Se sacrifie aux traits du céleste courroux;
Peut-être il obtiendra la guérison commune.
L'histoire nous apprend qu'en de tels accidens
On fait de pareils dévoûmens.
Ne nous flattons donc point; voyons sans indulgence
L'état de notre conscience.
Pour moi, satisfaisant mes appétits gloutons,
J'ai dévoré force moutons.
Que m'avoit-il fait? nulle offense.
Même il m'est arrivé quelquefois de manger
Le berger.
Je me dévoûrai donc, s'il le faut: mais je pense
Qu'il est bon que chacun s'accuse ainsi que moi;
Car on doit souhaiter, selon toute justice,
Que le plus coupable périsse.
Sire, dit le renard, vous êtes trop bon roi;
Vos scrupules font voir trop de délicatesse.
Eh bien! manger moutons, canaille, sotte espece,
Est-ce un péché? Non, non. Vous leur fîtes, Seigneur,
En les croquant, beaucoup d'honneur.
Et quant au berger, l'on peut dire
Qu'il étoit digne de tous maux,
Etant de ces gens-là qui, sur les animaux,
Se font un chimérique empire.
Ainsi dit le renard, et flatteurs d'applaudir.
On n'osa trop approfondir
Du tigre, ni de l'ours, ni des autres puissances,
Les moins pardonnables offenses:
Tous les gens querelleurs, jusqu'aux simples mâtins,
Au dire de chacun, étoient de petits saints.
L'âne vint à son tour, et dit: J'ai souvenance
Qu'en un pré de moines passant,
La faim, l'occasion, l'herbe tendre, et, je pense,
Quelque diable aussi me poussant,
Je tondis de ce pré la largeur de ma langue.
Je n'en avois nul droit, puisqu'il faut parler net.

A ces mots on cria haro sur le baudet.
Un loup, quelque peu clerc, prouva par sa harangue,
Qu'il falloit dévorer ce maudit animal,
Ce pelé, ce galeux, d'où venoit tout leur mal.
Sa pécadille fut jugée un cas pendable.
Manger l'herbe d'autrui ! quel crime abominable !
Bien que la mort n'étoit capable
D'expier son forfait. On le lui fit bien voir.
Selon que vous serez puissant ou misérable,
Les jugemens de cour vous rendront blanc ou noir.

II. *Le mal marié.*

Que le bon soit toujours camarade du beau,
Dès demain je chercherai femme :
Mais comme le divorce entre eux n'est pas nouveau,
Et que peu de beaux corps, hôtes d'une belle ame,
Assemblent l'un et l'autre point,
Ne trouvez pas mauvais que je ne cherche point.
J'ai vu beaucoup d'hymens ; aucuns d'eux ne me tentent.
Cependant des humains presque les quatre parts
S'exposent hardiment au plus grand des hasards ;
Les quatre parts aussi des humains se repentent.

J'en vais alléguer un, qui, s'étant repenti,
Ne put trouver d'autre parti
Que de renvoyer son épouse,
Querelleuse, avare et jalouse.
Rien ne la contentoit, rien n'étoit comme il faut:
On se levoit trop tard, on se couchoit trop tôt;
Puis du blanc, puis du noir, puis encore autre chose.
Les valets enrageoient; l'époux étoit à bout:
Monsieur ne songe à rien, monsieur dépense tout,
Monsieur court, monsieur se repose.
Elle en dit tant, que monsieur à la fin,
Lassé d'entendre un tel lutin,
Vous la renvoie à la campagne
Chez ses parens. La voilà donc compagne
De certaines Philis qui gardent les dindons,
Avec les gardeurs de cochons.
Au bout de quelque tems qu'on la crut adoucie,
Le mari la reprend. Eh bien! qu'avez-vous fait?
Comment passiez-vous votre vie?
L'innocence des champs est-elle votre fait?
Assez, dit-elle: mais ma peine
Étoit de voir les gens plus paresseux qu'ici;
Ils n'ont des troupeaux nul souci.
Je leur savois bien dire, et m'attirois la haine
De tous ces gens si peu soigneux.
Eh! madame, reprit son époux tout-à-l'heure,
Si votre esprit est si hargneux
Que le monde qui ne demeure
Qu'un moment avec vous, et ne revient qu'au soir,
Est déjà lassé de vous voir,
Que feront des valets qui, toute la journée,
Vous verront contre eux déchaînée?
Et que pourra faire un époux
Que vous voulez qui soit jour et nuit avec vous?
Retournez au village: adieu. Si de ma vie
Je vous rappelle, et qu'il m'en prenne envie,
Puissé-je chez les morts avoir, pour mes péchés,
Deux femmes comme vous sans cesse à mes côtés!

III. *Le Rat qui s'est retiré du monde.*

Les Levantins en leur légende
Disent qu'un certain rat, loin des soins d'ici-bas,
Dans un fromage de Hollande
Se retira loin du tracas.
La solitude étoit profonde,
S'étendant par-tout à la ronde.
Notre hermite nouveau subsistoit là-dedans.
Il fit tant, de pieds et de dents,
Qu'en peu de jours il eut au fond de l'hermitage
Le vivre et le couvert : que faut-il davantage ?
Il devint gros et gras : Dieu prodigue ses biens
A ceux qui font vœu d'être siens.
Un jour, au dévot personnage
Des députés du peuple rat
S'en vinrent demander quelque aumône légere :
Ils alloient en terre étrangere
Chercher quelque secours contre le peuple chat.
Ratopolis (1) étoit bloquée :
On les avoit contraints de partir sans argent,
Attendu l'état indigent

(1) Ville capitale des rats.

De la république attaquée.
Ils demandoient fort peu, certains que le secours
Seroit prêt dans quatre ou cinq jours.
Mes amis, dit le solitaire,
Les choses d'ici-bas ne me regardent plus :
En quoi peut un pauvre reclus,
Vous assister? que peut-il faire,
Que de prier le ciel qu'il vous aide en ceci?
J'espere qu'il aura de vous quelque souci.
Ayant parlé de cette sorte,
Le nouveau saint ferma sa porte.
Qui désigné-je, à votre avis,
Par ce rat si peu secourable?
Un moine? Non, mais, un dervis : (2)
Je suppose qu'un moine est toujours charitable.

(2) Religieux turc.

IV. *Le Héron.*

Un jour sur ses longs pieds alloit je ne sais où
Le héron au long bec emmanché d'un long cou :
Il côtoyoit une riviere.
L'onde étoit transparente ainsi qu'aux plus beaux jours ;

Ma commere la carpe y faisoit mille tours
Avec le brochet son compere.
Le héron en eût fait aisément son profit :
Tous approchoient du bord, l'oiseau n'avoit qu'à prendre ;
Mais il crut mieux faire d'attendre
Qu'il eût un peu plus d'appétit :
Il vivoit de régime, et mangeoit à ses heures.
Après quelques momens, l'appétit vint ; l'oiseau,
S'approchant du bord, vit sur l'eau
Des tanches qui sortoient du fond de ces demeures.
Le mets ne lui plut pas ; il s'attendoit à mieux,
Et montroit un goût dédaigneux
Comme le rat (1) du bon Horace.
Moi, des tanches ! dit-il : moi, héron, que je fasse
Une si pauvre chere ! Et pour qui me prend-on ?
La tanche rebutée, il trouva du goujon.
Du goujon ! c'est bien là le dîner d'un héron !
J'ouvrirai pour si peu le bec ! aux dieux ne plaise !
Il l'ouvrit pour bien moins : tout alla de façon
Qu'il ne vit plus aucun poisson.
La faim le prit : il fut tout heureux et tout aise
De rencontrer un limaçon.
Ne soyons pas si difficiles :
Les plus accommodans, ce sont les plus habiles ;
On hasarde de perdre en voulant trop gagner.
Gardez-vous de rien dédaigner,
Sur-tout quand vous avez à-peu-près votre compte.
Bien des gens y sont pris. Ce n'est pas aux hérons
Que je parle : écoutez, humains, un autre conte ;
Vous verrez que chez vous j'ai puisé ces leçons.

(1) Le rat de ville, qui goûtoit d'un air dédaigneux tout ce que lui présentoit le rat de campagne pour le régaler de son mieux.

. . . . *Cupiens variâ fastidia cœnâ*
Vincere tangentis male singula dente superbo.
Horat. liv. ij, sat. 6.

V. *La Fille.*

Certaine fille, un peu trop fiere,
Prétendoit trouver un mari
Jeune, bien fait, et beau, d'agréable maniere,
Point froid et point jaloux : notez ces deux point-ci.
Cette fille vouloit aussi
Qu'il eût du bien, de la naissance,
De l'esprit, enfin tout. Mais qui peut tout avoir?
Le destin se montra soigneux de la pourvoir;
Il vint des partis d'importance.
La belle les trouva trop chétifs de moitié :
Quoi, moi ! quoi, ces gens-là ! l'on radote, je pense.
A moi les proposer ! hélas ! ils font pitié :
Voyez un peu la belle espece !
L'un n'avoit en l'esprit nulle délicatesse,
L'autre avoit le nez fait de cette façon-là;
C'étoit ceci, c'étoit cela;
C'étoit tout; car les précieuses
Font dessus tout les dédaigneuses.
Après les bons partis, les médiocres gens
Vinrent se mettre sur les rangs.
Elle de se moquer. Ah ! vraiment je suis bonne
De leur ouvrir la porte ! Ils pensent que je suis

Fort en peine de ma personne :
Grace à Dieu, je passe les nuits
Sans chagrin, quoiqu'en solitude.
La belle se sut gré de tous ces sentimens.
L'âge la fit décheoir; adieu tous les amans.
Un an se passe et deux avec inquiétude :
Le chagrin vient ensuite; elle sent chaque jour
Déloger quelques ris, quelques jeux, puis l'amour;
Puis ses traits choquer et déplaire :
Puis cents sortes de fards. Ses soins ne purent faire
Qu'elle échappât au tems, (1) cet insigne larron.
Les ruines d'une maison
Se peuvent réparer : que n'est cet avantage
Pour les ruines du visage !
Sa préciosité changea lors de langage.
Son miroir lui disoit, prenez vîte un mari;
Je ne sais quel desir le lui disoit aussi :
Le desir peut loger chez une précieuse.
Celle-ci fit un choix qu'on n'auroit jamais cru,
Se trouvant à la fin tout aise et toute heureuse
De rencontrer un malotru. (2)

(1) Qui, comme à la dérobée, détruit insensiblement toutes choses.
(2) Un mari mal fait de corps et d'esprit.

VI. *Les Souhaits.*

Il est au Mogol (1) des follets (2)
Qui font office de valets,
Tiennent la maison propre, ont soin de l'équipage,
Et quelquefois du jardinage.
Si vous touchez à leur ouvrage,
Vous gâtez tout. Un d'eux près du Gange (3) autrefois
Cultivoit le jardin d'un assez bon bourgeois.
Il travailloit sans bruit, avoit beaucoup d'adresse;
Aimoit le maître et la maîtresse,

(1) Grand empire dans les Indes, à l'est de la Perse.
(2) Certains esprits familiers.
(3) Grande riviere des Indes.

Et le jardin sur-tout. Dieu sait si les zéphirs,
Peuple ami du démon, l'assistoient dans sa tâche.
Le follet, de sa part, travaillant sans relâche,
Combloit ses hôtes de plaisirs.
Pour plus de marques de son zele,
Chez ces gens pour toujours il se fût arrêté,
Nonobstant la légéreté
A ses pareils si naturelle :
Mais ses confreres les esprits
Firent tant que le chef de cette république,
Par caprice ou par politique,
Le changea bientôt de logis.
Ordre lui vient d'aller au fond de la Norvege (4)
Prendre le soin d'une maison
En tout tems couverte de neige :
Et d'Indou (5) qu'il étoit on vous le fait Lapon. (6)
Avant que de partir, l'esprit dit à ses hôtes :
On m'oblige de vous quitter ;
Je ne sais pas pour quelles fautes,
Mais enfin il le faut : je ne puis arrêter

(4) Pays très-froid au nord de l'Europe.
(5) Indien, habitant des Indes.
(6) Habitant de la Laponie, le pays le plus septentrional de l'Europe.

Qu'un tems fort court, un mois, peut-être une semaine.
Employez-la ; formez trois souhaits ; car je puis
Rendre trois souhaits accomplis ;
Trois, sans plus. Souhaiter, ce n'est pas une peine
Etrange et nouvelle aux humains.
Ceux-ci, pour premier vœu, demandent l'abondance.
Et l'abondance à pleines mains
Verse en leurs coffres la finance,
En leurs greniers le blé, dans leurs caves les vins :
Tout en creve. Comment ranger cette chevance? (7)
Quels registres, quels soins, quel tems il leur fallut!
Tous deux sont empêchés si jamais on le fut.
Les voleurs contre eux comploterent ;
Les grands seigneurs leur emprunterent ;
Le prince les taxa. Voilà les pauvres gens
Malheureux par trop de fortune.
Otez-nous de ces biens l'affluence importune,
Dirent-ils l'un et l'autre : heureux les indigens !
La pauvreté vaut mieux qu'une telle richesse.
Retirez-vous, trésors, fuyez : et toi, déesse,
Mere du bon esprit, compagne du repos,
O médiocrité, reviens vîte ! A ces mots
La médiocrité revient. On lui fait place :
Avec elle ils rentrent en grace,
Au bout de deux souhaits, étant aussi chanceux
Qu'ils étoient, et que sont tous ceux
Qui souhaitent toujours, et perdent en chimeres
Le tems qu'ils feroient mieux de mettre à leurs affaires.
Le follet en rit avec eux.
Pour profiter de sa largesse,
Quand il voulut partir et qu'il fut sur le point,
Ils demanderent la sagesse.
C'est un trésor qui n'embarrasse point.

(7) Vieux mot, pour dire, tout ce bien, toutes ces richesses.

VII. *La Cour du Lion.*

Sa majesté lionne un jour voulut connoître
De quelles nations le ciel l'avoit fait maître.
Il manda donc par députés
Ses vassaux de toute nature,
Envoyant de tous les côtés,
Une circulaire écriture
Avec son sceau. L'écrit portoit
Qu'un mois durant le roi tiendroit
Cour pléniere (1), dont l'ouverture
Devoit être un fort grand festin,
Suivi des tours de Fagotin (2).
Par ce trait de magnificence
Le prince à ses sujets étaloit sa puissance.
En son louvre il les invita.
Quel louvre ! un vrai charnier, dont l'odeur se porta
D'abord au nez des gens. L'ours boucha sa narine :
Il se fut bien passé de faire cette mine :
Sa grimace déplut, le monarque irrité
L'envoya chez Pluton faire le dégoûté.

(1) Assemblée générale de ses vassaux.
(2) Nom d'un singe, qui, en son tems, amusa le peuple de Paris.

Le singe approuva fort cette sévérité ;
Et, flatteur excessif, il loua la colere
Et la griffe du prince, et l'antre, et cette odeur :
Il n'étoit ambre, il n'étoit fleur
Qui ne fût ail au prix. Sa sotte flatterie
Eut un mauvais succès, et fut encor punie :
Ce monseigneur du lion là
Fut parent de Caligula. (3)
Le renard étant proche : Or çà, lui dit le sire,
Que sens-tu ? dis-le-moi : parle sans déguiser.
L'autre aussitôt de s'excuser,
Alléguant un grand rhume : il ne pouvoit que dire
Sans odorat. Bref, il s'en tire.
Ceci vous sert d'enseignement :
Ne soyez à la cour, si vous voulez y plaire,
Ni fade adulateur, ni parleur trop sincere,
Et tâchez quelquefois de répondre en Normand. (4)

(3) Empereur romain très-cruel.
(4) En termes équivoques, qui ont un double sens.

VIII. *Les Vautours et les Pigeons.*

Mars autrefois mit tout l'air en émute.
Certain sujet fit naître la dispute
Chez les oiseaux ; non ceux que le printems

V

Mene à sa cour, et qui, sous la feuillée,
Par leur exemple et leurs sons éclatans
Font que Vénus est en nous réveillée;
Ni ceux encor que la mere d'amour
Met à son char: mais le peuple vautour,
Au bec retors, à la tranchante serre,
Pour un chien mort se fit, dit-on, la guerre.
Il plut du sang: je n'exagere point.
Si je voulois conter de point en point
Tout le détail, je manquerois d'haleine.
Maint chef périt, maint héros expira;
Et sur son roc Prométhée (1) espéra
De voir bientôt une fin à sa peine.
C'étoit plaisir d'observer leurs efforts;
C'étoit pitié de voir tomber les morts.
Valeur, adresse, et ruses, et surprises,
Tout s'employa. Les deux troupes, éprises
D'ardent courroux, n'épargnoient nuls moyens
De peupler l'air que respirent les ombres:
Tout élément remplit de citoyens
Le vaste enclos qu'ont les royaumes sombres.
Cette fureur mit la compassion
Dans les esprits d'une autre nation
Au cou changeant, au cœur tendre et fidelle.
Elle employa sa médiation
Pour accorder une telle querelle:
Ambassadeurs par le peuple pigeon
Furent choisis; et si bien travaillerent,
Que les vautours plus ne se chamaillerent.
Ils firent treve, et la paix s'ensuivit.
Hélas! ce fut aux dépens de la race
A qui la leur auroit dû rendre grace.
La gent maudite aussitôt poursuivit
Tous les pigeons, en fit ample carnage,
En dépeupla les bourgades, les champs.

(1) Condamné par Jupiter à être continuellement rongé par un vautour, pour avoir enlevé du ciel le feu dont il s'étoit servi pour animer l'homme.

Peu de prudence eurent les pauvres gens
D'accommoder un peuple si sauvage.
Tenez toujours divisés les méchans :
La sûreté du reste de la terre
Dépend de là. Semez entre eux la guerre ;
Ou vous n'aurez avec eux nulle paix.
Ceci soit dit en passant. Je me tais.

IX. *Le Coche et la Mouche.*

Dans un chemin montant, sablonneux, mal-aisé,
Et de tous les côtés au soleil exposé,
Six forts chevaux tiroient un coche.
Femmes, moine, vieillards, tout étoit descendu :
L'attelage suoit, souffloit, étoit rendu.
Une mouche survient, et des chevaux s'approche,
Prétend les animer par son bourdonnement,
Pique l'un, pique l'autre, et pense à tout moment
Qu'elle fait aller la machine,
S'assied sur le timon, sur le nez du cocher.
Aussitôt que le char chemine,
Et qu'elle voit les gens marcher,
Elle s'en attribue uniquement la gloire,
Va, vient, fait l'empressée : il semble que ce soit
Un sergent de bataille allant à chaque endroit ;

Faire avancer ses gens et hâter la victoire.
La mouche, en ce commun besoin,
Se plaint qu'elle agit seule, et qu'elle a tout le soin;
Qu'aucun n'aide aux chevaux à se tirer d'affaire.
Le moine disoit son breviaire :
Il prenoit bien son tems! Une femme chantoit :
C'étoit bien de chansons qu'alors il s'agissoit!
Dame mouche s'en va chanter à leurs oreilles,
Et fait cent sottises pareilles.
Après bien du travail, le coche arrive au haut.
Respirons maintenant, dit la mouche aussitôt :
J'ai tant fait, que nos gens sont enfin dans la plaine.
Çà, messieurs les chevaux, payez-moi de ma peine.
Ainsi certaines gens faisant les empressés,
S'introduisent dans les affaires;
Ils font par-tout les nécessaires,
Et par-tout importuns, devroient être chassés.

X. *La Laitiere et le Pot au lait.*

Perrette, sur sa tête ayant un pot au lait,
Bien posé sur un coussinet,
Prétendoit arriver sans encombre à la ville.
Légere et court vêtue, elle alloit à grands pas,

Ayant mis ce jour-là, pour être plus agile,
Cotillon simple et souliers plats.
Notre laitiere ainsi troussée
Comptoit déjà dans sa pensée
Tout le prix de son lait; en employoit l'argent;
Achetoit un cent d'œufs, faisoit triple couvée;
La chose alloit à bien par son soin diligent.
Il m'est, disoit-elle, facile
D'élever des poulets autour de ma maison;
Le renard sera bien habile
S'il ne m'en laisse assez pour avoir un cochon.
Le porc à s'engraisser coûtera peu de son;
Il étoit, quand je l'eus, de grosseur raisonnable:
J'aurai, le revendant, de l'argent bel et bon.
Et qui m'empêchera de mettre en notre étable,
Vu le prix dont il est, une vache et son veau,
Que je verrai sauter au milieu du troupeau?
Perrette là-dessus saute aussi transportée:
Le lait tombe: adieu veau, vache, cochon, couvée.
La dame de ces biens, quittant d'un œil marri
Sa fortune ainsi répandue,
Va s'excuser à son mari,
En grand danger d'être battue.
Le récit en farce en fut fait;
On l'appela le Pot au lait.
Quel esprit ne bat la campagne?
Qui ne fait château en Espagne?
Picrocolle, (1) Pyrrhus, (2) la laitiere, enfin tous,
Autant les sages que les fous.
Chacun songe en veillant; il n'est rien de plus doux:
Une flatteuse erreur emporte alors nos ames;
Tout le bien du monde est à nous,
Tous les honneurs, toutes les femmes.
Quand je suis seul, je fais au plus brave un défi;

(1) Prince colere, ambitieux et visionnaire, dont parle Rabelais dans Gargantua, liv. 1, chap. 33.

(2) Pirrhus, roi des Epirotes, autre ambitieux visionnaire, descendu d'Achille. Voyez sa vie dans Plutarque.

Je m'écarte, je vais détrôner le sophi :
On m'élit roi, mon peuple m'aime ;
Les diadêmes vont sur ma tête pleuvant :
Quelque accident fait-il que je rentre en moi-même ;
Je suis gros Jean comme devant.

XI. *Le Curé et le Mort.*

Un mort s'en alloit tristement
S'emparer de son dernier gîte ;
Un curé s'en alloit gaîment
Enterrer ce mort au plus vîte.
Notre défunt étoit en carrosse porté,
Bien et dûment empaqueté,
Et vêtu d'une robe, hélas ! qu'on nomme biere,
Robe d'hiver, robe d'été,
Que les morts ne dépouillent guere.
Le pasteur étoit à côté,
Et récitoit, à l'ordinaire,
Maintes dévotes oraisons,
Et des pseaumes et des leçons,
Et des versets et des répons :
Monsieur le mort, laissez-nous faire,
On vous en donnera de toutes les façons ;

Il ne s'agit que du salaire.
Messire Jean Chouart couvoit des yeux son mort,
Comme si l'on eût dû lui ravir ce trésor ;
Et, des regards, sembloit lui dire :
Monsieur le mort, j'aurai de vous
Tant en argent, et tant en cire,
Et tant en autres menus coûts.
Il fondoit là-dessus l'achat d'une feuillette
Du meilleur vin des environs :
Certaine niece assez proprette
Et sa chambriere Paquette
Devoient avoir des cotillons.
Sur cette agréable pensée
Un heurt survient : adieu le char.
Voilà messire Jean Chouart
Qui du choc de son mort a la tête cassée :
Le paroissien en plomb entraîne son pasteur ;
Notre curé suit son seigneur ;
Tous deux s'en vont de compagnie.
Proprement toute notre vie
Est le curé Chouart qui sur son mort comptoit,
Et la fable du Pot au lait.

XII. *L'Homme qui court après la Fortune, et l'Homme qui l'attend dans son lit.*

Qui ne court après la Fortune !
Je voudrois être en lieu d'où je pusse aisément
Contempler la foule importune
De ceux qui cherchent vainement
Cette fille du Sort de royaume en royaume,
Fideles courtisans d'un volage fantôme.
Quand ils sont près du bon moment,
L'inconstante aussitôt à leurs desirs échappe.
Pauvres gens ! je les plains ; car on a pour les fous
Plus de pitié que de courroux.
Cet homme, disent-ils, étoit planteur de choux ;

Et le voilà devenu pape !
Ne le valons-nous pas ? Vous valez cent fois mieux :
Mais que vous sert votre mérite ?
La fortune a-telle des yeux ?
Et puis, la papauté vaut-elle ce qu'on quitte ?
Le repos, le repos, trésor si précieux,
Qu'on en faisoit jadis le partage des dieux ! (1)
Rarement la Fortune à ses hôtes le laisse.
Ne cherchez point cette déesse,
Elle vous cherchera ; son sexe en use ainsi.
Certain couple d'amis, en un bourg établi,
Possédoit quelque bien. L'un soupiroit sans cesse
Pour la fortune ; il dit à l'autre un jour :
Si nous quittions notre séjour ;
Vous savez que nul n'est prophete
En son pays : cherchons notre aventure ailleurs.
Cherchez, dit l'autre ami : pour moi, je ne souhaite
Ni climats ni destins meilleurs.
Contentez-vous, suivez votre humeur inquiete :
Vous reviendrez bientôt. Je fais vœu cependant
De dormir en vous attendant.

(1) Selon Epicure et ses sectateurs, les dieux vivoient dans un doux repos, sans se mêler des affaires du monde.

L'ambitieux, ou, si l'on veut l'avare,
S'en va par voie et par chemin.
Il arriva le lendemain
En un lieu que devoit la déesse bizarre
Fréquenter sur tout autre ; et ce lieu, c'est la cour.
Là donc, pour quelque tems il fixe son séjour,
Se trouvant au coucher, au lever, à ces heures
Que l'on sait être les meilleures ;
Bref, se trouvant à tout, et n'arrivant à rien.
Qu'est-ceci ? se dit-il ; cherchons ailleurs du bien.
La Fortune pourtant habite ces demeures ;
Je la vois tous les jours entrer chez celui-ci,
Chez celui-là : d'où vient qu'aussi
Je ne puis héberger cette capricieuse ?
On me l'avoit bien dit, que des gens de ce lieu
L'on n'aime pas toujours l'humeur ambitieuse.
Adieu, messieurs de cour ; messieurs de cour, adieu ;
Suivez jusques au bout une ombre qui vous flatte.
La Fortune a, dit-on, des temples à Surate : (2)
Allons là. Ce fut un de dire et s'embarquer.
Ames de bronze, (3) humains, celui-là fut sans doute
Armé de diamant, qui tenta cette route,
Et le premier osa l'abyme défier !
Celui-ci pendant son voyage
Tourna les yeux vers son village

(2) Grosse ville de commerce dans les états du Mogol, sur le golfe de Cambaye.

(3) La Fontaine imite assez heureusement ici ce passage d'Horace.

Illi robur et æs triplex
Circa pectus erat . . . .
Liv. j, ode 3.

On ne peut pas dire la même chose de ce qui suit:

Qui fragilem truci
Commisit pelago ratem
Primus.

C'est-à-dire, qui le premier s'exposa sur l'abyme dans un frêle vaisseau. Car l'expression du poëte latin est sans doute beaucoup plus juste et plus naturelle que celle-ci:

Et le premier osa l'abyme défier.

Plus d'une fois, essuyant les dangers
Des pirates, des vents, du calme et des rochers,
Ministres de la mort : avec beaucoup de peines
On s'en va la chercher en des rives lointaines,
La trouvant assez tôt sans quitter la maison.
L'homme arrive au Mogol : on lui dit qu'au Japon (4)
La Fortune pour lors distribuoit ses graces.
Il y court. Les mers étoient lasses
De le porter : et tout le fruit
Qu'il tira de ses longs voyages,
Ce fut cette leçon que donnent les sauvages :
Demeure en ton pays, par la nature instruit.
Le Japon ne fut pas plus heureux à cet homme
Que le Mogol l'avoit été :
Ce qui lui fit conclure en somme
Qu'il avoit à grand tort son village quitté.
Il renonce aux courses ingrates,
Revient en son pays, voit de loin ses pénates,
Pleure de joie, et dit : Heureux qui vit chez soi,
De régler ses desirs faisant tout son emploi !
Il ne sait que par ouï-dire
Ce que c'est que la cour, la mer, et ton empire,
Fortune, qui nous fait passer devant les yeux
Des dignités, des biens, que jusqu'au bout du monde
On suit, sans que l'effet aux promesses réponde.
Désormais je ne bouge, et ferai cent fois mieux.
En raisonnant de cette sorte,
Et contre la fortune ayant pris ce conseil,
Il la trouve assise à la porte
De son ami plongé dans un profond sommeil.

(4) Puissant royaume, au nord-est de la Chine.

XIII. *Les deux Coqs.*

Deux coqs vivoient en paix : une poule survint,
Et voilà la guerre allumée.
Amour, tu perdis Troie ! et c'est de toi que vint
Cette querelle envenimée
Où du sang des dieux même on vit le Xanthe (1) teint.
Long-tems entre nos coqs le combat se maintint.
Le bruit s'en répandit par tout le voisinage :
La gent qui porte crête au spectacle accourut ;
Plus d'une Hélene au beau plumage
Fut le prix du vainqueur. Le vaincu disparut;
Il alla se cacher au fond de sa retraite,
Pleura sa gloire et ses amours ;
Ses amours, qu'un rival, tout fier de sa défaite,
Possédoit à ses yeux. Il voyoit tous les jours
Cet objet rallumer sa haine et son courage :
Il aiguisoit son bec, battoit l'air et ses flancs,
Et, s'exerçant contre les vents,
S'armoit d'une jalouse rage.
Il n'en eut pas besoin. Son vainqueur sur les toits
S'alla percher et chanter sa victoire.

(1) Riviere qui couloit à Troie.

Un vautour entendit sa voie :
Adieu les amours et la gloire.
Tout cet orgueil périt sous l'ongle du vautour.
Enfin, par un fatal retour,
Son rival autour de la poule
S'en revint faire le coquet.
Je laisse à penser quel caquet ;
Car il eut des femmes en foule.
La fortune se plaît à faire de ces coups :
Tout vainqueur insolent à sa perte travaille.
Défions-nous du Sort, et prenons garde à nous
Après le gain d'une bataille.

XVI. *L'Ingratitude et l'Injustice des Hommes envers la Fortune.*

Un trafiquant sur mer, par bonheur, s'enrichit.
Il triompha des vents pendant plus d'un voyage ;
Gouffre, banc, ni rocher, n'exigea de péage
D'aucun de ses ballots : le Sort l'en affranchit.
Sur tous ses compagnons Atropos et Neptune
Recueillirent leur droit, tandis que la Fortune
Prenoit soin d'amener son marchand à bon port.
Facteur, associés, chacun lui fut fidele.

Il vendit son tabac, son sucre, sa canelle
Ce qu'il voulut, sa porcelaine encor :
Le luxe et la folie enflerent son trésor ;
Bref, il plut dans son escarcelle.
On ne parloit chez lui que par double ducats :
Et mon homme d'avoir chiens, chevaux et carrosses ;
Ses jours de jeûnes étoient des noces.
Un sien ami, voyant ces somptueux repas,
Lui dit : Et d'où vient donc un si bon ordinaire ? —
Et d'où me viendroit-il, que de mon savoir faire ?
Je n'en dois rien qu'à moi, qu'à mes soins, qu'au talent
De risquer à propos, et bien placer l'argent.
Le profit lui semblant une fort douce chose,
Il risqua de nouveau le gain qu'il avoit fait.
Mais rien, pour cette fois, ne lui vint à souhait.
Son imprudence en fut la cause :
Un vaisseau mal freté (1) périt au premier vent :
Un autre mal pourvu des armes nécessaires,
Fut enlevé par les corsaires ;
Un troisieme au port arrivant,
Rien n'eut cours ni débit ; le luxe et la folie
N'étoient plus tels qu'auparavant.
Enfin, ses facteurs le trompant,
Et lui-même ayant fait grand fracas, chere lie,
Mis beaucoup en plaisirs, en bâtiment beaucoup,
Il devint pauvre tout d'un coup.
Son ami, le voyant en mauvais équipage,
Lui dit : d'où vient cela ? — De la Fortune : hélas !
Consolez-vous, dit l'autre ; et, s'il ne lui plaît pas
Que vous soyiez heureux, tout au moins soyez sage.
Je ne sais s'il crut ce conseil ;
Mais je sais que chacun impute, en cas pareil,
Son bonheur à son industrie ;
Et si de quelque échec notre faute est suivie,
Nous disons injures au Sort.

(2) Terme de marine, pour dire, *mal équipé.*

Chose n'est ici plus commune.
Le bien, nous le faisons; le mal, c'est la Fortune.
On a toujours raison, le Destin toujours tort.

XV. *Les Devineresses.*

C'est souvent du hasard que naît l'opinion ;
Et c'est l'opinion qui fait toujours la vogue. (1)
Je pourrois fonder ce prologue
Sur gens de tous états : tout est prévention,
Cabale, entêtement ; point ou peu de justice.
C'est un torrent : qu'y faire ? il faut qu'il ait son cours ;
Cela fut et sera toujours.
Une femme, à Paris, faisoit la pythonisse. (2)
On l'alloit consulter sur chaque événement :
Perdoit-on un chiffon, avoit-on un amant,
Un mari vivant trop au gré de son épouse,
Une mere fâcheuse, une femme jalouse :
Chez la devineuse on couroit
Pour se faire annoncer ce que l'on desiroit.

(1) Qui met en crédit, qui fait rechercher avec empressement les choses et les personnes.
(2) La devineresse.

Son fait consistoit en adresse :
Quelques termes de l'art, beaucoup de hardiesse,
Du hasard quelquefois, tout cela concouroit,
Tout cela, bien souvent, faisoit crier miracle.
Enfin, quoiqu'ignorante à vingt et trois carats,
Elle passoit pour un oracle. (3)
L'oracle étoit logé dedans un galetas :
Là, cette femme emplit sa bourse,
Et, sans avoir d'autre ressource,
Gagne de quoi donner un rang à son mari ;
Elle achete un office, une maison aussi.
Voilà le galetas rempli
D'une nouvelle hôtesse, à qui toute la ville,
Femmés, filles, valets, gros messieurs, tout enfin,
Alloit, comme autrefois, demander son destin ;
Le galetas devint l'antre de la Sibylle : (4)

(3) C'étoit autrefois un dieu qu'on supposoit inspirer la connoissance de l'avenir à un prêtre, à une prêtresse, qui la communiquoient à ceux qui venoient consulter ce dieu. Mais à présent, sans s'informer par qui ni comment l'avenir est révélé à une devineresse, dès là qu'elle en est réputée très-bien instruite, on la regarde comme un oracle ; et la devineresse, de son côté, révele hardiment l'avenir à quiconque lui en demande la connoissance, à beaux deniers comptans.

(4) Prophétesse parmi les payens. On comptoit jusqu'à dix sibylles. Celle qu'on estimoit le plus à Rome, et qui nous est la mieux connue, c'est la Cuméenne, qui, sans prétendre être d'une nature (*) différente de l'humaine, se disoit très-bien instruite de l'avenir. Virgile nous a décrit fort exactement son caractere, avec son antre et la maniere dont elle y annonçoit ses réponses. Cet antre, pratiqué dans un temple qui occupoit un grand côté de la ville de Cume, et taillé dans un roc, avoit cent avenues, toutes fermées lorsque la sibylle s'y retiroit pour répondre à ceux qui la venoient consulter. Là, tombant dans une espece de fureur, les cheveux hérissés, elle crioit, tempêtoit, s'agitoit, comme hors d'elle-même ; et tout d'un coup les cent portes de l'antre venant à s'ouvrir d'elles-mêmes, il en sortoit de tous

(*) Ce qu'elle déclare elle-même, parlant à Enée :
Nec dea sum, dixit ; nec sacri thuris honore
Humanum dignare caput.
OVID. *Metamorph. lib. xiv*, v. 130, 131.

L'autre femelle avoit achalandé ce lieu.
Cette derniere femme eut beau faire, eut beau dire ;
Moi devine ! on se moque ! eh ! messieurs, sais-je
lire ?
Je n'ai jamais appris que ma croix de par Dieu.
Point de raison : fallut deviner et prédire,
Mettre à part force bon ducats,
Et gagner, malgré soi, plus que deux avocats.
Le meuble et l'équipage aidoient fort à la chose ;
Quatre sieges boiteux, un manche de balai,
Tout sentoit son sabbat et sa métamorphose.
Quand cette femme auroit dit vrai
Dans une chambre tapissée,
On s'en seroit moqué : la vogue étoit passée
Au galetas, il avoit le crédit.
L'autre femme se morfondit. (5)
L'enseigne fait la chalandise.
J'ai vu dans le palais une robe mal mise
Gagner gros : les gens l'avoient prise
Pour maître tel, qui traînoit après soi
Force écoutans. Demandez-moi pourquoi.

côtés une voix qui faisoit entendre la réponse de la sibylle ; voix terrible, éclatante, et qui n'étoit en rien semblable à une voix humaine, *nec mortale sonans*, comme dit Virgile, Enéid. liv. vj, v. 50. En voilà assez, et peut-être trop, sur cet antre, tout-à-fait différent de celui de nos sibylles modernes, qui n'ont pour tout antre, comme dit La Fontaine, qu'un galetas misérable, crasseux et tout délabré, dans lequel, sans tant de façons, elles jouent fort bien leur rôle, grace à la prévention où l'on est aujourd'hui pour leur galetas.

(5) Attendant inutilement qu'on vînt encore la consulter dans sa nouvelle maison.

XVI. *Le Chat, la Belette et le petit Lapin.*

Du palais d'un jeune lapin
Dame belette, un beau matin,
S'empara : c'est une rusée.
Le maître étant absent, ce lui fut chose aisée.
Elle porta chez lui ses pénates, un jour
Qu'il étoit allé faire à l'aurore sa cour
Parmi le thym et la rosée.
Après qu'il eut brouté, trotté, fait tous ses tours,
Jeannot lapin retourne aux souterrains séjours.
La belette avoit mis le nez à la fenêtre.
O dieux hospitaliers! que vois-je ici paroître!
Dit l'animal chassé du paternel logis.
Holà! madame la belette,
Que l'on déloge sans trompette,
Ou je vais avertir tous les rats du pays.
La dame au nez pointu répondit que la terre
Etoit au premier occupant.
C'étoit un beau sujet de guerre
Qu'un logis où lui-même il n'entroit qu'en rampant!
Et quand ce seroit un royaume,
Je voudrois bien savoir, dit-elle, quelle loi

En a pour toujours fait l'octroi
A Jean, fils ou neveu de Pierre ou de Guillaume,
Plutôt qu'à Paul, plutôt qu'à moi.
Jean lapin allégua la coutume et l'usage :
Ce sont, dit-il, leurs lois qui m'ont de ce logis
Rendu maître et seigneur ; et qui, de pere en fils,
L'ont de Pierre à Simon, puis à moi Jean, transmis.
Le premier occupant, est-ce une loi plus sage ?
Or bien, sans crier davantage,
Rapportons-nous, dit-elle, à Raminagrobis.
C'étoit un chat vivant comme un dévot hermite,
Un chat faisant la chattemite,
Un saint homme de chat, bien fourré, gros et gras,
Arbitre expert sur tous les cas.
Jean lapin pour juge l'agrée.
Les voilà tous deux arrivés
Devant sa majesté fourrée.
Grippeminaud leur dit : Mes enfans, approchez,
Approchez ; je suis sourd, les ans en sont la cause.
L'un et l'autre approcha, ne craignant nulle chose.
Aussitôt qu'à portée il vit les contestans,
Grippeminaud le bon apôtre,
Jetant des deux côtés la griffe en même tems,
Mit les plaideurs d'accord en croquant l'un et l'autre.
Ceci ressemble fort aux débats qu'ont par fois
Les petits souverains se rapportant aux rois.

XVII. *La Tête et la Queue du Serpent.* (1)

Le serpent a deux parties
Du genre humain ennemies
Tête et queue ; et toutes deux

(1) Cette fable se trouve dans la vie d'Agis et Cléomenes, ch. 1, par Plutarque, qui en a fait une très-belle application à ceux qui dans le gouvernement se livrent inconsidérément aux fantaisies du peuple, et c'est apparemment de là que La Fontaine l'a tirée.

Ont acquis un nom fameux
Auprès des Parques cruelles :
Si bien qu'autrefois entre elles
Il survint de grands débats
Pour le pas.
La tête avoit toujours marché devant la queue.
La queue au ciel se plaignit,
Et lui dit :
Je fais mainte et mainte lieue
Comme il plaît à celle-ci :
Croit-elle que toujours j'en veuille user ainsi ?
Je suis son humble servante.
On m'a faite, Dieu merci,
Sa sœur, et non sa suivante.
Toutes deux de même sang,
Traitez-nous de même sorte :
Aussi-bien qu'elle je porte
Un poison prompt et puissant.
Enfin, voilà ma requête :
C'est à vous de commander
Qu'on me laisse précéder
A mon tour ma sœur la tête.

Je la conduirai si bien,
Qu'on ne se plaindra de rien.
Le ciel eut pour ces vœux une bonté cruelle.
Souvent sa complaisance a de méchans effets :
Il devoit être sourd aux aveugles souhaits.
Il ne le fut pas alors ; et la guide nouvelle,
Qui ne voyoit au grand jour,
Pas plus clair que dans un four,
Donnoit tantôt contre un marbre,
Contre un passant, contre un arbre :
Droit aux ondes du Styx elle mena sa sœur.
Malheureux les états tombés dans son erreur.

XVIII. *Un Animal dans la Lune.*

Pendant qu'un philosophe assure
Que toujours par leurs sens les hommes sont dupés,
Un autre philosophe jure
Qu'ils ne nous ont jamais trompés.
Tous les deux ont raison, et la philosophie
Dit vrai quand elle dit que les sens tromperont
Tant que sur leur rapport les hommes jugeront.
Mais aussi, si l'on rectifie
L'image de l'objet sur son éloignement,

Sur le milieu qui l'environne,
Sur l'organe et sur l'instrument,
Les sens ne tromperont personne.
La nature ordonna ces choses sagement :
J'en dirai quelque jour les raisons amplement.
J'apperçois le soleil : quelle en est la figure ?
Ici-bas ce grand corps n'a que trois pieds de tour :
Mais si je le voyois là haut dans son séjour,
Que seroit-ce à mes yeux que l'œil de la nature (1) ?
Sa distance me fait juger de sa grandeur :
Sur l'angle et les côtés ma main la détermine.
L'ignorant le croit plat : j'épaissis sa rondeur ;
Je le rends immobile, et la terre chemine.
Bref, je démens mes yeux en toute sa machine.
Ce sens ne me nuit point par son illusion.
Mon ame en toute occasion
Développe le vrai caché sous l'apparence ;
Je ne suis point d'intelligence
Avecque mes regards peut-être un peu trop prompts,
Ni mon oreille, lente à m'apporter les sons.
Quand l'eau courbe un bâton (2), ma raison le redresse :
La raison décide en maîtresse.
Mes yeux, moyennant ce secours,
Ne me trompent jamais en me mentant toujours.
Si je crois leur rapport, erreur assez commune,
Une tête de femme est au corps de la lune.
Y peut-elle être ! non. D'où vient donc cet objet ?
Quelques lieux inégaux font de loin cet effet.
La lune nulle part n'a sa surface unie :
Montueuse en des lieux, en d'autres applanie,
L'ombre avec la lumiere y peut tracer souvent

(1) Il n'est pas fort nécessaire, ce me semble, d'expliquer comment le soleil est l'œil de la nature, à ceux qui croient l'entendre ; et je me joins à ceux qui demandent cette explication, parce que je ne saurois la trouver.

(2) Parce qu'il paroît courbé dans l'eau.

Un homme, un bœuf, un éléphant.
Naguere l'Angleterre y vit chose pareille.
La lunette (3) placée, un animal nouveau
Parut dans cet astre si beau (4) :
Et chacun de crier merveille.
Il étoit arrivé là-haut un changement
Qui présageoit sans doute un grand événement.
Savoit-on si la guerre entre tant de puissances
N'en étoit point l'effet? Le monarque accourut :
Il favorise en roi ces hautes connoissances.
Le monstre dans la lune à son tour lui parut.
C'étoit une souris cachée entre les verres :
Dans la lunette étoit la source de ces guerres.
On en rit. Peuple heureux! quand pourront les François
Se donner, comme vous, entiers à ces emplois!
Mars nous fait recueillir d'amples moissons de gloire :
C'est à nos ennemis de craindre les combats,
A nous de les chercher, certains que la Victoire,
Amante de Louis (5), suivra par-tout ses pas.
Ses lauriers nous rendront célebres dans l'histoire.
Même les Filles de mémoire
Ne nous ont point quittés; nous goûtons des plaisirs :
La paix fait nos souhaits, et non point nos soupirs :
Charles (6) en sait jouir : il sauroit dans la guerre
Signaler sa valeur, et mener l'Angleterre
A ces jeux qu'en repos elle voit aujourd'hui.
Cependant s'il pouvoit appaiser la querelle,
Que d'encens! Est-il rien de plus digne de lui?
La carriere d'Auguste (7) a-t-elle été moins belle

(3) Lunette d'approche, propre à regarder les astres.
(4) Dans ce bel astre, la lune.
(5) Louis XIV, alors roi de France.
(6) Charles II du nom, roi d'Angleterre.
(7) Qui régna presque toujours en paix.

Que les fameux exploits du premier des Césars (8) ?
Ô peuple trop heureux ! quand la paix viendra-t-elle
Nous rendre, comme vous, tout entiers aux beaux arts ?

(8) Jules César, qui fut toujours en guerre.

FIN DU SEPTIEME LIVRE.

LIVRE HUITIEME.

I. *La Mort et le Mourant.*

La mort ne surprend point le sage ;
Il est toujours prêt à partir,
S'étant su lui-même avertir
Du tems où l'on se doit résoudre à ce passage.
Ce tems, hélas ! embrasse tous les tems :
Qu'on le partage en jours, en heures, en momens,
Il n'en est point qu'il ne comprenne
Dans le fatal tribut, tous sont de son domaine ;
Et le premier instant où les enfans des rois
Ouvrent les yeux à la lumiere,
Est celui qui vient quelquefois
Fermer pour toujours leur paupiere.
Défendez-vous par la grandeur ;
Alléguez la beauté, la vertu, la jeunesse,
La mort ravit tout sans pudeur :
Un jour le monde entier accroîtra sa richesse.
Il n'est rien de moins ignoré ;
Et, puisqu'il faut que je le die,

Rien

Rien où l'on soit moins préparé.
Un mourant qui comptoit plus de cent ans de vie,
Se plaignoit à la mort que précipitamment
Elle le contraignoit de partir tout-à-l'heure,
Sans qu'il eût fait son testament,
Sans l'avertir au moins: Est-il juste qu'on meure
Au pied levé ? dit-il : attendez quelque peu ;
Ma femme ne veut pas que je parte sans elle :
Il me reste à pourvoir un arriere-neveu :
Souffrez qu'à mon logis j'ajoute encore une aile :
Que vous êtes pressante, ô déesse cruelle !
Vieillard, lui dit la mort, je ne t'ai point surpris.
Tu te plains sans raison de mon impatience :
Eh ! n'as-tu pas cent ans ? Trouve-moi dans Paris
Deux mortels aussi vieux, trouve-m-en dix en France.
Je devois, ce dis-tu, te donner quelque avis
Qui te disposât à la chose :
J'aurois trouvé ton testament tout fait,
Ton petit-fils pourvu, ton bâtiment parfait.
Ne te donna-t-on pas des avis, quand la cause
Du marché et du mouvement,
Quand les esprits, le sentiment,
Quand tout faillit en toi ? Plus de goût, plus d'ouie,
Toute chose pour toi semble être évanouie ;
Pour toi l'astre du jour prend des soins superflus :
Tu regrettes des biens qui ne te touchent plus.
Je t'ai fait voir tes camarades
Ou morts, ou mourans, ou malades :
Qu'est-ce que tout cela, qu'un avertissement ?
Allons, vieillard, et sans réplique,
Il n'importe à la république
Que tu fasses ton testament.
La mort avoit raison : je voudrois qu'à cet âge
On sortît de la vie ainsi que d'un banquet (1),

(1) Belle image, que La Fontaine a empruntée de ce vers de Lucrece.
Cur non ut plenus vitæ conviva recedis ?
Liv. iij, sur la fin.

Remerciant son hôte, et qu'on fit son paquet:
Car de combien peut-on retarder le voyage?
Tu murmures, vieillard! vois ces jeunes mourir;
Vois-les marcher, vois-les courir
A des morts (2), il est vrai, glorieuses et belles,
Mais sûres cependant, et quelquefois cruelles.
J'ai beau te le crier; mon zele est indiscret:
Le plus semblable aux morts meurt le plus à regret.

(2) Que les gens de guerre rencontrent souvent dans la fleur de leur âge.

II. *Le Savetier et le Financier.*

Un savetier chantoit du matin jusqu'au soir:
C'étoit merveille de le voir,
Merveille de l'ouïr; il faisoit des passages (1),
Plus content qu'aucun des sept sages.
Son voisin, au contraire, étant tout cousu d'or,
Chantoit peu, dormoit moins encor;
C'étoit un homme de finance.
Si sur le point du jour par fois il sommeilloit,
Le savetier alors en chantant l'éveilloit:

(1) Des fredons, des roulemens de voix, tels qu'en pouvoit faire un homme de la sorte.

Et le financier se plaignoit
Que les soins de la providence
N'eussent pas au marché fait vendre le dormir,
Comme le manger et le boire.
En son hôtel il fait venir
Le chanteur, et lui dit : Or çà, sire Grégoire,
Que gagnez-vous par an ? — Par an ! ma foi, monsieur,
Dit avec un ton de rieur
Le gaillard savetier, ce n'est point ma maniere
De compter de la sorte ; et je n'entasse guere
Un jour sur l'autre : il suffit qu'à la fin
J'attrape le bout de l'année :
Chaque jour amene son pain. —
Eh bien ! que gagnez-vous, dites-moi, par journée ? —
Tantôt plus, tantôt moins : le mal est que toujours
(Et sans cela nos gains seroient assez honnêtes),
Le mal est que dans l'an s'entremêlent des jours
Qu'il faut chommer ; on nous ruine en fêtes :
L'une fait tort à l'autre ; et monsieur le curé
De quelque nouveau saint charge toujours son prône.
Le financier, riant de sa naïveté,
Lui dit : Je vous veux mettre aujourd'hui sur le trône.
Prenez ces cent écus : gardez-les avec soin,
Pour vous en servir au besoin.
Le savetier crut voir tout l'argent que la terre
Avoit, depuis plus de cent ans,
Produit pour l'usage des gens.
Il retourne chez lui : dans sa cave il enserre
L'argent et sa joie à-la-fois.
Plus de chant : il perdit la voix
Du moment qu'il gagna ce qui cause nos peines.
Le sommeil quitta son logis :
Il eut pour hôtes les soucis,
Les soupçons, les alarmes vaines.
Tout le jour il avoit l'œil au guet : et la nuit,
Si quelque chat faisoit du bruit,
Le chat prenoit l'argent. A la fin le pauvre homme

S'en courut chez celui qu'il ne réveilloit plus :
Rendez-moi, lui dit-il, mes chansons et mon somme,
Et reprenez vos cent écus.

III. *Le Lion, le Loup et le Renard.*

Un lion décrépit, goutteux, n'en pouvant plus,
Vouloit que l'on trouvât remede à la vieillesse.
Alléguer l'impossible aux rois, c'est un abus.
Celui-ci parmi chaque espece
Manda des médecins ; il en est de tous arts.
Médecins au lion viennent de toutes parts ;
De tous côtés lui vient des donneurs de recettes.
Dans les visites qui sont faites,
Le renard se dispense, et se tient clos et coi.
Le loup en fait sa cour, daube, au coucher du roi,
Son camarade absent. Le premier tout-à-l'heure
Veut qu'on aille enfumer renard dans sa demeure,
Qu'on le fasse venir. Il vient, est présenté ;
Et sachant que le loup lui faisoit cette affaire :
Je crains, sire, dit-il, qu'un rapport peu sincere
Ne m'ait à mépris imputé
D'avoir différé cet hommage :
Mais j'étois en pélérinage,

Et m'acquittois d'un vœu fait pour votre santé,
　　Même j'ai vu dans mon voyage
Gens experts et savans ; leur ai dit la langueur
Dont votre majesté craint à bon droit la suite.
　　Vous ne manquez que de chaleur,
　　Le long âge en vous l'a détruite :
D'un loup écorché vif appliquez-vous la peau
　　Toute chaude et toute fumante :
　　Le secret sans doute en est beau
　　Pour la nature défaillante.
　　Messire loup vous servira,
　　S'il vous plaît, de robe de chambre.
　　Le roi goûte cet avis-là.
　　On écorche, on taille, on démembre
　Messire loup. Le monarque en soupa,
　　Et de sa peau s'enveloppa.
Messieurs les courtisans, cessez de vous détruire :
Faites, si vous pouvez, votre cour sans vous nuire ;
Le mal se rend chez vous au quadruple du bien.
Les daubeurs (1) ont leur tour, d'une ou d'autre maniere :
　　Vous êtes dans une carriere
　　Où l'on ne se pardonne rien.

(1) Ceux qui, par de mauvais discours, tâchent de nuire aux autres.

IV. *Le Pouvoir des Fables.*

A M. DE BARRILLON (1).

La qualité d'ambassadeur
Peut-elle s'abaisser à des contes vulgaires ?
Vous puis-je offrir mes vers et leurs graces légeres ?
S'ils osent quelquefois prendre un air de grandeur,
Seront-ils point traités par vous de téméraires ?
Vous avez bien d'autres affaires
A démêler, que les débats
Du lapin et de la belette !
Lisez-les, ne les lisez pas ;
Mais empêchez qu'on ne nous mette
Toute l'Europe sur les bras.
Que de mille endroits de la terre
Il nous vienne des ennemis,
J'y consens : mais que l'Angleterre
Veuille que nos deux rois (2) se lassent d'être amis,
J'ai peine à digérer la chose.
N'est-il point encor tems que Louis se repose ?

(1) Qui pour lors étoit ambassadeur en Angleterre.
(2) Louis XIV, roi de France, et Charles II, roi d'Angleterre.

Quel autre Hercule enfin ne se trouveroit las
De combattre cette hydre (3) : et faut-il qu'elle oppose
Une nouvelle tête aux efforts de son bras ?
Si votre esprit plein de souplesse,
Par éloquence et par adresse,
Peut adoucir les cœurs, et détourner ce coup,
Je vous sacrifierai cent moutons : c'est beaucoup
Pour un habitant du Parnasse.
Cependant faites-moi la grace
De prendre en don ce peu d'encens :
Prenez en gré mes vœux ardens,
Et le récit en vers qu'ici je vous dédie.
Son sujet vous convient ; je n'en dirai pas plus :
Sur les éloges que l'envie
Doit avouer qui vous sont dus,
Vous ne voulez pas qu'on appuie.
Dans Athenes autrefois, peuple vain et léger,
Un orateur voyant sa patrie en danger,
Courut à la tribune ; et, d'un art tyrannique,
Voulant forcer les cœurs dans une république,
Il parla fortement sur le commun salut.
On ne l'écoutoit pas. L'orateur recourut
A ces figures (4) violentes
Qui savent exciter les ames les plus lentes :
Il fit parler les morts, tonna, dit ce qu'il put,
Le vent emporta tout ; personne ne s'émut.
L'animal aux têtes frivoles
Etant fait à ces traits, ne daignoit l'écouter ;
Tous regardoient ailleurs : il en vit s'arrêter
A des combats d'enfans, et point à ses paroles.
Que fit le harangueur ? Il prit un autre tour.
Cérès, commença-t-il, faisoit voyage un jour
Avec l'anguille et l'hirondelle,
Un fleuve les arrête ; et l'anguille en nageant,

(3) Serpent à plusieurs têtes, auquel une tête étant coupée, il en renaissoit nombre d'autres.

(4) De rhétorique, façon de parler qui présente à l'esprit des images vives, touchantes, etc.

Comme l'hirondelle en volant,
Le traversa bientôt. L'assemblée à l'instant
Cria tout d'une voix : Et Cérès, que fit-elle ? —
Ce qu'elle fit ? un prompt courroux
L'anima d'abord contre vous.
Quoi ! de contes d'enfans son peuple s'embarrasse;
Et du péril qui le menace
Lui seul entre les Grecs il néglige l'effet !
Que ne demandez-vous ce que Philippe fait.
A ce reproche, l'assemblée,
Par l'apologue réveillée,
Se donne entiere à l'orateur.
Un trait de fable en eut l'honneur.
Nous sommes tous d'Athenes en ce point; et moi-même,
Au moment que je fais cette moralité,
Si Peau-d'âne (5) m'étoit conté,
J'y prendrois un plaisir extrême.
Le monde est vieux, dit-on : je le crois; cependant
Il le faut amuser encor comme un enfant.

(5) Vieux conte, dont on amuse les petits enfans.

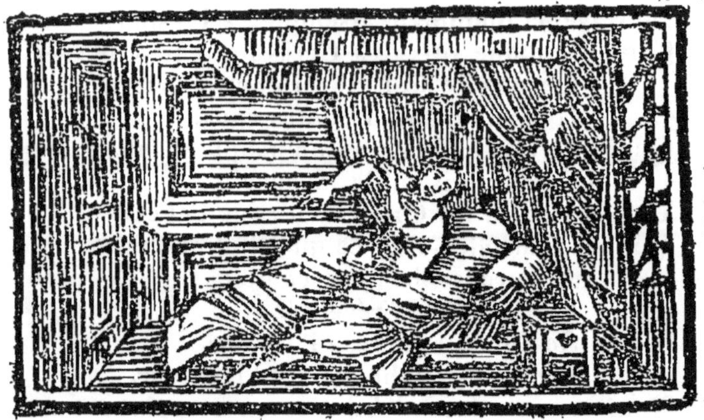

V. *L'Homme et la Puce.*

Par des vœux importuns nous fatiguons les dieux,
Souvent pour des sujets même indignes des hommes :
Il semble que le ciel sur tous tant que nous sommes
Soit obligé d'avoir incessamment les yeux,
Et que le plus petit de la race mortelle,
A chaque pas qu'il fait, à chaque bagatelle,
Doive intriguer l'Olympe et tous ses citoyens,
Comme s'il s'agissoit des Grecs et des Troyens.
Un sot par une puce eut l'épaule mordue :
Dans les plis de ses draps elle alla se loger.
Hercule, se dit-il, tu devrois bien purger
La terre de cette hydre au printems revenue.
Que fais-tu, Jupiter, que du haut de la nue
Tu n'en perdes la race afin de me venger?
Pour tuer une puce, il vouloit obliger
Ces dieux à lui prêter leur foudre et leur massue.

VI. *Les Femmes et le Secret.*

Rien ne pese tant qu'un secret :
Le porter loin est difficile aux dames ;
Et je sais même sur ce fait
Bon nombre d'hommes qui sont femmes.
Pour éprouver la sienne un mari s'écria,
La nuit, étant près d'elle : O dieux ! qu'est-ce cela ?
Je n'en puis plus ! on me déchire !
Quoi ! j'accouche d'un œuf ! — D'un œuf ? — Oui, le voilà
Frais et nouveau pondu : gardez bien de le dire,
On m'appelleroit poule ; enfin n'en parlez pas.
La femme, neuve sur ce cas,
Ainsi que sur mainte autre affaire,
Crut la chose, et promit ses grands dieux de se taire.
Mais ce serment s'évanouit
Avec les ombres de la nuit.
L'épouse, indiscrette et peu fine,
Sort du lit quand le jour fut à peine levé,
Et de courir chez sa voisine :
Ma commere, dit-elle, un cas est arrivé ;
N'en dites rien sur-tout, car vous me feriez battre :
Mon mari vient de pondre un œuf gros comme quatre.

Au nom de Dieu, gardez-vous bien
D'aller publier ce mystere.
Vous moquez-vous! dit l'autre : ah! vous ne savez guere
Quelle je suis. Allez, ne craignez rien.
La femme du pondeur s'en retourne chez elle.
L'autre grille déjà de conter la nouvelle :
Elle va la répandre en plus de dix endroits ;
Au lieu d'un œuf elle en dit trois.
Ce n'est pas encor tout : car une autre commere
En dit quatre, et raconte à l'oreille le fait :
Précaution peu nécessaire,
Car ce n'étoit plus un secret.
Comme le nombre d'œufs, grace à la renommée,
De bouche en bouche alloit croissant,
Avant la fin de la journée
Ils se montoient à plus d'un cent.

VII. *Le Chien qui porte à son cou le dîner de son maître.*

Nous n'avons pas les yeux à l'épreuve des belles,
Ni les mains à celles de l'or :
Peu de gens gardent un trésor
Avec des soins assez fideles.
Certain chien, qui portoit la pitance au logis,

S'étoit fait un collier du dîné de son maître.
Il étoit tempérant, plus qu'il n'eût voulu l'être
Quand il voyoit un mets exquis;
Mais enfin il l'étoit; et, tous tant que nous sommes,
Nous nous laissons tenter à l'approche des biens.
Chose étrange! on apprend la tempérance aux chiens,
Et l'on ne peut l'apprendre aux hommes!
Ce chien-ci donc étant de la sorte atourné,
Un mâtin passe, et veut lui prendre le dîné.
Il n'en eut pas toute la joie
Qu'il espéroit d'abord: le chien mit bas la proie
Pour la défendre mieux n'en étant plus chargé.
Grand combat. D'autres chiens arrivent:
Ils étoient de ceux-là qui vivent
Sur le public, et craignent peu les coups.
Notre chien, se voyant trop foible comme eux tous,
Et que la chair couroit un danger manifeste,
Voulut avoir sa part; et, lui sage, il leur dit:
Point de courroux, messieurs; mon lopin me suffit;
Faites votre profit du reste.
A ces mots, le premier il vous happe un morceau:
Et chacun de tirer, le mâtin, la canaille,
A qui mieux; ils firent tous ripaille (1);
Chacun d'eux eut part au gâteau.
Je crois voir en ceci l'image d'une ville
Où l'on met les deniers à la merci des gens.
Échevins, prévôts de marchands,
Tout fait sa main: le plus habile
Donne aux autres l'exemple; et c'est un passe-tems
De leur voir nettoyer un morceau de pistoles.
Si quelque scrupuleux, par des raisons frivoles,
Veut défendre l'argent, et dit le moindre mot,
On lui fait voir qu'il est un sot.
Il n'a pas de peine à se rendre:
C'est bientôt le premier à prendre.

(1) Firent grand'chere. Qui voudra savoir l'origine du mot *ripaille*, doit consulter le *Dictionnaire étymologique de Ménage*.

VIII.

VIII. *Le Rieur et les Poissons.*

On cherche les rieurs, et moi je les évite.
Cet art veut, sur tout autre, un suprême mérite:
Dieu ne créa que pour les sots
Les méchans diseurs de bons mots (1).
J'en vais peut-être en une fable
Introduire un ; peut-être aussi
Que quelqu'un trouvera que j'aurai réussi.
Un rieur étoit à la table
D'un financier, et n'avoit en son coin
Que de petits poissons : tous les gros étoient loin.
Il prend donc les menus, puis leur parle à l'oreille;
Et puis il feint, à la pareille,
D'écouter leur réponse. On demeura surpris :
Cela suspendit les esprits.
Le rieur alors, d'un ton sage,
Dit qu'il craignoit qu'un sien ami,

(1) Gens d'un esprit fade, pesant et superficiel, qui, croyant l'avoir agréable, vif, profond et délicat, nous débitent hardiment des pensées vulgaires et très-insipides, comme quelque chose d'exquis, et de véritablement plaisant, dont ils rient tous les premiers.

Pour les grandes Indes parti,
N'eût depuis un an fait naufrage.
Il s'en informoit donc à ce menu fretin;
Mais tous lui répondoient qu'ils n'étoient pas d'un âge
A savoir au vrai son destin;
Les gros en sauroient davantage.
N'en puis-je donc, messieurs, un gros interroger?
De dire si la compagnie
Prit goût à sa plaisanterie,
J'en doute; mais enfin il les sut engager
A lui servir d'un monstre assez vieux pour lui dire
Tous les noms des chercheurs de mondes inconnus
Qui n'en étoient pas revenus,
Et que depuis cent ans sous l'abyme avoient vus
Les anciens du vaste empire.

IX. *Le Rat et l'Huître.*

Un rat, hôte d'un champ, rat de peu de cervelle,
Des lares paternels un jour se trouva sou.
Il laisse là le champ, le grain et la javelle,
Va courir le pays, abandonne son trou.
Sitôt qu'il fut hors de la case:
Que le monde, dit-il, est grand et spacieux!

Voilà les Apennins (1), et voici le Caucase ;
La moindre taupinée étoit mont à ses yeux.
Au bout de quelques jours, le voyageur arrive
En un certain canton où Thétis sur la rive
Avoit laissé mainte huître : et notre rat d'abord
Crut voir, en les voyant, des vaisseaux de haut bord.
Certes, dit-il, mon pere étoit un pauvre sire !
Il n'osoit voyager, craintif au dernier point.
Pour moi, j'ai déjà vu le maritime empire,
J'ai passé les déserts, mais nous n'y bûmes point.
D'un certain magister le rat tenoit ces choses,
Et les disoit à travers champs ;
N'étant pas de ces rats qui, les livres rongeans,
Se font savans jusques aux dents.
Parmi tant d'huîtres toutes closes
Une s'étoit ouverte ; et, bâillant au soleil,
Par un doux zéphir réjouie,
Humoit l'air, respiroit, étoit épanouie,
Blanche, grasse, et d'un goût, à la voir, nompareil.
'aussi loin que le rat voit cette huître qui bâille :
u'apperçois-je ? dit-il ; c'est quelque victuaille ;
t, si je ne me trompe à la couleur du mets,
e dois faire aujourd'hui bonne chere, ou jamais.
à-dessus maître rat, plein de belle espérance,
pproche de l'écaille, alonge un peu le cou,
e sent pris comme aux lacs (2) ; car l'huître tout d'un coup
e referme. Et voilà ce que fait l'ignorance.
ette fable contient plus d'un enseignement :
Nous y voyons premiérement
ue ceux qui n'ont du monde aucune expérience,
ont, aux moindres objets, frappés d'étonnement :
Et puis nous y pouvons apprendre
Que tel est pris qui croyoit prendre.

(1) Hautes montagnes qui regnent le long de l'Italie.
(2) On m'a assuré qu'il est assez ordinaire de voir des ats qui ont effectivement donné dans ce piege. Mais la able n'est pas moins ingénieuse ni moins instructive, our être fondée sur la vérité.

X. *L'Ours et l'Amateur des jardins.*

Certain ours montagnard, ours à demi léché,
Confiné par le sort dans un bois solitaire,
Nouveau Bellérophon (1), vivoit seul et caché.
Il fût devenu fou : la raison d'ordinaire
N'habite pas long-tems chez les gens sequestrés.
Il est bon de parler, et meilleur de se taire ;
Mais tous deux sont mauvais alors qu'ils sont outrés.
Nul animal n'avoit affaire
Dans les lieux que l'ours habitoit ;
Si bien que, tout ours qu'il étoit,
Il vint à s'ennuyer de cette triste vie.
Pendant qu'il se livroit à la mélancolie,
Non loin de là certain vieillard
S'ennuyoit aussi de sa part.
Il aimoit les jardins, étoit prêtre de Flore :

(1) Prince valeureux, qui, après avoir mis à fin les plus terribles aventures, accablé d'une noire mélancolie, se retira dans un désert, dit Homere, pour rompre tout commerce avec les hommes. Je n'ai garde de mettre ici les paroles du poëte. Du grec ! Eh ! qui s'attendroit à voir du grec dans des notes sur les fables de La Fontaine ? Cette bigarrure choqueroit infailliblement la fleur des plus beaux esprits de ce siecle.

Il l'étoit de Pomone encore.
Ces deux emplois sont beaux; mais je voudrois parmi
Quelque doux et discret ami.
Les jardins parlent peu, si ce n'est dans mon livre;
De façon que, lassé de vivre
Avec des gens muets, notre homme, un beau matin,
Va chercher compagnie, et se met en campagne.
L'ours, porté d'un même dessein,
Venoit de quitter sa montagne.
Tous deux, par un cas surprenant,
Se rencontrent en un tournant.
L'homme eut peur : mais comment esquiver, et que faire ?
Se tirer en gascon d'une semblable affaire
Est le mieux : il sut donc dissimuler sa peur.
L'ours, très-mauvais complimenteur,
Lui dit : Viens-t-en me voir. L'autre reprit : Seigneur,
Vous voyez mon logis; si vous me vouliez faire
Tant d'honneur que d'y prendre un champêtre repas,
J'ai des fruits, j'ai du lait : ce n'est peut-être pas
De nosseigneurs les ours le manger ordinaire :
Mais j'offre ce que j'ai. L'ours l'accepte, et d'aller
Les voilà bons amis avant que d'arriver;
Arrivés, les voilà se trouvant bien ensemble :
Et bien qu'on soit, à ce qu'il semble,
Beaucoup mieux seul qu'avec des sots,
Comme l'ours en un jour ne disoit pas deux mots,
L'homme pouvoit sans bruit vaquer à son ouvrage.
L'ours alloit à la chasse, apportoit du gibier,
Faisoit son principal métier
D'être bon émoucheur; écartoit du visage
De son ami dormant ce parasite ailé
Que nous avons mouche appelé.
Un jour que le vieillard dormoit d'un profond somme,
Sur le bout de son nez une allant se placer,
Mit l'ours au désespoir; il eut beau la chasser.
Je l'attraperai bien, dit-il; et voici comme.
Aussitôt fait que dit : le fidele émoucheur

Vous empoigne un pavé, le lance avec roideur,
Casse la tête à l'homme en écrasant la mouche;
Et, non moins bon archer que mauvais raisonneur,
Roide mort étendu sur la place il le couche.
Rien n'est si dangereux qu'un ignorant ami:
Mieux vaudroit un sage ennemi.

XI. *Les deux Amis.*

Deux vrais amis vivoient au Monomotapa (1);
L'un ne possédoit rien qui n'appartînt à l'autre.
Les amis de ce pays-là
Valent bien, dit-on, ceux du nôtre.
Une nuit que chacun s'occupoit au sommeil,
Et mettoit à profit l'absence du soleil,
Un de nos deux amis sort du lit en alarme;
Il court chez son intime, éveille les valets,
Morphée (2) avoit touché le seuil de ce palais.
L'ami couché s'étonne; il prend sa bourse, il s'arme,
Vient trouver l'autre, et dit: Il vous arrive peu
De courir quand on dort; vous me paroissiez homme

(1) Pays au sud-est de l'Afrique.
(2) Le dieu du sommeil, c'est-à-dire, *tout le monde dormoit dans ce palais.*

À mieux user du tems destiné pour le somme :
N'auriez-vous point perdu tout votre argent au jeu?
En voici. S'il vous est venu quelque querelle,
J'ai mon épée, allons. Vous ennuyez-vous point
De coucher toujours seul? Une esclave assez belle
Étoit à mes côtés; voulez-vous qu'on l'appelle?
Non, dit l'ami, ce n'est ni l'un ni l'autre point:
Je vous rends grace de ce zele.
Vous m'êtes, en dormant, un peu triste apparu.
J'ai craint qu'il ne fût vrai; je suis vîte accouru.
Ce maudit songe en est la cause.
Qui d'eux aimoit le mieux? Que t'en semble, lecteur?
Cette difficulté vaut bien qu'on la propose.
Qu'un ami véritable est une douce chose!
Il cherche vos besoins au fond de votre cœur;
Il vous épargne la pudeur
De les lui découvrir vous-même:
Un songe, un rien, tout lui fait peur,
Quand il s'agit de ce qu'il aime.

~~~~~~~~~~
~~~~~~~~~~

XII. *Le Cochon, la Chevre et le Mouton.*

Une chevre, un mouton, avec un cochon gras,
Montés sur même char, s'en alloient à la foire.
Leur divertissement ne les y portoit pas;
On s'en alloit les vendre, à ce que dit l'histoire :
Le charton n'avoit pas dessein
De les mener voir Tabarin (1).
Dom pourceau crioit en chemin
Comme s'il avoit eu cent bouchers à ses trousses :
C'étoit une clameur à rendre les gens sourds.
Les autres animaux, créatures plus douces,
Bonnes gens, s'étonnoient qu'il criât au secours :
Ils ne voyoient nul mal à craindre.
Le charton dit au porc : Qu'as-tu tant à te plaindre?
Tu nous étourdis tous : que ne te tiens-tu coi?
Ces deux personnes-ci, plus honnêtes que toi,
Devroient t'apprendre à vivre, ou du moins à te taire.
Regarde ce mouton ; a-t-il dit un seul mot?
Il est sage. Il est un sot,
Repartit le cochon : s'il savoit son affaire,
Il crieroit, comme moi, du haut de son gosier;

(1) Nom d'un facteur, pour toute la troupe.

Et cette autre personne honnête
Crieroit tout du haut de sa tête.
Ils pensent qu'on les veut seulement décharger,
La chevre de son lait, le mouton de sa laine :
Je ne sais pas s'ils ont raison :
Mais quant à moi, qui ne suis bon
Qu'à manger, ma mort est certaine.
Adieu mon toit et ma maison.
Dom pourceau raisonnoit en subtil personnage :
Mais que lui servoit-il ? Quand le mal est certain,
La plainte ni la peur ne changent le destin ;
Et le moins prévoyant est toujours le plus sage.

XIII. *Tircis et Amarante.*

POUR MADEMOISELLE DE SILLERY.

J'avois Esope quitté,
Pour être tout à Bocace (1) :
Mais une divinité
Veut revoir sur le Parnasse
Des fables de ma façon.

(1) Ecrivain célebre qui, en prose italienne admirée des connoisseurs, a composé des contes, dont plusieurs ont été agréablement imités en vers par La Fontaine.

Or d'aller lui dire non
Sans quelque valable excuse,
Ce n'est pas comme on en use
Avec des divinités,
Sur-tout quand ce sont de celles
Que la qualité de belles
Fait reine des volontés.
Car, afin que l'on le sache,
C'est Sillery qui s'attache
A vouloir que, de nouveau,
Sire loup, sire corbeau,
Chez moi se parle en rime.
Qui dit Sillery, dit tout:
Peu de gens en leur estime
Lui refusent le haut bout:
Comment le pourroit-on faire?
Pour venir à notre affaire,
Mes contes, à son avis,
Sont obscurs: les beaux esprits
N'entendent pas toute chose.
Faisons donc quelques récits
Qu'elle déchiffre sans glose;
Amenons des bergers; et puis nous rimerons
Ce que disent entre eux les loups et les moutons.
Tircis disoit un jour à la jeune Amarante:
Ah! si vous connoissiez comme moi certain mal
Qui nous plaît et qui nous enchante,
Il n'est bien sous le ciel qui vous parût égal!
Souffrez qu'on vous le communique;
Croyez-moi, n'ayez point de peur:
Voudrois-je vous tromper? vous, pour qui je me pique
Des plus doux sentimens que puisse avoir un cœur!
Amarante aussitôt réplique:
Comment l'appellez-vous, ce mal? quel est son nom? —
L'amour. — Ce mot est beau! dites-moi quelques marques
A quoi je le pourrois connoître: que sent-on? —

Des peines près de qui le plaisir des monarques
Est ennuyeux et fade : on s'oublie, on se plaît,
Toute seule en une forêt.
Se mire-t-on près d'un rivage,
Ce n'est pas soi qu'on voit : on ne voit qu'une image
Qui sans cesse revient, et qui suit en tous lieux :
Pour tout le reste on est sans yeux.
Il est un berger du village
Dont l'abord, dont la voix, dont le nom fait rougir :
On soupire à son souvenir ;
On ne sait pas pourquoi, cependant on soupire :
On a peur de le voir, encor qu'on le desire.
Amarante dit à l'instant :
Ho ! ho ! c'est là ce mal que vous me prêchez tant !
Il ne m'est pas nouveau : je pense le connoître.
Tircis à son but croyoit être,
Quand la belle ajouta : Voilà tout justement
Ce que je sens pour Clidamant.
L'autre pensa mourir de dépit et de honte.
Il est force gens comme lui,
Qui prétendent n'agir que pour leur propre compte,
Et qui font le marché d'autrui.

XIV. *Les obseques de la Lionne.*

La femme du lion mourut :
Aussitôt chacun accourut
Pour s'acquitter envers le prince
De certains complimens de consolation,
Qui sont surcroît d'affliction.
Il fit avertir sa province
Que les obseques se feroient
Un tel jour, en tel lieu ; ses prévôts y seroient
Pour régler la cérémonie,
Et pour placer la compagnie.
Jugez si chacun s'y trouva.
Le prince aux cris s'abandonna,

Et tout son antre en résonna :
Les lions n'ont point d'autre temple.
On entendit, à son exemple,
Rugir en leur patois messieurs les courtisans.
Je définis la cour, un pays où les gens
Tristes, gais, prêts à tout, à tout indifférens,
Sont ce qu'il plaît au prince, ou, s'ils ne peuvent l'être,
Tâchent au moins de le paroître.
Peuple caméléon (1), peuple singe (2) du maître :
On diroit qu'un esprit anime mille corps ;
C'est bien là que les gens sont de simples ressorts (3).
Pour revenir à notre affaire,
Le cerf ne pleura point. Comment eût-il pu faire?
Cette mort le vengeoit : la reine avoit jadis
Etranglé sa femme et son fils.
Bref, il ne pleura point. Un flatteur l'alla dire,

(1) Animal qui prend la couleur du lieu où il est ; celle du verd, du jaune, du rouge, sur un tapis verd, jaune, rouge, etc. Emblême fort naturel du courtisan.
(2) Servile imitateur du maître.
(3) Sans raisonnement, sans sentiment, comme Descartes le dit des animaux brutes.

Et soutint qu'il l'avoit vu rire.
La colere du roi, comme dit Salomon,
Est terrible, et sur-tout celle du roi lion :
Mais ce cerf n'avoit pas accoutumé de lire.
Le monarque lui dit : Chétif hôte des bois,
Tu ris ! tu ne suis pas ces gémissantes voix ?
Nous n'appliquerons point sur tes membres profanes
Nos sacrés ongles, venez, loups,
Vengez la reine ; immolez tous
Ce traître à ses augustes mânes.
Le cerf reprit alors : Sire, le tems des pleurs
Est passé ; la douleur est ici superflue.
Votre digne moitié, couchée entre des fleurs,
Tout près d'ici m'est apparue ;
Et je l'ai d'abord reconnue.
Ami, m'a-t-elle dit, garde que ce convoi,
Quand je vais chez les dieux, ne t'oblige à des larmes.
Aux champs élysiens j'ai goûté mille charmes,
Conversant avec ceux qui sont saints comme moi.
Laisse agir quelque tems le désespoir du roi :
J'y prends plaisir. A peine on eut ouï la chose,
Qu'on se mit à crier : Miracle ! apothéose (4) !
Le cerf eut un présent, bien loin d'être puni.
Amusez les rois par des songes,
Flattez-les, payez-les d'agréables mensonges :
Quelque indignation dont leur cœur soit rempli,
Ils goberont l'appât ; vous serez leur ami.

(4) **Déification, pour dire,** *la voilà au rang des dieux.*

XV. *Le Rat et l'Eléphant.*

Se croire un personnage est fort commun en France :
On y fait l'homme d'importance,
Et l'on n'est souvent qu'un bourgeois.
C'est proprement le mal françois :
La sotte vanité nous est particuliere.
Les Espagnols sont vains, mais d'une autre maniere :
Leur orgueil me semble, en un mot,
Beaucoup plus fou, mais pas si sot.
Donnons quelque image du nôtre,
Qui sans doute en vaut bien un autre.
Un rat des plus petits voyoit un éléphant
Des plus gros, et railloit le marcher un peu lent
De la bête de haut parage,
Qui marchoit à gros équipage.
Sur l'animal à triple étage (1)
Une sultane de renom (2),
Son chien, son chat et sa guenon,
Son perroquet, sa vielle, et toute sa maison ;

(1) C'est-à-dire, fort haut.
(2) La femme d'un prince d'Orient.

S'en alloit en pélérinage.
Le rat s'étonnoit que les gens
ussent touchés de voir cette pesante masse ;
omme si d'occuper ou plus ou moins de place
ous rendoit, disoit-il, plus ou moins importans.
ais qu'admirez-vous tant en lui, vous autres
hommes ?
eroit-ce ce grand corps qui fait peur aux enfans ?
ous ne nous prisons pas, tous petits que nous
sommes,
D'un grain moins que les éléphans.
Il en auroit dit davantage ;
Mais le chat sortant de sa cage,
Lui fit voir en moins d'un instant,
Qu'un rat n'est pas un éléphant.

XVI. *L'Horoscope.*

On rencontre sa destinée
ouvent par des chemins qu'on prend pour l'éviter.
Un pere eut pour toute lignée
n fils qu'il aima trop, jusques à consulter
Sur le sort de sa géniture
Les diseurs de bonne aventure,
n de ses gens lui dit que des lions sur-tout

Il éloignât l'enfant jusques à certain âge,
Jusqu'à vingt ans, point davantage.
Le pere, pour venir à bout
D'une précaution sur qui rouloit la vie
De celui qu'il aimoit, défendit que jamais
On lui laissât passer le seuil de son palais.
Il pouvoit, sans sortir, contenter son envie,
Avec ses compagnons tout le jour badiner,
Sauter, courir, se promener.
Quand il fut en l'âge où la chasse
Plaît le plus aux jeunes esprits,
Cet exercice avec mépris
Lui fut dépeint. Mais, quoi qu'on fasse,
Propos, conseil, enseignement,
Rien ne change un tempérament.
Le jeune homme inquiet, ardent, plein de courage,
A peine se sentit des bouillons d'un tel âge,
Qu'il soupira pour ce plaisir.
Plus l'obstacle étoit grand, plus fort fut le desir.
Il savoit le sujet des fatales défenses;
Et comme ce logis plein de magnificences,
Abondoit par-tout en tableaux,
Et que la laine (1) et les pinceaux (2)
Traçoient de tous côtés chasses et paysages,
En cet endroit des animaux,
En cet autre des personnages,
Le jeune homme s'émeut, voyant peint un lion:
Ah, monstre, cria-t-il, c'est toi qui me fais vivre
Dans l'ombre et dans les fers! A ces mots il se livre
Aux transports violens de l'indignation,
Porte le poing sur l'innocente bête.
Sous la tapisserie un clou se rencontra:
Ce clou le blesse; il pénétra
Jusqu'au ressort de l'ame; et cette chere tête,
Pour qui l'art d'Esculape (3) en vain fit ce qu'il put,

(1) Les tapisseries.
(2) Les tableaux.
(3) Dieu de la médecine et de la chirurgie.

Dut sa perte à ses soins qu'on prit pour son salut :
Même précaution nuisit au poëte Eschyle (4).
Quelque devin le menaça, dit-on,
De la chûte d'une maison.
Aussitôt il quitta la ville,
Mit son lit en plein champ, loin des toits, sous les cieux.
Un aigle, qui portoit en l'air une tortue,
Passa par-là, vit l'homme, et sur sa tête nue,
Qui parut un morceau de rocher à ses yeux,
Etant de cheveux dépourvue,
Laissa tomber sa proie afin de la casser :
Le pauvre Eschyle ainsi sut ses jours avancer.
De ces exemples il résulte
Que cet art, s'il est vrai, fait tomber dans les maux
Que craint celui qui le consulte :
Mais je l'en justifie, et maintiens qu'il est faux.
Je ne crains point que la nature
Se soit lié les mains et nous les lie encor,
Jusqu'au point de marquer dans les cieux notre sort.
Il dépend d'une conjoncture,
De lieux, de personnes, de tems ;
Non des conjonctions de tous ces charlatans.
Ce berger et ce roi sont sous même planete,
L'un d'eux porte le sceptre, et l'autre la houlette.
Jupiter (5) le vouloit ainsi.
Qu'est-ce que Jupiter? Un corps sans connoissance.
D'où vient donc que son influence
Agit différemment sur ces deux hommes-ci?
Puis comment pénétrer jusques à notre monde ?
Comment percer des airs la campagne profonde?
Percer Mars, le Soleil, et des vuides sans fin?
Un atome la peut détourner en chemin (6) :

(4) Ancien poëte grec dont il nous reste quelques tragédies.
(5) C'est une des grandes planetes.
(6) Autre planete au dessous de Jupiter.

Où l'iront retrouver les faiseurs d'horoscope (7) !
L'état où nous voyons l'Europe
Mérite que du moins quelqu'un d'eux l'ait prévu :
Que ne l'a-t-il donc dit ? Mais nul d'eux ne l'a su.
L'immense éloignement, le point et sa vitesse,
Celle aussi de nos passions,
Permettent-ils à leur foiblesse
De suivre pas à pas toutes nos actions?
Votre sort en dépend, sa course entre-suivie
Ne va, non plus que nous, jamais d'un même pas :
Et ces gens veulent au compas
Tracer le cours de notre vie ?
Il ne se faut point arrêter
Aux deux faits ambigus que je viens de conter.
Ce fils par trop chéri, ni le bon homme Eschyle,
N'y font rien : tout aveugle et menteur qu'est cet art,
Il peut frapper au but une fois entre mille ;
Ce sont des effets du hasard.

(7) Charlatans qui veulent nous faire accroire qu'ils voient clairement tout le bien et tout le mal qui doit arriver à une personne, par la situation où se trouvent les planetes dans le moment de sa naissance. De tous les métiers, celui de charlatan est le plus aisé à apprendre. Deux choses suffisent pour le savoir parfaitement : la premiere, la crédulité des hommes, qui ne dépend pas du charlatan, mais dont il s'assure bientôt par le moyen de la seconde, qui consiste à leur dire hardiment qu'il sait fort bien ce qui lui est absolument inconnu. Et tant qu'il y aura des hommes sottement crédules, il s'en trouvera d'autres tous prêts à profiter de leur sottise. Mahomet connoissant la simplicité des Arabes, leur dit hardiment qu'il avoit vu Dieu, et qu'il avoit reçu de sa propre bouche les ordres qu'il leur donnoit. Les Arabes le crurent, et Mahomet les conduisit comme il voulut.

XVII. *L'Ane et le Chien.*

Il se faut entr'aider, c'est la loi de nature.
L'âne un jour pourtant s'en moqua,
Et ne sais comme il y manqua,
Car il est bonne créature.
Il alloit par pays, accompagné du chien
Gravement, sans songer à rien,
Tous deux suivis d'un commun maître.
Ce maître s'endormit. L'âne se mit à paître :
Il étoit alors dans un pré
Dont l'herbe étoit fort à son gré,
Point de chardons pourtant; il s'en passa pour l'heure :
Il ne faut pas toujours être si délicat ;
Et, faute de servir ce plat,
Rarement un festin demeure.
Notre baudet s'en sut enfin
Passer pour cette fois. Le chien mourant de faim,
Lui dit : Cher compagnon, baisse-toi, je te prie ;
Je prendrai mon dîné dans le panier au pain.
Point de réponse ; mot : le roussin d'Arcadie (1)

(1) Sur ce surnom de l'âne, voyez liv. vj, fab. 19, note 1.

Craignit qu'en perdant un moment
Il ne perdît un coup de dent.
Il fit long-tems la sourde oreille ;
Enfin il répondit : Ami, je te conseille
D'attendre que ton maître ait fini son sommeil ;
Car il te donnera sans faute à son réveil
Ta portion accoutumée :
Il ne sauroit tarder beaucoup.
Sur ces entrefaites, un loup
Sort du bois et s'en vient : autre bête affamée.
L'âne appelle aussitôt le chien à son secours.
Le chien ne bouge, et dit : Ami, je te conseille
De fuir en attendant que ton maître s'éveille ;
Il ne sauroit tarder, détale vîte, et cours.
Que si le loup t'attend, casse-lui la mâchoire ;
On t'a ferré de neuf : et, si tu me veux croire,
Tu l'étendras tout plat. Pendant ce beau discours,
Seigneur loup étrangla le baudet sans remede.
Je conclus qu'il faut qu'on s'entr'aide.

XVIII. *Le Bassa et le Marchand.*

Un marchand grec en certaine contrée
Faisoit trafic. Un bassa l'appuyoit ;
De quoi le Grec en bassa le payoit,

Non en marchand : tant c'est chere denrée
Qu'un protecteur. Celui-ci coûtoit tant,
Que notre Grec s'alloit par-tout plaignant.
Trois autres Turcs, d'un rang moindre en puissance,
Lui vont offrir leur support en commun.
Eux trois vouloient moins de reconnoissance
Qu'à ce marchand il n'en coûtoit pour un.
Le Grec écoute ; avec eux il s'engage,
Et le bassa du tout est averti ;
Même on lui dit qu'il jouera, s'il est sage,
A ces gens-là quelque méchant parti,
Les prévenant, les chargeant d'un message
Pour Mahomet, droit en son paradis,
Et sans tarder : sinon ces gens unis
Le préviendront, bien certains qu'à la ronde
Il a des gens tout prêts pour le venger,
Quelque poison l'enverra protéger
Les trafiquans qui sont en l'autre monde.
Sur cet avis, le Turc se comporta
Comme Alexandre (1) ; et, plein de confiance,
Chez le marchand tout droit il s'en alla,
Se mit à table. On vit tant d'assurance
En ce discours et dans tout son maintien,
Qu'on ne crut point qu'il se doutât de rien.
Ami, dit-il, je sais que tu me quitte ;
Même l'on veut que j'en craigne les suites :
Mais je te crois un trop homme de bien ;
Tu n'as point l'air d'un donneur de breuvage.
Je n'en dis pas là-dessus davantage.
Quant à ces gens qui pensent t'appuyer,
Ecoute-moi : sans tant de dialogue
Et de raisons qui pourroient t'ennuyer,
Je ne te veux conter qu'un apologue.
Il étoit un berger, son chien et son troupeau,
Quelqu'un lui demanda ce qu'il prétendoit faire

(1) Qui prit une médecine de la main de son médecin, quoiqu'on lui eût écrit que ce médecin devoit l'empoisonner.

D'un dogue de qui l'ordinaire
Etoit un pain entier. Il falloit bien et beau
Donner cet animal au seigneur du village.
Lui berger, pour plus de ménage,
Auroit deux ou trois mâtineaux,
Qui, lui dépensant moins, veilleroient aux troupeaux
Bien mieux que cette bête seule.
Il mangeoit plus que trois. Mais on ne disoit pas
Qu'il avoit aussi triple gueule
Quand les loups livroient des combats.
Le berger s'en défait : il prend trois chiens de taille
A lui dépenser moins, mais à fuir la bataille.
Le troupeau s'en sentit ; et tu te sentiras
Du choix de semblable canaille.
Si tu fais bien, tu reviendras à moi.
Le Grec le crut. Ceci montre aux provinces
Que, tout compté, mieux vaut en bonne foi
S'abandonner à quelque puissant roi,
Que s'appuyer de plusieurs petits princes.

XIX. *L'avantage de la Science.*

Entre deux bourgeois d'une ville
S'émut jadis un différend :
L'un étoit pauvre, mais habile ;
L'autre riche, mais ignorant.
Celui-ci sur son concurrent
Vouloit emporter l'avantage ;
Prétendoit que tout homme sage
Etoit tenu de l'honorer.
C'étoit tout homme sot : car pourquoi révérer
Des biens dépourvus de mérite ?
La raison m'en semble petite.
Mon ami, disoit-il souvent
Au savant,

Vous vous croyez considérable :
Mais dites-moi, tenez-vous table ?
Que sert à vos pareils de lire incessamment ?
Ils sont toujours logés à la troisieme chambre,
Vêtus au mois de juin comme au mois de décembre,
Ayant pour tous laquais leur ombre seulement.
La république a bien affaire
De gens qui ne dépensent rien !
Je ne sais d'homme nécessaire
Que celui dont le luxe épand beaucoup de bien.
Nous en usons, Dieu sait, notre plaisir occupe
L'artisan, le vendeur, celui qui fait la jupe,
Et celle qui la porte, et vous, qui dédiez
A messieurs les gens de finance
De méchans livres bien payés.
Ces mots remplis d'impertinence,
Eurent la sort qu'ils méritoient,
L'homme lettré se tut ; il avoit trop à dire.
La guerre le vengea bien mieux qu'une satyre ;
Mais détruisit le lieu que nos gens habitoient :
L'un et l'autre quitta sa ville.
L'ignorant resta sans asile ;

Il reçut par-tout des mépris :
L'autrez reçut par-tout quelque faveur nouvelle.
Cela décida leur querelle.
Laisse dire les sots, le savoir a son prix.

XX. *Jupiter et le Tonnerre.*

Jupiter, voyant nos fautes,
Dit un jour, du haut des airs :
Remplissons de nouveaux hôtes (1)
Les cantons de l'univers
Habités par cette race
Qui m'importune et me lasse.
Va-t-en, Mercure, aux enfers ;
Amene-moi la Furie
La plus cruelle des trois.
Race que j'ai trop chérie,
Tu périras cette fois.
Jupiter ne tarda guere
A modérer son transport.
O vous, rois, qu'il voulut faire

(1) D'autres hommes, après avoir exterminé ceux qui habitoient alors sur la terre.

Arbitres

Arbitres de notre sort,
Laissez, entre la colere
Et l'orage qui la suit,
L'intervalle d'une nuit.
Le dieu dont l'aile est légere,
Et la langue a des douceurs,
Alla voir les noires sœurs.
A Tisiphone et Mégere
Il préféra, ce dit-on,
L'impitoyable Alecton.
Ce choix la rendit si fiere,
Qu'elle jura par Pluton
Que toute l'engeance humaine
Seroit bientôt du domaine
Des déités de là-bas.
Jupiter n'approuva pas
Le serment de l'Euménide (2).
Il la renvoie : et pourtant
Il lance un foudre à l'instant
Sur certain peuple perfide.
Le tonnerre, ayant pour guide
Le pere même de ceux
Qu'il menaçoit de ces feux,
Se contenta de leur crainte;
Il n'embrasa que l'enceinte
D'un désert inhabité :
Tout pere frappe à côté (3).
Qu'arriva-t-il ? Notre engeance
Prit pied sur cette indulgence.
Tout l'Olympe s'en plaignit :
Et l'assembleur de nuages (4)

(2) Nom général des Furies, que les Grecs nommoient *Euménides*, du mot *Eumenès*, qui signifie en grec *doux* et *benin*; ce peuple superstitieux s'imaginoit apparemment que par ce titre flatteur, il pourroit adoucir Tisiphone et ses deux sœurs, qui ne respiroient en effet que rage, fureur en malignité.

(3) Ayant peur de faire du mal à son enfant.

(4) Epithete qu'Homere donne très-souvent à Jupiter.

Jura le Styx, et promit
De former d'autres orages :
Ils seroient sûrs. On sourit :
On lui dit qu'il étoit pere,
Et qu'il laissât, pour le mieux,
A quelqu'un des autres dieux,
D'autres tonnerres à faire.
Vulcan (5) entreprit l'affaire.
Ce dieu remplit ses fourneaux
De deux sortes de carreaux :
L'un jamais ne se fourvoie,
Et c'est celui que toujours
L'Olympe en corps nous envoie :
L'autre s'écarte en son cours ;
Ce n'est qu'aux monts qu'il en coûte,
Bien souvent même il se perd ;
Et ce dernier en sa route
Nous vient du seul Jupiter.

(5) Ou Vulcain, dieu du feu.

XXI. *Le Faucon et le Chapon.*

Une traîtresse voix bien souvent vous appelle ;
Ne ne vous pressez donc nullement :
Ce n'étoit pas un sot, non, non, et croyez-m-en,

Que le chien de Jean de Nivelle (1).
Un citoyen du Mans, chapon de son métier,
Etoit sommé de comparoître
Par-devant les lares du maitre,
Au pied d'un tribunal que nous nommons foyer.
Tous les gens lui crioient, pour déguiser la chose,
Petit, petit, petit; mais loin de s'y fier,
Le Normand et demi (2) laissoit les gens crier :
Serviteur, disoit-il; votre appât est grossier :
On ne m'y tient pas; et pour cause.
Cependant un faucon sur sa perche voyoit
Notre Manceau qui s'enfuyoit.
Les chapons ont en nous fort peu de confiance,
Soit instinct, soit expérience.
Celui-ci, qui ne fut qu'avec peine attrapé,
Devoit le lendemain être d'un grand soupé,
Fort à l'aise en un plat : honneur dont la volaille
Se seroit passé aisément.
L'oiseau chasseur lui dit : Ton peu d'entendement
Me rend tout étonné. Vous n'êtes que racaille,
Gens grossiers, sans esprit, à qui l'on n'apprend rien.
Pour moi, je sais chasser et revenir au maître.
Le vois-tu pas à la fenêtre ?
Il t'attend : es-tu sourd? Je n'entends que trop bien,
Repartit le chapon; mais que me veut-il dire ?
Et ce beau cuisinier armé d'un grand couteau ?
Reviendrois-tu pour cet appeau ?
Laisse-moi fuir; cesse de rire
De l'indocilité qui me fait envoler,
Lorsque d'un ton si doux on s'en vient m'appeler.
Si tu voyois mettre à la broche
Tous les jours autant de faucons
Que j'y vois mettre de chapons,
Tu ne me ferois pas un semblable reproche.

(1) Qui s'enfuyoit quand on l'appeloit.
(2) Nom que l'on donnoit aux Manceaux.

XXII. *Le Chat et le Rat.*

Quatre animaux divers, le chat grippe-fromage,
Triste oiseau le hibou, ronge-maille le rat,
Dame belette au long corsage,
Toutes gens d'esprit et scélérat,
Hantoient le tronc pourri d'un pin vieux et sauvage.
Tant y furent, qu'un soir à l'entour de ce pin
L'homme tendit ses rets. Le chat de grand matin
Sort pour aller chercher sa proie.
Les derniers traits de l'ombre empêchent qu'il ne voie
Le filet ; il y tombe, en danger de mourir :
Et mon chat de crier, et le rat d'accourir ;
L'un plein de désespoir, et l'autre plein de joie ;
Il voyoit dans les lacs son mortel ennemi.
Le pauvre chat dit : Cher ami,
Les marques de ta bienveillance
Sont communes en mon endroit :
Viens m'aider à sortir du piege où l'ignorance
M'a fait tomber. C'est à bon droit
Que seul entre les tiens, par amour singuliere,
Je t'ai toujours choyé, t'aimant comme mes yeux.

Je n'en ai point regret, et j'en rends grace aux dieux.
J'allois leur faire ma priere,
Comme tout dévot chat en use les matins;
Ce réseau me retient : ma vie est en tes mains ;
Viens dissoudre ces nœuds. Et quelle récompense
En aurai-je ? reprit le rat.
Je jure éternelle alliance
Avec toi, repartit le chat.
Dispose de ma griffe, et sois en assurance :
Envers et contre tous je te protégerai;
Et la belette mangerai
Avec l'époux de la chouette :
Ils t'en veulent tous deux. Le rat dit : Idiot,
Moi ton libérateur ! je ne suis pas si sot.
Puis il s'en va vers sa retraite :
La belette étoit près du trou.
Le rat grimpe plus haut : il y voit le hibou.
Dangers de toutes parts : le plus pressant l'emporte.
Ronge-maille retourne au chat, et fait en sorte
Qu'il détache un chenon, puis un autre, et puis tant,
Qu'il dégage enfin l'hypocrite.
L'homme paroît en cet instant :
Les nouveaux alliés prennent tous deux la fuite.
A quelque tems de là, notre chat vit de loin
Son rat qui se tenoit alerte et sur ses gardes :
Ah ! mon frere, dit-il, viens m'embrasser : ton soin
Me fait injure ; tu regardes
Comme ennemi ton allié.
Penses-tu que j'aie oublié
Qu'après Dieu je te dois la vie ?
Et moi, reprit le rat, penses-tu que j'oublie
Ton naturel ? Aucun traité
Peut-il forcer un chat à la reconnoissance ?
S'assure-t-on sur l'alliance
Qu'a faite la nécessité ?

XXIII. *Le Torrent et la Riviere.*

Avec grand bruit et grand fracas
Un torrent tomboit des montagnes :
Tout fuyoit devant lui ; l'horreur suivoit ses pas ;
Il faisoit trembler les campagnes.
Nul voyageur n'osoit passer
Une barriere si puissante :
Un seul vit des voleurs, et, se sentant presser,
Il mit entre eux et lui cette onde menaçante.
Ce n'étoit que menace et bruit sans profondeur :
Notre homme enfin n'eut que la peur.
Ce succès lui donnant courage,
Et les mêmes voleurs le poursuivant toujours,
Il rencontra sur son passage
Une riviere dont le cours,
Image d'un sommeil doux, paisible et tranquille,
Lui fit croire d'abord ce trajet fort facile :
Point de bords escarpés, un sable pur et net.
Il entre, et son cheval le met
A couvert des voleurs, mais non de l'onde noire :
Tous deux au Styx allerent boire ;
Tous deux à nager malheureux,

Allerent traverser, au séjour ténébreux,
Bien d'autres fleuves que les nôtres.
Les gens sans bruit sont dangereux :
Il n'en est pas ainsi des autres.

XXIV. *L'Education.*

Laridon et César, freres dont l'origine
Venoit de chiens fameux, beaux, bien faits et hardis,
A deux maîtres divers échus au tems jadis,
Hantoient, l'un les forêts, et l'autre la cuisine.
Ils avoient eu d'abord chacun un autre nom :
Mais, la diverse nourriture
Fortifiant en l'un cette heureuse nature,
En l'autre l'altérant, un certain marmiton
Nomma celui-ci Laridon.
Son frere, ayant couru mainte haute aventure,
Mit maint cerf aux abois, maint sanglier abattu,
Fut le premier César que la gent chienne ait eu.
On eut soin d'empêcher qu'une indigne maîtresse
Ne fît en ses enfans dégénérer son sang.
Laridon négligé témoignoit sa tendresse
A l'objet le premier passant.
Il peupla tout de son engeance.

Tourne-broches (1) par lui rendus communs en
France,
Y font un corps à part, gens fuyant les hasards,
Peuple antipode des Césars (2).
On ne suit pas toujours ses aïeux ni son pere :
Le peu de soin, le tems, tout fait qu'on dégénere.
Faute de cultiver la nature et ses dons,
Oh ! combien de Césars deviendront Laridons !

(1) Chiens dressés à faire tourner une roue dont le mouvement fait tourner la broche.

(2) D'un naturel directement contraire à celui des chiens hardis et courageux.

XXV. *Les deux Chiens et l'Ane mort.*

Les vertus devroient être sœurs,
Ainsi que les vices sont freres :
Dès que l'un de ceux-ci s'empare de nos cœurs,
Tous viennent à la file, il ne s'en manque gueres :
J'entends de ceux qui, n'étant pas contraires,
Peuvent loger sous même toit.
A l'égard des vertus, rarement on les voit
Toutes en un sujet éminemment placées,
Se tenir par la main sans être dispersées.

L'un est vaillant, mais prompt : l'autre est prudent, mais froid.
Parmi les animaux, le chien se pique d'être
Soigneux, et fidele à son maître;
Mais il est sot, il est gourmand :
Témoin ces deux mâtins qui, dans l'éloignement,
Virent un âne mort qui flottoit sur les ondes.
Le vent de plus en plus l'éloignoit de nos chiens.
Ami, dit l'un, tes yeux sont meilleurs que les miens,
Porte un peu tes regards sur ces plaines profondes.
Je crois voir quelque chose. Est-ce un bœuf, un cheval ?
Hé ! qu'importe quel animal !
Dit l'un de ces mâtins ; voilà toujours curée.
Le point est de l'avoir : car le trajet est grand ;
Et de plus il nous faut nager contre le vent.
Buvons toute cette eau ; notre gorge altérée
En viendra bien à bout : ce corps demeurera
Bientôt à sec ; et ce sera
Provision pour la semaine.
Voilà mes chiens à boire : ils perdirent l'haleine,
Et puis la vie ; ils firent tant,
Qu'on les vit crever à l'instant.
L'homme est ainsi bâti : quand un sujet l'enflamme,
L'impossibilité disparoît à son ame.
Combien fait-il de vœux, combien perd-il de pas,
S'outrant pour acquérir des biens ou de la gloire ?
Si j'arrondissois mes états !
Si je pouvois remplir mes coffres de ducats !
Si j'apprenois l'hébreu, les sciences, l'histoire !
Tout cela, c'est la mer à boire :
Mais rien à l'homme ne suffit.
Pour fournir aux projets que forme un seul esprit,
Il faudroit quatre corps ; encor, loin d'y suffire,
A mi-chemin je crois que tous demeureroient :
Quatre Mathusalem (1) bout à bout ne pourroient
Mettre fin à ce qu'un seul desire.

(1) Nul homme n'a vécu si long-tems que Mathusalem.

XXVI. *Démocrite* (1) *et les Abdéritains.*

Que j'ai toujours haï les pensers du vulgaire !
Qu'il me senble profane, injuste et téméraire,
Mettant de faux milieux entre la chose et lui,
Et mesurant par soi ce qu'il voit en autrui !
Le maître d'Epicure (2) en fit l'apprentissage.
Son pays le crut fou. Petits esprits ! mais quoi ?
Aucun n'est prophete chez soi.
Ces gens étoient les fous, Démocrite le sage.
L'erreur alla si loin, qu'Abdere (3) députa
Vers Hippocrate, et l'invita,
Par lettre et par ambassade,
A venir rétablir la raison du malade.
Notre concitoyen, disoient-ils en pleurant,
Perd l'esprit : la lecture a gâté Démocrite.
Nous l'estimerions plus s'il étoit ignorant.

(1) Un des plus grands philosophes de l'antiquité, né à Abdere.

(2) Autre célebre philosophe, à qui La Fontaine donne Démocrite pour maître à très-juste titre : car quoiqu'Epicure n'eût jamais vu Démocrite, c'est des ouvrages de Démocrite qu'il tire les grands principes sur lesquels il fonde son système.

(3) Ville de Thrace, dont les habitans étoient généralement fort stupides, au jugement des Grecs.

Aucun nombre (4), dit-il, les mondes ne limite :
Peut-être même ils sont remplis
De Démocrites infinis.
Non contens de ce songe, il y joint les atômes,
Enfans d'un cerveau creux, invisibles fantômes;
Et mesurant les cieux sans bouger d'ici-bas,
Il connoît l'univers, et ne se connoît pas.
Un tems fut qu'il savoit accorder les débats :
Maintenant il parle à lui-même.
Venez, divin mortel, sa folie est extrême.
Hippocrate n'eut pas trop de foi pour ces gens (5);
Cependant il partit. Et voyez, je vous prie,
Quelles rencontres dans la vie
Le sort cause. Hippocrate arriva dans le tems
Que celui qu'on disoit n'avoir raison ni sens
Cherchoit, dans l'homme et dans la bête,
Quel siege a la raison, soit le cœur, soit la tête.
Sous un ombrage épais, assis près d'un ruisseau,
Les labyrinthes (6) d'un cerveau
L'occupoient. Il avoit à ses pieds maint volume,
Et ne vit presque pas son ami s'avancer,
Attaché selon sa coutume.
Leur compliment fut court, ainsi qu'on peut penser.
Le sage est ménager du tems et des paroles.
Ayant donc mis à part les entretiens frivoles,
Et beaucoup raisonné sur l'homme et sur l'esprit,
Ils tomberent sur la morale.
Il n'est pas besoin que j'étale
Tout ce que l'un et l'autre dit.
Le récit précédent suffit
Pour montrer que le peuple est juge récusable.
En quel sens est donc véritable
Ce que j'ai lu dans certain lieu,
Que sa voix est la voix de Dieu ?

(4) Opinion particuliere de Démocrite, qui a été renouvelée de nos jours.

(5) Par la raison marquée ci-devant dans la note 3, où j'ai dit un mot des habitans d'Abdere.

(6) Les ventricules, les sinuosités, les différentes parties du cerveau.

XXVII. *Le Loup et le Chasseur.*

Fureur d'accumuler, monstre de qui les yeux
Regardent comme un point tous les bienfaits des dieux,
Te combattrai-je en vain sans cesse en cet ouvrage?
Quel tems demandes-tu pour suivre mes leçons?
L'homme sourd à ma voix, comme à celle du sage,
Ne dira-t-il jamais : C'est assez, jouissons?
Hâte-toi, mon ami : tu n'as pas tems à vivre.
Je te rebats ce mot; car il vaut tout un livre,
Jouis. — Je le ferai. — Mais quand donc? — Dès demain. —
Eh! mon ami! la mort te peut prendre en chemin;
Jouis dès aujourd'hui; redoute un sort semblable
A celui du chasseur et du loup de ma fable.
Le premier de son arc avoit mis bas un daim.
Un faon de biche passe, et le voilà soudain
Compagnon du défunt; tous deux gisent sur l'herbe.
La proie étoit honnête, un daim avec un faon;
Tout modeste chasseur en eût été content;
Cependant un sanglier, monstre énorme et superbe,
Tente encor notre archer, friand de tels morceaux.
Autre habitant du Styx : la parque et ses ciseaux

Avec

Avec peine y mordoient (1) ; la déesse infernale
Reprit à plusieurs fois l'heure au monstre fatale.
De la force du coup pourtant il s'abattit.
C'étoit assez de biens. Mais quoi ! rien ne remplit
Les vastes appétits d'un faiseur de conquêtes.
Dans les tems que le porc revient à soi, l'archer
Voit le long d'un sillon une perdrix marcher :
Surcroît chétif aux autres têtes ;
De son arc toutefois il bande les ressorts.
Le sanglier, rappelant les restes de sa vie,
Vient à lui, le découd (2), meurt vengé sur son corps :
Et la perdrix le remercie.
Cette part du récit s'adresse au convoiteux.
L'avare aura pour lui le reste de l'exemple.
Un loup vit en passant ce spectacle piteux :
O Fortune ! dit-il, je te promets un temple.
Quatre corps étendus ! que de biens ! mais pourtant
Il faut les ménager ; ces rencontres sont rares.
(Ainsi s'excusent les avares.)
J'en aurai, dit le loup, pour un mois, pour autant.
Un, deux, trois, quatre corps ; ce sont quatre semaines,
Si je sais compter, toutes pleines.
Commençons dans deux jours ; et mangeons cependant
La corde de cet arc ; il faut que l'on l'ait faite
De vrai boyau, l'odeur me le témoigne assez.
En disant ces mots, il se jette
Sur l'arc, qui se détend, et fait de la sagette (3)

(1) Le sanglier conserva quelque tems un reste de vie, quoique sa blessure fût mortelle.

(2) Le déchirer avec ses défenses.

(3) La fleche dressée sur l'arc. *Sagette*, vieux mot, formé de *sagitta*, qui veut dire fleche. *Sagette* étoit encore en usage du tems de Regnier, témoin ces vers, qui méritent d'être retenus :

Ainsi les actions aux langues sont sujettes :
Mais ces divers rapports sont de foibles sagettes
Qui blessent seulement ceux qui sont mal armes.
Sat. v, vers 25, etc.

Ce

Un nouveau mort; mon loup a les boyaux percés.
Je reviens à mon texte. Il faut que l'on jouisse ;
Témoins ces deux gloutons punis d'un sort commun ;
La convoitise perdit l'un :
L'autre périt par l'avarice.

FIN DU HUITIEME LIVRE.

LIVRE NEUVIEME.

I. *Le Dépositaire infidele.*

Graces aux Filles de mémoire,
J'ai chanté des animaux ;
Peut-être d'autres héros
M'auroient acquis moins de gloire.
Le loup, en langue des dieux,
Parle au chien dans mes ouvrages :
Les bêtes, à qui mieux mieux,
Y font divers personnages :
Les uns fous, les autres sages :
De telle sorte pourtant
Que les fous vont l'emportant.
La mesure en est plus pleine.
Je mets aussi sur la scene
Des trompeurs, des scélérats,
Des tyrans et des ingrats,
Mainte imprudente pécore,
Force sots, force flatteurs :
Je pourrois y joindre encore

Des légions de menteurs.
Tout homme ment, dit le Sage.
S'il n'y mettoit seulement
Que les gens de bas étage,
On pourroit aucunement
Souffrir ce défaut aux hommes.
Mais que tous, tant que nous sommes,
Nous mentions, grand et petit,
Si quelque autre l'avoit dit,
Je soutiendrois le contraire.
Et même qui mentiroit
Comme Esope et comme Homere,
Un vrai menteur ne seroit :
Le doux charme de maint songe
Par leur bel art inventé,
Sous les habits du mensonge,
Nous offre la vérité.
L'un et l'autre a fait un livre
Que je tiens digne de vivre
Sans fin, et plus, s'il se peut.
Comme eux ne ment pas qui veut.
Mais mentir comme sut faire
Un certain dépositaire
Payé par son propre mot,
Est d'un méchant et d'un sot.
Voici le fait. Un trafiquant de Perse,
Chez son voisin, s'en allant en commerce,
Mit en dépôt un cent de fer un jour.
Mon fer? dit-il, quand il fut de retour.
Votre fer! il n'est plus : j'ai regret de vous dire
Qu'un rat l'a mangé tout entier.
J'en ai grondé mes gens; mais qu'y faire? un grenier
A toujours quelque trou. Le trafiquant admire
Un tel prodige, et feint de le croire pourtant.
Au bout de quelques jours il détourne l'enfant
Du perfide voisin; puis à souper convie
Le pere, qui s'excuse, et lui dit en pleurant :
Dispensez-moi, je vous supplie ;

Tous plaisirs pour moi sont perdus.
J'aimois un fils plus que ma vie ;
Je n'ai que lui ; que dis-je ? hélas ! je ne l'ai plus !
On me l'a dérobé. Plaignez mon infortune.
Le marchand repartit : Hier au soir sur la brune,
Un chat-huant s'en vint votre fils enlever ;
Vers un vieux bâtiment je le lui vis porter.
Le pere dit : Comment voulez-vous que je croie
Qu'un hibou pût jamais emporter cette proie ?
Mon fils en un besoin eût pris le chat-huant.
Je ne vous dirai point, reprit l'autre, comment :
Mais enfin je l'ai vu, vu de mes yeux, vous dis-je ;
Et ne vois rien qui vous oblige
D'en douter un moment après ce que je dis.
Faut-il que vous trouviez étrange
Que les chats-huants d'un pays
Où le quintal de fer par un seul rat se mange,
Enlevent un garçon pesant un demi-cent ?
L'autre vit où tendoit cette feinte aventure ;
Il rendit le fer au marchand,
Qui lui rendit sa géniture.
Même dispute avint entre deux voyageurs.
L'un d'eux étoit de ces conteurs
Qui n'ont jamais rien vu qu'avec un microscope (1) :
Tout est géant chez eux ; écoutez-les, l'Europe
Comme l'Afrique aura des monstres à foison.
Celui-ci se croyoit l'hyperbole permise :
J'ai vu, dit-il, un chou plus grand qu'une maison.
Et moi, dit l'autre, un pot aussi grand qu'une église.
Le premier se moquant, l'autre reprit : Tout doux ;
On le fit pour cuire vos choux.
L'homme au pot fut plaisant : l'homme au fer fut habile.
Quand l'absurde est outré, l'on lui fait trop d'honneur
De vouloir, par raison, combattre son erreur :
Enchérir est plus court, sans s'échauffer la bile.

(1) Verre qui grossit beaucoup les objets qu'on regarde à travers.

II. *Les deux Pigeons.*

Deux pigeons s'aimoient d'amour tendre :
L'un d'eux, s'ennuyant au logis,
Fut assez fou pour entreprendre
Un voyage en lointain pays.
L'autre lui dit : Qu'allez-vous faire ?
Voulez-vous quitter votre frere ?
L'absence est le plus grand des maux :
Non pas pour vous, cruel ! Au moins, que les travaux,
Les dangers, les soins du voyage,
Changent un peu votre courage.
Encor, si la saison s'avançoit davantage !
Attendez les zéphirs : qui vous presse ? Un corbeau
Tout-à-l'heure annonçoit malheur à quelque oiseau.
Je ne songerai plus que rencontre funeste,
Que faucons, que réseaux. Hélas ! dirai-je, il pleut :
Mon frere a-t-il tout ce qu'il veut,
Bon soupé, bon gîte, et le reste ?
Ce discours ébranla le cœur
De notre imprudent voyageur :
Mais le desir de voir et l'humeur inquiete
L'emporterent enfin. Il dit : Ne pleurez point :
Trois jours au plus rendront mon ame satisfaite :

Je reviendrai dans peu conter de point en point
Mes aventures à mon frere ;
Je le désennuirai. Quiconque ne voit guere
N'a guere à dire aussi. Mon voyage dépeint
Vous sera d'un plaisir extrême.
Je dirai : J'étois là ; telle chose m'avint :
Vous y croirez être vous-même.
A ces mots, en pleurant, ils se dirent adieu.
Le voyageur s'éloigne : et voilà qu'un nuage
L'oblige de chercher retraite en quelque lieu.
Un seul arbre s'offrit, tel encor que l'orage
Maltraita le pigeon en dépit du feuillage.
L'air devenu serin, il part tout morfondu,
Seche du mieux qu'il peut son corps chargé de pluie ;
Dans un champ à l'écart voit du blé répandu,
Voit un pigeon auprès : cela lui donne envie ;
Il y vole, il est pris : ce blé couvroit d'un lacs
Les menteurs et traîtres appâts.
Le lacs étoit usé ; si bien que, de son aile,
De ses pieds, de son bec, l'oiseau le rompt enfin :
Quelque plume y périt ; et le pis du destin
Fut qu'un certain vautour à la serre cruelle,
Vit notre malheureux, qui, traînant la ficelle
Et les morceaux du lacs qui l'avoit attrapé,
Sembloit un forçat échappé (1).
Le vautour s'en alloit le lier (2), quand des nues
Fond à son tour un aigle aux ailes étendues.
Le pigeon profita du conflit (3) des voleurs,
S'envola, s'abattit auprès d'une masure,
Crut pour ce coup que ses malheurs
Finiroient par cette aventure :

(1) Un galérien qui s'est sauvé traînant sa chaîne.

(2) Lorsque l'oiseau enleve sa proie dans ses serres, une perdrix, par exemple, on dit en termes de vénerie, que la perdrix est *liée*, que l'oiseau vient de la *lier*. Et par conséquent La Fontaine se sert ici fort à propos du terme *lier*, qui est très-propre, et fort autorisé par l'usage.

(3) Du combat de ces oiseaux de proie qui se disputoient le pauvre pigeon.

Mais un fripon d'enfant (cet âge est sans pitié)
Prit sa fronde, et du coup tua plus d'à-moitié
La volatille malheureuse,
Qui, maudissant sa curiosité,
Traînant l'aile, et tirant le pié,
Demi-morte, et demi-boîteuse,
Droit au logis s'en retourna :
Que bien, que mal, elle arriva
Sans autre aventure fâcheuse.
Voilà nos gens rejoints : et je laisse à juger
De combien de plaisirs ils paierent leurs peines.
Amans, heureux amans, voulez-vous voyager?
Que ce soit aux rives prochaines.
Soyez-vous l'un à l'autre un monde toujours beau,
Toujours divers, toujours nouveau;
Tenez-vous lieu de tout, comptez pour rien le reste.
J'ai quelquefois aimé : je n'aurois pas alors,
Contre le Louvre et ses trésors,
Contre le firmament et sa voûte céleste,
Changé les bois, changé les lieux
Honorés par les pas, éclairés par les yeux
De l'aimable et jeune bergere
Pour qui, sous le fils de Cythere,
Je servis, engagé par mes premiers sermens.
Hélas! quand reviendront de semblables momens!
Faut-il que tant d'objets si doux et si charmans
Me laissent vivre au gré de mon ame inquiete!
Ah! si mon cœur osoit encor se renflammer!
Ne sentirai-je plus de charme qui m'arrête?
Ai-je passé le tems d'aimer?

III. *Le Singe et le Léopard.*

Le singe avec le léopard
Gagnoient de l'argent à la foire.
Ils affichoient chacun à part ;
L'un d'eux disoit: Messieurs, mon mérite et ma gloire
Sont connus en bon lieu : le roi m'a voulu voir ;
Et si je meurs, il veut avoir
Un manchon de ma peau, tant elle est bigarrée,
Pleine de taches, marquetée,
Et vergetée, et mouchetée.
La bigarrure plaît, partant chacun le vit.
Mais ce fut bientôt fait, bientôt chacun sortit.
Le singe de sa part disoit : Venez de grace,
Venez, messieurs : je fais cent tours de passe-passe.
Cette diversité dont on vous parle tant,
Mon voisin léopard l'a sur soi seulement,
Moi, je l'ai dans l'esprit. Votre serviteur Gille,
Cousin et gendre de Bertrand,
Singe du pape en son vivant,
Tout fraîchement en cette ville

Arrive en trois bateaux (1), exprès pour vous prier?
Car il parle, on l'entend; il sait danser, baller,
Faire des tours de toute sorte,
Passer en des cerceaux, et le tout pour six blancs.
Non, messieurs, pour un sou: si vous n'êtes contens,
Nous rendrons à chacun son argent à la porte.
Le singe avoit raison. Ce n'est pas sur l'habit
Que la diversité me plaît: c'est dans l'esprit;
L'une fournit toujours des choses agréables;
L'autre, en moins d'un moment, lasse les regardans.
Oh! que de grands seigneurs, au léopard semblables,
N'ont que l'habit pour tous talens!

(1) C'est une façon de parler fort usitée encore parmi le peuple de Paris. Lorsqu'on lui surfait, par exemple, du poisson, comme le merlan, le maquereau, etc. l'acheteur, pour en ravaler le prix, répond ironiquement au vendeur: *Oh! je le vois bien, ce poisson est venu en trois bateaux.* Celui qui le premier imagina ce trait, trouva plaisant de comparer la méchante petite barque d'un pêcheur à un vaisseau marchand richement chargé, qui auroit été escorté par deux vaisseaux de guerre, d'où le propriétaire prend droit d'augmenter le prix de ses marchandises à proportion de ce que lui a coûté le convoi. La plaisanterie plut au peuple, et ici La Fontaine a trouvé le moyen de la mettre agréablement en œuvre, quelque fade qu'elle soit en elle-même. Car pour relever plaisamment le mérite du singe, il lui fait dire à lui-même qu'il vient d'arriver à Paris *en trois bateaux:* et par-là, tout le ridicule de cette expression, que le peuple n'emploie jamais que dans un sens ironique, tombe directement sur Gille,

Cousin et gendre de Bertrand,
Singe du pape en son vivant.

IV. *Le Gland et la Citrouille.*

Dieu fait bien ce qu'il fait. Sans en chercher la preuve
En tout cet univers, et l'aller parcourant,
Dans les citrouilles je la treuve.
Un villageois, considérant
Combien ce fruit est gros et sa tige menue,
A quoi songeoit, dit-il, l'auteur de tout cela?
Il a bien mal placé cette citrouille-là;
Hé parbleu! je l'aurois pendue
A l'un des chênes que voilà;
C'eût été justement l'affaire:
Tel fruit, tel arbre, pour bien faire.
C'est dommage, Garo, que tu n'es point entré
Au conseil de celui que prêche ton curé;
Tout en eût été mieux: car pourquoi, par exemple,
Le gland, qui n'est pas gros comme mon petit doigt,
Ne pend-il pas en cet endroit?
Dieu s'est mépris: plus je contemple
Ces fruits ainsi placés, plus il semble à Garo
Que l'on a fait un quiproquo (1).
Cette réflexion embarrassant notre homme;

(1) Une méprise.

On ne dort point, dit-il, quand on a tant d'esprit.
Sous un chêne aussitôt il va prendre son somme.
Un gland tombe : le nez du dormeur en pâtit.
Il s'éveille ; et portant la main sur son visage,
Il trouve encor le gland pris au poil du menton.
Son nez meurtri le force à changer de langage :
Ho ! ho ! dit-il, je saigne ! Et que seroit-ce donc,
S'il fût tombé de l'arbre une masse plus lourde,
Et que ce gland eût été gourde (2) ?
Dieu ne l'a pas voulu : sans doute il eut raison ;
J'en vois bien à présent la cause.
En louant Dieu de toute chose
Garo retourne à la maison.

(2) Espece de calebasse moins grosse qu'une citrouille.

V. *L'Ecolier, le Pédant et le Maître d'un jardin.*

Certain enfant qui sentoit son college,
Doublement sot et doublement fripon,
Par le jeune âge et par le privilege
Qu'ont les pédans de gâter la raison,
Chez un voisin déroboit, ce dit-on,
Et fleurs et fruits. Ce voisin en automne,
Des plus beaux dons que nous offre Pomone,

Avoit

Avoit la fleur, les autres le rebut.
Chaque saison apportoit son tribut:
Car au printems il jouissoit encore
Des plus beaux dons que nous présente Flore.
Un jour dans son jardin il vit notre écolier,
Qui, grimpant sans égard sur un arbre fruitier,
Gâtoit jusqu'aux boutons, douce et frêle espérance,
Avant-coureurs des biens que promet l'abondance:
Même il ébranchoit l'arbre, et fit tant à la fin,
Que le possesseur du jardin
Envoya faire plainte au maître de la classe.
Celui-ci vint suivi d'un cortege d'enfans:
Voilà le verger plein de gens
Pire que le premier. Le pédant, de sa grace,
Accrut le mal en amenant
Cette jeunesse mal instruite:
Le tout, à ce qu'il dit, pour faire un châtiment
Qui pût servir d'exemple, et dont toute sa suite
Se souvînt à jamais comme d'une leçon.
Là-dessus il cita Virgile et Cicéron,
Avec force traits de science.
Son discours dura tant, que la maudite engeance
Eut le tems de gâter en cent lieux le jardin.
Je hais les pieces d'éloquence
Hors de leur place, et qui n'ont point de fin:
Et ne sais bête au monde pire
Que l'écolier, si ce n'est le pédant.
Le meilleur de ces deux pour voisin, à vrai dire,
Ne me plairoit aucunement.

VI. *Le Statuaire et la Statue de Jupiter.*

Un bloc (1) de marbre étoit si beau,
Qu'on statuaire en fit l'emplette.
Qu'en fera, dit-il, mon ciseau?
Sera-t-il dieu, table, ou cuvette?
Il sera dieu : même je veux
Qu'il ait en sa main un tonnerre.
Tremblez, humains, faites des vœux;
Voilà le maître de la terre.
L'artisan exprima si bien
Le caractere de l'idole,
Qu'on trouva qu'il ne manquoit rien
A Jupiter que la parole.
Même l'on dit que l'ouvrier
Eut à peine achevé l'image,
Qu'on le vit frémir le premier,
Et redouter son propre ouvrage.
A la foiblesse du sculpteur,
Le poëte autrefois n'en dut guere,
Des dieux dont il fut l'inventeur
Craignant la haine et la colere.
Il étoit enfant en ceci;

(1) Piece de marbre, telle qu'on l'a tirée de la carriere.

Les enfans n'ont l'ame occupée
Que du continuel souci
Qu'on ne fâche point leur poupée.
Le cœur suit aisément l'esprit :
De cette source est descendue
L'erreur païenne qui se vit
Chez tant de peuples répandue.
Ils embrassoient violemment
Les intérêts de leur chimere :
Pygmalion (2) devint amant
De la Vénus dont il fut pere.
Chacun tourne en réalités,
Autant qu'il peut ses propres songes,
L'homme est de glace aux vérités,
Il est de feu pour les mensonges.

(2) Sculpteur qui devint amoureux d'une statue d'ivoire qu'il avoit faite lui-même. Voy. les Métam. d'Ov l. x, fab. 9.

VII. *La Souris métamorphosée en Fille.*

Une souris tomba du bec d'un chat-huant :
Je ne l'eusse pas ramassée ;
Mais un bramin (1) le fit : je le crois aisément ;

(1) Nom qu'on donne aux prêtres chez les Persans idolâtres.

Chaque pays a sa pensée.
La souris étoit fort froissée.
De cette sorte de prochain
Nous nous soucions peu : mais le peuple bramin
Le traite en frere. Ils ont en tête
Que notre ame, au sortir d'un roi,
Entre dans un ciron, ou dans telle autre bête
Qu'il plaît au sort : c'est là l'un des points de leur loi.
Pythagore (2) chez eux a puisé ce mystere.
Sur un tel fondement, le bramin crut bien faire
De prier un sorcier qu'il logeât la souris
Dans un corps qu'elle eût eu pour hôte au tems jadis.
Le sorcier en fit une fille
De l'âge de quinze ans, et telle et si gentille,
Que le fils de Priam pour elle auroit tenté
Plus encor qu'il ne fit pour la grecque beauté.
Le bramin fut surpris de chose si nouvelle.
Il dit à cet objet si doux :
Vous n'avez qu'à choisir ; chacun est jaloux
De l'honneur d'être votre époux.
En ce cas, je donne, dit-elle,
Ma voix au plus puissant de tous.
Soleil, s'écria lors le bramin à genoux,
C'est toi qui seras notre gendre....
Non, dit-il ; ce nuage épais
Est plus puissant que moi, puisqu'il cache mes traits :
Je vous conseille de le prendre.
Eh bien ! dit le bramin au nuage volant :
Es-tu né pour ma fille ? — Hélas ! non ; car le vent
Me chasse à son plaisir de contrée en contrée :
Je n'entreprendrai point sur les droits de Borée (3).
Le bramin fâché, s'écria :
O vent donc, puisque vent il y a,
Viens dans les bras de notre belle.
Il accouroit : un mont en chemin l'arrêta.

(2) Qui a enseigné la métempsycose, ou le passage d'une ame dans plusieurs corps successivement.
(3) Vent du nord, l'un des plus violens.

L'éteuf (4) passant à celui-là,
Il le renvoie, et dit : J'aurois une querelle
Avec le rat ; et l'offenser
Ce seroit être fou, lui qui peut me percer.
Au mot de rat, la demoiselle
Ouvrit l'oreille : il fut l'époux.
Un rat ! un rat ! c'est de ces coups
Qu'Amour fait ; témoin telle et telle.
Mais ceci soit dit entre nous.
On tient toujours du lieu dont on vient. Cette fable
Prouve assez bien ce point. Mais, à la voir de près,
Quelque peu de sophisme entre parmi ses traits :
Car quel époux n'est point au soleil préférable
En s'y prenant ainsi ? Dirai-je qu'un géant
Est moins fort qu'une puce ? Elle le mord pourtant.
Le rat devoit aussi renvoyer, pour bien faire,
La belle au chat, le chat au chien,
Le chien au loup. Par le moyen
De cet argument circulaire,
Pilpay jusqu'au soleil eût enfin remonté ;
Le soleil eût joui de la jeune beauté.
Revenons, s'il se peut, à la métempsycose :
Le sorcier du bramin fit sans doute une chose
Qui, loin de la prouver, fait voir sa fausseté.
Je prends droit là-dessus contre le bramin même ;
Car il faut, selon son système,
Que l'homme, la souris, le ver, enfin chacun
Aille puiser son ame en un trésor commun :
Toutes sont donc de même trempe ;
Mais, agissant diverssement

(4) Le mot *d'éteuf*, qui signifie proprement la balle dont on joue à la longue paume, est employé ici dans un sens figuré, pour désigner une fille qui, ayant été offerte en mariage à plusieurs partis différens, est renvoyée de l'un à l'autre, nul d'eux ne se croyant en droit de l'accepter. Enfin échue au mont, pour dire qu'elle est encore *ballotée* par le mont, La Fontaine ajoute :

L'éteuf passant à celui-là.
Il le renvoie . . . .

Ce qui fait une image assez juste et fort plaisante.

Selon l'organe seulement,
L'une s'éleve, et l'autre rampe,
D'où vient donc que ce corps si bien organisé
Ne put obliger son hôtesse
De s'unir au soleil ? Un rat eut sa tendresse.
Tout débattu, tout bien pesé,
Les ames des souris et les ames des belles
Sont très-différentes entre elles ;
Il en faut revenir toujours à son destin,
C'est-à-dire, à la loi par le ciel établie :
Parlez au diable, employez la magie,
Vous ne détournerez nul être de sa fin.

VIII. *Le fou qui vend le Sagesse.*

Jamais auprès des fous ne te mets à portée :
Je ne te puis donner un plus sage conseil.
Il n'est enseignement pareil
A celui-là de fuir une tête éventée.
On en voit souvent dans les cours :
Le prince y prend plaisir : car ils donnent toujours
Quelques traits aux fripons, aux sots, aux ridicules.
Un fol alloit criant par tous les carrefours
Qu'il vendoit la sagesse ; et les mortels crédules

De courir à l'achat, chacun fut diligent.
On essuyoit force grimaces ;
Puis on avoit pour son argent,
Avec un bon soufflet, un fil long de deux brasses.
La plupart s'en fâchoient ; mais que leur servoit-il ?
C'étoient les plus moqués : le mieux étoit de rire,
Ou de s'en aller s'en rien dire
Avec son soufflet et son fil.
De chercher du sens à la chose,
On se fût fait siffler ainsi qu'un ignorant.
La raison est-elle garant
De ce que fait un fou ? le hasard est la cause
De tout ce qui se passe en un cerveau blessé.
Du fil et du soufflet pourtant embarrassé,
Un des dupes un jour alla trouver un sage,
Qui, sans hésiter davantage,
Lui dit : Ce sont ici hiéroglyphes (1) tout purs :
Les gens bien conseillés, et qui voudront bien faire,
Entre eux et les gens fous mettront, pour l'ordinaire,
La longueur de ce fil ; sinon je les tiens sûrs
De quelque semblable caresse.
Vous n'êtes point trompé, ce fou vend la sagesse.

(1) Le sage que La Fontaine introduit ici donnant un sens raisonnable à l'action d'un fou, laquelle, dans l'intention de ce fou, ne signifioit peut-être rien du tout, non plus qu'à l'égard de ceux à qui le fou s'étoit adressé, compare cette action à des hiéroglyphes, figures mystérieuses, destinées à désigner des vices et des vertus, des qualités divines et humaines, sur des rapports plus arbitraires que réels entre la figure et la chose signifiée ; ce qui, pour l'ordinaire, en rend l'explication fort obscure et fort incertaine pour tout autre que pour celui qui les a imaginées. Comme ces sortes de figures faisoient une partie considérable de la religion des Egyptiens, ils les nommoient *hiéroglyphes*, c'est-à-dire, *figures sacrées*.

IX. *L'Huître et les Plaideurs.*

Un jour deux pélerins sur le sable rencontrent
Une huître, que le flot y venoit d'apporter :
Ils l'avalent des yeux, du doigt ils se la montrent ;
A l'égard de la dent il fallut contester.
L'un se baissoit déjà pour ramasser la proie ;
L'autre le pousse, et dit : Il est bon de savoir
Qui de nous en aura la joie.
Celui qui le premier a pu l'appercevoir
En sera le gobeur ; l'autre le verra faire.
Si par-là l'on juge l'affaire,
Reprit son compagnon, j'ai l'œil bon, Dieu merci.
Je ne l'ai pas mauvais aussi,
Dit l'autre, et je l'ai vue avant vous, sur ma vie.
Eh bien ! vous l'avez vue : et moi je l'ai sentie.
Pendant tout ce bel incident,
Perrin Dandin (1) arrive ; ils le prennent pour juge.
Perrin, fort gravement, ouvre l'huître et la gruge,
Nos deux messieurs le regardant.
Ce repas fait, il dit d'un ton de président :

(1) Fameux appointeur de débats, dont Rabelais a rendu le nom très-célèbre. (Pantagruel, l. iij, ch. 37, 41.)

Tenez, la cour vous donne à chacun une écaille
Sans dépens; et qu'en paix chacun chez soi s'en aille.
Mettez ce qu'il en coûte à plaider aujourd'hui;
Comptez ce qu'il en reste à beaucoup de familles:
Vous verrez que Perrin tire l'argent à lui,
Et ne laisse aux plaideurs que le sac et les quilles.

X. *Le Loup et le Chien maigre.*

Autrefois carpillon fretin
Eut beau prêcher, il eut beau dire,
On le mit dans la poële à frire.
Je fis voir que lâcher ce qu'on a dans la main,
Sous espoir de grosse aventure,
Est imprudence toute pure.
Le pêcheur eut raison: carpillon n'eut pas tort;
Chacun dit ce qu'il peut pour défendre sa vie.
Maintenant il faut que j'appuie
Ce que j'avançai lors, de quelque trait encor.
Certain loup, aussi sot que le pêcheur fut sage,
Trouvant un chien hors du village,
S'en alloit l'emporter. Le chien représenta
Sa maigreur: Jà ne plaise à votre seigneurie
De me prendre en cet état-là;

Attendez ; mon maître marie
Sa fille unique, et vous jugez
Qu'étant de noce, il faut, malgré moi, que j'engraisse.
Le loup le croit, le loup le laisse.
Le loup, quelques jours écoulés,
Revient voir si son chien n'est pas meilleur à prendre.
Mais le drôle étoit au logis.
Il dit au loup par un treillis :
Ami, je vais sortir ; et, si tu veux attendre,
Le portier du logis et moi
Nous serons tout-à-l'heure à toi.
Ce portier du logis étoit un chien énorme,
Expédiant les loups en forme.
Celui-ci s'en douta : Serviteur au portier,
Dit-il ; et de courir. Il étoit fort agile,
Mais il n'étoit pas fort habile :
Ce loup ne savoit pas encor bien son métier.

XI. *Rien de trop.*

Je ne vois point de créature
Se comporter modérément.
Il est certain tempérament
Que le maître de la nature

Veut que l'on garde en tout. Le fait-on? nullement:
Soit en bien, soit en mal, cela n'arrive guere.
Le blé, riche présent de la blonde Cérès,
Trop touffu bien souvent épuise les guérets:
En superfluités s'épandant d'ordinaire,
Et poussant trop abondamment,
Il ôte à son fruit l'aliment.
L'arbre n'en fait pas moins, tant le luxe sait plaire!
Pour corriger le blé, Dieu permit aux moutons
De retrancher l'excès des prodigues moissons.
Tout au travers ils se jeterent,
Gâterent tout, et tout brouterent;
Tant que le ciel permit aux loups
D'en croquer quelques-uns; ils les croquerent tous;
S'ils ne le firent pas, du moins ils y tâcherent.
Puis le ciel permit aux humains
De punir ces derniers: les humains abuserent
A leur tour des ordres divins.
De tous les animaux, l'homme a le plus de pente
A se porter dedans l'excès.
Il faudroit faire le procès
Aux petits comme aux grands. Il n'est ame vivante
Qui ne peche en ceci. Rien de trop est un point
Dont on parle sans cesse, et qu'on n'observe point.

XII. *Le Cierge.*

C'est du séjour des dieux que les abeilles viennent.
Les premieres, dit-on, s'en allerent loger
Au mont Hymette (1) et se gorger
Des trésors qu'en ce lieu les zéphirs entretiennent.
Quand on eut des palais de ces filles du ciel

(1) Hymette étoit une montagne célébrée par les poëtes, située dans l'Attique, et où les Grecs recueilloient d'excellent miel. (*Note de La Fontaine.*)
J'ai lu quelque part qu'à présent on le réserve ou pour le grand-seigneur.

Enlevé l'ambroisie en leurs chambres enclose,
Ou, pour dire en françois la chose,
Après que les ruches sans miel
N'eurent plus que la cire, on fit mainte bougie :
Maint cierge aussi fut façonné.
Un d'eux voyant la terre en brique au feu durcie
Vaincre l'effort des ans, il eut la même envie :
Et, nouvel Empédocle (1), aux flammes condamné
Par sa propre et pure folie,
Il se lança dedans. Ce fut mal raisonné :
Ce cierge ne savoit grain de philosophie.
Tout en tout est divers : ôtez-vous de l'esprit
Qu'aucun être ait été composé sur le vôtre.
L'Empédocle de cire au brasier se fondit :
Il n'étoit pas plus fou que l'autre.

(1) Empédocle étoit un philosophe ancien, qui, ne pouvant comprendre les merveilles du mont Etna, se jeta dedans par une vanité ridicule; et, trouvant l'action belle, de peur d'en perdre le fruit, et que la postérité ne l'ignorât, il laissa ses pantoufles au pied du mont. (*Autre note de La Fontaine.*)

XIII. *Jupiter et le Passager.*

Oh ! combien le péril enrichiroit les dieux,
Si nous nous souvenions des vœux qu'il nous fait faire!
Mais, le péril passé, l'on ne se souvient guere
De ce qu'on a promis aux cieux ;
On compte seulement ce qu'on doit à la terre.
Jupiter, dit l'impie, est un bon créancier ;
Il ne se sert jamais d'huissier.
Eh ! qu'est-ce donc que le tonnerre ?
Comment appelez-vous ces avertissemens ?
Un passager pendant l'orage
Avoit voué cent bœufs au vainqueur des Titans.
Il n'en avoit pas un : vouer cent éléphans
N'auroit pas coûté davantage.
Il brûla quelques os quand il fut au rivage :
Au nez de Jupiter la fumée en monta.
Sire Jupin, dit-il, prends mon vœu ; le voilà :
C'est un parfum de bœuf que ta grandeur respire.
La fumée est ta part : je ne te dois plus rien.
Jupiter fit semblant de rire :
Mais, après quelques jours, le dieu l'attrapa bien,
Envoyant un songe lui dire

Qu'un tel trésor étoit en tel lieu. L'homme au vœu
Courut au trésor comme au feu.
Il trouva des voleurs ; et n'ayant dans sa bourse
Qu'un écu pour toute ressource,
Il leur promit cent talens d'or,
Bien comptés, et d'un tel trésor :
On l'avoit enterré dedans telle bourgade.
L'endroit parut suspect aux voleurs ; de façon
Qu'à notre prometteur l'un dit : Mon camarade,
Tu te moques de nous ; meurs, et va chez Pluton
Porter tes cent talens en don.

XIV. *Le Chat et le Renard.*

Le chat et le renard, comme beaux petits saints,
S'en alloient en pélérinage.
C'étoient deux vrais tartufs (1), deux archi-patelins 2,
Deux francs patte-pelus (3), qui, des frais du voyage,
Croquant mainte volaille, escroquant maint fromage,
S'indemnisoient à qui mieux mieux.
Le chemin étant long, et partant ennuyeux,
Pour l'accourcir ils disputerent.
La dispute est d'un grand secours :

(1) (2) (3) De francs hypocrites.

Sans elle on dormiroit toujours.
Nos pélerins s'égosillerent.
Ayant bien disputé, l'on parla du prochain.
Le renard au chat dit enfin :
Tu prétends être fort habile ;
En sais-tu tant que moi? J'ai cent ruses au sac. —
Non, dit l'autre, je n'ai qu'un tour dans mon bissac ;
Mais je soutiens qu'il en vaut mille.
Eux de recommencer la dispute à l'envi.
Sur le que si, que non, tous deux étant ainsi,
Une meute appaisa la noise.
Le chat dit au renard : Fouille en ton sac, ami ;
Cherche en ta cervelle mâtoise
Un stratagême sûr ; pour moi, voici le mien.
A ces mots sur un arbre il grimpa bel et bien.
L'autre fit cent tours inutiles,
Entra dans cent terriers, mit cent fois en défaut (4)
Tous les confreres de Brifaut.
Par-tout il tenta des asiles ;
Et ce fut par-tout sans succès :
La fumée (5) y pourvut, ainsi que les bassets (6).
Au sortir d'un terrier deux chiens aux pieds agiles
L'étranglerent du premier bond.
Le trop d'expédiens peut gâter une affaire :
On perd du tems au choix, on tente, on veut tout faire.
N'en ayons qu'un, mais qu'il soit bon.

(4) Leur donna le change, les dérouta en cent manieres différentes.

(5) Quand un renard est dans un terrier, on l'enfume pour l'obliger d'en sortir.

(6) Certains petits chiens qui entrent sous terre.

XV. *Le Mari, la Femme et le Voleur.*

Un mari fort amoureux,
Fort amoureux de sa femme,
Bien qu'il fût jouissant, se croyoit malheureux.
Jamais œillade de la dame,
Propos flatteur et gracieux,
Mot d'amitié, ni doux sourire,
Déifiant le pauvre sire,
N'avoient fait soupçonner qu'il fût vraiment chéri.
Je le crois, c'étoit un mari.
Il ne tint point à l'hyménée
Que, content de sa destinée,
Il n'en remerciât les dieux.
Mais quoi! si l'amour n'assaisonne
Les plaisirs que l'hymen nous donne,
Je ne vois pas qu'on en soit mieux.
Notre épouse étant donc de la sorte bâtie,
Et n'ayant caressé son mari de sa vie,
Il en faisoit sa plainte une nuit. Un voleur
Interrompit la doléance.
La pauvre femme eut si grand'peur,
Qu'elle chercha quelque assurance

Entre les bras de son époux.
Ami voleur, dit-il, sans toi ce bien si doux
Me seroit inconnu. Prends donc en récompense
Tout ce qui peut chez nous être à ta bienséance;
Prends le logis aussi. Les voleurs ne sont pas
Gens honteux, ni fort délicats :
Celui-ci fit sa main. J'infere de ce conte
Que la plus forte passion,
C'est la peur : elle fait vaincre l'aversion,
Et l'amour quelquefois ; quelquefois il la dompte (1):
J'en ai pour preuve cet amant
Qui brûla sa maison pour embrasser sa dame,
L'emportant à travers la flamme.
J'aime assez cet emportement ;
Le conte m'en a plu toujours infiniment :
Il est bien d'une ame espagnole,
Et plus grande encore que folle.

(1) Et quelquefois c'est l'amour qui dompte la peur: témoin cet amant qui brûla sa maison pour emporter sa maîtresse au travers des flammes.

XVI. *Le Trésor et les deux Hommes.*

Un homme n'ayant plus ni crédit ni ressource,
Et logeant le diable en sa bourse,

C'est-à-dire, n'y logeant rien;
S'imagina qu'il feroit bien
De se pendre, et finir lui-même sa misere,
Puisqu'aussi-bien sans lui la faim le viendroit faire:
Genre de mort qui ne nuit pas
A gens peu curieux de goûter le trépas.
Dans cette intention, une vieille masure,
Fut la scene où devoit se passer l'aventure:
Il y porte une corde, et veut avec un clou
Au haut d'un certain mur attacher le licou.
La muraille, vieille et peu forte,
S'ébranle aux premiers coups, tombe avec un trésor.
Notre désespéré le ramasse, et l'emporte;
Laisse là le licou, s'en retourne avec l'or,
Sans compter: ronde ou non, la somme plut au sire.
Tandis que le galant à grands pas se retire,
L'homme au trésor arrive, et trouve son argent
Absent.
Quoi! dit-il, sans mourir je perdrai cette somme!
Je ne me pendrai pas! Eh! vraiment si ferai,
Ou de corde je manquerai.
Le lacs étoit tout prêt, il n'y manquoit qu'un homme:
Celui-ci se l'attache et se pend bien et beau.
Ce qui le consola peut-être,
Fut qu'un autre eût pour lui, fait les frais du cordeau.
Aussi-bien que l'argent le licou trouva maître.
L'avare rarement finit ses jours sans pleurs:
Il a le moins de part au trésor qu'il enserre,
Thésaurisant pour les voleurs,
Pour ses enfans, ou pour la terre.
Mais que dire du troc que la fortune fit?
Ce sont-là de ses traits; elle s'en divertit:
Plus le tour est bizarre, et plus elle est contente.
Cette déesse inconstante
Se mit alors en l'esprit
De voir un homme se pendre:
Et celui qui se pendit
S'y devoit le moins attendre.

XVII. *Le Singe et le Chat.*

Bertrand avec Raton, l'un singe et l'autre chat,
Commensaux d'un logis, avoient un commun maître.
D'animaux malfaisans c'étoit un très-bon plat :
Ils ne craignoient tous deux aucun, quel qu'il pût être.
Trouvoit-on quelque chose au logis de gâté,
L'on ne s'en prenoit point aux gens du voisinage,
Bertrand déroboit tout ; Raton de son côté,
Etoit moins attentif aux souris qu'au fromage.
Un jour, au coin du feu, nos deux maîtres fripons,
Regardoient rôtir des marrons.
Les escroquer étoit une très-bonne affaire :
Nos galans y voyoient double profit à faire,
Leur bien premiérement, et puis le mal d'autrui.
Bertrand dit à Raton : Frere, il faut aujourd'hui
Que tu fasses un coup de maître :
Tire-moi ces marrons. Si Dieu m'avoit fait naître
Propre à tirer marrons du feu,
Certes, marrons verroient beau jeu.
Aussitôt fait que dit : Raton, avec sa patte,
D'une maniere délicate,
Ecarte un peu la cendre, et retire les doigts

Puis les reporte à plusieurs fois ;
Tire un marron, puis deux, et puis trois en escroque ;
Et cependant Bertrand les croque.
Un valet vient : adieu mes gens. Raton
N'étoit pas content, ce dit-on.
Aussi ne le sont pas la plupart de ces princes
Qui, flattés d'un pareil emploi,
Vont s'échauder en des provinces
Pour le profit de quelque roi.

XVIII. *Le Milan et le Rossignol.*

Après que le milan, manifeste voleur,
Eut répandu l'alarme en tout le voisinage,
Et fait crier sur lui les enfans du village,
Un rossignol tomba dans ses mains par malheur.
Le hérant du printems lui demande la vie.
Aussi-bien, que manger en qui n'a que le son ?
Ecoutez plutôt ma chanson :
Je vous raconterai Térée et son envie. —
Qui, Térée (1) ? est-ce un mets propre pour les milans ? —

(1) Mari de Progné, sœur de Philomele. Térée fut changé en huppe, pour avoir violé sa belle-sœur.

Non pas ; c'étoit un roi dont les feux violens
Me firent ressentir leur ardeur criminelle.
Je m'en vais vous en dire une chanson si belle,
Qu'elle vous ravira ; mon chant plaît à chacun.
Le milan alors lui réplique :
Vraiment, nous voici bien ! lorsque je suis à jeun,
Tu me viens parler de musique ! —
J'en parle bien aux rois. — Quand un roi te prendra,
Tu peux lui conter ces merveilles ;
Pour un milan il s'en rira.
Ventre affamé n'a point d'oreilles.

XIX. *Le Berger et son Troupeau.*

Quoi ! toujours il me manquera
Quelqu'un de ce peuple imbécille :
Toujours le loup m'en gobera !
J'aurai beau les compter ! Ils étoient plus de mille,
Et m'ont laissé ravir notre pauvre robin !
Robin mouton, qui, par la ville,
Me suivoit pour un peu de pain,
Et qui m'auroit suivi jusques au bout du monde !
Hélas ! de ma musette il entendoit le son :
Il me sentoit venir de cent pas à la ronde.

Ah ! le pauvre Robin mouton !
Quand Guillot eut fini cette oraison funebre,
Et rendu de Robin la mémoire célebre,
Il harangua tout le troupeau,
Les chefs, la multitude, et jusqu'au moindre agneau,
Les conjurant de tenir ferme :
Cela seul suffiroit pour écarter les loups.
Foi de peuple d'honneur, ils lui promirent tous
De ne bouger non plus qu'un terme.
Nous voulons, dirent-ils, étouffer le glouton
Qui nous a pris Robin mouton.
Chacun en répond sur sa tête.
Guillot les crut, et leur fit tête.
Cependant, devant qu'il fût nuit,
Il arriva nouvel encombre :
Un loup parut, tout le troupeau s'enfuit.
Ce n'étoit pas un loup, ce n'en étoit que l'ombre :
Haranguez de méchans soldats,
Ils promettront de faire rage :
Mais, au moindre danger, adieu tout leur courage :
Votre exemple et vos cris ne les retiendront pas.

FIN DU NEUVIEME LIVRE.

LIVRE DIXIEME.

I. *Les deux Rats, le Renard et l'Œuf.*

DISCOURS

A MADAME DE LA SABLIERE.

Iris, je vous louerois ; il n'est que trop aisé :
Mais vous avez cent fois notre encens refusé :
En cela peu semblable au reste des mortelles,
Qui veulent tous les jours des louanges nouvelles.
Pas une ne s'endort à ce bruit si flatteur.
Je ne les blâme point ; je souffre cette humeur :
Elle est commune aux dieux, aux monarques, aux
belles.
Ce breuvage vanté par le peuple rimeur,
Le nectar que l'on sert au maître du tonnerre,
Et dont nous enivrons tous les dieux de la terre,
C'est la louange, Iris. Vous ne la goûtez point ;
D'autres propos chez vous récompensent ce point :
Propos, agréables commerces,

Attirant le chasseur et le chien sur ses pas,
Détourne le danger, sauve ainsi sa famille ;
Et puis quand le chasseur croit que son chien la pille,
Elle lui dit adieu, prend sa volée, et rit
De l'homme qui, confus, des yeux en vain la suit.
Non loin du nord, il est un monde
Où l'on sait que les habitans
Vivent ainsi qu'aux premiers tems,
Dans une ignorance profonde :
Je parle des humains ; car quant aux animaux,
Ils construisent des travaux
Qui des torrens grossis arrêtent le ravage,
Et font communiquer l'un et l'autre rivage.
L'édifice résiste et dure en son entier :
Après un lit de bois est un lit de mortier.
Chaque castor agit : commune en est la tâche ;
Le vieux y fait marcher le jeune sans relâche ;
Maint maître d'œuvre y court, et tient haut le bâton.
La république de Platon
Ne seroit rien que l'apprentie
De cette famille amphibie.
Ils savent en hiver élever leurs maisons,
Passent les étangs sur des ponts,
Fruit de leur art, savant ouvrage :
Et nos pareils ont beau le voir,
Jusqu'à présent tout leur savoir
Est de passer l'onde à la nage.
Que ces castors ne soient qu'un corps vide d'esprit,
Jamais on ne pourra m'obliger à le croire.
Mais voici beaucoup plus : écoutez ce récit,
Que je tiens d'un roi plein de gloire.
Le défenseur du nord vous sera mon garant :
Je vais citer un prince aimé de la victoire ;
Son nom seul est un mur à l'empire ottoman :
C'est le roi polonois. Jamais un roi ne ment.
Il dit donc que, sur sa frontiere,
Des animaux entre eux ont guerre de tout tems.
Le sang qui se transmet des peres aux enfans,

En renouvelle la matiere.
Ces animaux, dit-il, sont germains du renard.
Jamais la guerre avec tant d'art
Ne s'est faite parmi les hommes,
Non pas même au siecle où nous sommes.
Corps-de-garde avancé, vedettes, espions,
Embuscades, partis, et mille inventions
D'une pernicieuse et maudite science,
Fille du styx, et mere des héros,
Exercent de ces animaux
Le bon sens et l'expérience.
Pour chanter leurs combats, l'Achéron nous devroit
Rendre Homere. Ah! s'il le rendoit,
Et qu'il rendît aussi le rival (1) d'Epicure,
Que diroit ce dernier sur ces exemples-ci?
Ce que j'ai déjà dit; qu'aux bêtes la nature
Peut par les seuls ressorts opérer tout ceci;
Que la mémoire est corporelle;
Et que, pour en venir aux exemples divers
Que j'ai mis en jour dans ces vers,
L'animal n'a besoin que d'elle.
L'objet, lorsqu'il revient, va dans son magasin
Chercher, par le même chemin,
L'image auparavant tracée,
Qui sur les mêmes pas revient pareillement,
Sans le secours de la pensée,
Causer un même événement.
Nous agissons tout autrement:
La volonté nous détermine,
Non l'objet, ni l'instinct. Je parle, je chemine:
Je sens en moi certain agent;
Tout obéit dans ma machine
A ce principe intelligent.
Il est distinct du corps, se conçoit nettement,
Se conçoit mieux que le corps même:
De tous nos mouvemens c'est l'arbitre suprême.
Mais comment le corps l'entend-il?

(1) Descartes.

C'est là le point. Je vois l'outil
Obéir à la main : mais la main, qui la guide?
Eh ! qui guide les cieux et leur course rapide?
Quelque ange est attaché peut-être à ces grands corps.
Un esprit vit en nous, et meut tous nos ressorts;
L'impression se fait : le moyen, je l'ignore;
On ne l'apprend qu'au sein de la divinité;
Et, s'il faut en parler avec sincérité,
Descartes l'ignoroit encore.
Nous et lui là-dessus nous sommes tous égaux.
Ce que je sais, Iris, c'est qu'en ces animaux
Dont je viens de citer l'exemple,
Cet esprit n'agit pas : l'homme seul est son temple.
Aussi faut-il donner à l'animal un point
Que la plante après tout n'a point :
Cependant la plante respire.
Mais que répondra-t-on à ce que je vais dire?
Deux rats cherchoient leur vie : ils trouverent un œuf.
Le dîné suffisoit à gens de cette espece :
Il n'étoit pas besoin qu'ils trouvassent un bœuf.
Pleins d'appétit et d'alégresse,
Ils alloient de leur œuf manger chacun sa part,
Quand un quidam parut : c'étoit maître renard;
Rencontre incommode et fâcheuse :
Car comment sauver l'œuf? Le bien empaqueter,
Puis des pieds de devant ensemble le porter,
Ou le rouler, ou le traîner,
C'étoit chose impossible autant que hasardeuse.
Nécessité l'ingénieuse
Leur fournit une invention.
Comme ils pouvoient gagner leur habitation,
L'écornifleur étant à demi-quart de lieue,
L'un se mit sur le dos, prit l'œuf entre ses bras :
Puis, malgré quelques heurts et quelques mauvais pas,
L'autre le traîna par la queue.
Qu'on m'aille soutenir après un tel récit,
Que les bêtes n'ont point d'esprit!
Pour moi, si j'en étois le maître,

Je leur en donnerois aussi-bien qu'aux enfans.
Ceux-ci pensent-ils pas dès leurs plus jeunes ans ?
Quelqu'un peut donc penser ne se pouvant connoître.
Par un exemple tout égal,
J'attribuerois à l'animal,
Non point une raison selon notre maniere,
Mais beaucoup plus aussi qu'un aveugle ressort (2) :
Je subtiliserois (3) un morceau de matiere
Que l'on ne pourroit plus concevoir sans effort,
Quintessence d'atôme (4), extrait de la lumiere (5),
Je ne sais quoi plus vif et plus mobile encor
Que le feu ; car enfin, si le bois fait la flamme,
La flamme, en s'épurant, peut-elle pas de l'ame
Nous donner quelque idée ? et sort-il pas de l'or
Des entrailles du plomb? Je rendrois mon ouvrage(6)
Capable de sentir, juger, rien davantage,
Et juger imparfaitement,
Sans qu'un singe jamais fît le moindre argument.
A l'égard de nous autres hommes,
Je ferois notre lot infiniment plus fort ;

(2) Tel que Descartes l'attribue à tous les animaux différens de l'homme.

(3) Je le supposerois, je l'imaginerois composé de parties extrêmement subtiles. Pour savoir ce que l'esprit humain peut inférer de cette supposition, voyez la note 6.

(4) Dont les parties seroient de beaucoup plus petites que le plus petit atôme.

(5) Et plus subtiles que les parties qui composent la lumiere.

(6) Mais cet ouvrage n'étant toujours que pure matiere, on aura beau donner à cette matiere des parties mille et mille fois plus mobiles que celles du feu et de la lumiere, nul philosophe assez sincere pour n'affirmer que ce qu'il comprend véritablement, ne pourra jamais nous faire comprendre ni comprendre lui-même, qu'à force de subtiliser la matiere et d'augmenter l'activité de ses parties, on puisse la rendre capable de sentir et de juger : et c'est aussi ce qu'il ne se croira jamais en droit d'affirmer, quoi qu'en puissent dire des philosophes d'un autre caractere, qui ne font pas de difficulté de décider pour les autres ce qu'ils ne sauroient se prouver à eux-mêmes.

Nous aurions un double trésor :
L'un, cette ame pareille en tous tant que nous sommes,
Sages, fous, enfans, idiots,
Hôtes de l'univers sous le nom d'animaux :
L'autre, encor une autre ame ; entre nous et les anges
Commune en un certain degré ;
Et ce trésor à part créé,
Suivroit parmi les airs les célestes phalanges (7),
Entreroit dans un point sans en être pressé,
Ne finiroit jamais quoiqu'ayant commencé ;
Choses réelles quoiqu'étranges.
Tant que l'enfance dureroit,
Cette fille du ciel en nous ne paroîtroit
Qu'une tendre et foible lumiere :
L'organe étant plus fort, la raison perceroit
Les ténebres de la matiere,
Qui toujours envelopperoit
L'autre ame imparfaite et grossiere.

(7) Les esprits bienheureux.

II. *L'Homme et la Couleuvre.*

Un homme vit une couleuvre :
Ah! méchante, dit-il, je m'en vais faire une œuvre
Agréable à tout l'univers !
A ces mots l'animal pervers
(C'est le serpent que je veux dire,
Et non l'homme, on pourroit aisément s'y tromper);
A ces mots le serpent, se laissant attraper,
Est pris, mis en un sac, et ce qui fut le pire,
On résolut sa mort, fût-il coupable ou non.
Afin de le payer toutefois de raison,
L'autre lui fit cette harangue :
Symbole des ingrats ! être bon aux méchans,
C'est être sot ; meurs donc : ta colere et tes dents
Ne me nuiront jamais. Le serpent, en sa langue,
Reprit du mieux qu'il put : s'il falloit condamner
Tous les ingrats qui sont au monde,
A qui pourroit-on pardonner ?
Toi-même tu te fais ton procès : je me fonde
Sur tes propres leçons ; jette les yeux sur toi.
Mes jours sont en tes mains, tranche-les ; ta justice,
C'est ton utilité, ton plaisir, ton caprice :

Selon ces lois condamne-moi ;
Mais trouve bon qu'avec franchise
En mourant au moins je te dise
Que le symbole des ingrats
Ce n'est point le serpent ; c'est l'homme. Ces paroles
Firent arrêter l'autre ; il recula d'un pas.
Enfin il repartit : Tes raisons sont frivoles :
Je pourrois décider, car ce droit m'appartient ;
Mais rapportons-nous-en. Soit fait, dit le reptile.
Une vache étoit là : on l'appelle ; elle vient :
Le cas est proposé. C'étoit chose facile ;
Falloit-il pour cela, dit-elle, m'appeler ?
La couleuvre a raison : pourquoi dissimuler ?
Je nourris celui-ci depuis longues années ;
Il n'a sans mes bienfaits passé nulles journées ;
Tout n'est que pour lui seul ; mon lait et mes enfans
Le font à la maison revenir les mains plaines :
Même j'ai rétabli sa santé, que les ans
Avoient altérée ; et mes peines
Ont pour but son plaisir ainsi que son besoin.
Enfin, me voilà vieille ; il me laisse en un coin
Sans herbe : s'il vouloit encor me laisser paître !
Mais je suis attachée ; et si j'eusse eu pour maître
Un serpent, eût-il su jamais pousser si loin
L'ingratitude ? Adieu : j'ai dit ce que je pense.
L'homme, tout étonné d'une telle sentence,
Dit au serpent : Faut-il croire ce qu'elle dit ?
C'est une radoteuse : elle a perdu l'esprit.
Croyons ce bœuf. Croyons, dit la rampante bête.
Ainsi dit, ainsi fait. Le bœuf vient à pas lents.
Quand il eut ruminé tout le cas en sa tête,
Il dit que du labeur des ans
Pour nous seuls il portoit les soins les plus pesans ;
Parcourant sans cesser ce long cercle de peines
Qui, revenant sur soi, ramenoit dans nos plaines
Ce que Cérès nous donne, et vend aux animaux ;
Que cette suite de travaux
Pour récompense avoit, de tous tant que nous sommes,

Force coups, peu de gré : puis, quand il étoit vieux,
On croyoit l'honorer chaque fois que les hommes
Achetoient de son sang (1) l'indulgence des dieux.
Ainsi parla le bœuf. L'homme dit : Faisons taire
Cet ennuyeux déclamateur :
Il cherche de grands mots, et vient ici se faire,
Au lieu d'arbitre, accusateur.
Je le récuse aussi. L'arbre étant pris pour juge,
Ce fut bien pis encore. Il servoit de réfuge
Contre le chaud, la pluie et la fureur des vents :
Pour nous seuls il ornoit les jardins et les champs :
L'ombrage n'étoit pas le seul bien qu'il sût faire ;
Il courboit sous les fruits. Cependant pour salaire
Un rustre l'abattoit ; c'étoit là son loyer ;
Quoique, pendant tout l'an, libéral il nous donne
Ou des fleurs au printems, ou du fruit en automne :
L'ombre l'été, l'hiver les plaisirs du foyer.
Que ne l'émondoit on (2), sans prendre la coignée ?
De son tempérament, il eût encore vécu.
L'homme, trouvant mauvais que l'on l'eût convaincu,
Voulut à toute force avoir cause gagnée.
Je suis bien bon, dit-il, d'écouter ces gens-là.
Du sac et du serpent aussitôt il donna
Contre les murs tant, qu'il tua la bête.
On en use ainsi chez les grands :
La raison les offense ; ils se mettent en tête
Que tout est né pour eux, quadrupedes et gens,
Et serpens.
Si quelqu'un desserre les dents,
C'est un sot. J'en conviens : mais que faut-il donc faire ?
Parler de loin ; ou bien se taire.

(1) L'égorgeoient pour appaiser les dieux par son sang.

(2) Que ne se contentoit-on de l'émonder, d'en retrancher les branches inutiles.

III. *La Tortue et les deux Canards.*

Une tortue étoit, à la tête légere,
Qui, lasse de son trou, voulut voir le pays.
Volontiers on fait cas d'une terre étrangere :
Volontiers gens boiteux haïssent le logis.
Deux canards, à qui la commere
Communiqua ce beau dessein,
Lui dirent qu'ils avoient de quoi la satisfaire.
Voyez-vous ce large chemin ?
Nous vous voiturerons, par l'air, en Amérique :
Vous verrez mainte république,
Maint royaume, maint peuple; et vous profiterez
Des différentes mœurs que vous remarquerez.
Ulysse (1) en fit autant. On ne s'attendoit guere
De voir Ulysse en cette affaire.
La tortue écouta la proposition.
Marché fait, les oiseaux forgent une machine
Pour transporter la pélerine.
Dans la gueule, en travers, on lui passe un bâton.
Serrez bien, dirent-ils; gardez de lâcher prise.

(1) Héros grec, qui fut engagé dans de longs voyages après la prise de Troie.

Puis chaque canard prend ce bâton par un bout.
La tortue enlevée, on s'étonne par-tout
De voir aller en cette guise
L'animal lent, et sa maison,
Justement au milieu de l'un et l'autre oison.
Miracle! crioit-on : venez voir dans les nues
Passer la reine des tortues. —
La reine! vraiment oui; je la suis en effet.
Ne vous en moquez point. Elle eût beaucoup mieux fait
De passer son chemin sans dire aucune chose;
Car, lâchant le bâton en desserrant les dents,
Elle tombe, elle creve aux pieds des regardans.
Son indiscrétion de sa perte fut cause.
Imprudence, babil, et sotte vanité,
Et vaine curiosité,
Ont ensemble étroit parentage :
Ce sont enfans tous d'un lignage.

IV. *Les Poissons et le Cormoran.*

Il n'étoit point d'étang dans tout le voisinage
Qu'un cormoran n'eût mis à contribution :
Viviers et réservoirs lui payoient pension,

Sa cuisine alloit bien : mais lorsque le long âge
Eut glacé le pauvre animal,
La même cuisine alla mal,
Tout cormoran se sert de pourvoyeur lui-même.
Le nôtre, un peut trop vieux pour voir au fond des
eaux,
N'ayant ni filets ni réseaux,
Souffroit une disette extrême.
Que fit-il? Le besoin, docteur en stratagême,
Lui fournit celui-ci. Sur le bord d'un étang
Cormoran vit une écrevisse.
Ma commere, dit-il, allez tout à l'instant
Porter un avis important
A ce peuple : il faut qu'il périsse ;
Le maître de ce lieu dans huit jours pêchera.
L'écrevisse en hâte s'en va
Conter le cas. Grande est l'émeute,
On court, on s'assemble, on députe
A l'oiseau : Seigneur Cormoran,
D'où vous vient cet avis? Quel est votre garant?
Etes-vous sûr de cette affaire?
N'y savez-vous remede? Et qu'est-il bon de faire?
Changer de lieu, dit-il.—Comment le ferons-nous?—
N'en soyez point en soin, je vous porterai tous,
L'un après l'autre, en ma retraite.
Nul que Dieu seul et moi n'en connoît les chemins :
Il n'est demeure plus secrete.
Un vivier que nature y creusa de ses mains,
Inconnu des traîtres humains,
Sauvera votre république.
On le crut. Le peuple aquatique
L'un après l'autre fut porté
Sous ce rocher peu fréquenté.
Là, cormoran le bon apôtre,
Les ayant mis en un endroit
Transparent, peu creux, fort étroit,
Vous les prenoit sans peine, un jour l'un, un jour
l'autre.

Il

Il leur apprit à leurs dépens,
Que l'on ne doit jamais avoir de confiance
En ceux qui sont mangeurs de gens.
Ils y perdirent peu, puisque l'humaine engeance
En auroit aussi-bien croqué sa bonne part.
Qu'importe qui vous mange, homme ou loup ? toute panse
Me paroît une à cet égard :
Un jour plutôt, un jour plus tard,
Ce n'est pas grande différence.

V. *L'Enfouisseur et son Compere.*

Un pince-maille avoit tant amassé,
Qu'il ne savoit où loger sa finance.
L'avarice, compagne et sœur de l'ignorance,
Le rendoit fort embarrassé
Dans le choix d'un dépositaire ;
Car il en vouloit un, et voici sa raison.
L'objet tente, il faudra que ce monceau s'altere
Si je le laisse à la maison ;
Moi-même de mon bien, je serai le larron.—
Le larron ? Quoi ! jouir, c'est se voler soi-même !

Mon ami, j'ai pitié de ton erreur extrême.
Apprends de moi cette leçon:
Le bien n'est bien qu'en tant que l'on s'en peut défaire;
Sans cela c'est un mal. Veux-tu le réserver
Pour un âge et des tems qui n'en ont plus que faire?
La peine d'acquérir, le soin de conserver,
Otent le prix à l'or qu'on croit si nécessaire.
Pour se décharger d'un tel soin,
Notre homme eût pu trouver des gens sûrs au besoin;
Il aima mieux la terre: et prenant son compere,
Celui-ci l'aide. Ils vont enfouir le trésor.
Au bout de quelque tems l'homme va voir son or.
Il ne trouva que le gîte.
Soupçonnant à bon droit le compere, il va vîte
Lui dire: Apprêtez-vous; car il me reste encor
Quelques deniers: je veux les joindre à l'autre masse.
Le compere aussitôt va remettre en sa place
L'argent volé, prétendant bien
Tout reprendre à-la-fois, sans qu'il y manquât rien.
Mais pour ce coup l'autre fut sage:
Il retint tout chez lui, résolu de jouir,
Plus n'entasser, plus n'enfouir.
Et le pauvre voleur ne trouvant plus son gage,
Pensa tomber de sa hauteur.
Il n'est pas mal aisé de tromper un trompeur.

VI. *Le Loup et les Bergers.*

Un loup rempli d'humanité (1)
(S'il en est de tels dans le monde)
Fit un jour sur sa cruauté,
Quoiqu'il ne l'exerçât que par nécessité,
Une réflexion profonde.
Je suis haï, dit-il : et de qui ? de chacun.
Le loup est l'ennemi commun :
Chiens, chasseurs, villageois, s'assemblent pour sa perte ;

(1) De douceur, d'affection pour les animaux de toute espece. Les hommes, bien éloignés d'avoir cette humanité-là, ne paroissent pas même respecter ou plutôt connoître une autre sorte d'humanité qui ne concerne que les animaux de leur espece. Comme elle est la base de toute véritable société et de toute bonne religion, et qu'elle n'oblige les hommes qu'à ne point maltraiter les autre hommes, qu'à leur rendre à tous les mêmes services, à avoir pour eux les mêmes égards qu'en pareil cas chaque homme se croit en droit d'exiger des autres hommes, il semble que la pratique de cette vertu leur devroit être aussi naturelle que la respiration. Mais la maniere dont ils se traitent les uns les autres, montre évidemment qu'en général l'homme n'a guere plus d'humanité pour les autres hommes, qu'en eut pour les brebis de son voisinage le loup dont parle ici La Fontaine.

Jupiter est là-haut étourdi de leurs cris :
C'est par-là que de loups l'Angleterre est déserte ;
On y mit notre tête à prix.
Il n'est hobereau (2) qui ne fasse
Contre nous tels bans publier (3) :
Il n'est marmot osant crier,
Que du loup aussitôt sa mere ne menace.
Le tout pour un âne rogneux,
Pour un mouton pourri, pour quelque chien hargneux,
Dont j'aurai passé mon envie.
Eh bien ! ne mangeons plus de chose ayant envie :
Paissons l'herbe, broutons ; mourons de faim plutôt ;
Est-ce une chose si cruelle ?
Vaut-il mieux s'attirer la haine universelle ?
Disant ces mots, il vit des bergers, pour leur rot,
Mangeant un agneau cuit en broche.
Ho ! ho ! dit-il, je me reproche
Le sang de cette gent : voilà ses gardiens
S'en repaissant eux et leurs chiens ;
Et moi, loup, j'en ferai scrupule !
Non, par tous les dieux, non ; je serois ridicule :
Thibaut l'agnelet passera,
Sans qu'à la broche je le mette ;
Et non-seulement lui, mais la mere qu'il tette,
Et le pere qui l'engendra.
Ce loup avoit raison. Est-il dit qu'on nous voie
Faire festin de tout proie,
Manger les animaux ; et nous les réduirons
Aux mets de l'âge d'or (4) autant que nous pourrons ?
Ils n'auront ni croc ni marmite !
Bergers, bergers, le loup n'a tort
Que quand il n'est pas le plus fort :
Voulez-vous qu'il vive en hermite ?

(2) Vieux mot qu'on n'emploie qu'ironiquement pour désigner un petit gentilhomme de campagne.

(3) Déclaration faite à cri public, par laquelle on promet récompense à qui tuera un loup, etc.

(4) Des premiers tems, où les hommes vivoient de glands et de légumes.

VII. *L'Araignée et l'Hirondelle.*

O Jupiter, qui sus de ton cerveau,
Par un secret d'accouchement nouveau,
Tirer Pallas (1), jadis mon ennemie,
Entends ma plainte une fois en ta vie!
Progné me vient enlever les morceaux;
Caracolant, frisant l'air et les eaux,
Elle me prend mes mouches à ma porte,
Miennes je puis le dire; et mon réseau
En seroit plein sans ce maudit oiseau;
Je l'ai tissu de matiere assez forte.
Ainsi, d'un discours insolent,
Se plaignoit l'araignée autrefois tapissiere,
Et qui lors étant filandiere
Prétendoit enlacer tout insecte volant.
La sœur de Philomele, attentive à sa proie,
Malgré le bestion (2), happoit mouches dans l'air,

(1) Déesse, fille de Jupiter, qui changea Arachné en araignée.
(2) Malgré l'araignée.

Pour ses petits, pour elle, impitoyable joie (3);
Que ses petits gloutons, d'un bec toujours ouvert,
D'un ton demi-formé, bégayante couvée,
Demandoient par des cris encor mal entendus.
La pauvre aragne n'ayant plus
Que la tête et les pieds, artisans superflus,
Se vit elle-même enlevée :
L'hirondelle, en passant, emporta toile et tout,
Et l'animal pendant au bout.
Jupin pour chaque état mit deux tables au monde;
L'adroit, le vigilant et le fort, sont assis
A la première, et les petits
Mangent leur reste à la seconde.

(3) ..... *Ipsasque volantes*
Ore ferunt dulcem nidis immitibus escam.
Virg. Georg. liv. iv, v. 16, 17.

On ne peut guère douter que La Fontaine n'ait eu dessein d'imiter ce dernier vers de Virgile.

VIII. *La Perdrix et les Coqs.*

Parmi de certains coqs, incivils, peu galans,
Toujours en noise et turbulens,
Une perdrix étoit nourrie.
Son sexe et l'hospitalité,

De la part de ces coqs, peuple à l'amour porté,
Lui faisoient espérer beaucoup d'honnêteté :
Ils feroient les honneurs de la ménagerie.
Ce peuple, cependant, fort souvent en furie,
Pour la dame étrangere ayant peu de respect,
Lui donnoit fort souvent d'horribles coups de bec.
D'abord elle en fut affligée :
Mais sitôt qu'elle eut vu cette troupe enragée
S'entrebattre elle-même, et se percer les flancs,
Elle se consola : Ce sont leurs mœurs, dit elle :
Ne les accusons point; plaignons plutôt ces gens.
Jupiter sur un seul modele
N'a pas formé tous les esprits;
Il est des naturels de coqs et de perdrix.
S'il dépendoit de moi, je passerois ma vie
En plus honnête compagnie.
Le maître de ces lieux en ordonne autrement:
Il nous prend avec des tonnelles (1),
Nous loge avec des coqs, et nous coupe les ailes :
C'est de l'homme qu'il faut se plaindre seulement.

(1) Filets dont on se sert pour prendre les perdrix, dans le tems qu'elles sont arrêtées par un chien.

IX. *Le Chien à qui on a coupé les oreilles.*

Qu'ai-je fait, pour me voir ainsi
Mutilé par mon propre maître ?
Le bel état où me voici !
Devant les autres chiens oserai-je paroître ?
O rois des animaux, ou plutôt leurs tyrans,
Qui vous feroit choses pareilles ?
Ainsi crioit Mouflar, jeune dogue ; et les gens,
Peu touchés de ces cris douloureux et perçans,
Venoient de lui couper, sans pitié, les oreilles.
Mouflar y croyoit perdre. Il vit avec le tems
Qu'il y gagnoit beaucoup : car étant de nature

A piller ses pareils, mainte mésaventure
L'auroit fait retourner chez lui
Avec cette partie en cent lieux altérée :
Chien hargneux a toujours l'oreille déchirée.
Le moins qu'on peut laisser de prise aux dents d'autrui,
C'est le mieux. Quand on n'a qu'un endroit à défendre,
On le munit, de peur d'esclandre.
Témoin maître Mouflar; armé d'un gorgerin (1);
Du reste ayant d'oreille autant que sur sa main,
Un loup n'eût su par où le prendre.

(1) Quelque sens qu'on donne au mot de gorgerin dans les dictionnaires, il ne peut signifier ici qu'un gros collier hérissé de pointes de fer, qui sert à défendre le chien contre les attaques du loup.

X. *Le Berger et le Roi.*

Deux démons à leur gré partagent notre vie,
Et de son patrimoine ont chassé la raison ;
Je ne vois point de cœur qui ne leur sacrifie.
Si vous me demandez leur état et leur nom,
J'appelle l'un Amour ; et l'autre, Ambition.
Cette derniere étend le plus loin son empire :
Car même elle entre dans l'amour.
Je le ferois bien voir ; mais mon but est de dire
Comme un roi fit venir un berger à sa cour.
Le conte est du bon tems, non du siecle où nous sommes.
Ce roi vit un troupeau qui couvroit tous les champs,
Bien broûtant, en bon corps, rapportant tous les ans,
Grace aux soins du berger, de très-notables sommes.
Le berger plut au roi par ses soins diligens.
Tu mérites, dit-il, d'être pasteur de gens :
Laisse là tes moutons, viens conduire des hommes :
Je te fais juge souverain.
Voilà notre berger la balance à la main.
Quoiqu'il n'eût guere vu d'autres gens qu'un hermite,
Son troupeau, ses mâtins, le loup, et puis c'est tout,
Il avoit du bon sens ; le reste vient ensuite ;

Bref, il en vint fort bien à bout.
L'hermite son voisin accourut pour lui dire :
Veillé-je? et n'est-ce point un songe que je vois?
Vous, favori! vous, grand! Défiez-vous des rois;
Leur faveur est glissante; on s'y trompe; et le pire,
C'est qu'il en coûte cher; de pareilles erreurs
Ne produisent jamais que d'illustres malheurs.
Vous ne connoissez pas l'attrait qui vous engage :
Je vous parle en ami; craignez tout. L'autre rit;
Et notre hermite poursuivit :
Voyez combien déjà la cour vous rend peu sage.
Je crois voir cet aveugle à qui, dans un voyage,
Un serpent engourdi du froid
Vint s'offrir sous la main : il le prit pour un fouet;
Le sien s'étoit perdu, tombant de sa ceinture.
Il rendoit grace au ciel de l'heureuse aventure,
Quand un passant cria : Que tenez-vous! ô dieux!
Jetez cet animal traître et pernicieux,
Ce serpent! — C'est un fouet. — C'est un serpent!
vous dis-je :
A me tant tourmenter quel intérêt m'oblige?
Prétendez-vous garder ce trésor? — Pourquoi non?
Mon fouet étoit usé, j'en retrouve un fort bon :
Vous n'en parlez que par envie.
L'aveugle enfin ne le crut pas;
Il en perdit bientôt la vie :
L'animal dégourdi piqua son homme au bras.
Quant à vous, j'ose vous prédire
Qu'il vous arrivera quelque chose de pire. —
Eh! que me sauroit-il arriver que la mort?
Mille dégoûts viendront, dit le prophete hermite.
Il en vint en effet : l'hermite n'eut pas tort.
Mainte peste de cour fit tant, par maint ressort,
Que la candeur du juge, ainsi que son mérite,
Furent suspects au prince. On cabale, on suscite
Accusateurs, et gens grevés (1) par ses arrêts :

(1) Opprimés, condamnés injustement par ses décisions.

De nos biens, dirent-ils, il s'est fait un palais.
Le prince voulut voir ces richesses immenses.
Il ne trouva par-tout que médiocrité,
Louanges du désert et de la pauvreté :
C'étoient-là ses magnificences.
Son fait, dit-on, consiste en des pierres de prix :
Un grand coffre en est plein, fermé de dix serrures
Lui-même ouvrit ce coffre, et rendit bien surpris
Tous les machineurs d'impostures.
Le coffre étant ouvert, on y vit des lambeaux,
L'habit d'un gardeur de troupeaux,
Petit chapeau, jupon, panetiere, houlette,
Et, je pense, aussi sa musette.
Doux trésor, ce dit-il, chers gages, qui jamais
N'attirâtes sur vous l'envie et le mensonge,
Je vous repreuds : sortons de ces riches palais
Comme l'on sortiroit d'un songe :
Sire, pardonnez-moi cette exclamation :
J'avois prévu ma chûte en montant sur le faîte.
Je m'y suis trop complu : mais qui n'a dans la tête
Un petit grain d'ambition ?

XI. *Les Poissons, et le Berger qui joue de la flûte.*

Tircis, qui pour la seule Annette
Faisoit résonner les accords
D'une voix et d'une musette
Capables de toucher les morts,
Chantoit un jour le long des bords
D'une onde arrosant des prairies
Dont Zéphyre habitoit les campagnes fleuries,
Annette cependant à la ligne pêchoit :
Mais nul poisson ne s'approchoit ;
La bergere perdoit ses peines.
Le berger, qui, par ses chansons,
Eût attiré des inhumaines,
Crut, et crut mal, attirer des poissons.
Il leur chanta ceci : Citoyens de cette onde,

Laissez votre Naïade (1) en sa grotte profonde :
Venez voir un objet mille fois plus charmant.
Ne craignez point d'entrer aux prisons de la belle,
Ce n'est qu'à nous qu'elle est cruelle.
Vous serez traités doucement :
On n'en veut point à notre vie :
Un vivier vous attend, plus clair que fin crystal.
Et quand à quelques-uns l'appât seroit fatal,
Mourir des mains d'Annette est un sort que j'envie.
Ce discours éloquent ne fit pas grand effet ;
L'auditoire étoit sourd aussi-bien que muet :
Tircis eut beau prêcher. Ces paroles miellées
S'en étant au vent envolées,
Il tendit un long rets. Voilà les poissons pris ;
Voilà les poissons mis aux pieds de la bergere.
O vous, pasteurs d'humains et non pas de brebis,
Rois, qui croyez gagner par raison les esprits
D'une multitude étrangere,
Ce n'est jamais par-là que l'on en vient à bout ;
Il faut une autre maniere :
Servez-vous de vos rets ; la puissance fait tout.

(1) Espece de nymphe qui séjourne dans les eaux, selon les poëtes.

XII.

XII. *Les deux Perroquets, le Roi et son Fils.*

Deux perroquets, l'un pere et l'autre fils,
Du rôt d'un roi faisoient leur ordinaire;
Deux demi-dieux, l'un fils et l'autre pere,
De ces oiseaux faisoient leurs favoris.
L'âge lioit une amitié sincere
Entre ces gens: les deux peres s'aimoient;
Les deux enfans, malgré leur cœur frivole,
L'un avec l'autre aussi s'accoutumoient,
Nourris ensemble, et compagnons d'école.
C'étoit beaucoup d'honneur au jeune perroquet;
Car l'enfant étoit prince, et son pere monarque.
Par le tempérament que lui donna la Parque (1),
Il aimoit les oiseaux. Un moineau fort coquet,
Et le plus amoureux de toute la province,
Faisoit aussi sa part des délices du prince.
Ces deux rivaux un jour ensemble se jouans,
Comme il arrive aux jeunes gens,
Le jeu devint une querelle.

(1) Qui, au dire des poëtes, préside à la naissance des hommes, et détermine leurs inclinations durant tout le cours de leur vie.

Le passereau peu circonspect
S'attira de tels coups de bec,
Que, demi-mort et traînant l'aile,
On crut qu'il n'en pourroit guérir.
Le prince indigné fit mourir
Son perroquet. Le bruit en vint au pere (2).
L'infortuné vieillard crie et se désespere,
Le tout en vain; ses cris sont superflus,
L'oiseau parleur est déjà dans la barque:
Pour dire mieux, l'oiseau ne parlant plus
Fait qu'en fureur sur le fils du monarque
Son pere s'en va fondre et lui creve les yeux.
Il se sauve aussitôt, et choisit pour asile
Le haut d'un pin: là, dans le sein des dieux,
Il goûte sa vengeance en lieu sûr et tranquille.
Le roi lui-même y court, et dit pour l'attirer:
Ami, reviens chez moi: que nous sert de pleurer?
Haine, vengeance et deuil, laissons tout à la porte.
Je suis contraint de déclarer,
Encor que ma douleur soit forte,
Que le tort vient de nous: mon fils fut l'agresseur!
Mon fils! non; c'est le sort qui du coup est l'auteur.
La Parque avoit écrit de tout tems en son livre
Que l'un de nos enfans devoit cesser de vivre,
L'autre de voir, par ce malheur.
Consolons-nous tous deux, et reviens dans ta cage.
Le perroquet dit: Sire roi,
Crois-tu qu'après un tel outrage,
Je me doive fier à toi?
Tu m'allegues le sort: prétends-tu, par ta foi,
Me leurrer de l'appât d'un profane langage?
Mais que la providence, ou bien que le destin
Regle les affaires du monde,
Il est écrit là-haut qu'au faîte de ce pin,
Ou dans quelque forêt profonde,
J'acheverai mes jours loin du fatal objet
Qui doit être un juste sujet

(2) Du jeune perroquet qui venoit d'être mis à mort.

De haine et de fureur. Je sais que la vengeance
Est un morceau de roi, car vous vivez en dieux.
Tu veux oublier cette offense ;
Je le crois : cependant il me faut, pour le mieux,
Eviter ta main et tes yeux.
Sire roi, mon ami, va-t-en, tu perds ta peine ;
Ne me parle point de retour :
L'absence est aussi-bien un remede à la haine,
Qu'un appareil contre l'amour.

XIII. *La Lionne et l'Ourse.*

Mere lionne avoit perdu son faon :
Un chasseur l'avoit pris. La pauvre infortunée
Poussoit un tel rugissement,
Que toute la forêt en étoit informée.
La nuit ni son obscurité,
Son silence et ses autres charmes,
De le reine des bois n'arrêtoient les vacarmes :
Nul animal n'étoit du sommeil visité.
L'ourse enfin lui dit : Ma commere,
Un mot sans plus : tous les enfans
Qui sont passés entre vos dents
N'avoient-ils ni pere ni mere ? —

Ils en avoient. — S'il est ainsi,
Et qu'aucun de leur mort n'ait nos têtes rompues,
Si tant de mes es se sont tues,
Que ne vous taisez-vous aussi? —
Moi, me taire! moi, malheureuse!
Ah! j'ai perdu mon fils! il me faudra traîner
Une vieillesse douloureuse! —
Dites-moi, qui vous force à vous y condamner? —
Hélas! c'est le destin qui me hait. — Ces paroles
Ont été de tout tems en la bouche de tous.
Misérables humains, ceci s'adresse à vous:
Je n'entends résonner que des plaintes frivoles.
Quiconque en pareil cas, se croit haï des cieux;
Qu'il considere Hécube (1), il rendra grace aux dieux.

(1) Femme du roi Priam, réduite en esclavage après avoir vu mettre à mort son mari et la plupart de ses enfans, etc.

XIV. *Les deux Aventuriers et le Talisman.*

Aucun chemin de fleurs ne conduit à la gloire.
Je n'en veux pour témoin qu'Hercule et ses travaux:
Ce dieu n'a guere de rivaux;
J'en vois peu dans la fable, encor moins dans l'histoire.

En voici pourtant un, que de vieux talismans (1)
Firent chercher fortune au pays des romans (2).
Il voyageoit de compagnie.
Son camarade et lui trouverent un poteau
Ayant au haut cet écriteau :
» Seigneur aventurier, s'il te prend quelque envie
» De voir ce que n'a vu nul chevalier errant (3),
» Tu n'as qu'à passer ce torrent ;
» Puis prenant dans tes bras un éléphant de pierre
» Que tu verras couché par terre,
» Le porter, d'une haleine, au sommet de ce mont
» Qui menace les cieux de son superbe front. «
L'un des deux chevaliers saigna du nez. Si l'onde
Est rapide autant que profonde,
Dit-il.... et supposé qu'on la puisse passer,
Pourquoi de l'éléphant s'aller embarrasser ?
Quelle ridicule entreprise !
Le sage l'aura fait par tel art et de guise,
Qu'on le pourra porter peut-être quatre pas :
Mais jusqu'au haut du mont ! d'une haleine ! il n'est pas
Au pouvoir d'un mortel ; à moins que la figure
Ne soit d'un éléphant nain, pygmée, avorton,
Propre à mettre au bout d'un bâton :
Auquel cas, où l'honneur d'une telle aventure ?
On nous veut attraper dedans cette écriture ;
Ce sera quelque énigme à tromper un enfant :
C'est pourquoi je vous laisse avec votre éléphant.
Le raisonneur parti, l'aventureux se lance,

(1) Certaines figures gravées ou taillées sur quelque pierre ou métal avec plusieurs vaines observations sur les caracteres et les dispositions des corps célestes, auxquelles figures les charlatans attribuent des vertus merveilleuses.

(2) Histoires de pure invention, dont la plupart sont composées de faits arrivés dans des lieux tout aussi chimériques que ces faits. Telle est l'aventure qui fait le sujet de cette fable.

(3) Qui court de contrée en contrée pour chercher des aventures.

Les yeux clos, à travers cette eau.
Ni profondeur, ni violence
Ne purent l'arrêter ; et, selon l'écriteau,
Il vit son éléphant couché sur l'autre rive.
Il le prend, il l'emporte, au haut du mont arrive,
Rencontre une esplanade, et puis une cité.
Un cri par l'éléphant est aussitôt jeté :
Le peuple aussitôt sort en armes.
Tout autre aventurier, au bruit de ces alarmes,
Auroit fui : celui-ci, loin de tourner le dos,
Veut vendre au moins sa vie, et mourir en héros.
Il fut tout étonné d'ouïr cette cohorte
Le proclamer monarque au lieu de son roi mort.
Il ne se fit prier que de la bonne sorte,
Encor que le fardeau fût, dit-il, un peu fort.
Sixte en disoit autant quand on le fit saint pere (4),
(Seroit-ce bien une misere
Que d'être pape ou d'être roi ?)
On reconnut bientôt son peu de bonne foi.
Fortune aveugle suit aveugle hardiesse.
Le sage quelquefois fait bien d'exécuter,
Avant que de donner le tems à la sagesse,
D'envisager le fait, et sans la consulter.

(4) Cinquieme du nom, quand il fut élu pape.

XV. *Les Lapins.*

DISCOURS

A M. LE DUC DE LA ROCHEFOUCAULD.

Je me suis souvent dit, voyant de quelle sorte
L'homme agit, et qu'il se comporte
En mille occasions comme les animaux :
Le roi de ces gens-là n'a pas moins de défauts
Que ces sujets ; et la nature
A mis dans chaque créature
Quelque grain d'une masse où puisent les esprits.
Je vais prouver ce que je dis.
A l'heure de l'affût, soit lorsque la lumiere
Précipite ses traits dans l'humide séjour,
Soit lorsque le soleil entre dans sa carriere,
Et que, n'étant plus nuit, il n'est pas encor jour
Au bord de quelque bois sur un arbre je grimp
Et, nouveau Jupiter, du haut de cet Olympe,
Je foudroie à discrétion
Un lapin qui n'y pensoit guere.
Je vois fuir aussitôt toute la nation
Des lapins qui, sur la bruyere,

L'œil éveillé, l'oreille au guet,
S'égayoient, et de thym parfumoient leur banquet.
Le bruit du coup fait que la bande
S'en va chercher sa sûreté
Dans la souveraine cité.
Mais le danger s'oublie, et cette peur si grande
S'évanouit bientôt : je revois les lapins,
Plus gais qu'auparavant, revenir sous mes mains.
Ne reconnoît-on pas en cela les humains ?
Dispersés par quelque orage,
A peine ils touchent le port,
Qu'ils vont hasarder encor
Même vent, même naufrage :
Vrais lapins, on les revoit
Sous les mains de la fortune.
Joignons à cet exemple une chose commune.
Quand des chiens étrangers passent par quelque endroit
Qui n'est pas de leur détroit,
Je laisse à penser quelle fête !
Les chiens du lieu, n'ayant en tête
Qu'un intérêt de gueule, à cris, à coups de dents
Vous accompagnent ces passans
Jusqu'aux confins du territoire.
Un intérêt de bien, de grandeur et de gloire,
Aux gouverneurs d'états, à certains courtisans,
A gens de tous métiers, en fait tout autant faire.
On nous voit tous, pour l'ordinaire,
Piller le survenant, nous jeter sur sa peau.
La coquette et l'auteur sont de ce caractere :
Malheur à l'écrivain nouveau !
Le moins de gens qu'on peut à l'entour du gâteau ;
C'est le droit du jeu, c'est l'affaire.
Cent exemples pourroient appuyer mon discours :
Mais les ouvrages les plus courts
Sont toujours les meilleurs. En cela j'ai pour guide
Tous les maîtres de l'art, et tiens qu'il faut laisser
Dans les plus beaux sujets quelque chose à penser :

Ainsi ce discours doit cesser.
Vous, qui m'avez donné ce qu'il a de solide,
Et dont la modestie égale la grandeur,
Qui ne pûtes jamais écouter sans pudeur
La louange la plus permise,
La plus juste et la mieux acquise ;
Vous enfin, dont à peine ai-je encore obtenu
Que votre nom reçût ici quelques hommages,
Du tems et des censeurs défendant mes ouvrages,
Comme un nom qui, des ans et des peuples connu,
Fait honneur à la France, en grands noms plus féconde
Qu'aucun climat de l'univers,
Permettez-moi du moins d'apprendre à tout le monde
Que vous m'avez donné le sujet de ces vers.

XVI. *Le Marchand, le Gentilhomme, le Pâtre et le Fils du Roi.*

Quatre chercheurs (1) de nouveaux mondes,
Presque nus, échappés à la fureur des ondes,
Un traficant, un noble, un pâtre, un fils de roi,

(1) Engagés dans de longs voyages par mer.

Réduits au sort de Bélisaire (2),
Demandoient aux passans de quoi
Pouvoir soulager leur misere.
De raconter quel sort les avoit assemblés,
Quoique sous divers points tous quatre ils fussent nés,
C'est un récit de longue haleine.
Ils s'assirent enfin au bord d'une fontaine :
Là, le conseil se tint entre les pauvres gens.
Le prince s'étendit sur le malheur des grands.
Le pâtre fut d'avis qu'éloignant la pensée
De leur aventure passée,
Chacun fît de son mieux, et s'appliquât au soin
De pourvoir au commun besoin.
La plainte, ajouta-t-il, guérit-elle son homme ?
Travaillons : c'est de quoi nous mener jusqu'à Rome.
Un pâtre ainsi parler ! Ainsi parler ? croit-on
Que le ciel n'ait donné qu'aux têtes couronnées
De l'esprit et de la raison,
Et que de tout berger, comme de tout mouton,
Les connoissances soient bornées ?
L'avis de celui-ci fut d'abord trouvé bon
Par les trois échoués aux bords de l'Amérique.
L'un, c'étoit le marchand, savoit l'arithmétique.
A tant par mois, dit-il, j'en donnerai leçon.
J'enseignerai la politique,
Reprit le fils du roi. Le noble poursuivit :
Moi, je sais le blason, j'en veux tenir école ;
Comme si, devers l'Inde, on eût eu dans l'esprit
La sotte vanité de ce jargon frivole !
Le pâtre dit : Ami, vous parlez bien, mais quoi !
Le mois a trente jours, jusqu'à cette échéance
Jeûnerons-nous, par votre foi ?
Vous me donnez une espérance
Belle, mais éloignée ; et cependant j'ai faim.

(2) Bélisaire étoit un grand capitaine, qui ayant commandé les armées de l'empereur et perdu les bonnes graces de son maître, tomba dans un tel point de misere, qu'il demandoit l'aumône sur les grands chemins. (*Note de La Fontaine.*)

Qui pourvoira de nous au dîner de demain?
Ou plutôt sur quelle assurance
Fondez-vous, dites-moi, le souper d'aujourd'hui?
Avant tout autre c'est celui
Dont il s'agit. Votre science
Est courte là-dessus : ma main y suppléera.
A ces mots le pâtre s'en va
Dans un bois: il y fit des fagots, dont la vente
Pendant cette journée, et pendant la suivante,
Empêcha qu'un long jeûne à la fin ne fît tant,
Qu'ils allassent là-bas exercer leur talent.
Je conclus de cette aventure,
Qu'il ne faut pas tant d'art pour conserver ses jours:
Et grace aux dons de la nature,
La main est le plus sûr et le plus prompt secours.

FIN DU DIXIEME LIVRE.

LIVRE ONZIEME.

I. *Le Lion.*

Sultan (1) léopard autrefois
Eut, ce dit-on, par mainte aubaine,
Force bœufs dans ses prés, force cerfs dans ses bois,
Force moutons parmi la plaine.
Il naquit un lion dans la forêt prochaine.
Après les complimens et d'une et d'autre part,
Comme entre grands il se pratique,
Le sultan fit venir son visir (2) le renard,
Vieux routier en bonne politique.
Tu crains, ce lui dit-il, lionceau mon voisin:
Son pere est mort, que peut-il faire?
Plains plutôt le pauvre orphelin.
Il a chez lui plus d'une affaire,
Et devra beaucoup au destin
S'il garde ce qu'il a, sans tenter de conquête.
Le renard dit, branlant la tête:
Tels orphelins, seigneur, ne me font point pitié:

(1) Riche et puissant seigneur.
(2) Ministre d'un grand prince d'Orient, tel que le Turc, le Persan, le Grand-Mogol.

Il faut de celui-ci conserver l'amitié,
Ou s'efforcer de le détruire,
Avant que la griffe et la dent
Lui soit crue, et qu'il soit en état de nous nuire.
N'y perdez pas un seul moment.
J'ai fait son horoscope : il croîtra par la guerre,
Ce sera le meilleur lion,
Pour ses amis, qui soit sur terre :
Tâchez donc d'en être ; sinon
Tâchez de l'affoiblir. La harangue fut vaine.
Le sultan dormoit lors ; et dedans son domaine
Chacun dormoit aussi, bêtes, gens ; tant qu'enfin
Le lionceau devint vrai lion. Le tocsin (3)
Sonne aussitôt sur lui ; l'alarme se promene
De toutes parts : et le visir,
Consulté là-dessus, dit avec un soupir :
Pourquoi l'irritez-vous ? la chose est sans remede.
En vain nous appelons mille gens à notre aide ;
Plus ils sont, plus ils coûte, et je ne les tiens bons
Qu'à manger leur part des moutons.
Appaisez le lion : seul il passe en puissance
Ce monde d'alliés vivant sur notre bien.
Le lion en a trois qui ne lui coûtent rien,
Son courage, sa force, avec sa vigilance.
Jetez-lui promptement sous la griffe un mouton ;
S'il n'en est pas content, jetez-en davantage ;
Joignez-y quelque bœuf ; choisissez, pour ce don,
Tout le plus gras du pâturage.
Sauvez le reste ainsi. Ce conseil ne plut pas.
Il en prit mal ; et force états
Voisins du sultan en pâtirent :
Nul n'y gagna, tous y perdirent.
Quoi que fît ce monde ennemi,
Celui qu'ils craignoient fut le maître.
Proposez-vous d'avoir le lion pour ami,
Si vous voulez le laisser croître.

(3) Cloche qu'on frappe à coups pressés, pour avertir le peuple de prendre les armes à l'approche de l'ennemi.

II. *Les Dieux voulant instruire un fils de Jupiter.*

POUR MONSEIGNEUR LE DUC DU MAINE (1).

Jupiter eut un fils, qui se sentant du lieu
Dont il tiroit son origine,
Avoit l'ame toute divine.
L'enfance n'aime rien ; celle du jeune dieu
Faisoit sa principale affaire
Des doux soins d'aimer et de plaire.
En lui l'amour et la raison
Devancerent le tems, dont les ailes légeres
N'amenent que trop tôt, hélas ! chaque saison.
Flore aux regards rians, aux charmantes manieres,
Toucha d'abord le cœur du jeune Olympien.
Ce que la passion peut inspirer d'adresse,
Sentimens délicats et remplis de tendresse,
Pleurs, soupirs, tout en fut : bref, il n'oublia rien.
Le fils de Jupiter devoit par sa naissance,
Avoir un autre esprit, et d'autres dons des cieux,
Que les enfans des autres dieux.

(1) Fils légitime de Louis XIV.

Il sembloit qu'il n'agît que par réminiscence (2),
Et qu'il eût autrefois fait le métier d'amant,
Tant il le fit parfaitement.
Jupiter cependant voulut le faire instruire.
Il assembla les dieux, et dit : J'ai su conduire
Seul et sans compagnons jusqu'ici l'univers :
Mais il est des emplois divers
Qu'aux nouveaux dieux je distribue.
Sur cet enfant chéri j'ai donc jeté la vue :
C'est mon sang ; tout est plein déjà de ses autels.
Afin de mériter le rang des immortels,
Il faut qu'il sache tout. Le maître du tonnerre
Eut à peine achevé, que chacun applaudit.
Pour savoir tout, l'enfant n'avoit que trop d'esprit.
Je veux, dit le dieu de la guerre,
Lui montrer moi-même cet art
Par qui maints héros ont eu part
Aux honneurs de l'Olympe et grossi cet empire.
Je serai son maître de lyre,
Dit le blond et docte Apollon.
Et moi, reprit Hercule à la peau de lion,
Son maître à surmonter les vices,
A dompter les transports, monstres empoisonneurs,
Comme hydres renaissant sans cesse dans les cœurs ;
Ennemi des molles délices,
Il apprendra de moi les sentiers peu battus
Qui menent aux honneurs sur les pas des vertus.
Quand ce vint au dieu de Cythere,
Il dit qu'il lui montreroit tout.
L'amour avoit raison. De quoi ne vient à bout
L'esprit joint au desir de plaire ?

(2) Le souvenir du passé, selon les principes de Platon, qui supposoit que les ames avoient existé long-tems avant que de venir animer nos corps sur la terre.

III. *Le Fermier, le Chien et le Renard.*

Le loup et le renard sont d'étranges voisins !
Je ne bâtirai point autour de leur demeure.
Ce dernier guettoit à toute heure
Les poules d'un fermier ; et, quoique des plus fins,
Il n'avoit pu donner d'atteinte à la volaille.
D'une part l'appétit, de l'autre le danger,
N'étoient pas au compere un embarras léger.
Hé quoi ! dit-il, cette canaille
Se moque impunément de moi :
Je vais, je viens, je me travaille,
J'imagine cent tours : le rustre, en paix chez soi,
Vous fait argent de tout, convertit en monnoie
Ses chapons, sa poulaille ; il en a même au croc :
Et moi, maître passé, quand j'attrape un vieux coq,
Je suis au comble de la joie !
Pourquoi sire Jupin m'a-t-il donc appelé
Au métier de renard ? Je jure les puissances
De l'Olympe et du Styx, il en sera parlé.
Roulant en son cœur ces vengeances,
Il choisit une nuit libérale en pavots (1),

(1) Les pavots assoupissent et font dormir.

Chacun étoit plongé dans un profond repos ;
Le maître du logis, les valets, le chien même,
Poules, poulets, chapons, tout dormoit. Le fermier,
Laissant ouvert son poulailler,
Commit une sottise extrême.
Le voleur tourne tant, qu'il entre au lieu guetté,
Le dépeuple, remplit de meurtre la cité.
Les marques de sa cruauté
Parurent avec l'aube : on vit un étalage
De corps sanglans et de carnage.
Peu s'en fallut que le soleil
Ne rebroussât d'horreur vers le manoir liquide.
Tel, et d'un spectacle pareil,
Apollon irrité contre le fier Atride (2)
Joncha son camp de morts : on vit presque détruit
L'ost (3) des Grecs : et ce fut l'ouvrage d'une nuit.
Tel encore autour de sa tente
Ajax (4), à l'ame impatiente,
De moutons et de boucs fit un vaste débris,
Croyant tuer en eux son concurrent Ulysse (5),
Et les auteurs de l'injustice
Par qui l'autre emporta le prix.
Le renard, autre Ajax aux volailles funeste,
Emporte ce qu'il peut, laisse étendu le reste.
Le maître ne trouva de recours qu'à crier
Contre ces gens, son chien : c'est l'ordinaire usage.
Ah ! maudit animal, qui n'est bon qu'à noyer,
Que n'avertissois-tu dès l'abord du carnage ? —
Que ne l'évitiez-vous ! c'eût été plutôt fait :
Si vous, maître et fermier, à qui touche le fait
Dormez sans avoir soin que la porte soit close,
Voulez-vous que moi, chien, qui n'ai rien à la chose,
Sans aucun intérêt, je perde le repos !

(2) Agamemnon, fils d'Atrée.
(3) L'ost, vieux mot, pour dire le camp des Grecs.
(4) Prince grec, qui se distingua par une valeur extraordinaire au siege de Troie.
(5) Autre prince grec, qui entra en débat contre Ajax, pour les armes d'Achille.

Ce chien parloit très-à-propos :
Son raisonnement pouvoit être
Fort bon dans la bouche d'un maître ;
Mais n'étant que d'un simple chien,
On trouva qu'il ne valoit rien :
On vous sangla le pauvre drille.
Toi donc, qui que tu sois, ô pere de famille,
(Et je ne t'ai jamais envié cet honneur),
T'attendre aux yeux d'autrui, quand tu dors, c'est
erreur :
Couche-toi le dernier, et vois fermer ta porte.
Que si quelque affaire t'importe,
Ne la fais point par procureur.

IV. *Le Songe d'un Habitant du Mogol.*

Jadis certain Mogol (1) vit en songe un visir
Aux champs élysiens (2), possesseur d'un plaisir

(1) Habitant d'un royaume des Indes, ainsi nommé.

(2) Séjour des bienheureux dans les enfers, demeure des morts, dont les uns étoient précipités dans le Tartare pour y être punis des crimes qu'ils avoient commis sur la terre, et les autres jouissoient d'une douce tranquillité dans les champs Elysées, parce qu'ils avoient vécu sobrement, humainement et justement, comme Phocion et le bon Socrate, etc.

Aussi pur qu'infini tant en prix qu'en durée :
Le même songeur vit en une autre contrée
Un hermite entouré de feu,
Qui touchoit de pitié, même les malheureux.
Le cas parut étrange et contre l'ordinaire :
Minos (3) en ces deux morts sembloit s'être mépris.
Le dormeur s'éveilla, tant il en fut surpris.
Dans ce songe pourtant soupçonnant du mystere,
Il se fit expliquer l'affaire.
L'interprête lui dit : Ne vous étonnez point :
Votre songe a du sens ; et si j'ai sur ce point
Acquis tant soit peu d'habitude,
C'est un avis des dieux. Pendant l'humain séjour,
Ce visir quelquefois cherchoit la solitude (4) ;
Cet hermite aux visirs alloit faire sa cour (5).
Si j'osois ajouter au mot de l'interprête,
J'inspirerois ici l'amour de la retraite :
Elle offre à ses amans des biens sans embarras,
Biens purs, présens du ciel, qui naissent sous les pas.
Solitude où je trouve une douceur secrete,
Lieux (6) que j'aimai toujours, ne pourrai-je jamais,
Loin du monde et du bruit, goûter l'ombre et le frais !

(3) Le grand juge des morts.

(4) Se retiroit en particulier pour penser à son salut.

(5) Quittoit la solitude par ambition.

(6) *Flumina amem sylvasque inglorius . . . .*
. . . . . O qui me gelidis in vallibus Hæmi
Sistat, et ingenti ramorum protegat umbrâ !
Virg. Georg. l. ij, v. 486, etc.
Me verò primùm dulces ante omnia musæ,
Quarum sacra fero ingenti perculsus amore,
Accipiant, cælique vias et sidera monstrent.
Id. ibid. v. 475, etc.

Oserai-je dire que dans la paraphrase que La Fontaine nous donne ici de ces beaux vers de Virgile, il s'oublie un peu lui-même, lorsqu'après avoir souhaité d'apprendre les noms et les vertus des planetes, qu'il nomme clartés errantes, il s'avise, comme pour enchérir sur Virgile, d'ajouter,

Par qui sont nos destins et nos mœurs différentes.

Car par-là, il adopte tout ouvertement les principes chimériques de l'astrologie judiciaire, qu'il a réfutés fort solidement ailleurs, où il dit:

Oh! qui m'arrêtera sous vos sombres asiles!
Quand pourront les neuf sœurs, loin des cours et
des villes,
M'occuper tout entier, et m'apprendre des cieux
Les divers mouvemens inconnus à nos yeux,
Les noms et les vertus de ces clartés errantes
Par qui sont nos destins et nos mœurs différentes?
Que si je ne suis né (7) pour de si grands projets,
Du moins que les ruisseaux m'offrent de doux objets!
Que je peigne en mes vers quelque rive fleurie!
La Parque à filets d'or n'ourdira (8) point ma vie;
Je ne dormirai point sous de riches lambris:
Mais voit-on que le somme en perde de son prix?
En est-il moins profond, et moins plein de délices?
Je lui voue au désert de nouveaux sacrifices.
Quand le moment viendra d'aller trouver les morts,
J'aurai vécu sans soins, et mourrai sans remords.

Je ne crois point que la nature
Se soit liée les mains, et nous les lie encor,
Jusqu'au point de marquer dans les cieux notre sort.
Et ce qui suit, l. viii, fab. 16. Voy. aussi l. ii, fab. 13.

(7) *Sin, has ne possim naturæ accedere partes,*
Frigidus obstiterit circum præcordia sanguis;
Rura mihi, et rigui placeant in vallibus amnes.
Virg. Georg. liv. ij, v. 483, etc.

(8) Ourdir, terme de tisserand, ne me donnera point de grandes richesses.

V. *Le Lion, le Singe et les deux Anes.*

Le lion, pour bien gouverner,
Voulant apprendre la morale,
Se fit, un beau jour, amener
Le singe, maître-ès-arts (1) chez la gent animale.
La premiere leçon que donna le régent
Fut celle-ci : Grand roi, pour régner sagement,
Il faut que tout prince préfere
Le zele de l'état à certain mouvement
Qu'on appelle communément
Amour-propre ; car c'est le pere,
C'est l'auteur de tous les défauts
Que l'on remarque aux animaux.
Vouloir que de tout point ce sentiment vous quitte,
Ce n'est pas chose si petite
Qu'on en vienne à bout en un jour :
C'est beaucoup de pouvoir modérer cet amour.
Par-là votre personne auguste
N'admettra jamais rien en soi
De ridicule ni d'injuste.

(1) Docteur qui est ou doit être capable d'enseigner les autres.

Donne-moi, repartit le roi,
Des exemples de l'un et l'autre.
Toute espece, dit le docteur,
Et je commence par la nôtre;
Toute profession s'estime dans son cœur,
Traite les autres d'ignorantes,
Les qualifie impertinentes,
Et semblables discours qui ne nous coûtent rien.
L'amour-propre, au rebours, fait qu'au degré suprême
On porte ses pareils; car c'est un bon moyen
De s'élever aussi soi-même.
De tout ce que dessus j'argumente très-bien
Qu'ici-bas maint talent n'est que pure grimace,
Cabale, et certain art de se faire valoir,
Mieux su des ignorans que des gens de savoir.
L'autre jour, suivant à la trace
Deux ânes qui, prenant tour-à-tour l'encensoir,
Se louoient tour-à-tour, comme c'est la maniere,
J'ouis que l'un des deux disoit à son confrere :
Seigneur, trouvez-vous pas bien injuste et bien sot
L'homme, cet animal si parfait? Il profane
Notre auguste nom, traîtant d'âne
Quiconque est ignorant, d'esprit lourd, idiot :
Il abuse encore d'un mot,
Et traite notre rire et nos discours de braire.
Les humains sont plaisans, de prétendre exceller
Par-dessus nous. Non, non; c'est à vous de parler,
A leurs orateurs de se taire :
Voilà les vrais braillards. Mais laissons-là ces gens :
Vous m'entendez, je vous entends;
Il suffit. Et quant aux merveilles
Dont votre divin chant vient frapper les oreilles,
Philomele est, au prix, novice dans cet art :
Vous surpassez Lambert (2). L'autre baudet repart:
Seigneur, j'admire en vous des qualités pareilles.

(2) Excellent musicien françois, sous le regne de Louis XIV.

Ces ânes, non contens de s'être ainsi grattés,
S'en allerent dans les cités
L'un l'autre se prôner : chacun d'eux croyoit faire,
En prisant ses pareils, une fort bonne affaire,
Prétendant que l'honneur en reviendroit sur lui.
J'en connois beaucoup aujourd'hui,
Non parmi les baudets, mais parmi les puissances,
Que le ciel voulut mettre en de plus hauts degrés,
Qui changeroient entre eux les simples excellences 3,
S'ils osoient, en des majestés.
J'en dis peut-être plus qu'il ne faut, et suppose
Que votre majesté gardera le secret.
Elle avoit souhaité d'apprendre quelque trait
Qui lui fît voir, entre autre chose,
L'amour-propre donnant du ridicule aux gens.
L'injuste aura son tour : il y faut plus de tems.
Ainsi parla ce singe. On ne m'a pas su dire
S'il traita l'autre point, car il est délicat ;
Et notre maître-ès-arts, qui n'étoit pas un fat,
Regardoit ce lion comme un terrible sire.

(3) Se donneroient des titres d'honneurs supérieurs à ceux qui appartiennent à leur rang, comme les princes qui affecteroient d'être traités en rois.

IV. *Le Loup et le Renard.*

Mais d'où vient qu'au renard Esope accorde un point?
C'est d'exceller en tours pleins de matoiserie.
J'en cherche la raison, et ne la trouve point.
Quand le loup a besoin de défendre sa vie,
Ou d'attaquer celle d'autrui,
N'en sait-il pas autant que lui?
Je crois qu'il en sait plus ; et j'oserois peut-être
Avec quelque raison contredire mon maître.
Voici pourtant un cas où tout l'honneur échut
A l'hôte des terriers. Un soir il apperçut

La lune au fond d'un puits : l'orbiculaire image (1)
Lui parut un ample fromage.
Deux seaux alternativement
Puisoient le liquide élément ;
Notre renard, pressé par une faim canine (2),
S'accommode en celui qu'au haut de la machine
L'autre seau tenoit suspendu.
Voilà l'animal descendu,
Tiré d'erreur, mais fort en peine,
En voyant sa perte prochaine :.
Car comment remonter, si quelque autre affamé,
De la même image charmé,
Et succédant à sa misere,
Par le même chemin ne le tiroit d'affaire?
Deux jours s'étoient passés sans qu'aucun vînt au puits.
Le tems, qui toujours marche, avoit pendant deux nuits
Echancré, selon l'ordinaire,

(1) La forme ronde de la lune dans l'eau.
(2) Très-grande faim, à laquelle sont sujets les chiens et bien d'autres especes d'animaux.

De l'astre au front d'argent la face circulaire (3).
Sire renard étoit désespéré.
Compere loup, le gosier altéré,
Passe par-là ; l'autre dit : Camarade,
Je veux vous régaler ; voyez-vous cet objet ?
C'est un fromage exquis. Le dieu Faune (4), l'a fait ;
La vache Io donna le lait.
Jupiter, s'il étoit malade,
Reprendroit l'appétit en tâtant d'un tel mets.
J'en ai mangé cette échancrure ;
Le reste vous sera suffisante pâture.
Descendez dans un seau que j'ai là mis exprès.
Bien qu'au moins mal qu'il put il ajustât l'histoire,
Le loup fut un sot de le croire :
Il descend ; et son poids emportant l'autre part,
Reguinde en haut maître renard.
Ne nous en moquons point : nous nous laissons séduire
Sur aussi peu de fondement ;
Et chacun croit fort aisément
Ce qu'il craint et ce qu'il desire.

(3) Vers très-figuré, qui signifie que la lune, commençant à décroître, ne paroissoit plus ronde.
(4) Dieu des troupeaux.

VII. *Le Paysan du Danube.*

Il ne faut pas juger des gens sur l'apparence :
Le conseil en est bon ; mais il n'est pas nouveau.
Jadis l'erreur du souriceau (1)
Me servit à prouver le discours que j'avance :
J'ai pour le fonder à présent,
Le bon Socrate (2), Esope, et certain paysan
Des rives du Danube (3), homme dont Marc Aurele (4)

(1) Qui, charmé de l'air doucereux du chat, fut sur le point de s'aller livrer entre ses pattes. (Liv. vi, fab. 5.)
(2) Le plus sage des philosophes et le plus moral, mais d'un extérieur à-peu-près aussi disgracié que celui qu'on donne communément à Esope.
(3) Grand fleuve d'Allemagne.
(4) Sage empereur romain du second siecle.

Nous fait un portrait fort fidele.
On connoît les premiers : quant à l'autre, voici
Le personnage en raccourci.
Son menton nourrissoit une barbe touffue ;
Toute sa personne velue
Représentoit un ours, mais un ours mal léché :
Sous un sourcil épais il avoit l'œil caché,
Le regard de travers, nez tortu, grosse levre,
Portoit sayon (5) de poil de chevre,
Et ceinture de joncs marins.
Cet homme ainsi bâti fut député des villes
Que lave le Danube. Il n'étoit point d'asiles
Où l'avarice des Romains
Ne pénétrât alors et ne portât les mains.
Le député vint donc, et fit cette harangue :
Romains, et vous Sénat assis pour m'écouter,
Je supplie avant tout les dieux de m'assister :
Veuillent les immortels, conducteurs de ma langue,
Que je ne dise rien qui doive être repris !
Sans leur aide il ne peut entrer dans les esprits
Que tout mal et toute injustice.

(5) Sorte d'habit grossier.

Faute d'y recourir on viole leurs lois.
Témoins nous que punit la romaine avarice :
Rome est, par nos forfaits, plus que par ses exploits,
L'instrument de notre supplice.
Craignez, Romains, craignez que le ciel quelque jour,
Ne transporte chez vous les pleurs et la misere ;
Et mettant en nos mains, par un juste retour,
Les armes dont se sert sa vengeance sévere,
Il ne vous fasse, en sa colere,
Nos esclaves à votre tour.
Et pourquoi sommes-nous les vôtres ? Qu'on me die
En quoi vous valez mieux que cent peuples divers.
Quel droit vous a rendus maîtres de l'univers ?
Pourquoi venir troubler une innocente vie ?
Nous cultivons en paix d'heureux champs ; et nos mains
Etoient propres aux arts ainsi qu'au labourage.
Qu'avez-vous appris aux Germains (6) ?
Ils ont l'adresse et le courage :
S'ils avoient eu l'avidité
Comme vous, et la violence,
Peut-être en votre place ils auroient la puissance,
Et sauroient en user sans inhumanité.
Celle que vos préteurs (7) ont sur nous exercée
N'entre qu'à peine en la pensée.
La majesté de vos autels
Elle-même en est offensée ;
Car sachez que les immortels
Ont les regards sur nous. Graces à vos exemples,
Ils n'ont devant les yeux que des objets d'horreur,
De mépris d'eux et de leurs temples,
D'avarice qui va jusques à la fureur.
Rien ne suffit aux gens qui nous viennent de Rome.
La terre et le travail de l'homme
Font pour les assouvir des efforts superflus.
Retirez-les : on ne veut plus

(6) Les Allemands.
(7) Gouverneurs romains en Allemagne.

Cultiver pour eux les campagnes.
Nous quittons les cités, nous fuyons aux montagnes;
Nous laissons nos cheres compagnes;
Nous ne conversons plus qu'avec des ours affreux,
Découragés de mettre au jour des malheureux,
Et de peupler, pour Rome, un pays qu'elle opprime.
Nous souhaitons de voir leurs jours bientôt bornés :
Vos préteurs au malheur nous font joindre le crime.
Retirez-les ; ils ne nous apprendront
Que la mollesse et que le vice,
Les Germains comme eux deviendront
Gens de rapine et d'avarice.
C'est tout ce que j'ai vu dans Rome à mon abord.
N'a-t-on point de présent à faire,
Point de pourpre à donner ; c'est en vain qu'on espere
Quelque réfuge aux lois ; encore leur ministere
Doit commencer à vous déplaire.
Je finis. Punissez de mort
Une plainte un peu trop sincere.
A ces mots, il se couche : et chacun étonné,
Admire le grand cœur, le bon sens, l'éloquence
Du sauvage ainsi prosterné.
On le créa patrice, et ce fut la vengeance
Qu'on crut qu'un tel discours méritoit. On choisit
D'autres préteurs ; et par écrit
Le sénat demanda ce qu'avoit dit cet homme,
Pour servir de modele aux parleurs à venir.
On ne sut pas long-tems à Rome
Cette éloquence eutretenir.

VIII. *Le Vieillard et les trois jeunes Hommes.*

Un octogénaire (1) plantoit.
Passe encor de bâtir ; mais planter à cet âge !
Disoient trois jouvenceaux (2), enfans du voisinage :
Assurément il radotoit.
Car, au nom des dieux, je vous prie,
Quel fruit de ce labeur pouvez-vous recueillir ?
Autant qu'un patriarche il vous faudroit vieillir.
A quoi bon charger votre vie
Des soins d'un avenir qui n'est pas fait pour vous ?
Ne songez désormais qu'à vos erreurs passées :
Quittez le long espoir et les vastes pensées ;
Tout cela ne convient qu'à nous.
Il ne convient pas à vous-mêmes,
Repartit le vieillard. Tout établissement
Vient tard et dure peu. La main des Parques blêmes
De vos jours et des miens se joue également.
Nos termes sont pareils par leur courte durée.

(1) Un homme de quatre-vingts ans.

(2) Par le titre de cette fable, La Fontaine fait entendre à tous ses lecteurs ce que c'est qu'un jouvenceau, terme qui, bien qu'exclus du style sublime, est d'ailleurs assez connu et fort bon françois.

Qui de nous des clartés de la voûte azurée (3)
Doit jouir le dernier? Est il aucun moment
Qui vous puisse assurer d'un second seulement:
Mes arriere-neveux me devront cet ombrage:
Hé bien! défendez-vous au sage
De se donner des soins pour le plaisir d'autrui?
Cela même est un fruit que je goûte aujourd'hui:
J'en puis jouir demain, et quelques jours encore;
Je puis enfin compter l'aurore
Plus d'une fois sur vos tombeaux.
Le vieillard eut raison: l'un des trois jouvenceaux
Se noya dès le port, allant à l'Amérique;
L'autre, afin de monter aux grandes dignités,
Dans les emplois de Mars servant la république,
Par un coup imprévu vit ses jours emportés;
Le troisieme tomba d'un arbre
Que lui-même il voulut enter;
Et pleurés du vieillard, il grava sur leur marbre
Ce que je viens de raconter.

(3) C'est-à-dire, doit être le dernier à jouir de la vie.

IX. *Les Souris et le Chat-huant.*

Il ne faut jamais dire aux gens,
Ecoutez un bon mot, oyez une merveille.

Savez-vous si les écoutans
En feront une estime à la vôtre pareille?
Voici pourtant un cas qui peut être excepté :
Je le maintiens prodige, et tel que d'une fable
Il a l'air et les traits, encor que véritable.
On abattit un pin pour son antiquité,
Vieux palais d'un hibou, triste et sombre retraite
De l'oiseau qu'Atropos prend pour son interprête.
Dans son tronc caverneux et miné par le tems,
Logeoient entre autres habitans,
Force souris sans pieds, toutes rondes de graisse.
L'oiseau les nourrissoit parmi des tas de blé,
Et de son bec avoit leur troupeau mutilé.
Cet oiseau raisonnoit, il faut qu'on le confesse.
En son tems, aux souris le compagnon chassa :
Les premieres qu'il prit, du logis échappées,
Pour y remédier, le drôle estropia
Tout ce qu'il prit ensuite; et leurs jambes coupées
Firent qu'il les mangeoit à sa commodité,
Aujourd'hui l'une et demain l'autre.
Tout manger à la fois, l'impossibilité
S'y trouvoit, joint aussi le soin de sa santé.
Sa prévoyance alloit aussi loin que la nôtre :
Elle alloit jusqu'à leur porter
Vivres et grains pour subsister.
Puis, qu'un cartésien s'obstine
A traiter ce hibou de monstre et de machine !
Quel ressort lui pouvoit donner
Le conseil de tronquer un peuple mis en mue (1)?
Si ce n'est pas là raisonner,
La raison m'est chose inconnue.

(1) Enfermé pour être engraissé. On appelle *mue* une espece de cage longue, étroite et obscure, où l'on enferme la volaille pour l'engraisser : et lorsqu'on nourrit des chapons, des oisons, etc. dans cette cage, on dit qu'on les a mis en mue. Ainsi le hibou, qui vouloit nourrir ses souris pour les manger quand il en auroit envie, se servit du tronc caverneux d'un pin pour les y *mettre en mue*, dit La Fontaine. L'image est plaisante, et d'une justesse admirable.

Voyez que d'argumens il fit :
Quand ce peuple est pris, il s'enfuit ;
Donc il faut le croquer aussitôt qu'on le happe.
Tout ! il est impossible. Et puis pour le besoin
N'en dois-je point garder ? Donc il faut avoir soin
De le nourrir sans qu'il échappe.
Mais comment ? Otons-lui les pieds. Or trouvez-moi
Chose par les humains à sa fin mieux conduite !
Quel autre art de penser Aristote (2) et sa suite
Enseignent-ils, par votre foi (3) ?

(2) Chef d'une secte de philosophes, qu'on nomme aristotéliciens et péripatéticiens.

(3) Ceci n'est point une fable ; et la chose, quoique merveilleuse et presque incroyable, est véritablement arrivée. J'ai peut-être porté trop loin la prévoyance de ce hibou, car je ne prétends pas établir dans les bêtes un progrès de raisonnement tel que celui-ci ; mais ces exagérations sont permises à la poésie, sur-tout dans la maniere d'écrire dont je me sers. (*Note de La Fontaine.*)

ÉPILOGUE (1).

C'est ainsi que ma muse, aux bords d'une onde pure
Traduisoit en langue des dieux
Tout ce que disent sous les cieux
Tant d'êtres empruntant la voix de la nature.
Truchement de peuples divers,
Je les faisois servir d'acteurs en mon ouvrage :
Car tout parle dans l'univers ;
Il n'est rien qui n'ait son langage.
Plus éloquens chez eux qu'ils ne sont dans mes vers,
Si ceux que j'introduis me trouvent peu fidele,
Si mon œuvre n'est pas un assez bon modele,
J'ai du moins ouvert le chemin :
D'autres pourront y mettre une derniere main.
Favoris des neuf sœurs, achevez l'entreprise :
Donnez mainte leçon que j'ai sans doute omise ;
Sous ces inventions il faut l'envelopper ;
Mais vous n'avez que trop de quoi vous occuper ;
Pendant le doux emploi de ma muse innocente (2),
Louis dompte l'Europe ; et, d'une main puissante,
Il conduit à leur fin les plus nobles projets
Qu'ait jamais formé un monarque.
Favoris des neuf sœurs, ce sont là des sujets
Vainqueurs du tems et de la parque.

(1) Conclusion.

(2) Espece d'imitation de ces beaux vers de Virgile, qui font la conclusion de ses Géorgiques.

Hæc super arvorum cultu pecorumque canebam,
Et super arboribus, Cæsar dum magnus ad altum
Fulminat Euphratem bello, victorque volentes
Per populos dat jura, viamque affectat Olympo.
Illo Virgilium me tempore dulcis alebat
Parthenope, studiis florentem ignobilis oti.

FIN DU ONZIEME LIVRE.

A MONSEIGNEUR

LE DUC DE BOURGOGNE (1).

MONSEIGNEUR,

Je ne puis employer, pour mes fables, de protection qui me soit plus glorieuse que la vôtre. Ce goût exquis et ce jugement si solide que vous faites paroître dans toutes choses au-delà d'un âge où à peine les autres princes sont-ils touchés de ce qui les environne avec le plus d'éclat ; tout cela, joint au devoir de vous obéir et à la passion de vous plaire, m'a obligé de vous présenter un ouvrage dont l'original a été l'admiration de tous les siecles, aussi-bien que celle de tous les sages. Vous m'avez même ordonné de continuer ; et si vous me permettez de le dire, il y a des sujets dont je vous suis redevable, et où vous avez jeté des grâces

(1) Fils du dauphin fils unique de Louis XIV, et qui, dauphin ensuite lui-même, mourut âgé de trente ans, le 18 février 1712. Il laissa un fils qui, successeur de Louis XIV, porta le nom de Louis XV.

qui ont été admirées de tout le monde. Nous n'avons plus besoin de consulter ni Apollon, ni les Muses, ni aucune des divinités du Parnasse : elles se rencontrent toutes dans les présens que vous a faits la nature, et dans cette science de bien juger les ouvrages de l'esprit, à quoi vous joignez déjà celle de connoître toutes les regles qui y conviennent. Les fables d'Esope sont une ample matiere pour ces talens ; elles embrassent toutes sortes d'événemens et de caracteres. Ces mensonges sont proprement une maniere d'histoire où on ne flatte personne. Ce ne sont pas choses de peu d'importance que ces sujets : les animaux sont les précepteurs des hommes dans mon ouvrage. Je ne m'étendrai pas davantage là-dessus : vous voyez mieux que moi le profit qu'on en peut tirer. Si vous vous connoissez maintenant en orateurs et en poëtes, vous vous connoîtrez encore mieux quelque jour en bons politiques et en bons généraux d'armes, et vous vous tromperez aussi peu au choix des personnes, qu'au mérite des actions. Je ne suis pas d'un âge à espérer d'en être témoin. Il faut que je me contente de travailler sous vos ordres. L'envie de vous plaire me tiendra lieu d'une imagination que les ans ont affoiblie : quand vous souhaiterez quelque fable, je la trouverai dans ce fonds-là. Je voudrois bien que vous y pussiez trouver des louanges dignes du monarque (2) qui fait maintenant le destin de tant de peuples et de nations, et qui rend toutes les parties du monde attentives à ses conquêtes, à ses victoires, et à la paix qui semble se rapprocher, et dont il impose les conditions avec toute la modération que peuvent souhaiter nos ennemis. Je me le figure comme un conquérant qui veut mettre des bornes à sa gloire et à sa puissance, et de qui on pourroit dire, à meilleur titre,

(2) Louis XIV, son aïeul.

qu'on ne l'a dit d'Alexandre, qu'il va tenir les états de l'univers, en obligeant les ministres de tant de princes de s'assembler pour terminer une guerre qui ne peut être que ruineuse à leurs maîtres. Ce sont des sujets au-dessus de nos paroles : je les laisse à de meilleures plumes que la mienne, et suis avec un profond respect,

MONSEIGNEUR,

Votre très-humble, très-obéissant, et très-fidele serviteur,

DE LA FONTAINE.

LIVRE

LIVRE DOUZIEME.

I. *Les Compagnons d'Ulysse.*

A MGR LE DUC DE BOURGOGNE.

Priuce, l'unique ob'et du soin des immortels,
Souffrez que mon eucens parfume vos autels.
Je vous offre un peu tard ces présens de ma muse:
Les ans et les travaux me serviront d'excuse.
Mon esprit diminue: au lieu qu'à chaque instant
On apperçoit le vôtre aller en augmentant;
l ne va pas, il court; il semble avoir des aîles.
Le héros (1) dont il tient des qualités si belles,
ans le métier de Mars brûle d'en faire autant:
l ne tient pas à lui que, forçant la victoire,
Il ne marche à pas de géant
Dans la carriere de la gloire.
uelque dieu le retient: c'est notre souverain,
ui qu'un mois a rendu maître et vainqueur du Rhin;
Cette rapidité fut alors nécessaire;

(1) Louis dauphin, fils du roi Louis XIV.

Peut-être elle seroit aujourd'hui téméraire.
Je m'en tais : aussi-bien les ris et les amours
Ne sont pas soupçonnés d'aimer les longs discours.
De ces sortes de dieux votre cour se compose ;
Ils ne vous quittent point. Ce n'est pas qu'après tout,
D'autres divinités n'y tiennent le haut bout :
Le sens et la raison y reglent toute chose.
Consultez ces derniers sur un fait où les Grecs,
Imprudens et peu circonspects,
S'abandonnerent à des charmes
Qui métamorphosoient en bêtes les humains.
Les compagnons d'Ulysse (2), après dix ans d'alarmes,
Erroient au gré du vent, de leur sort incertains.
Ils aborderent un rivage
Où la fille du dieu du jour,
Circé, tenoit alors sa cour.
Elle leur fit prendre un breuvage
Délicieux, mais plein d'un funeste poison.
D'abord ils perdent la raison ;
Quelques momens après, leur corps et leur visage
Prennent l'air et les traits d'animaux différens :
Les voilà devenus ours, lions, éléphans ;
Les uns sous une masse énorme,
Les autres sous une autre forme ;
Il s'en vit de petits, *exemplum ut talpa.*
Le seul Ulysse en échappa ;
Il sut se défier de la liqueur traîtresse.
Comme il joignit à la sagesse
La mine d'un héros et les doux entretien,
Il fit tant, que l'enchanteresse
Prit un autre poison peu différent du sien.
Une déesse dit tout ce qu'elle a dans l'ame ;
Celle-ci déclara sa flamme.
Ulysse étoit trop fin pour ne pas profiter
D'une pareille conjoncture :
Il obtint qu'on rendroit à ces Grecs leur figure.

(2) Le reste des soldats qu'il avoit amenés au siege de Troie, et qu'il tâchoit de ramener à Itaque.

Mais la voudront-ils bien, dit la nymphe, accepter?
Allez le proposer de ce pas à la troupe.
Ulysse y court, et dit : L'empoisonneuse coupe
A son remede encore ; et je viens vous l'offrir :
Chers amis, voulez-vous hommes redevenir ?
On vous rend déjà la parole.
Le lion dit, pensant rugir :
Je n'ai pas la tête si folle.
Moi renoncer aux dons que je viens d'acquérir !
J'ai griffe et dents, et mets en pieces qui m'attaque ;
Je suis roi ; deviendrai-je un citadin d'Itaque (3) !
Tu me rendras peut-être encor simple soldat :
Je ne veux point changer d'état.
Ulysse du lion court à l'ours : Eh ! mon frere,
Comme te voilà fait : je t'ai vu si joli !
Ah ! vraiment nous y voici,
Reprit l'ours à sa maniere :
Comme me voilà fait ! comme doit être un ours.
Qui t'a dit qu'une forme est plus belle qu'une autre?
Est-ce à la tienne à juger de la nôtre ?
Je m'en rapporte aux yeux d'une ourse mes amours.
Te déplais-je ? va-t-en ; suis ta route, et me laisse.
Je vis libre, content, sans nul soin qui me presse ;
Et te dis tout net et tout plat :
Je ne veux point changer d'état.
Le prince grec au loup va proposer l'affaire ;
Il lui dit, au hasard d'un semblable refus :
Camarade, je suis confus
Qu'une jeune et belle bergere
Conte aux échos les appétits gloutons
Qui t'ont fait manger ses moutons.
Autrefois on t'eût vu sauver sa bergerie,
Tu menois une honnête vie.
Quitte ces bois, et redeviens,
Au lieu de loup, homme de bien.
En est-il ? dit le loup : pour moi, je n'en vois guere.
Tu t'en viens me traiter de bête carnassiere ;

(3) Petite île où régnoit Ulysse.

Toi qui parles, qu'es-tu? N'auriez-vous pas, sans
moi,
Mangé ces animaux que plaint tout le village?
Si j'étois homme, par ta foi,
Aimerois-je moins le carnage?
Pour un mot quelquefois vous vous étranglez tous:
Ne vous êtes-vous pas l'un à l'autre des loups?
Tout bien considéré, je te soutiens en somme
Que scélérat pour scélérat,
Il vaut mieux être un loup qu'un homme:
Je ne veux point changer d'état.
Ulysse fit à tous une même semonce:
Chacun d'eux fit même réponse,
Autant le grand que le petit.
La liberté, les bois, suivre leur appétit,
C'étoit leurs délices suprêmes;
Tous renonçoient au lot des belles actions.
Ils croyoient s'affranchir suivant leurs passions:
Ils étoient esclaves d'eux-mêmes.
Prince, j'aurois voulu vous choisir un sujet
Où je pusse mêler le plaisant à l'utile:
C'étoit sans doute un beau projet,
Si ce choix eût été facile.
Les compagnons d'Ulysse enfin se sont offerts:
Ils ont force pareils en ce bas univers,
Gens à qui j'impose pour peine
Votre censure et votre haine.

II. *Le Chat et les deux Moineaux.*

A Mr LE DUC DE BOURGOGNE.

Un chat contemporain d'un fort jeune moineau,
Fut logé près de lui dès l'âge du berceau :
La cage et le panier avoient mêmes pénates.
Le chat étoit souvent agacé par l'oiseau :
L'un s'escrimoit du bec ; l'autre jouoit des pattes.
Ce dernier toutefois épargnoit son ami,
Ne le corrigeant qu'à demi :
Il se fût fait un grand scrupule
D'armer de pointes sa férule.
Le passereau, moins circonspect,
Lui donnoit force coups de bec.
En sage et discrete personne,
Maître chat excusoit ces jeux :
Entre amis il ne faut jamais qu'on s'abandonne
Aux traits d'un courroux sérieux.
Comme ils se connoissoient tous deux dès leur bas
âge,
Une longue habitude en paix les maintenoit ;
Jamais en vrai combat le jeu ne se tournoit ;
Quand un moineau du voisinage

S'en vint les visiter, et se fit compagnon
Du pétulant pierrot et du sage raton.
Entre les deux oiseaux il arriva querelle;
Et raton de prendre parti :
Cet inconnu, dit-il, nous la vient donner belle,
D'insulter ainsi notre ami!
Le moineau du voisin viendra manger le nôtre!
Non, de par tous les chats! Entrant lors au combat,
Il croque l'étranger. Vraiment, dit maître chat,
Les moineaux ont un goût exquis et délicat!
Cette réflexion fit aussi croquer l'autre.
Quelle morale puis-je inférer de ce fait?
Sans cela, toute fable est un œuvre imparfait.
J'en crois voir quelques traits; mais leur ombre m'abuse.
Prince, vous les aurez incontinent trouvés:
Ce sont des jeux pour vous, et non point pour ma muse:
Elle et ses sœurs n'ont pas l'esprit que vous avez.

III. *Le Thésauriseur et le Singe.*

Un homme accumuloit. On sait que cette erreur
Va souvent jusqu'à la fureur.
Celui-ci ne songeoit que ducats et pistoles.

Quand ces biens sont oisifs, je tiens qu'ils sont frivoles.
Pour sûreté de son trésor,
Notre avare habitoit un lieu dont Amphitrite
Défendoit aux voleurs de toutes parts l'abord.
Là, d'une volupté selon moi fort petite,
Et selon lui fort grande, il entassoit toujours :
Il passoit les nuits et les jours
A compter, calculer, supputer sans relâche,
Calculant, supputant, comptant comme à la tâche ;
Car il trouvoit toujours de mécompte à son fait.
Un gros singe, plus sage, à mon sens, que son maître,
Jetoit quelques doublons toujours par la fenêtre,
Et rendoit le compte imparfait :
La chambre bien cadenacée
Permettoit de laisser l'argent sur le comptoir.
Un beau jour don Bertrand se mit dans la pensée
D'en faire un sacrifice au liquide manoir (1).
Quant à moi, lorsque je compare
Les plaisirs de ce singe à ceux de cet avare,
Je ne sais bonnement auquel donner le prix :
Don Bertrand gagneroit près de certains esprits ;
Les raisons en seroient trop longues à déduire.
Un jour donc l'animal, qui ne songeoit qu'à nuire,
Détachoit du monceau tantôt quelque doublon,
Un jacobus, un ducaton,
Et puis quelque noble à la rose ;
Eprouvoit son adresse et sa force à jeter
Ces morceaux de métal qui se font souhaiter
Par les humains sur toute chose.
S'il n'avoit entendu son compteur à la fin
Mettre la clef dans la serrure,
Les ducats auroient tous pris même chemin,
Et couru la même aventure ;
Il les auroit fait tous voler jusqu'au dernier
Dans le gouffre enrichi par maint et maint naufrage.
Dieu veuille préserver maint et maint financier
Qui n'en fait pas meilleur usage !

(1) Expression antique et poétique, pour dire la mer.

IV. *Les deux Chevres.*

Dès que les chevres ont brouté,
Certain esprit de liberté
Leur fait chercher fortune : elles vont en voyage
Vers les endroits du pâturage
Les moins fréquentés des humains,
Là, s'il est quelque lieu sans route et sans chemins,
Un rocher, quelque mont pendant et précipices,
C'est où ces dames vont promener leurs caprices ;
Rien ne peut arrêter cet animal grimpant.
Deux chevres donc s'émancipant,
Toutes deux ayant patte blanche,
Quitterent les bas prés, chacune de sa part :
L'une vers l'autre alloit pour quelque bon hasard.
Un ruisseau se rencontre, et pour pont une planche.
Deux belettes à peine auroient passé de front
Sur se pont.
D'ailleurs, l'onde rapide et le ruisseau profond
Devoient faire trembler de peur ces amazones.
Malgré tant de dangers, l'une de ces personnes
Pose un pied sur la planche, et l'autre en fait autant.
Je m'imagine voir, avec Louis le Grand,
Philippe quatre qui s'avance

Dans l'île de la Conférence (1).
Ainsi s'avançoient pas à pas,
Nez à nez, nos aventurieres,
Qui, toutes deux étant fort fieres,
Vers le milieu du pont ne se voulurent pas
L'une à l'autre céder. Elles avoient la gloire
De compter dans leur race, à ce que dit l'histoire,
L'une, certaine chevre, au mérite sans pair,
Dont Polyphême (2) fit présent à Galathée;
Et l'autre, la chevre Amalthée
Par qui fut nourri Jupiter.
Faute de reculer, leur chûte fut commune,
Toutes deux tomberent dans l'eau.
Cet accident n'est pas nouveau
Dans le chemin de la fortune.

(1) Près de Saint-Jean-de-Luz, où la paix entre Louis XIV et Philippe IV fut signée en 1659.

(2) Fameux cyclope, amant de la nymphe Galathée.

A MGR LE DUC DE BOURGOGNE,

Qui avoit demandé à M. de La Fontaine une fable qui fut nommée LE CHAT ET LA SOURIS.

Pour plaire au jeune prince à qui la renommée
Destine un temple en mes écrits,
Comment composerai-je une fable nommée
Le chat et la souris?
Dois-je représenter dans ces vers une belle
Qui, douce en apparence, et toutefois cruelle,
Va se jouant des cœurs que ses charmes ont pris,
Comme le chat de la souris?
Prendrai-je pour sujet les jeux de la fortune?
Rien ne lui convient mieux: et c'est chose commune
Que de lui voir traiter ceux qu'on croit ses amis,
Comme le chat fait la souris.
Introduirai-je un roi qu'entre ses favoris

Elle respecte seul, roi qui fixe sa roue,
Qui n'est point empêché d'un monde d'ennemis,
Et qui des plus puissans, quand il lui plaît, se joue
Comme le chat de la souris?
Mais insensiblement, dans le tour que j'ai pris,
Mon dessein se rencontre; et, si je ne m'abuse,
Je pourrois tout gâter par de plus longs récits:
Le jeune prince alors se joueroit de ma muse
Comme le chat de la souris.

V. *Le vieux Chat et la jeune Souris.*

Une jeune souris, de peu d'expérience,
Crut fléchir un vieux chat, implorant sa clémence;
Et payant de raisons le Raminagrobis:
Laissez-moi vivre; une souris
De ma taille et de ma dépense
Est-elle à charge en ce logis?
Affamerois-je à votre avis,
L'hôte, l'hôtesse, et tout le monde?
D'un grain de blé je me nourris:
Une noix me rend toute ronde.
A présent je suis maigre, attendez quelque tems:
Réservez ce repas à messieurs vos enfans.

Ainsi parloit au chat la souris attrapée.
L'autre lui dit : Tu t'es trompée :
Est-ce à moi que l'on tient de semblables discours?
Tu gagnerois autant de parler à des sourds.
Chat, et vieux, pardonner ! cela n'arrive gueres.
Selon ces lois, descends là-bas,
Meurs, et va-t-en tout de ce pas
Haranguer les sœurs filandieres,
Mes enfans trouveront assez d'autres repas.
Il tint parole. Et pour ma fable
Voici le sens moral qui peut y convenir :
La jeunesse se flatte, et croit tout obtenir ;
La vieillesse est impitoyable.

VI. *Le Cerf malade.*

En pays plein de cerfs un cerf tomba malade.
Incontinent maint camarade
Accourt à son grabat le voir, le secourir,
Le consoler du moins : multitude importune.
Et messieurs, laissez-moi mourir :
Permettez qu'en forme commune
La parque m'expédie, et finissez vos pleurs.
Point du tout ; les consolateurs

De ce triste devoir tout au long s'acquitterent;
Quand il plut à Dieu s'en allerent;
Ce ne fut pas sans boire un coup,
C'est-à-dire, sans prendre un droit de pâturage.
Tout se mit à brouter les bois du voisinage.
La pitance du cerf en déchut de beaucoup.
Il ne trouva plus rien à frire :
D'un mal il tomba dans un pire,
Et se vit réduit à la fin
A jeûner et mourir de faim.
Il en coûte à qui vous réclame,
Médecins du corps et de l'ame.
O tems ! ô mœurs ! j'ai beau crier,
Tout le monde se fait payer.

VII. *La Chauve-Souris, le Buisson et le Canard.*

Le buisson, le canard et la chauve-souris,
Voyant tous trois qu'en leur pays
Ils faisoient petite fortune,
Vont trafiquer au loin, et font bourse commune.
Ils avoient des comptoirs, des facteurs, des agens
Non moins soigneux qu'intelligens,
Des registres exats de mise et de recette.
Tout alloit bien : quand leur emplette

En

En passant par certains endroits
Remplis d'écueils et fort étroits,
Et de trajet très-difficile,
Alla tout emballée au fond des magasins
Qui du Tartare (1) sont voisins.
Notre trio poussa maint regret inutile;
Ou plutôt il n'en poussa point :
Le plus petit marchand est savant sur ce point;
Pour sauver son crédit, il faut cacher sa perte.
Celle que, par malheur, nos gens avoient soufferte
Ne put se réparer; le cas fut découvert.
Les voilà sans crédit, sans argent, sans ressource,
Prêts à porter le bonnet vert (2).
Aucun ne leur ouvrit sa bourse.
Et le sort principal, et les gros intérêts,
Et les sergens et les procès,
Et le créancier à la porte
Dès devant la pointe du jour,
N'occupoient le trio qu'à chercher maint détour
Pour contenter cette cohorte.
Le buisson accrochoit les passans à tous coups.
Messieurs, leur disoit-il, de grace, apprenez-nous
En quel lieu sont les marchandises
Que certains gouffres nous ont prises?
Le plongeon sous les eaux s'en alloit les chercher.
L'oiseau chauve-souris n'osoit plus approcher,
Pendant le jour nulle demeure;
Suivi de sergens à toute heure,
En des trous il s'alloit cacher.
Je connois maint detteur, qui n'est ni souris-chauve,
Ni buisson, ni canard, ni dans tel cas tombé,
Mais simple grand seigneur, qui tous les jours se sauve
Par un escalier dérobé.

(1) C'est-à-dire, au fond des eaux. Tartare, l'un des noms dont les poëtes se servent pour désigner les enfers.
(2) Qu'autrefois les banqueroutiers étoient obligés de porter.

VIII. *La querelle des Chiens et des Chats, et celle des Chats et des Souris.*

La discorde a toujours régné dans l'univers;
Notre monde en fournit mille exemples divers:
Chez nous cette déesse a plus d'un tributaire.
Commençons par les élémens;
Vous serez étonné de voir qu'à tous momens
Ils seront appointés contraire.
Outre ces quatre potentats,
Combien d'êtres de tous états
Se font une guerre éternelle!
Autrefois un logis plein de chiens et de chats,
Par cent arrêts rendus en forme solemnelle,
Vit terminer tous leurs débats.
Le maître ayant réglé leurs emplois, leurs repas,
Et menacé du fouet quiconque auroit querelle,
Ces animaux vivoient entre eux comme cousins.
Cette union si douce, et presque fraternelle,
Edifioit tous les voisins.
Enfin elle cessa. Quelque plat de potage,
Quelque os, par préférence, à quelqu'un d'eux donné,

Fit que l'autre parti s'en vint tout forcené
Représenter un tel outrage.
J'ai vu des chroniqueurs attribuer le cas
Aux passe-droits qu'avoit une chienne en gésine.
Quoi qu'il en soit, cet altercas
Mit en combustion la salle et la cuisine :
Chacun se déclara pour son chat, pour son chien.
On fit un réglement dont les chats se plaignirent,
Et tout le quartier étourdirent.
Leur avocat disoit qu'il falloit bel et bien
Recourir aux arrêts. En vain ils les chercherent
Dans un coin où d'abord leurs agens les cacherent;
Les souris enfin les mangerent.
Autre procès nouveau. Le peuple souriquois
En pâtit : maint vieux chat, fin, subtil et narquois,
Et d'ailleurs en voulant à toute cette race,
Les guetta, les prit, fit main basse.
Le maître du logis ne s'en trouva que mieux.
J'en reviens à mon dire. On ne voit sous les cieux
Nul animal, nul être, aucune créature,
Qui n'ait son opposé; c'est la loi de nature.
D'en chercher la raison, ce sont soins superflus.
Dieu fit bien ce qu'il fit, et je n'en sais pas plus.
Ce que je sais, c'est qu'aux grosses paroles
On en vient, sur un rien, plus des trois quarts du tems.
Humains, il vous faudroit encore à soixante ans
Renvoyer chez les Barbacoles (1).

(1) Comme de petits enfans, qui, toujours prêts à s'emporter et à se quereller fort sérieusement pour de pures bagatelles, doivent être corrigés de cette humeur rioteuse par leurs maîtres, que La Fontaine nomme *Barbacoles :* terme plaisant et burlesque, emprunté des Italiens qui l'ont inventé pour désigner un maître d'école qui, pour se rendre plus vénérable à ses écoliers, porte une longue barbe *barbam colit.*

IX. *Le Loup et le Renard.*

D'où vient que personne en la vie (1)
N'est satisfait de son état?
Tel voudroit bien être soldat,
A qui le soldat porte envie.
Certain renard voulut, dit-on,
Se faire loup. Hé! qui peut dire
Que pour le métier de mouton
Jamais aucun loup ne soupire?
Ce qui m'étonne est qu'à huit ans
Un prince (2) en fable ait mis la chose,
Pendant que sous mes cheveux blancs
Je fabrique à force de tems
Des vers moins sensés que sa prose.
Les traits dans sa fable semés
Ne sont en l'ouvrage du poëte
Ni tous, ni si bien exprimés:

(1) Légere imitation du commencement de la premiere satyre d'Horace:

Quî fit, Mæcenas, ut nemo quam sibi sortem
Seu ratio dederit, seu fors objecerit, illâ
Contentus vivat, laudet diversa sequentes?

(2) Monseigneur le duc de Bourgogne.

Sa louange en est plus complette.
De la chanter sur la musette,
C'est mon talent ; mais je m'attends
Que mon héros, dans peu de tems,
Me fera prendre la trompette.
Je ne suis pas un grand prophete ;
Cependant je lis dans les cieux
Que bientôt ses faits glorieux
Demanderont plusieurs Homeres :
Et ce tems-ci n'en produit gueres.
Laissant à part tous ces mysteres,
Essayons de conter la fable avec succès.
Le renard dit au loup : Notre cher, pour tout mets
J'ai souvent un vieux coq, ou de maigres poulets ;
C'est une viande qui me lasse.
Tu fais meilleure chere avec moins de hasard.
J'approche des maisons, tu te tiens à l'écart.
Apprends-moi ton métier, camarade, de grace ;
Rends-moi le premier de ma race
Qui fournisse son croc de quelque mouton gras :
Tu ne me mettras point au nombre des ingrats.
Je le veux, dit le loup : il m'est mort un mien frere ;
Allons prendre sa peau, tu t'en revêtiras.
Il vint ; et le loup dit : Voici comme il faut faire,
Si tu veux écarter les mâtins du troupeau.
Le renard ayant mis la peau ;
Répétoit les leçons que lui donnoit son maître.
D'abord il s'y prit mal, puis un peu mieux, puis bien,
Puis enfin il n'y manqua rien.
A peine il fut introduit autant qu'il pouvoit l'être,
Qu'un troupeau s'approcha. Le nouveau loup y court,
Et répand la terreur dans les lieux d'alentour.
Tel, vêtu des armes d'Achille,
Patrocle (3) mit l'alarme au camp et dans la ville :
Meres, brus et vieillards, au temple couroient tous :
L'ost du peuple bêlant crut voir cinquante loups ;

(3) Prince grec, ami d'Achille. Il fut tué et dépouillé des armes d'Achille par Hector.

Chien, berger et troupeau, tout fuit vers le village;
Et laisse seulement une brebis pour gage.
Le larron s'en saisit. A quelques pas de là,
Il entendit chanter un coq du voisinage.
Le disciple aussitôt droit au coq s'en alla,
Jetant bas sa robe de classe,
Oubliant les brebis, les leçons, le régent,
Et courant d'un pas diligent.
Que sert-il qu'on se contrefasse?
Prétendre ainsi changer est une illusion:
L'on reprend sa premiere trace
A la premiere occasion.
De votre esprit, que nul autre n'égale,
Prince, ma muse tient tout entier ce projet:
Vous m'avez donné le sujet,
Le dialogue et la morale.

X. *L'Ecrevisse et sa Fille.*

Les sages quelquefois, ainsi que l'écrevisse,
Marchent à reculons, tournent le dos au port.
C'est l'art des matelots: c'est aussi l'artifice
De ceux qui, pour couvrir quelque puissant effort,
Envisagent un point directement contraire,

Et font vers ce lieu-là courir leur adversaire.
Mon sujet est petit, cet accessoire est grand :
Je pourrois l'appliquer à certain conquérant
Qui tout seul déconcerte une ligue à cent têtes.
Ce qu'il n'entreprend pas, et ce qu'il entreprend,
N'est d'abord qu'un secret, puis devient des conquêtes.
En vain l'on a des yeux sur ce qu'il veut cacher,
Ce sont arrêts du sort qu'on ne peut empêcher :
Le torrent à la fin devient insurmontable.
Cent dieux sont impuissans contre un seul Jupiter.
Louis et le destin me semblent de concert
Entraîner l'univers. Venons à notre fable.
Mere écrevisse un jour à sa fille disoit :
Comme tu vas, bon dieu ! ne peux-tu marcher droit?
Et comme vous allez vous-même, dit la fille :
Puis-je autrement marcher que ne fait ma famille ?
Veut-on que j'aille droit quand on y va tortu?
Elle avoit raison : la vertu
De tout exemple domestique
Est universelle, et s'applique
En bien, en mal, en tout ; fait des sages, des sots ;
Beaucoup plus de ceux-ci. Quand à tourner le dos
A son but, j'y reviens ; la méthode en est bonne,
Sur-tout au métier de Bellone (1) :
Mais il faut le faire à propos.

(1) A la guerre. Bellone étoit déesse de la guerre.

XI. *L'Aigle et la Pie.*

L'Aigle, reine des airs, avec margot la pie,
Différentes d'humeurs, de langage et d'esprit,
Et d'habit,
Traversoient un bout de prairie.
Le hasard les assemble en un coin détourné.
L'agace eut peur; mais l'aigle, ayant fort bien dîné,
La rassure et lui dit : Allons de compagnie;
Si le maître des dieux assez souvent s'ennuie,
Lui qui gouverne l'univers,
J'en puis bien faire autant, moi qu'on sait qui le sers.
Entretenez-moi donc, et sans cérémonie.
Caquet-bon-bec alors de jaser au plus dru,
Sur ceci, sur cela, sur tout. L'homme d'Horace (1),
Disant le bien, à travers champ, n'eût su
Ce qu'en fait de babil y savoit notre agace.
Elle offre d'avertir de tout ce qui se passe,
Sautant, allant de place en place,
Bon espion, Dieu sait. Son offre ayant déplu,
L'aigle lui dit tout en colere :

(1) Le bon Vultelus, comme dit Horace :
Dicenda, tacenda locutus.
Lib. I, epit. 7.

Ne quittez point votre séjour,
Caquet-bon-bec, ma mie, adieu; je n'ai que faire
D'une babillarde à ma cour:
C'est un fort méchant caractere.
Margot ne demandoit pas mieux.
Ce n'est pas ce qu'on croit que d'entrer chez les dieux:
Cet honneur a souvent de mortelles angoisses.
Rediseurs, espions, gens à l'air gracieux,
Au cœur tout différent, s'y rendent odieux:
Quoiqu'ainsi que la pie il faille dans ces lieux
Porter habit de deux paroisses (2).

(2) Etre toujours prêt à jouer divers personnages directement opposés.

XII. *Le Roi, le Milan et le Chasseur.*

A SON ALT. SÉR. MGR LE PRINCE DE CONTI.

Comme les dieux sont bons, ils veulent que les rois
Le soient aussi: c'est l'indulgence
Qui fait le plus beau de leurs droits,
Non les douceurs de la vengeance.
Prince, c'est votre avis. On sait que le courroux
S'éteint en votre cœur sitôt qu'on l'y voit naître.

Achille, qui du sien ne put se rendre maître,
Fut par-là moins héros que vous.
Ce titre n'appartient qu'à ceux d'entre les hommes
Qui, comme en l'âge d'or, font cent biens ici-bas.
Peu de grands sont nés tels en cet âge où nous sommes:
L'univers leur sait gré du mal qu'ils ne font pas.
Loin que vous suiviez ces exemples,
Mille actes généreux vous promettent des temples:
Apollon, citoyen de ces augustes lieux,
Prétend y célébrer votre nom sur sa lyre.
Je sais qu'on vous attend dans le palais des dieux:
Un siecle de séjour doit ici vous suffire.
Hymen veut séjourner tout un siecle chez vous.
Puissent ses plaisirs les plus doux
Vous composer des destinées
Par ce tems à peine bornées!
Et la princesse (1) et vous n'en méritez pas moins:
J'en prends ses charmes pour témoins;
Pour témoins j'en prends les merveilles
Par qui le ciel, pour vous prodigue en ses présens,
De qualités qui n'ont qu'en vous seul leurs pareilles
Voulut orner vos jeunes ans.
Bourbon de son esprit ses graces assaisonne;
Le ciel joignit en sa personne
Ce qui sait se faire estimer
A ce qui sait se faire aimer:
Il ne m'appartient pas d'étaler votre joie:
Je me tais donc, et vais rimer
Ce que fit un oiseau de proie (2).

(1) Fille légitime de Louis XIV, mariée en 1680.

(2) A la suite de ce vers, on trouve dans l'édition de 1729 ceux-ci :

Je change un peu la chose. Un peu! j'y change tout.
La critique en cela me va pousser à bout,
Car c'est une étrange femelle :
Rien ne nous sert d'entrer en raison avec elle.
Elle va m'alléguer que tout fait est sacré;
Je n'en disconviens pas, et me sais pourtant gré
D'altérer celui-ci; c'est à cette licence

Un milan, de son nid antique possesseur,
Etant pris vif par un chasseur,
D'en faire au prince un don cet homme se propose.
La rareté du fait donnoit prix à la chose.
L'oiseau, par le chasseur humblement présenté,
Si ce conte n'est apocryphe,
Va tout droit imprimer sa griffe
Sur le nez de sa majesté.....
Quoi ! sur le nez du roi? — Du roi même en personne. —
Il n'avoit donc alors ni sceptre ni couronne ? —
Quand il en auroit eu, ç'auroit été tout un :
Le nez royal fut pris comme un nez du commun.
Dire des courtisans les clameurs et la peine
Seroit se consumer en efforts impuissans.
Le roi n'éclata point : les cris sont indécens
A la majesté souveraine.
L'oiseau garda son poste : on ne put seulement
Hâter son départ d'un moment.
Son maître le rappelle, et crie et se tourmente,
Lui présente le leurre et le poing, mais en vain.
On crut que jusqu'au lendemain
Le maudit animal à la serre insolente
Nicheroit là malgré le bruit,
Et sur le nez sacré voudroit passer la nuit.
Tâcher de l'en tirer irritoit son caprice.
Il quitte enfin le roi, qui dit : laissez aller
Ce milan, et celui qui m'a cru régaler.
Ils se sont acquittés tous deux de leur office,

Que je dois l'acte de clémence
Par qui je donne aux rois des leçons de bonté.
Tous ne ressemblent pas aux nôtres :
Le monde est un marchand mêlé ;
L'on y voit de l'un et de l'autre.
Ici-bas le beau ni le bon
Ne sont estimés tels que par comparaison.
Louis seul est incomparable :
Je ne lui donne point un éloge affecté ;
L'on sait que j'ai toujours entremêlé la fable
De quelques traits de vérité.
Revenons à l'oiseau, le fait est mémorable.

L'un en milan, et l'autre en citoyen des bois:
Pour moi, qui sais comment doivent agir les rois,
Je les affranchis du supplice.
Et la cour d'admirer. Les courtisans ravis
Elevent de tels faits par eux si mal suivis:
Bien peu, même des rois, prendroient un tel modele;
Et le veneur l'échappa belle;
Coupables seulement, tant lui que l'animal,
D'ignorer le danger d'approcher trop du maître,
Ils n'avoient appris à connoître
Que les hôtes des bois; étoit-ce un si grand mal?
(3) Pilpay fait près du Gange arriver l'aventure (4).
Là, nulle humaine créature
Ne touche aux animaux pour le sang épancher!
Le roi même feroit scrupule d'y toucher.
Savons-nous, disent-ils, si cet oiseau de proie
N'étoit point au siege de Troie?
Peut-être y tient-il lieu d'un prince ou d'un héros
Des plus huppés et des plus hauts:
Ce qu'il fut autrefois il pourra l'être encore.
Nous croyons, après Pythagore (5),
Qu'avec les animaux de forme nous changeons;
Tantôt milans, tantôt pigeons,
Tantôt humains, puis volatiles,
Ayant dans les airs leurs familles.
Comme l'on conte en deux façons
L'accident du chasseur, voici l'autre maniere.
Un certain fauconnier ayant pris, ce dit-on,
A la chasse un milan (ce qui n'arrive guere),
En voulut au roi faire un don,
Comme de chose singuliere:

(3) Au lieu de ce vers, on y trouve les quatre suivans:
Si je craignois quelque censure,
Je citerois Pilpay touchant cette aventure;
Ses récits en ont l'air: il me seroit aisé
De la tirer d'un lieu par le Gange arrosé.

(4) Auteur indien. Voyez ci-dessus ce que La Fontaine en dit dans un avertissement, en tête du Livre VII.

(5) Philosophe, qui a cru que les ames passoient dans les corps de différens animaux.

Ce cas n'arrive pas quelquefois en cent ans;
C'est le *non plus ultrà* (6) de la fauconnerie.
Ce chasseur perce donc un gros de courtisans,
Plein de zele; échauffé, s'il le fut de sa vie.
Par ce parangon des présens,
Il croyoit sa fortune faite,
(7) Quand l'animal porte-sonnette,
Sauvage encore et tout grossier,
Avec ses ongles tout d'acier,
Prend le nez du chasseur, happe le pauvre sire.
Lui de crier, chacun de rire,
Monarque et courtisans. Qui n'eût ri? Quant à moi,
Je n'en eusse quitté ma part pour un empire.
Qu'un pape rie, en bonne foi,
Je ne l'ose assurer; mais je tiendrois un roi
Bien malheureux s'il n'ose rire:
C'est le plaisir des dieux. Malgré son noir souci,
Jupiter et le peuple immortel rit aussi (8):
Il en fit des éclats, à ce que dit l'histoire,
Quand Vulcain, clopinant, lui vint donner à boire.
Que le peuple immortel se montrât sage ou non,
J'ai changé mon sujet avec juste raison;
Car, puisqu'il s'agit de morale,
Que nous eût du chasseur l'aventure fatale
Enseigné de nouveau? L'on a vu de tout tems
Plus de sots fauconniers que de rois indulgens.

(6) Le cas le plus rare, le plus extraordinaire.
(7) Les quatre vers suivans sont remplacés par ceux-ci:
Lorsque sur ce chasseur l'animal se rejette,
Et de ses ongles tout d'acier,
Sauvage encor et tout grossier,
Happe le nez du pauvre sire.
(8) Les trois vers suivans sont remplacés par ces cinq:
C'est le plaisir des dieux. Jupiter rit aussi,
Bien qu'Homere en ces vers lui donne un noir souci:
Ce poëte assure en son histoire
Qu'un ris inextinguible en Olympe éclata,
Petit ni grand n'y résista....

XIII. *Le Renard, les Mouches et le Hérisson.*

Aux traces de son sang un vieux hôte des bois,
Renard fin, subtil et matois,
Blessé par des chasseurs, et tombé dans la fange,
Autrefois attira ce parasite ailé,
Que nous avons mouche appelé.
Il accusoit les dieux, et trouvoit fort étrange
Que le sort à tel point le voulût affliger,
Et le fît aux mouches manger.
Quoi ! se jeter sur moi, sur moi, le plus habile
De tous les hôtes des forêts !
Depuis quand les renards sont-ils un si bon mets ?
Et que me sert ma queue ? est-ce un poids inutile ?
Va, le ciel te confonde, animal importun !
Que ne vis-tu sur le commun ?
Un hérisson du voisinage,
Dans mes vers nouveau personnage,
Voulut le délivrer de l'importunité
Du peuple plein d'avidité :
Je les vais de mes dards enfiler par centaines,
Voisin renard, dit-il, et terminer tes peines.

Garde-t-en bien, dit l'autre ; ami, ne le fais pas :
Laisse-les, je te prie, achever leur repas.
Ces animaux sont sous ; une troupe nouvelle
Viendroit fondre sur moi, plus âpre et plus cruelle ;
Nous ne trouvons que trop de mangeurs ici-bas :
Ceux-ci sont courtisans, ceux-là sont magistrats.
Aristote appliquoit cet apologue aux hommes.
Les exemples en sont communs,
Sur-tout au pays où nous sommes.
Plus telles gens sont pleins (1), moins ils sont importuns.

(1) On fait un conte qui, vrai ou faux, peut servir également à illustrer cette ancienne fable. Un riche financier, qui s'étoit engraissé des malheurs de la France sous le regne de Louis XIV, se trouvant un jour à la campagne, comme il se promenoit dans ses jardins délicieux, ordre lui vint de se démettre de son emploi. Surpris de cette nouvelle, il dit à celui qui la lui annonçoit : « J'en suis fâché ; car après avoir fait mes affaires, » j'allois faire celles du roi. » « Cela étant, auroit pu » dire le roi, je révoque mon ordre ; je lui rends son » emploi, de peur que celui que je nommerois à sa » place, tout prêt à l'imiter, ne songeât d'abord qu'à » piller les revenus de la couronne, qu'à s'enrichir à » mes dépens. »

XIV. *L'Amour et la Folie.*

Tout est mystere dans l'amour,
Ses fleches, son carquois, son flambeau, son enfance ;
Ce n'est pas l'ouvrage d'un jour
Que d'épuiser cette science.
Je ne prétends donc point tout expliquer ici :
Mon but est seulement de dire à maniere,
Comment l'aveugle que voici,
(C'est un dieu) comment, dis-je, il perdit la lumiere ;
Quelle suite eut ce mal, qui peut-être est un bien.
J'en fais juge un amant, et ne décide rien.
La folie et l'amour jouoient un jour ensemble :

Celui-ci n'étoit pas encor privé des yeux.
Une dispute vint : l'amour veut qu'on assemble
Là-dessus le conseil des dieux :
L'autre n'eut pas la patience ;
Elle lui donne un coup si furieux,
Qu'il en perdit la clarté des cieux.
Vénus en demande vengeance.
Femme et mere, il suffit pour juger de ses cris :
Les dieux en furent étourdis,
Et Jupiter, et Némésis (1),
Et les juges d'enfer, enfin toute la bande.
Elle représenta l'énormité du cas ;
Son fils, sans un bâton, ne pouvoit faire un pas :
Nulle peine n'étoit pour ce crime assez grande :
Le dommage devoit être aussi réparé.
Quand on eut bien considéré
L'intérêt du public, celui de la patrie,
Le résultat enfin de la suprême cour
Fut de condamner la folie
A servir de guide à l'amour.

(1) La déesse de la justice vengeresse

XV. *Le Corbeau, la Gazelle, la Tortue et le Rat.*

A MADAME DE LA SABLIERE (1).

Je vous gardois un temple dans mes vers :
Il n'eût fini qu'avecque l'univers.
Déjà ma main en fondoit la durée
Sur ce bel art (2) qu'ont les dieux inventé,
Et sur le don de la divinité
Que dans ce temple on auroit adorée.
Sur le portail j'aurois ces mots écrits :
PALAIS SACRÉ DE LA DÉESSE IRIS :
Non celle-là qu'a Junon à ses gages ;
Car Junon même et le maître des dieux
Serviroient l'autre, et seroient glorieux
Du seul honneur de porter ces messages.
L'apothéose à la voûte eût paru :
Là, tout l'Olympe en pompe eût été vu
Plaçant Iris sous un dais de lumiere.
Les murs auroient amplement contenu
Toute sa vie, agréable matiere,

(1) Dame illustre par son beau génie.
(2) La poésie.

Mais peu féconde en ces événemens
Qui des états font les renversemens,
Au fond du temple eût été son image,
Avec ses traits, son souris, ses appas,
Son art de plaire et de n'y penser pas,
Ses agrémens à qui tout rend hommage.
J'aurois fait voir à ses pieds, des mortels
Et des héros, des demi dieux encore,
Même des dieux : ce que le monde adore
Vient quelquefois parfumer ses autels.
J'eusse en ses yeux fait briller de son ame
Tous les trésors, quoiqu'imparfaitement :
Car ce cœur vif est tendre infiniment
Pour ses amis, et non point autrement ;
Car cet esprit, qui, né du firmament,
A beauté d'homme avec grace de femme,
Ne se peut pas, comme on veut, exprimer.
O vous, Iris, qui savez tout charmer,
Qui savez plaire en un degré suprême,
Vous que l'on aime à l'égal de soi-même,
(Ceci soit dit sans nul soupçon d'amour,
Car c'est un mot banni de votre cour,
Laissons-le donc), agréez que ma muse
Acheve un jour cette ébauche confuse.
J'en ai placé l'idée et le projet,
Pour plus de grace, au-devant d'un sujet
Où l'amitié donne de telles marques,
Et d'un tel prix, que leur simple récit
Peut quelque tems amuser votre esprit.
Non que ceci se passe entre monarques :
Ce que chez vous nous voyons estimer
N'est pas un roi qui ne sait point aimer ;
C'est un mortel qui sait mettre sa vie
Pour son amie. J'en vois peu de si bons.
Quatre animaux, vivant de compagnie,
Vont aux humains en donner des leçons.
La gazelle, le rat, le corbeau, la tortue,
Vivoient ensemble unis ; douce société.

Le choix d'une demeure aux humains inconnue
Assuroit leur félicité.
Mais quoi ! l'homme découvre enfin toutes retraites.
Soyez au milieu des déserts,
Au fond des eaux, au haut des airs,
Vous n'éviterez point ses embûches secretes.
La gazelle s'alloit ébattre innocemment,
Quand un chien, maudit instrument
Du plaisir barbare des hommes,
Vint sur l'herbe éventer les traces de ses pas.
Elle fuit. Et le rat, à l'heure du repas,
Dit aux amis restans : D'où vient que nous ne sommes
Aujourd'hui que trois conviés ?
La gazelle déjà nous a-t-elle oubliés ?
A ces paroles, la tortue
S'écrie, et dit : Ah ! si j'étois
Comme un corbeau d'ailes pourvue,
Tout de ce pas je m'en irois
Apprendre au moins quelle contrée,
Quel accident tient arrêtée
Notre compagne au pied léger :
Car, à l'égard du cœur, il en faut mieux juger.
Le corbeau part à tire d'aile ;
Il apperçoit de loin l'imprudente gazelle
Prise au piege et se tourmentant.
Il retourne avertir les autres à l'instant.
Car, de lui demander quand, pourquoi, ni comment
Ce malheur est tombé sur elle,
Et perdre en vains discours cet utile moment,
Comme eût fait un maître d'école,
Il avoit trop de jugement.
Le corbeau donc vole et revole.
Sur son rapport les trois amis
Tiennent conseil. Deux sont d'avis
De se transporter sans remise
Aux lieux où la gazelle est prise.
L'autre, dit le corbeau, gardera le logis :
Avec son marcher lent, quand arriveroit-elle ?

Après la mort de la gazelle.
Ces mots à peine dits, ils s'en vont secourir
Leur chere et fidelle compagne,
Pauvre chevrette de montagne.
La tortue y voulut courir :
La voilà comme eux en campagne,
Maudissant ses pieds courts avec juste raison,
Et la nécessité de porter sa maison.
Rongemaille (le rat eut à mon droit ce nom)
Coupe les nœuds du lac : on peut penser la joie.
Le chasseur vient, et dit : Qui m'a ravi ma proie ?
Rongemaille, à ces mots, se retire en un trou,
Le corbeau sur un arbre, en un bois la gazelle :
Et le chasseur à demi-fou
De n'en avoir nulle nouvelle,
Apperçoit la tortue, et retient son courroux.
D'où vient, dit-il, que je m'effraie ?
Je veux qu'à mon souper celle-ci me défraie.
Il la mit dans son sac. Elle eût payé pour tous,
Si le corbeau n'en eût averti la chevrette.
Celle-ci quittant sa retraite,
Contrefait la boiteuse, et vient se présenter.
L'homme de suivre, de jeter
Tout ce qui lui pesoit; si bien que Rongemaille
Autour des nœuds du sac tant opere et travaille,
Qu'il délivre encor l'autre sœur
Sur qui s'étoit fondé le souper du chasseur.
Pilpay conte qu'ainsi la chose s'est passée.
Pour peu que je voulusse invoquer Apollon,
J'en ferois, pour vous plaire, un ouvrage aussi long
Que l'Iliade ou l'Odyssée.
Rongemaille seroit le principal héros,
Quoiqu'à vrai dire ici chacun soit nécessaire.
Porte-maison l'infante y tient de tels propos (3),
Que monsieur du corbeau va faire

(3) Des discours si pressans, si pathétiques, qu'à sa persuasion le corbeau va faire office d'espion, etc.

Office d'espion, et puis de messager.
La gazelle a d'ailleurs l'adresse d'engager
Le chasseur à donner du tems à Rongemaille.
Ainsi chacun en son endroit
S'entremet, agit et travaille.
A qui donner le prix ? Au cœur, si l'on m'en croit.
Que n'ose et que ne peut l'amitié violente !
Cet autre sentiment que l'on appelle amour,
Mérite moins d'honneur ; cependant chaque jour
Je le célebre et je le chante.
Hélas ! il n'en rend pas mon ame plus contente !
Vous protégez sa sœur, il suffit ; et mes vers
Vont s'engager pour elle à des tons tout divers.
Mon maître étoit l'amour ; j'en vais servir un autre (4),
Et porter par tout l'univers
Sa gloire aussi-bien que la vôtre.

(4) Un amour directement fondé sur l'estime, et dont le nom propre est *amitié*.

XVI. *La Forêt et la Bûcheron.*

Un bûcheron venoit de rompre ou d'égarer
Le bois dont il avoit emmanché sa coguée.

Cette perte ne put sitôt se réparer
Que la forêt n'en fût quelque tems épargnée.
L'homme enfin la prie humblement
De lui laisser tout doucement
Emporter une unique branche,
Afin de faire un autre manche :
Il iroit employer ailleurs son gagne-pain ;
Il laisseroit debout maint chêne et maint sapin
Dont chacun respectoit la vieillesse et les charmes.
L'innocente forêt lui fournit d'autres armes.
Elle en eut du regret. Il emmanche son fer :
Le misérable ne s'en sert
Qu'à dépouiller sa bienfaitrice
De ses principaux ornemens.
Elle gémit à tous momens :
Son propre don fait son supplice.
Voilà le train du monde et de ses sectateurs :
On s'y sert d'un bienfait contre les bienfaiteurs.
Je suis las d'en parler. Mais que de doux ombrages
Soient exposés à ces outrages ;
Qui ne se plaindroit là-dessus ?
Hélas ! j'ai beau crier et me rendre incommode,
L'ingratitude et les abus
N'en seront pas moins à la mode.

XVII. *Le Renard, le Loup et le Cheval.*

Un renard, jeune encor quoique des plus madrés,
Vit le premier cheval qu'il eût vu de sa vie.
Il dit à certain loup, franc novice : Accourez ;
Un animal paît dans nos prés,
Beau, grand ; j'en ai la vue encor toute ravie.
Est-il plus fort que nous ? dit le loup en riant :
Fais-moi son portrait, je te prie.
Si j'étois quelque peintre ou quelque étudiant,
Repartit le renard, j'avancerois la joie

Que vous aurez en le voyant.
Mais venez. Que sait-on ? peut-être est-ce une proie
Que la fortune nous envoie.
Ils vont ; et le cheval, qu'à l'herbe on avoit mis,
Assez peu curieux de semblables amis,
Fut presque sur le point d'enfiler le venelle.
Seigneur, dit le renard, vos humbles serviteurs
Apprendroient volontiers comment on vous appelle.
Le cheval, qui n'étoit dépourvu de cervelle,
Leur dit : Lisez mon nom, vous le pouvez, messieurs,
Mon cordonnier l'a mis autour de ma semelle.
Le renard s'excusa sur son peu de savoir :
Mes parens, reprit-il, ne m'ont point fait instruire,
Ils sont pauvres, et n'ont qu'un trou pour tout avoir ;
Ceux du loup, gros messieurs, l'ont fait apprendre à lire.
Le loup, par ce discours flatté,
S'approcha. Mais sa vanité
Lui coûta quatre dents : le cheval lui desserre
Un coup, et haut le pied. Voilà mon loup par terre,
Mal en point, sanglant et gâté,

Frere, dit le renard, ceci nous justifie
Ce que m'ont dit des gens d'esprit :
Cet animal vous a sur la mâchoire écrit
Que de tout inconnu le sage se méfie.

XVIII. *Le Renard et les poulets d'Inde.*

Contre les assauts d'un renard
Un arbre à des dindons servoit de citadelle.
Le perfide ayant fait tout le tour du rempart,
Et vu chacun en sentinelle,
S'écria : Quoi ! ces gens se moqueront de moi !
Eux seuls seront exempts de la commune loi ?
Non, par tous les dieux, non. Il accomplit son dire.
La lune, alors luisant, sembloit contre le sire,
Vouloir favoriser la dindonniere gent.
Lui, qui n'étoit novice au métier d'assiégeant,
Eut recours à son sac de ruses scélérates,
Feignit vouloir gravir, se guinda sur ses pattes,
Puis contrefit le mort, puis le ressuscité.
Arlequin n'eût exécuté
Tant de différens personnages.
Il élevoit sa queue, il la faisoit briller,

Et cent mille autres badinages,
Pendant quoi nul dindon n'eût osé sommeiller.
L'ennemi les lassoit en leur tenant la vue
Sur le même objet toujours tendue.
Les pauvres gens étant à la longue éblouis,
Toujours il en tomboit quelqu'un ; autant de pris,
Autant de mis à part : près de moitié succombe.
Le compagnon les porte en son garde-manger.
Le trop d'attention qu'on a pour le danger
Fait le plus souvent qu'on y tombe.

XIX. *Le Singe.*

Il est un singe dans Paris
A qui l'on avoit donné femme :
Singe en effet d'aucuns maris,
Il la battoit. La pauvre dame
En a tant soupiré, qu'enfin elle n'est plus.
Leur fils se plaint d'étrange sorte ;
Il éclate en cris superflus :
Le pere en rit, sa femme est morte :
Il a déjà d'autres amours,
Que l'on croit qu'il battra toujours ;
Il hante la taverne, et souvent il s'enivre.

N'attendez rien de bon du peuple imitateur,
Qu'il soit singe, ou qu'il fasse un livre :
La pire espece c'est l'auteur.

XX. *Le Philosophe Scythe.*

Un philosophe austere (1) et né dans la Scythie,
Se proposant de suivre une plus douce vie,
Voyagea chez les Grecs, et vit en certains lieux
Un sage assez semblable au vieillard de Virgile (2),
Homme égalant les rois, homme approchant des dieux,
Et, comme ces derniers, satisfait et tranquille.
Son bonheur consistoit aux beautés d'un jardin.
Le Scythe l'y trouva qui, la serpe à la main,
De ses arbres à fruit retranchoit l'inutile,
Ebranchoit, émondoit, ôtoit ceci, cela,
Corrigeant par-tout la nature,
Excessive à payer ses soins avec usure.
Le Scythe alors lui demanda
Pourquoi cette ruine : étoit-il d'homme sage

(1) Cette fable nous a été conservée par Aulu-Gele, livre XIX, ch. 12.

(2) *Regum æquabat opes animis*, dit Virgile, liv. IV des Georg. v. 13.

De mutiler ainsi ces pauvres habitans ?
Quittez-moi votre serpe, instrument de dommage ;
Laissez agir la faulx du tems :
Ils iront assez tôt border le noir rivage.
J'ôte le superflu, dit l'autre ; et l'abattant,
Le reste en profite d'autant.
Le Scythe, retourné dans sa triste demeure,
Prend la serpe à son tour, coupe et taille à toute heure,
Conseille à ses voisins, prescrit à ses amis
Un universel abattis.
Il ôte de chez lui les branches les plus belles,
Il tronque son verger contre toute raison,
Sans observer tems ni saison,
Lunes ni vieilles ni nouvelles.
Tout languit et tout meurt. Ce Scythe exprime bien
Un indiscret stoïcien :
Celui-ci retranche de l'ame (3)
Desirs et passions, le bon et le mauvais,
Jusqu'aux plus innocens souhaits.
Contre de telles gens, quant à moi, je réclame.
Ils ôtent à nos cœurs le principal ressort ;
Ils font cesser de vivre avant que l'on soit mort.

(3) *Sic isti apathiæ sectatores, qui videri se esse tranquillos, et intrepidos, et immobiles volunt, dum nihil cupiunt, nihil dolent, nihil irascuntur, nihil gaudent, omnibus vehementoribus animi officiis amputatis, in corpore ignavæ et quasi enervatæ vitæ consenescunt.* Paroles pleines de force et de sens, qui font la conclusion de cette fable dans Aulu-Gele, et dont La Fontaine n'a pas laissé échapper un seul trait digne d'être conservé.

XXI. *L'Eléphant et le Singe de Jupiter.*

Autrefois l'éléphant et le rhinocéros,
En dispute du pas et des droits de l'empire,
Voulurent terminer la querelle en champ clos.
Le jour en étoit pris, quand quelqu'un vint leur dire
Que le singe de Jupiter,
Portant un caducée, avoit paru dans l'air.
Ce singe avoit nom Gille, à ce que dit l'histoire.
Aussitôt l'éléphant de croire
Qu'en qualité d'ambassadeur
Il venoit trouver sa grandeur.
Tout fier de ce sujet de gloire
Il attend maître Gille, et le trouve un peu lent
A lui présenter sa créance.
Maître Gille enfin, en passant,
Va saluer son excellence.
L'autre étoit préparé sur la légation :
Mais pas un mot. L'attention
Qu'il croyoit que les dieux eussent à sa querelle,
N'agitoit pas encore chez eux cette nouvelle.
Qu'importe à ceux du firmament
Qu'on soit mouche ou bien éléphant ?

Il se vit donc réduit à commencer lui-même :
Mon cousin Jupiter, dit-il, verra dans peu,
Un assez beau combat de son trône suprême ;
Toute sa cour verra beau jeu.
Quel combat ? dit le singe avec un front sévere.
L'éléphant repartit : Quoi ! vous ne savez pas
Que le rhinocéros me dispute le pas ;
Qu'Eléphantide a guerre avecque Rhinocere ?
Vous connoissez ces lieux, ils ont quelque renom.
Vraiment je suis ravi d'en apprendre le nom,
Repartit maître Gille : on ne s'entretient guere
De semblables sujets dans nos vastes lambris.
L'éléphant honteux et surpris,
Lui dit : Eh ! parmi nous que venez-vous donc faire ?--
Partager un brin d'herbe entre quelques fourmis :
Nous avons soin de tout. Et quant à votre affaire,
On n'en dit rien encore dans le conseil des dieux :
Les petits et les grands sont égaux à leurs yeux.

XXII. *Un Fou et un Sage.*

Certain fou poursuivoit à coups de pierre un sage.
Le sage se retourne, et lui dit : Mon ami,
C'est fort bien fait à toi, reçois cet écu-ci.
Tu fatigues assez pour gagner davantage ;

Toute peine, dit-on, est digne de loyer :
Vois cet homme qui passe, il a de quoi payer.
Adresse-lui tes dons, ils auront leur salaire.
Amorcé par le gain, notre fou s'en va faire
Même insulte à l'autre bourgeois.
On ne le paya pas en argent cette fois.
Maint estafier accourt : on vous happe notre homme,
On vous l'échine, on vous l'assomme.
Auprès des rois il est de pareils fous :
A vos dépens ils font rire le maître.
Pour réprimer leur babil, irez-vous
Les maltraiter ? vous n'êtes pas peut-être
Assez puissant. Il faut les engager
A s'adresser à qui peut se venger.

XXIII. *Le Renard anglois.*

A MADAME HARVEY.

Le bon cœur est chez vous compagnon du bon sens ;
Avec cent qualités trop longues à déduire,
Une noblesse d'ame, un talent pour conduire
Et les affaires et les gens,
Une humeur franche et libre, et le ton d'être amie,

Malgré Jupiter même, et les tems orageux.
Tout cela méritoit un éloge pompeux :
Il en eût été moins selon votre génie ;
La pompe vous déplaît, l'éloge vous ennuie.
J'ai donc fait celui-ci court et simple. Je veux
Y coudre encor un mot ou deux
En faveur de votre patrie :
Vous l'aimez. Les Anglois pensent profondément ;
Leur esprit en cela suit leur tempérament :
Creusant dans les sujets, et forts d'expériences,
Ils étendent par-tout l'empire des sciences,
Je ne dis point ceci pour vous faire ma cour :
Vos gens, à pénétrer, l'emportent sur les autres :
Même les chiens de leur séjour
Ont meilleur nez que n'ont les nôtres.
Vos renards sont plus fins, je m'en vais le prouver
Par un d'eux, qui, pour se sauver,
Mit en usage un stratagême
Non encor pratiqué, des mieux imaginés.
Le scélérat, réduit en un péril extrême,
Et presque mis à bout par ces chiens au bon nez,
Passa près d'un patibulaire :
Là, des animaux ravissans,
Blaireaux, renards, hiboux, race encline à mal faire,
Pour l'exemple pendus, instruisoient les passans.
Leur confrere, aux abois, entre ces morts s'arrange.
Je crois voir Annibal, qui, pressé des Romains,
Met leur chef en défaut, ou leur donne le change,
Et sait, en vieux renard, s'échapper de leurs mains.
Les chefs de meute (1), parvenues.

(1) *Chef de meute*, terme de vénerie pour désigner les meilleurs chiens qui servent à conduire et à redresser les autres chiens de la meute. Quelquefois c'est un seul chien qui est la clef de la meute. Ce que je mets ici pour avertir les correcteurs de ne plus laisser passer, comme ils ont fait plusieurs fois, le mot de *chefs*, construit avec *parvenues* ; faute des plus grossieres, qui, corrigée dans l'édition de l'errata où elle fut introduite la premiere fois, n'auroit jamais paru dans aucune autre édition.

A l'endroit où pour mort le traître se pendit,
Remplirent l'air de cris : leur maître les rompit,
Bien que de leurs abois ils perçassent les nues.
Il ne put soupçonner ce tour assez plaisant.
Quelque terrier, dit-il, a sauvé mon galant.
Mes chiens n'appellent point au-delà des colonnes
Où sont tant d'honnêtes personnes.
Il y viendra, le drôle ! Il y vint à son dam.
Voilà maint basset clabaudant ;
Voilà notre renard au charnier se guindant.
Maître pendu croyoit qu'il en iroit de même
Que le jour qu'il tendit de semblables panneaux ;
Mais le pauvret, ce coup, y laissa ses houseaux (2),
Tant il est vrai qu'il faut changer de stratagême.
Le chasseur, pour trouver sa propre sûreté,
N'auroit pas cependant un tel tour inventé :
Non point par peu d'esprit : est-il quelqu'un qui nie
Que tout Anglois n'en ait bonne provision ?
Mais le peu d'amour pour la vie
Leur nuit en mainte occasion.
Je reviens à vous, non pour dire
D'autres traits sur votre sujet ;
Tout long éloge est un projet
Peu favorable pour ma lyre :
Peu de nos chants, peu de nos vers,
Par un encens flatteur amusent l'univers,
Et se font écouter des nations étranges.
Votre prince vous dit un jour
Qu'il aimoit mieux un trait d'amour
Que quatre pages de louanges.
Agréez seulement le don que je vous fais
Des derniers efforts de ma muse :
C'est peu de chose ; elle est confuse
De ces ouvrages imparfaits.
Cependant ne pourriez-vous faire
Que le même hommage pût plaire

(2) Pour dire perdit la vie. Voyez sur cette expression le dictionnaire de l'académie françoise, au mot *houseau*.

A celle qui remplit vos climats d'habitans
Tirés de l'isle de Cythere ?
Vous voyez par-là que j'entends
Mazarin (3), des amours déesse tutélaire.

(3) La belle Hortence, duchesse de Mazarin, niece du cardinal Mazarin, laquelle, pour vivre éloignée de son mari, se retira en Angleterre, où elle finit ses jours en 1609.

XXIV. *Le Soleil et les Grenouilles.*

Les filles du limon tiroient du roi des astres
Assistance et protection :
Guerre ni pauvreté, ni semblables désastres,
Ne pouvoient approcher de cette nation :
Elle faisoit valoir en cent lieues son empire.
Les reines des étangs, grenouilles, veux-je dire,
(Car que coûte-t-il d'appeler
Les choses par noms honorables ?)
Contre leur bienfaiteur oserent cabaler,
Et devinrent insupportables.
L'imprudence, l'orgueil, et l'oubli des bienfaits,
Enfans de la bonne fortune,
Firent bientôt crier cette troupe importune :

On ne pouvoit dormir en paix.
Si l'on eût cru leur murmure,
Elles auroient, par leurs cris,
Soulevé grands et petits
Contre l'œil de la nature.
Le soleil, à leur dire, alloit tout consumer;
Il falloit promptement s'armer
Et lever des troupes puissantes.
Aussitôt qu'il faisoit un pas,
Ambassades croassantes
Alloient dans tous les états:
A les ouïr, tout le monde,
Toute la machine ronde
Rouloit sur les intérêts
De quatre méchans marais.
Cette plainte téméraire
Dure toujours: et pourtant
Grenouilles doivent se taire,
Et ne murmurer pas tant;
Car si le soleil se pique,
Il le leur fera sentir;
La république aquatique
Pourroit bien s'en repentir.

XXV. *L'Hyménée et l'Amour.*

A LEURS ALTESSES SÉRÉNISSIMES

MLLE DE BOURBON ET MGR LE PRINCE DE CONTI.

Hyménée et l'Amour vont conclure un traité
Qui les doit rendre amis pendant longues années :
Bourbon, jeune divinité,
Conti, jeune héros, joignent leurs destinées.
Condé l'avoit, dit-on, en mourant souhaité :
Ce guerrier, qui transmet à son fils en partage
Son esprit, son grand cœur, avec un héritage
Dont la grandeur non plus n'est pas à mépriser,
Contemple avec plaisir de la voûte éthérée
Que ce nœud s'accomplit, que le prince l'agrée,
Que Louis aux Condé ne peut rien refuser.
Hyménée est vêtu de ses plus beaux atours :
Tout rit autour de lui, tout éclate de joie.
Il descend de l'Olympe, environné d'amour,
Dont Conti doit être la proie ;
Vénus à Bourbon les envoie.
Ils avoient l'air moins attrayant

Le jour qu'elle sortit de l'onde,
Et rendit surpris notre monde
De voir un peuple si brillant.
Le chœur des muses se prépare :
On attend de leurs nourrissons
Ce qu'un talent exquis et rare
Fait estimer dans nos chansons.
Apollon y joindra ses sons ;
Lui-même il apporte sa lyre.
Déjà l'amante de Zéphyre
Et la déesse du matin
Des dons que le printems étale,
Commencent à parer la salle
Où se doit faire le festin.
O vous pour qui les dieux ont des soins si pressans,
Bourbon, aux charmes tout-puissans,
Ainsi qu'à l'ame toute belle ;
Conti, par qui sont effacés
Les héros des siecles passés,
Conservez l'un pour l'autre une ardeur mutuelle.
Vous possédez tous deux ce qui plaît plus d'un jour,
Les graces et l'esprit, seuls soutiens de l'amour.
Dans la carriere aux époux assignée,
Prince et princesse, on trouve deux chemins :
L'un de tiédeur, commun chez les humains :
La passion à l'autre fut donnée.
N'en sortez point; c'est un état bien doux,
Mais peu durable en notre ame inquiete :
L'amour s'éteint par le bien qu'il souhaite ;
L'amant alors se comporte en époux.
Ne sauroit-on établir le contraire,
Et renverser cette maudite loi ?
Prince et princesse, entreprenez l'affaire :
Nul n'osera prendre exemple sur moi.
De ce conseil faites expérience :
Soyez amans fideles et constans :
S'il faut changer, donnez-vous patience,
Et ne soyez époux qu'à soixante ans.

Vous

Vous ne changerez point. Ecoutez Calliope ;
Elle a pour votre hymen dressé cette horoscope :
Pratiquer tous les agrémens
Qui des époux font des amans ;
Employer sa grace ordinaire,
C'est ce que Conti saura faire.
Rendre Conti le plus heureux
Qui soit dans l'empire amoureux ;
Trouver cent moyens de lui plaire,
C'est ce que Bourbon saura faire.
Apollon m'apprit l'autre jour
Qu'il naîtroit d'eux un jeune amour
Plus beau que l'enfant de Cythere,
En un mot, semblable à son pere.
Former cet enfant sur les traits
Des modeles les plus parfaits,
C'est ce que Bourbon saura faire ;
Mais de nous priver d'un tel bien,
C'est à quoi Bourbon n'entend rien.

XXVI. *La Ligue des Rats.*

Une souris craignoit un chat
Qui dès long-tems la guettoit au passage :

Que faire en cet état? Elle, prudente et sage,
Consulte son voisin : c'étoit un maître rat,
Dont la rateuse seigneurie,
S'étoit logée en bonne hôtellerie,
Et qui cent fois s'étoit vanté, dit-on,
De ne craindre ni chat ni chatte,
Ni coup de dent, ni coup de patte.
Dame souris, lui dit ce fanfaron,
Ma foi, quoi que je fasse,
Seul je ne puis chasser le chat qui vous menace :
Mais assemblons tous les rats d'alentour;
Je lui pourrai jouer d'un mauvais tour.
La souris fait une humble révérence;
Et le rat court en diligence
A l'office, qu'on nomme autrement la dépense,
Où maints rats assemblés
Faisoient, aux frais de l'hôte, une entiere bombance.
Il arrive, les sens troublés,
Et tous les poumons essoufflés.
Qu'avez-vous donc? lui dit un de ces rats, parlez.
En deux mots, répond-il, ce qui fait mon voyage,
C'est qu'il faut promptement secourir la souris;
Car Raminagrobis
Fait en tous lieux un étrange carnage.
Ce chat, le plus diable des chats,
S'il manque de souris, voudra manger des rats.
Chacun dit : Il est vrai. Sus! sus! courons aux armes!
Quelques rates, dit-on, répandirent des larmes.
N'importe, rien n'arrête un si noble projet :
Chacun se met en équipage;
Chacun met dans son sac un morceau de fromage;
Chacun promet enfin de risquer le paquet.
Ils alloient tous comme à la fête,
L'esprit content, le cœur joyeux.
Cependant le chat, plus fin qu'eux,
Tenoit déjà la souris par la tête.
Ils s'avancerent à grands pas,
Pour secourir leur bonne amie :

Mais le chat, qui n'en démord pas,
Gronde, et marche au-devant de la troupe ennemie.
A ce bruit, nos très-prudens rats,
Craignant mauvaise destinée,
Font, sans pousser plus loin leur prétendu fracas,
Une retraite fortunée.
Chaque rat rentre dans son trou :
Et si quelqu'un en sort, gare encor le matou.

XXVII. *Daphnis et Alcimadure.*

Imitation de Théocrite.

A MADAME DE LA MÉSANGERE.

Aimable fille d'une mere
A qui seule aujourd'hui mille cœurs font la cour,
Sans ceux que l'amitié rend soigneux de vous plaire,
Et quelques-uns encor que vous garde l'amour,
Je ne puis qu'en cette préface
Je ne partage entre elle et vous
Un peu de cet encens qu'on recueille au Parnasse,
Et que j'ai le secret de rendre exquis et doux.
Je vous dirai donc.... Mais tout dire,

XXVIII. *Le Juge arbitre, l'Hospitalier et le Solitaire.*

Trois saints, également jaloux de leur salut,
Portés d'un même esprit, tendoient à même but.
Ils s'y prirent tous trois par des routes diverses :
Tous chemins vont à Rome ; ainsi nos concurrens
Crurent pouvoir choisir des sentiers différens.
L'un, touché des soucis, des longueurs, des traverses,
Qu'en apanage on voit aux procès attachés,
S'offrit de les juger sans récompense aucune,
Peu soigneux d'établir ici-bas sa fortune.
Depuis qu'ils est des lois, l'homme, pour ses péchés,
Se condamne à plaider la moitié de sa vie :
La moitié ! les trois quarts, et bien souvent le tout.
Le conciliateur crut qu'il viendroit à bout
De guérir cette folle et détestable envie.
Le second de nos saints choisit les hôpitaux.
Je le loue ; et le soin de soulager les maux
Est une charité que je préfere aux autres.
Les malades d'alors, étant tels que les nôtres,
Donnoient de l'exercice au pauvre hospitalier,
Chagrins, impatiens, et se plaignant sans cesse :

» Il a pour tels et tels un soin particulier,
» Ce sont ses amis, il nous laisse. «
Ces plaintes n'étoient rien au prix de l'embarras
Où se trouva réduit l'appointeur de débats.
Aucun n'étoit content : la sentence arbitrale
A nul des deux ne convenoit ;
Jamais le juge ne tenoit
A leur gré la balance égale.
De semblables discours rebutoient l'appointeur :
Il court aux hôpitaux, va voir leur directeur.
Tous deux ne recueillant que plainte et que murmure,
Affligés et contraints de quitter ces emplois,
Vont confier leurs peines au silence des bois.
Là, sous d'âpres rochers, près d'une source pure,
Lieu respecté des vents, ignoré du soleil,
Ils trouvent l'autre saint, lui demandent conseil.
Il faut, dit leur ami, le prendre de soi-même.
Qui, mieux que vous, sait vos besoins ?
Apprendre à se connoître est le premier des soins
Qu'importe à tous mortels la majesté suprême.
Vous êtes-vous connus dans le monde habité ?
L'on ne le peut qu'aux lieux pleins de tranquillité :
Chercher ailleurs ce bien est une erreur extrême.
Troublez l'eau, vous y voyez-vous ?
Agitez celle-ci. — Comment nous verrions-nous ?
La vase est un épais nuage
Qu'aux effets du crystal nous venons d'opposer. —
Mes freres, dit le saint, laissez-la reposer,
Vous verrez alors votre image.
Pour mieux contempler, demeurez au désert.
Ainsi parla le solitaire.
Il fut cru ; l'on suivit ce conseil salutaire.
Ce n'est pas qu'un emploi ne doive être souffert.
Puisqu'on plaide et qu'on meurt, et qu'on devient malade,
Il faut des médecins, il faut des avocats.
Ces secours, grace à Dieu, ne nous manqueront pas :
Les honneurs et le gain, tout me le persuade.

Cependant on s'oublie en ces communs besoins.
O vous dont le public emporte tous les soins,
Magistrats, princes et ministres,
Vous que doivent troubler mille accidens sinistres,
Que le malheur abat, que le bonheur corrompt,
Vous ne vous voyez point, vous ne voyez personne.
Si quelque bon moment à ses pensers vous donne,
Quelque flatteur vous interrompt,
Cette leçon sera la fin de ces ouvrages :
Puisse-t-elle être utile aux siecles à venir !
Je la présente aux rois, je la propose aux sages :
Par où saurois-je mieux finir?

FIN DES FABLES.

PHILÉMON ET BAUCIS,

SUJET TIRÉ DES MÉTAMORPHOSES D'OVIDE.

A MGR LE DUC DE VENDÔME.

Ni l'or ni la grandeur ne nous rendent heureux.
Ces deux divinités n'accordent à nos vœux
Que des biens peu certains, qu'un plaisir peu tranquille :
Des soucis dévorans c'est l'éternel asile ;
Véritable vautour, que le fils de Japet
Représente enchaîné sur son triste sommet.
L'humble toit est exempt d'un tribut si funeste.
Le sage y vit en paix, et méprise le reste :
Content de ces douceurs, errant parmi les bois,
Il regarde à ses pieds les favoris des rois :
Il lit au front de ceux qu'un vain luxe environne,
Que la fortune vend ce qu'on croit qu'elle donne.
Approche-t-il du but, quitte-t-il ce séjour ?
Rien ne trouble sa fin ; c'est le soir d'un beau jour.
Philémon et Baucis nous en offrent l'exemple.
Tous deux virent changer leur cabane en un temple.

Hyménée et l'Amour, par des desirs constans,
Avoient unis leurs cœurs dès leur plus doux printems:
Ni le tems ni l'hymen n'éteignirent leur flamme;
Clothon prenoit plaisir à filer cette trame.
Ils surent cultiver, sans se voir assistés,
Leur enclos et leur champ par deux fois vingt étés;
Eux seuls ils composoient toute leur république:
Heureux de ne devoir à pas un domestique
Le plaisir ou le gré des soins qu'ils se rendoient!
Tout vieillit: sur leur front les rides s'étendoient:
L'amitié modéra leurs feux sans les détruire,
Et par des traits d'amour sut encor se produire.
Ils habitoient un bourg plein de gens dont le cœur
Joignoit aux duretés un sentiment moqueur.
Jupiter résolut d'abolir cette engeance.
Il part avec son fils, le dieu de l'éloquence;
Tous deux en pélerins vont visiter ces lieux.
Mille logis y sont, un seul ne s'ouvre aux dieux.
Prêts enfin à quitter un séjour si profane,
Ils virent à l'écart une étroite cabane,
Demeure hospitaliere, humble et chaste maison.
Mercure frappe: on ouvre. Aussitôt Philémon
Vient au-devant d'eux, et leur tient ce langage:
Vous me semblez tous deux fatigués du voyage;
Reposez-vous. Usez du peu que nous avons;
L'aide des dieux a fait que nous le conservons:
Usez-en. Saluez ces pénates d'argile;
Jamais le ciel ne fut aux humains si facile,
Que quand Jupiter même étoit de simple bois;
Depuis qu'on l'a fait d'or, il est sourd à nos voix.
Baucis, ne tardez point; faites tiédir cette onde;
Encor que le pouvoir au desir ne réponde,
Nos hôtes agréeront les soins qui leur sont dus.
Quelques restes de feu sous la cendre épandus,
D'un souffle haletant par Baucis s'allumerent:
Des branches de bois sec aussitôt s'enflammerent.
L'onde tiede, on lava les pieds des voyageurs.
Philémon les pria d'excuser ces longueurs:

Et pour tromper l'ennui d'une atteinte importune,
Il entretint les dieux, non point sur la fortune,
Sur ses jeux, sur la pompe et la grandeur des rois,
Mais sur ce que les champs, les vergers et les bois
Ont de plus innocent, de plus doux, de plus rare.
Cependant par Baucis le festin se prépare.
La table où l'on servit le champêtre repas
Fut d'ais non façonnés à l'aide du compas:
Encore assure-t-on, si l'histoire en est crue,
Qu'en un de ces supports le tems l'avoit rompue.
Baucis en égala les appuis chancelans
Du débris d'un vieux vase, autre injure des ans.
Un tapis tout usé couvrit deux escabelles:
Il ne servoit pourtant qu'aux fêtes solemnelles.
Le linge orné de fleurs fut couvert pour tous mets,
D'un peu de lait, de fruits, et des dons de Cérès.
Les divins voyageurs, altérés de leur course,
Mêloient au vin grossier le crystal d'une source.
Plus le vase versoit, moins il s'alloit vidant.
Philémon reconnut ce miracle évident;
Baucis n'en fit pas moins: tous deux s'agenouillerent.
A ce signe d'abord leurs yeux se dessillerent.
Jupiter leur parut avec ses noirs sourcils
Qui font trembler les cieux sur leurs pôles assis.
Grand dieu, dit Philémon, excusez notre faute:
Quels humains auroient cru recevoir un tel hôte?
Ces mets, nous l'avouons, sont peu délicieux:
Mais, quand nous serions rois, que donner à des dieux?
C'est le cœur qui fait tout: que la terre et que l'onde
Apprêtent un repas pour les maîtres du monde;
Ils lui préféreront les seuls présens du cœur.
Baucis sort à ces mots pour réparer l'erreur.
Dans le verger couroit une perdrix privée,
Et par de tendres soins dès l'enfance élevée;
Elle en veut faire un mets, et la poursuit en vain:
La volatille échappe à sa tremblante main;
Entre les pieds des dieux elle cherche un asile.

Ce recours à l'oiseau ne fut pas inutile :
Jupiter intercede. Et déjà les vallons
Voyoient l'ombre en croissant tomber du haut des
monts.
Les dieux sortent enfin, et font sortir leurs hôtes.
De ce bourg, dit Jupin, je veux punir les fautes :
Suivez-nous. Toi, Mercure, appelle les vapeurs.
O gens durs ! vous n'ouvrez vos logis ni vos cœurs !
Il dit : et les autans (1) troublent déjà la plaine.
Nos deux époux suivoient, ne marchant qu'avec peine ;
Un appui de roseau soulageoit leurs vieux ans :
Moitié secours des dieux, moitié peur, se hâtans,
Sur un mont assez proche enfin ils arriverent.
A leurs pieds aussitôt cent nuages creverent.
Des ministres du dieu les escadrons flottans
Entraînent, sans choix, animaux, habitans,
Arbres, maisons, vergers, toute cette demeure ;
Sans vestiges du bourg, tout disparut sur l'heure.
Les vieillards déploroient ces séveres destins.
Les animaux périr ! car encor les humains,
Tous avoient dû tomber sous les célestes armes ;
Baucis en répandit en secret quelques larmes.
Cependant l'humble toit devint temple, et ses murs
Changent leur frêle enduit aux marbres les plus durs.
De pilastres massifs les cloisons revêtues
En moins de deux instans s'élevent jusqu'aux nues ;
Le chaume devient or ; tout brille en ce pourpris :
Tous ces événemens sont peints sur le lambris.
Loin, bien loin les tableaux de Xeuxis et d'Apelle (2) !
Ceux-ci furent tracés d'une main immortelle.
Nos deux époux surpris, étonnés, confondus,
Se crurent, par miracle, en l'Olympe rendus.
Vous comblez, dirent-ils, vos moindres créatures :
Aurions-nous bien le cœur et les mains assez pures
Pour présider ici sur les honneurs divins,

(1) Les vents du midi, qui excitent de violentes tempêtes.
(2) Deux des plus fameux peintres de l'antiquité.

Et

Et prêtres, vous offrir les vœux des pélerins?
Jupiter exauça leur priere innocente.
Hélas! dit Philémon, si votre main puissante
Vouloit favoriser jusqu'au bout deux mortels,
Ensemble nous mourrions en servant vos autels:
Clothon feroit d'un coup ce double sacrifice;
D'autres mains nous rendroient un vain et triste office:
Je ne pleurerois point celle-ci; ni ses yeux
Ne troubleroient non plus de leurs larmes ces lieux.
Jupiter à ce vœu fut encor favorable.
Mais oserois-je dire un fait presque incroyable?
Un jour qu'assis tous deux dans le sacré parvis,
Ils contoient cette histoire aux pélerins ravis,
La troupe à l'entour d'eux debout prêtoit l'oreille;
Philémon leur disoit: Ce lieu plein de merveille
N'a pas toujours servi de temple aux immortels:
Un bourg étoit autour, ennemi des autels,
Gens barbares, gens durs, habitacle d'impies;
Du céleste courroux tous furent les hosties.
Il ne resta que nous d'un si triste débris:
Vous en verrez tantôt la suite en nos lambris;
Jupiter l'y peignit. En contant ces annales,
Philémon regardoit Baucis par intervalles;
Elle devenoit arbre, et lui tendoit les bras:
Il veut lui tendre aussi les siens, et ne peut pas.
Il veut parler, l'écorce a sa langue pressée.
L'un et l'autre se dit adieu de la pensée:
Le corps n'est tantôt plus que feuillage et que bois.
D'étonnement la troupe, ainsi qu'eux, perd la voix.
Même instant, même sort à leur fin les entraîne;
Baucis devient tilleul, Philémon devient chêne.
On les va voir encore, afin de mériter
Les douceurs qu'en hymen Amour leur fit goûter.
Ils courbent sous le poids des offrandes sans nombre.
Pour peu que des époux séjournent sous leur ombre,
Ils s'aiment jusqu'au bout, malgré l'effort des ans.
Ah! si.... Mais autre part j'ai porté mes présens.
Célébrons seulement cette métamorphose.

De fideles témoins m'ayant conté la chose,
Clio me conseilla de l'étendre en ces vers,
Qui pourront quelque jour l'apprendre à l'univers.
Quelque jour on verra chez les races futures,
Sous l'appui d'un grand nom, passer ces aventures.
Vendôme, consentez au los que j'en attends;
Faites-moi triompher de l'envie et du tems :
Enchaînez ces démons; que sur nous ils n'attentent,
Ennemis des héros et de ceux qui les chantent.
Je voudrois pouvoir dire en un style assez haut
Qu'ayant mille vertus, vous n'avez nul défaut.
Toutes les célébrer seroit œuvre infinie;
L'entreprise demande un plus vaste génie.
Car quel mérite enfin ne vous fait estimer?
Sans parler de celui qui force à vous aimer.
Vous joignez à ces dons l'amour des beaux ouvrages;
Vous y joignez un goût plus sûr que nos suffrages;
Don du ciel, qui peut seul tenir lieu des présens
Que nous font à regret le travail et les ans.
Peu de gens élevés, peu d'autres encor même,
Font voir par ces faveurs que Jupiter les aime.
Si quelque enfant des dieux les possede, c'est vous;
Je l'ose dans ces vers soutenir devant tous.
Clio, sur son giron, à l'exemple d'Homere,
Vient de les retoucher, attentive à vous plaire :
On dit qu'elle et ses sœurs, par ordre d'Apollon,
Transportent dans Anet (3) tout le sacré vallon :
Je le crois. Puissions-nous chanter sous les ombrages
Des arbres dont ce lieu va border ses rivages!
Puissent-ils tout d'un coup élever leur sourcils,
Comme on vit autrefois Philémon et Baucis!

(1) Beau château de M. le duc de Vendôme.

LES FILLES DE MINÉE,

SUJET TIRÉ DES MÉTAMORPHOSES D'OVIDE.

Je chante dans ces vers les filles de Minée (1),
Troupe aux arts (2) de Pallas dès l'enfance adonnée,
Et de qui le travail fit entrer en courroux
Bacchus, à juste droit, de ces honneurs jaloux.
Tout dieu veut aux humains se faire reconnoître :
On ne voit pas les champs répondre aux soins du
maître,
Si dans les jours sacrés, autour de ses guérets,
Il ne marche en triomphe à l'honneur de Cérès.
La Grece étoit en jeu pour le fils de Sémele,
Seules on vit trois sœurs condamner ce saint zele,
Alcitoé l'aînée, ayant pris ses fuseaux,
Dit aux autres : Quoi donc! toujours des dieux nou-
veaux!
L'Olympe ne peut plus contenir tant de têtes,

(1) Habitant de Thebes, dont les filles furent changées en chauve-souris.
(2) Ouvrage de laine ou de soie.

Ni l'an fournir de jours assez pour tant de fêtes.
Je ne dis rien des vœux dus aux travaux divers
De ce dieu qui purgea de monstres l'univers :
Mais à quoi sert Bacchus, qu'à causer des querelles,
Affoiblir les plus saints, enlaidir les plus belles,
Souvent mener au Styx par de tristes chemins !
Et nous irons chommer la peste des humains !
Pour moi, j'ai résolu de poursuivre ma tâche.
Se donne qui voudra ce jour-ci du relâche ;
Ces mains n'en prendront point. Je suis encor d'avis
Que nous rendions le tems moins long par des récits :
Toutes trois tour-à-tour racontons quelque histoire.
Je pourrois retrouver sans peine en ma mémoire
Du monarque des dieux les divers changemens ;
Mais comme chacun sait tous ces événemens,
Disons ce que l'amour inspire à nos pareilles :
Non toutefois qu'il faille, en contant ses merveilles,
Accoutumer nos cœurs à goûter son poison ;
Car, ainsi que Bacchus, il trouble la raison.
Récitons-nous les maux que ces biens nous attirent.
Alcithoé se tut, et ses sœurs applaudirent.
Après quelques momens, haussant un peu la voix :
Dans Thebes, reprit-elle, on conte qu'autrefois
Deux jeunes cœurs s'aimoient d'une égale tendresse:
Pyrame, c'est l'amant, eut Thisbé pour maîtresse.
Jamais couple ne fut si bien assorti qu'eux :
L'un bien fait, l'autre belle, agréables tous deux,
Tous deux dignes de plaire, ils s'aimerent sans peine,
D'autant plutôt épris, qu'une invincible haine
Divisant leurs parens, ces deux amans unit,
Et concourut aux traits dont l'amour se servit.
Le hasard, non le choix, avoit rendu voisines
Leurs maisons, où régnoient ces guerres intestines:
Ce fut un avantage à leurs desirs naissans.
Le cours en commença par des jeux innocens :
La premiere étincelle eut embrasé leur ame,
Qu'ils ignoroient encor ce que c'étoit que flamme.
Chacun favorisoit leurs transports mutuels,

Mais c'étoit à l'insu de leurs parens cruels.
La défense est un charme, on dit qu'elle assaisonne
Les plaisirs, et sur-tout ceux que l'amour nous donne.
D'un des logis à l'autre, elle instruisit du moins
Nos amans à se dire avec signes leurs soins.
Ce léger reconfort ne put les satisfaire ;
Il fallut recourir à quelque autre mystere.
Un vieux mur entr'ouvert séparoit leurs maisons ;
Le tems avoit miné ses antiques cloisons :
Là, souvent de leurs maux ils déploroient la cause ;
Les paroles passoient, mais c'étoit peu de chose.
Se plaignant d'un tel sort, Pyrame dit un jour :
Chere Thisbé, le ciel veut qu'on s'aide en amour.
Nous avons à nous voir une peine infinie ;
Fuyons de nos parens l'injuste tyrannie :
J'en ai d'autres en Grece ; ils se tiendront heureux
Que vous daigniez chercher un asile chez eux :
Leur amitié, leur bien, leur pouvoir, tout m'invite
A prendre le parti dont je vous sollicite.
C'est votre seul repos qui me le fait choisir :
Car je n'ose parler, hélas! de mon desir.
Faut-il à votre gloire en faire un sacrifice ?
De crainte de vains bruits faut-il que je languisse?
Ordonnez: j'y consens; tout me semblera doux :
Je vous aime, Thisbé, moins pour moi que pour vous.
J'en pourrois dire autant, lui repartit l'amante.
Votre amour étant pure, encor que véhémente,
Je vous suivrai par-tout : notre commun repos
Me doit mettre au-dessus de tous les vains propos.
Tant que de ma vertu je serai satisfaite,
Je rirai des discours d'une langue indiscrete,
Et m'abandonnerai sans crainte à votre ardeur,
Contente que je suis des soins de ma pudeur.
Jugez ce que sentit Pyrame à ces paroles.
Je n'en fais point ici de peintures frivoles :
Suppléez au peu d'art que le ciel mit en moi ;
Vous-même peignez-vous cet amant hors de soi.
Demain, dit-il, il faut sortir avant l'aurore ;

N'attendez point les traits que son char fait éclore :
Trouvez-vous aux degrés du therme de Cérès ;
Là, nous nous attendrons : le rivage est tout près.
Une barque est au bord ; les rameurs, le vent même,
Tout pour notre départ montre une hâte extrême ;
L'augure en est heureux, notre sort va changer,
Et les dieux sont pour nous, si je sais bien juger.
Thisbé consent à tout, elle en donne pour gage
Deux baisers, par le mur arrêtés au passage.
Heureux mur ! tu devois servir mieux leur desir ;
Ils n'obtinrent de toi qu'une ombre de plaisir.
Le lendemain Thisbé sort, et prévient Pyrame ;
L'impatience, hélas ! maîtresse de son ame,
La fait arriver seule et sans guide aux degrés.
L'ombre et le jour luttoient dans les champs azurés,
Une lionne vient, monstre imprimant la crainte ;
D'un carnage récent sa gueule est toute teinte.
Thisbé fuit, et son voile emporté par les airs,
Source d'un sort cruel, tombe dans ces déserts,
La lionne le voit, le souille, le déchire ;
Et, l'ayant teint de sang, aux forêts se retire.
Thisbé s'étoit cachée en un buisson épais.
Pyrame arrive, et voit ces vestiges tout frais.
O dieux ! que devient-il ? Un froid court dans ses veines.
Il apperçoit le voile étendu dans ces plaines ;
Il le leve, et le sang, joint aux traces des pas,
L'empêche de douter d'un funeste trépas.
Thisbé ! s'écria-t-il, Thisbé, je t'ai perdue !
Te voilà, par ma faute, aux enfers descendue !
Je l'ai voulu ; c'est moi qui suis le monstre affreux
Par qui tu t'en vas voir le séjour ténébreux :
Attends-moi, je te vais rejoindre aux rives sombres,
Mais m'oserai-je à toi présenter chez les ombres ?
Jouis au moins du sang que je te vais offrir,
Malheureux de n'avoir qu'une mort à souffrir.
Il dit, et d'un poignard coupe aussitôt sa trame.
Thisbé vient, Thisbé voit tomber son cher Pyrame,

Que devient-elle aussi ? Tout lui manque à-la-fois,
Les sens et les esprits aussi-bien que la voix.
Elle revient enfin. Clothon, pour l'amour d'elle,
Laisse à Pyrame ouvrir sa mourante prunelle.
Il ne regarde point la lumiere des cieux ;
Sur Thisbé seulement il tourne encor les yeux.
Il voudroit lui parler ; sa langue est retenue :
Il témoigne mourir content de l'avoir vue.
Thisbé prend le poignard ; et découvrant son sein :
Je n'accuserai point, dit-elle, ton dessein,
Bien moins encor l'erreur de ton ame alarmée :
Ce seroit t'accuser de m'avoir trop aimée.
Je ne t'aime pas moins : tu vas voir que mon cœur
N'a, non plus que le tien, mérité son malheur.
Cher amant, reçois donc ce triste sacrifice.
Sa main et le poignard font alors leur office ;
Elle tombe, et tombant, range ses vêtemens,
Dernier trait de pudeur même aux derniers momens.
Les nymphes d'alentour lui donnerent des larmes,
Et du sang des amans teignirent par des charmes,
Le fruit d'un mûrier proche, et blanc jusqu'à ce jour,
Eternel monument d'un si parfait amour.
Cette histoire attendrit les filles de Minée.
L'une accusoit l'amante, l'autre la destinée ;
Et toutes, d'une voix, conclurent que nos cœurs
De cette passion devroient être vainqueurs.
Elle meurt quelquefois avant qu'être contente :
L'est-elle, elle devient aussitôt languissante :
Sans l'hymen on n'en doit recueillir aucun fruit ;
Et cependant l'hymen est ce qui la détruit.
Il y joint, dit Clymene, une âpre jalousie,
Poison le plus cruel dont l'ame soit saisie :
Je n'en veux pour témoin que l'erreur de Procris.
Alcithoé ma sœur, attachant vos esprits,
Des tragiques amours vous a conté l'élite :
Celles que je vais dire ont aussi leur mérite.
J'accourcirai le tems, ainsi qu'elle, à mon tour.
Peu s'en faut que Phébus ne partage le jour ;

A ses rayons perçans opposons quelques voiles :
Voyons combien nos mains ont avancé nos toiles.
Je veux que sur la mienne, avant que d'être au soir,
Un progrès tout nouveau se fasse appercevoir.
Cependant donnez-moi quelque heure de silence ;
Ne vous rebutez point de mon peu d'éloquence ;
Souffrez-en les défauts, et songez seulement
Au fruit qu'on peut tirer de cet événement.
Céphale (3) aimoit Procris ; il étoit aimé d'elle :
Chacun se proposoit leur hymen pour modele.
Ce qu'amour fait sentir de piquant et de doux
Combloit abondamment les vœux de ces époux.
Ils ne s'aimoient que trop! leurs soins et leur tendresse
Approchoient des transports d'amant et de maîtresse.
Le ciel même envia cette félicité :
Céphale eut à combattre une divinité.
Il étoit jeune et beau : l'Aurore en fut charmée,
N'étant pas à ces biens chez elle accoutumée.
Nos belles cacheroient un pareil sentiment :
Chez les divinités on en use autrement.
Celle-ci déclara son amour à Céphale.
Il eut beau lui parler de la foi conjugale,
Les jeunes déités qui n'ont qu'un vieil époux (4)
Ne se soumettent point à ces lois, comme nous.
La déesse enleva ce héros si fidele.
De modérer ses feux il pria l'immortelle :
Elle le fit ; l'amour devint simple amitié.
Retournez, dit l'Aurore, avec votre moitié ;
Je ne troublerai plus votre ardeur ni la sienne ;
Recevez seulement ces marques de la mienne.
(C'étoit un javelot toujours sûr de ses coups.)
Un jour cette Procris, qui ne vit que pour vous,
Fera le désespoir de votre ame charmée,

(3) Ce conte est tiré des Métamorphoses d'Ovide, liv. vii, mais où ce poëte n'avoit garde de le mettre dans la bouche d'une des filles de Minée, ayant déjà dit, liv. iv, qu'elles avoient été changées toutes trois en chauve-souris.

(4) Le vieux Tithon, époux de l'Aurore.

Et vous aurez regret de l'avoir tant aimée.
Tout oracle est douteux, et porte un double sens :
Celui-ci met d'abord notre époux en suspens.
J'aurai regret aux vœux que j'ai formés pour elle !
Et comment ? n'est-ce point qu'elle m'est infidelle ?
Ah ! finissent mes jours plutôt que de le voir !
Eprouvons toutefois ce que peut son devoir.
Des mages aussitôt consultant la science,
D'un feint adolescent il prend la ressemblance,
S'en va trouver Procris, éleve jusqu'aux cieux
Ses beautés, qu'il soutient être dignes des dieux :
Joint les pleurs aux soupirs, comme un amant sait
faire,
Et ne peut s'éclaircir par cet art ordinaire.
Il fallut recourir à ce qui porte coup,
Aux présens : il offrit, donna, promit beaucoup,
Promit tant, que Procris lui parut incertaine.
Toute chose a son prix. Voilà Céphale en peine :
Il renonce aux cités, s'en va dans les forêts ;
Conte aux vents, conte aux bois ses déplaisirs secrets ;
S'imagine en chassant dissiper son martyre.
C'étoit pendant ces mois où le chaud qu'on respire
Oblige d'implorer l'haleine des zéphirs.
Doux vents, s'écrioit-il, prêtez-moi des soupirs !
Venez, légers démons par qui nos champs fleurissent ;
Aure (5), fais-les venir, je sais qu'ils t'obéissent :
Ton emploi dans ces lieux est de tout ranimer.
On l'entendit ; on crut qu'il venoit de nommer
Quelque objet de ses vœux, autre que son épouse.
Elle en est avertie ; et la voilà jalouse.
Maint voisin charitable entretient ses ennuis.
Je ne le puis plus voir, dit-elle, que les nuits ;
Il aime donc cette Aure, et me quitte pour elle ? —
Nous vous plaignons : il l'aime, et sans cesse il
l'appelle :
Les échos de ces lieux n'ont plus d'autres emplois
Que celui d'enseigner le nom d'Aure à nos bois ;

(5) Vent frais en été.

Dans tous les environs le nom d'Aure résonne.
Profitez d'un avis qu'en passant on vous donne;
L'intérêt qu'on y prend est de vous obliger.
Elle en profite, hélas ! et ne fait qu'y songer.
Les amans sont toujours de légere croyance :
S'ils pouvoient conserver un rayon de prudence,
(Je demande un grand point, la prudence en amours!)
Ils seroient aux rapports insensibles et sourds.
Notre épouse ne fut l'une ni l'autre chose.
Elle se leve un jour; et lorsque tout repose,
Que de l'aube au teint frais la charmante douceur
Force tout au sommeil, hormis quelque chasseur,
Elle cherche Céphale : un bois l'offre à sa vue.
Il invoquoit déjà cette Aure prétendue :
Viens me voir, disoit-il, chere déesse, accours;
Je n'en puis plus, je meurs; fais que par ton secours
La peine que je sens se trouve soulagée.
L'épouse se prétend par ces mots outragée :
Elle croit y trouver, non le sens qu'ils cachoient,
Mais celui seulement que ses soupçons cherchoient.
O triste jalousie! ô passion amere!
Fille d'un fol amour, que l'erreur a pour mere!
Ce qu'on voit par tes yeux cause assez d'embarras,
Sans voir encor par eux ce que l'on ne voit pas!
Procris s'étoit cachée en la même retraite
Qu'un faon de biche avoit pour demeure secrete.
Il en sort; et le bruit trompe aussitôt l'époux.
Céphale prend le dard toujours sûr de ses coups,
Le lance en cet endroit, et perce sa jalouse :
Malheureux assassin d'une si chere épouse!
Un cri lui fait d'abord soupçonner quelque erreur;
Il accourt, voit sa faute; et, tout plein de fureur,
Du même javelot il veut s'ôter la vie.
L'Aurore et les destins arrêtent cette envie.
Cet office lui fut plus cruel qu'indulgent :
L'infortuné mari, sans cesse s'affligeant,
Eût accru par ses pleurs le nombre des fontaines,
Si la déesse enfin, pour terminer ses peines,

N'eût obtenu du sort que l'on tranchât ses jours :
Triste fin d'un hymen bien divers en son cours !
Fuyons ce nœud, mes sœurs, je ne puis trop le dire :
Jugez par le meilleur quel peut être le pire.
S'il ne nous est permis d'aimer que sous ses lois,
N'aimons point. Ce dessein fut pris par toutes trois ;
Toutes trois, pour chasser de si tristes pensées,
A revoir leur travail se montrent empressées.
Clymene, en un tissu riche, pénible et grand,
Avoit presque achevé le fameux différend (6)
D'entre le dieu des eaux et Pallas la savante.
On voyoit en lointain une ville naissante.
L'honneur de la nommer, entre eux deux contesté,
Dépendoit du présent de chaque déité.
Neptune fit le sien d'un symbole de guerre :
Un coup de son trident fit sortir de la terre
Un animal fougueux, un coursier plein d'ardeur.
Chacun de ce présent admiroit la grandeur.
Minerve l'effaça, donnant à la contrée
L'olivier, qui de paix est la marque assurée.
Elle emporta le prix, et nomma la cité :
Athene offrit ses vœux à cette déité.
Pour les lui présenter on choisit cent pucelles,
Toutes sachant broder, aussi sages que belles.
Les premieres portoient force présens divers,
Tout le reste entouroit la déesse aux yeux pers (7) ;
Avec un doux souris elle acceptoit l'hommage.
Clymene ayant enfin reployé son ouvrage,
La jeune Iris commence en ces mots son récit :
Rarement pour les pleurs mon talent réussit ;

(6) Entre Neptune et Pallas, à qui nommeroit la ville d'Athenes. Cette description n'a aucun rapport, dans les Métamorphoses d'Ovide, liv. vj, au travail des filles de Minée, quoique La Fontaine ait trouvé bon de le transporter de là ici, comme partie de l'ouvrage de ces filles.

(7) *Pers*, vieux mot, qui signifie de couleur entre le vert et le bleu : *Minerve aux yeux pers*. On peut voir, sur l'origine de *pers*, le dictionnaire étymologique de Ménage.

Je suivrai toutefois la matiere imposée.
Télamon pour Cloris (8) avoit l'ame embrasée;
Cloris pour Télamon brûloit de son côté.
La naissance, l'esprit, les graces, la beauté,
Tout se trouvoit en eux, hormis ce que les hommes
Font marcher avant tout dans ce siecle où nous
sommes :
Ce sont les biens, c'est l'or, mérite universel.
Ces amans, quoiqu'épris d'un desir mutuel,
N'osoient au blond Hymen sacrifier encore,
Faute de ce métal que tout le monde adore.
Amour s'en passeroit; l'autre état ne le peut :
Soit raison, soit abus, le sort ainsi le veut.
Cette loi, qui corrompt les douceurs de la vie,

(8) Pour cette aventure de Télamon et de Cloris, voyez les œuvres de La Fontaine, 4 vol. in-12, tom. I, pag. 201. Quant à celle de Zoon, si La Fontaine n'en est pas l'inventeur, je ne sais d'où il l'a tirée. Il m'est venu tout d'un coup dans l'esprit que c'est du Décameron de Bocace que La Fontaine avoit emprunté l'origine de l'heureux rétablissement de son Zoon, fort éloigné d'ailleurs de copier Bocace, qui ayant introduit dans sa nouvelle le fils d'un riche gentilhomme de Cypre, sous le nom de Cimon, c'est-à-dire, de *bête brute* dans le langage des Cypriotes, le peint enseveli dans une stupidité plus que brutale, d'où cet esprit sauvage, s'élevant à l'état le plus parfait, devient très-poli, fort savant, habile musicien, philosophe du premier ordre, et grand guerrier tant par mer que par terre, pour avoir vu dans un bois une belle dame endormie, dont les yeux, d'un grand éclat et d'une douceur ravissante, le charme, et en font un véritable héros de roman. La Fontaine, trop naturel pour échouer contre cet écueil, se contente de nous dire que Zoon, dont une sombre mélancolie offusquoit l'esprit et la raison, réveillé de ce profond assoupissement par une aventure toute pareille à celle qui changea Cimon, bête brute, en vrai sage, se voit et se montre tout autre qu'il n'avoit paru jusqu'alors, et, tout d'un tems. La Fontaine en fait un portrait fort aimable, mais où l'on ne voit rien d'outré, rien qui passe les bornes de la vraisemblance, où tout est peint d'après la belle nature, qui, s'étant pour ainsi dire familiarisé avec le génie de La Fontaine, le fait paroître original et inimitable, lors même qu'il semble n'avoir songé qu'à imiter.

Fut

Fut par le jeune amant d'une autre erreur suivie.
Le démon des combats vint troubler l'univers :
Un pays contesté par des peuples divers
Engagea Télamon dans un dur exercice ;
Il quitta pour un tems l'amoureuse milice.
Cloris y consentit, mais non pas sans douleur.
Il voulut mériter son estime et son cœur.
Pendant que ses exploits terminent la querelle,
Un parent de Cloris meurt, et laisse à la belle
D'amples possessions et d'immenses trésors :
Il habitoit les lieux où Mars régnoit alors.
La belle s'y transporte ; et par-tout révérée,
Par-tout des deux partis Cloris considérée,
Voit de ses propres yeux les champs où Télamon
Venoit de consacrer un trophée à son nom.
Lui de sa part accourt, et, tout couvert de gloire,
Il offre à ses amours les fruits de sa victoire.
Leur rencontre se fit non loin de l'élément
Qui doit être évité de tout heureux amant.
Dès ce jour l'âge d'or les eût joints sans mystere ;
L'âge de fer en tout a coutume d'en faire.
Cloris ne voulut donc couronner tous ces biens
Qu'au sein de sa patrie, et de l'aveu des siens.
Tout chemin, hors la mer, alongeant leur souffrance,
Ils commettent aux flots cette douce espérance.
Zéphyre les suivoit, quand, presque en arrivant,
Un pirate survient, prend le dessus du vent,
Les attaque, les bat. En vain, par sa vaillance,
Télamon jusqu'au bout porte la résistance :
Après un long combat son parti fut défait,
Lui pris ; et ses efforts n'eurent pour tout effet
Qu'un esclavage indigne. O dieux ! qui l'eût pu croire ?
Le sort, sans respecter ni son rang, ni sa gloire,
Ni son bonheur prochain, ni les vœux de Cloris,
Le fit être forçat aussitôt qu'il fut pris.
Le destin ne fut pas à Cloris si contraire.
Un célebre marchand l'achete du corsaire !
Il l'emmene, et bientôt la belle, malgré soi,

Au milieu de ses fers range tout sous sa loi.
L'épouse du marchand la voit avec tendresse :
Ils en font leur compagne, et leur fils sa maîtresse.
Chacun veut cet hymen : Cloris à leurs desirs
Répondoit seulement par de profonds soupirs.
Damon, c'étoit ce fils, lui tient ce doux langage :
Vous soupirez toujours ; toujours votre visage
Baigné de pleurs nous marque un déplaisir secret :
Qu'avez-vous? vos beaux yeux verroient-ils à regret
Ce que peuvent leurs traits et l'excès de ma flamme?
Rien ne vous force ici, découvrez-nous votre ame :
Cloris, c'est moi qui suis l'esclave, et non pas vous.
Ces lieux, à votre gré, n'ont-ils rien d'assez doux?
Parlez, nous sommes prêts à changer de demeure :
Mes parens m'ont promis de partir tout-à-l'heure.
Regrettez-vous les biens que vous avez perdus?
Tout le nôtre est à vous, ne le dédaignez plus.
J'en sais qui l'agréeroient ; j'ai su plaire à plus d'une :
Pour vous, vous méritez toute une autre fortune.
Quelle que soit la nôtre, usez-en : vous voyez
Ce que nous possédons et nous-même à vos pieds.
Ainsi parle Damon : et Cloris tout en larmes
Lui répond en ces mots accompagnés de charmes :
Vos moindres qualités et cet heureux séjour
Même aux filles des dieux donneroient de l'amour :
Jugez donc si Cloris, esclave et malheureuse,
Voit l'offre de ces biens d'une ame dédaigneuse.
Je sais quel est leur prix : mais de les accepter,
Je ne puis, et voudrois vous pouvoir écouter.
Ce qui me le défend, ce n'est point l'esclavage :
Si toujours la naissance éleva mon courage,
Je me vois, grace aux dieux, en des mains où je puis
Garder ces sentimens, malgré tous mes ennuis :
Je puis même avouer (hélas ! faut-il le dire ?)
Qu'un autre a sur mon cœur conservé son empire.
Je chéris un amant, ou mort, ou dans les fers ;
Je prétends le chérir encore dans les enfers.
Pourriez-vous estimer le cœur d'une inconstante?

Je ne suis déjà plus aimable ni charmante,
Cloris n'a plus ces traits que l'on trouvoit si doux,
Et, doublement esclave, est indigne de vous.
Touché de ce discours, Damon prend congé d'elle :
Fuyons, dit-il en soi, j'oublierai cette belle.
Tout passe, et même un jour ses larmes passeront :
Voyons ce que l'absence et le tems produiront.
A ces mots il s'embarque, et, quittant le rivage,
Il court de mer en mer, aborde en lieu sauvage,
Trouve des malheureux de leurs fers échappés,
Et sur le bord d'un bois à chasser occupés.
Télamon, de ce nombre, avoit brisé sa chaîne :
Aux regards de Damon il se présente à peine
Que son air, sa fierté, son esprit, tout enfin
Fait qu'à l'abord Damon admire son destin,
Puis le plaint, puis l'emmene, et puis lui dit sa flamme.
D'une esclave, dit-il, je n'ai pu toucher l'ame;
Elle chérit un mort ! Un mort, ce qui n'est plus,
L'emporte dans son cœur ! mes vœux sont superflus :
Là-dessus, de Cloris il lui fait la peinture.
Télamon dans son ame admire l'aventure,
Dissimule, et se laisse emmener au séjour
Où Cloris lui conserve un si parfait amour.
Comme il vouloit cacher avec soin sa fortune,
Nulle peine pour lui n'étoit vile et commune.
On apprend leur retour et leur débarquement.
Cloris, se présentant à l'un et à l'autre amant,
Reconnoît Télamon sous un faix qui l'accable.
Ses chagrins le rendoient pourtant méconnoissable.
Un œil indifférent à le voir eût erré,
Tant la peine et l'amour l'avoient défiguré.
Le fardeau qu'il portoit ne fut qu'un vain obstacle;
Cloris le reconnoît, et tombe à ce spectacle :
Elle perd tous ses sens et de honte et d'amour.
Télamon, d'autre part, tombe presque à son tour.
On demande à Cloris la cause de sa peine :
Elle l'a dit; ce fut sans s'attirer de haine.
Son récit ingénu redoubla la pitié

Dans des cœurs prévenus d'une juste amitié.
Damon dit que son zele avoit changé de face ;
On le crut. Cependant, quoi qu'on dise et qu'on fasse,
D'un triomphe si doux l'honneur et le plaisir
Ne se perd qu'en laissant des restes de desir.
On crut pourtant Damon. Il restreignit son zele
A sceller de l'hymen une union si belle ;
Et par un sentiment à qui rien n'est égal,
Il pria ses parens de doter son rival.
Il l'obtint, renonçant dès-lors à l'hyménée.
Le soir étant venu de l'heureuse journée,
Les noces se faisoient à l'ombre d'un ormeau:
L'enfant d'un voisin vit s'y percher un corbeau ;
Il fait partir de l'arc une fleche maudite,
Perce les deux époux d'une atteinte subite.
Cloris mourut du coup, non sans que son amant
Attirât ses regards en ce dernier moment.
Il s'écrie, en voyant finir ses destinées :
Quoi ! la Parque a tranché le cours de ses années !
Dieux qui l'avez voulu, ne suffisoit-il pas
Que la haine du sort avançât mon trépas ?
En achevant ces mots, il acheva de vivre :
Son amour, non le coup, l'obligea de la suivre ;
Blessé légérement, il passa chez les morts :
Le Styx vit nos époux accourir sur ses bords.
Même accident finit leurs précieuses trames ;
Même tombe eut leurs corps, même séjour leurs ames.
Quelques-uns ont écrit (mais ce fait est peu sûr)
Que chacun d'eux devint statue et marbre dur.
Le couple infortuné face à face repose.
Je ne garantis point cette métamorphose:
On en doute. On le croit plus que vous ne pensez,
Dit Climene ; en cherchant dans les siecles passés
Quelque exemple d'amour et de vertu parfaite,
Tout ceci me fut dit par le sage interprete.
J'admirai, je peignis ces amans malheureux :
On les alloit unir ; tout concouroit pour eux ;
Ils touchoient au moment ; l'attente en étoit sûre :

Hélas ! il n'en est point de telles en la nature ;
Sur le point de jouir, tout s'enfuit de nos mains ;
Les dieux se font un jeu de l'espoir des humains.
Laissons, reprit Iris, cette triste pensée.
La fête est vers sa fin, grace au ciel, avancée ;
Et nous avons passé tout ce tems en récits
Capables d'affliger les moins sombres esprits :
Effaçons, s'il se peut, leur image funeste.
Je prétends de ce jour mieux employer le reste,
Et dire un changement, non de corps, mais de cœur ;
Le miracle en est grand, amour en fut l'auteur :
Il en fait tous les jours de diverse maniere.
Je changerai de style en changeant de matiere.
Zoon plaisoit aux yeux ; mais ce n'est pas assez :
Son peu d'esprit, son humeur sombre,
Rendoient ses talens mal placés.
Il fuyoit les cités, il ne cherchoit que l'ombre,
Vivoit parmi les bois, concitoyens des ours,
Et passoit, sans aimer, les plus beaux de ses jours.
Nous avons condamné l'amour, m'allez-vous dire.
J'en blâme en nous l'excès ; mais je n'approuve pas
Qu'insensible aux plus doux appas
Jamais un homme ne soupire.
Hé quoi ! ce long repos est-il d'un si grand prix ?
Les morts sont donc heureux ? Ce n'est pas mon avis :
Je veux des passions ; et si l'état le pire
Est le néant, je ne sais point
De néant plus complet qu'un cœur froid à ce point.
Zoon n'aimant donc rien, ne s'aimant pas lui-même,
Vit Iole endormie, et le voilà frappé :
Voilà son cœur développé.
Amour, par son savoir suprême,
Ne l'eût pas fait amant qu'il en fit un héros.
Zoon rend grace au dieu qui troubloit son repos :
Il regarde en tremblant cette jeune merveille.
A la fin Iole s'éveille.
Surprise et dans l'étonnement,
Elle veut fuir ; mais son amant

L'arrête, et lui tient ce langage :
Rare et charmant objet, pourquoi me fuyez-vous ?
Je ne suis plus celui qu'on trouvoit si sauvage :
C'est l'effet de vos traits aussi puissans que doux ;
Ils m'ont l'ame et l'esprit et la raison donnée.
Souffrez que, vivant sous vos lois,
J'emploie à vous servir des biens que je vous dois.
Iole à ce discours, encor plus étonnée,
Rougit, et sans répondre elle court au hameau,
Et raconte à chacun ce miracle nouveau.
Ses compagnes d'abord s'assemblent autour d'elle :
Zoon suit en triomphe, et chacun s'applaudit.
Je ne vous dirai point, mes sœurs, tout ce qu'il fit,
Ni ses soins pour plaire à la belle :
Leur hymen se conclut. Un satrape voisin,
Le propre jour de cette fête,
Enleve à Zoon sa conquête :
On ne souçonnoit point qu'il eût un tel dessein.
Zoon accourt au bruit, recouvre ce cher gage,
Poursuit le ravisseur, et le joint, et l'engage
En un combat de main à main.
Iole en est le prix aussi-bien que le juge.
Le satrape vaincu, trouve encor du réfuge
En la bonté de son rival.
Hélas ! cette bonté lui devint inutile :
Il mourut de regret de cet hymen fatal :
Aux plus infortunés la tombe sert d'asile.
Il prit pour héritiere, en finissant ses jours,
Iole, qui mouilla de pleurs son mausolée.
Que sert-il d'être plaint quand l'ame est envolée ?
Ce satrape eût mieux fait d'oublier ses amours.
La jeune Iris à peine achevoit cette histoire,
Et ses sœurs avouoient qu'un chemin à la gloire,
C'est l'amour. On fait tout pour se voir estimé :
Est-il quelque chemin plus court pour être aimé ?
Quel charme de s'ouïr louer par une bouche
Qui, même sans s'ouvrir, nous enchante et nous touche !

Ainsi disoient ces sœurs. Un orage soudain
Jette un secret remords dans leur profane sein.
Bacchus entre, et sa cour, confus et long cortege,
Où sont, dit-il, ces sœurs à la main sacrilege?
Que Pallas les défende, et vienne en leur faveur
Opposer son égide (9) à ma juste fureur :
Rien ne m'empêchera de punir leur offense.
Voyez : et qu'on se rie auprès de ma puissance!
Il n'eut pas dit, qu'on vit trois monstres (10) au plancher,
Ailés, noirs et velus, en un coin s'attacher.
On cherche les trois sœurs ; on n'en voit nulle trace.
Leurs métiers sont brisés : on éleve à leur place
Une chapelle au dieu, pere du vrai nectar.
Pallas a beau se plaindre, elle a beau prendre part
Au destin de ses sœurs par elle protégées ;
Quand quelque dieu, voyant ses bontés négligées,
Nous fait sentir son ire, un autre n'y peut rien :
L'Olympe s'entretient en paix par ce moyen.
Profitons, s'il se peut, d'un si fameux exemple.
Chommons : c'est faire assez qu'aller de temple en temple
Rendre à chaque immortel les vœux qui lui sont dus :
Les jours donnés aux dieux ne sont jamais perdus.

(9) Le bouclier de Pallas.

(10) Ces trois sœurs, filles de Minée, changées en chauve-souris.

LA MATRONE D'ÉPHESE.

S'il est un conte usé, commun et rebattu,
C'est celui qu'en ces vers j'accommode à ma guise.
Et pourquoi donc le choisis-tu?
Qui t'engage à cette entreprise?
N'a-t-elle point déjà produit assez d'écrits?
Quelle grace aura ta matrone (1),
Au prix de celle de Pétrone (2)?
Comment la rendras-tu nouvelle à nos esprits?
Sans répondre aux censeurs, car c'est chose infinie,
Voyons si dans mes vers je l'aurai rajeunie.
Dans Éphese (3) il fut autrefois
Une dame en sagesse et vertu sans égale,
Et, selon la commune voix,
Ayant su raffiner sur l'amour conjugale.
Il n'étoit bruit que d'elle et de sa chasteté;
On l'alloit voir par rareté:
C'étoit l'honneur du sexe; heureuse sa patrie!

(1) Une dame.
(2) Auteur latin, qui a fait le conte de la Matrone d'Ephese.
(3) Ville célebre d'Asie.

Chaque mere à sa bru l'alléguoit pour patron ;
Chaque époux la prônoit à sa femme chérie :
D'elle descendent ceux de la prudoterie (4),
Antique et célebre maison.
Son mari l'aimoit d'amour folle.
Il mourut. De dire comment,
Ce seroit un détail frivole.
Il mourut ; et son testament
N'étoit plein que de legs qui l'auroient consolée,
Si les biens réparoient la perte d'un mari
Amoureux autant que chéri.
Mainte veuve pourtant fait la déchevelée,
Qui n'abandonne pas le soin du demeurant,
Et du bien qu'elle aura fait le compte en pleurant.
Celle-ci, par ses cris, mettoit tout en alarme,
Celle-ci faisoit un vacarme,
Un bruit, et des regrets à percer tous les cœurs ;
Bien qu'on sache qu'en ces malheurs,
De quelque désespoir qu'une ame soit atteinte,
La douleur est toujours moins forte que la plainte :
Toujours un peu de faste entre parmi les pleurs.
Chacun fit son devoir de dire à l'affligée
Que tout a sa mesure, et que de tels regrets
Pourroient pécher par leur excès :
Chacun rendit par-là sa douleur rengrégée.
Enfin ne voulant plus jouir de la clarté
Que son époux avoit perdue,
Elle entre dans sa tombe (5) en ferme volonté
D'accompagner cette ombre aux enfers descendue.
Et voyez ce que peut l'excessive amitié,
(Ce mouvement aussi va jusqu'à la folie,)
Une esclave en ce lieu la suivit par pitié,
Prête à mourir de compagnie:
Prête, je m'entends bien ; c'est-à-dire, en un mot,
N'ayant examiné qu'à demi ce complot,

(4) Famille chimérique, d'où l'on suppose que sont descendues toutes les fausses prudes.

(5) Espece de tombeau, comme une petite cave.

Et jusques à l'effet, courageuse et hardie.
L'esclave avec la dame avoit été nourrie ;
Toutes d'eux s'entr'aimoient ; et cette passion
Etoit crue avec l'âge au cœur des deux femelles :
Le monde entier à peine eût fourni deux modeles
D'une telle inclination.
Comme l'esclave avoit plus de sens que la dame,
Elle laissa passer les premiers mouvemens :
Puis tâcha, mais en vain, de remettre cette ame
Dans l'ordinaire train des communs sentimens.
Aux consolations la veuve inaccessible
S'appliquoit seulement à tout moyen possible
De suivre le défunt aux noirs et tristes lieux.
Le fer auroit été le plus court et le mieux :
Mais la dame vouloit paître encore ses yeux
Du trésor qu'enfermoit la biere,
Froide dépouille, et pourtant chere :
C'étoit là le seul aliment
Qu'elle prît en ce monument.
La faim donc fut celle des portes
Qu'entre d'autres de tant de sortes
Notre veuve choisit pour sortir d'ici-bas.
Un jour se passe, et d'eux, sans autre nourriture
Que ses profonds soupirs, que ses fréquens hélas,
Qu'un inutile et long murmure
Contre les dieux, le sort, et toute la nature.
Enfin sa douleur n'omit rien,
Si la douleur doit s'exprimer si bien.
Encor un autre mort faisoit sa résidence
Non loin de ce tombeau, mais bien différemment;
Car il n'avoit pour monument
Que le dessous d'une potence :
Pour exemple aux voleurs on l'avoit là laissé.
Un soldat bien récompensé
Le gardoit avec vigilance.
Il étoit dit par ordonnance
Que si d'autres voleurs, un parent, un ami,
L'enlevoient, le soldat nonchalant, endormi,

Rempliroit aussitôt sa place.
C'étoit trop de sévérité :
Mais la publique utilité
Défendoit que l'on fît au garde aucune grace.
Pendant la nuit il vit aux fentes du tombeau
Briller quelque clarté, spectacle assez nouveau.
Curieux, il y court, entend de loin la dame
Remplissant l'air de ses clameurs.
Il entre, est étonné, demande à cette femme
Pourquoi ces cris, pourquoi ces pleurs,
Pourquoi cette triste musique,
Pourquoi cette maison noire et mélancolique ?
Occupée à ses pleurs, à peine elle entendit
Toutes ces demandes frivoles.
Le mort pour elle y répondit :
Cet objet, sans autres paroles,
Disoit assez par quel malheur
La dame s'enterroit ainsi toute vivante.
Nous avons fait serment, ajouta la suivante,
De nous laisser mourir de faim et de douleur.
Encor que le soldat fût mauvais orateur,
Il leur fit concevoir ce que c'est que la vie.
La dame cette fois eut de l'attention ;
Et déjà l'autre passion
Se trouvoit un peu ralentie :
Le tems avoit agi. Si la foi du serment,
Poursuivit le soldat, vous défend l'aliment,
Voyez-moi manger seulement,
Vous n'en mourrez pas moins. Un tel tempérament
Ne déplut pas aux deux femelles.
Conclusion, qu'il obtint d'elles
Une permission d'apporter son soupé :
Ce qu'il fit. Et l'esclave eut le cœur fort tenté
De renoncer dès-lors à la cruelle envie
De tenir au mort compagnie.
Madame, ce dit-elle, un penser m'est venu :
Qu'importe à votre époux que vous cessiez de vivre ?
Croyez-vous que lui-même il fût homme à vous suivre.

Si par votre trépas vous l'aviez prévenu ?
Non, madame, il voudroit achever sa carriere.
La nôtre sera longue encor si nous voulons.
Se faut-il, à vingt ans, enfermer dans la bierre ?
Nous aurons tout loisir d'habiter ces maisons.
On ne meurt que trop tôt: qui nous presse? attendons.
Quant à moi, je voudrois ne mourir que ridée.
Voulez-vous emporter vos appas chez les morts ?
Que vous servira-t-il d'en être regardée ?
Tantôt, en voyant les trésors
Dont le ciel prit plaisir d'orner votre visage,
Je disois : Hélas ! c'est dommage !
Nous-mêmes nous allons enterrer tout cela !
A ce discours flatteur la dame s'éveilla.
Le dieu qui fait aimer prit son tems ; il tira
Deux traits de son carquois : de l'un il entama
Le soldat jusqu'au vif ; l'autre effleura la dame.
Jeune et belle, elle avoit sous ses pleurs de l'éclat,
Et des gens de goût délicat
Auroient bien pu l'aimer, et même étant leur femme.
Le garde en fut épris : les pleurs et la pitié,
Sorte d'amour ayant ses charmes,
Tout y fit ; une belle, alors qu'elle est en larmes,
En est plus belle de moitié.
Voilà donc notre veuve écoutant la louange,
Poison qui de l'amour est le premier degré :
La voilà qui trouve à son gré
Celui qui le lui donne. Il fait tant qu'elle mange :
Il fait tant que de plaire, et se rend en effet
Plus digne d'être aimé que le mort le mieux fait :
Il fait tant enfin qu'elle change ;
Et toujours par degrés, comme l'on peut penser,
De l'un à l'autre il fait cette femme passer.
Je ne la trouve pas étrange :
Elle écoute un amant, elle en fait un mari,
Le tout au nez du mort qu'elle avoit tant chéri.
Pendant cette hyménée, un voleur se hasarde
D'enlever le dépôt commis aux soins du garde :

Il entend le bruit, il y court à grands pas :
Mais en vain, la chose étoit faite.
Il revient au tombeau conter son embarras,
Ne sachant où trouver retraite.
L'esclave alors lui dit, le voyant éperdu :
L'on vous a pris votre pendu ?
Les lois ne vous feront, dites-vous, nulle grace ?
Si madame y consent, j'y remédierai bien :
Mettons notre mort en la place,
Les passans n'y connoîtront rien.
La dame y consentit. O volages femelles !
La femme est toujours femme. Il en est qui sont belles ;
Il en est qui ne le sont pas :
S'il en étoit d'assez fidelles,
Elles auroient assez d'appas.
Prudes, vous vous devez défier de vos forces,
Ne vous vantez de rien. Si votre intention
Est de résister aux amorces,
La nôtre est bonne aussi ; mais l'exécution
Nous trompe également ; témoin cette matrone.
Et, n'en déplaise au bon Pétrone,
Ce n'étoit pss un fait tellement merveilleux,
Qu'il en dût proposer l'exemple à nos neveux.
Cette veuve n'eut tort qu'au bruit qu'on lui vit faire,
Qu'au dessein de mourir, mal conçu, mal formé ;
Car de mettre au patibulaire
Le corps d'un mari tant aimé,
Ce n'étoit pas peut-être une si grande affaire ;
Cela lui sauvoit l'autre ; et, tout considéré,
Mieux vaut goujat debout, qu'empereur enterré.

BELPHÉGOR,

NOUVELLE TIRÉE DE MACHIAVEL.

A MADEMOISELLE DE CHAMMELAY.

De votre nom j'orne le frontispice
Des derniers vers que ma muse a polis.
Puisse le tout, ô charmante Philis,
Aller si loin, que notre los franchisse
La nuit des tems ! Nous la saurons dompter,
Moi par écrire, et vous par réciter.
Nos noms unis perceront l'ombre noire ;
Vous régnerez long-tems dans la mémoire,
Après avoir régné jusques ici
Dans les esprits, dans les cœurs même aussi.
Qui ne connoît l'inimitable actrice
Représentant ou Phedre ou Bérénice,
Chimene en pleurs, ou Camille en fureur ?
Est-il quelqu'un que votre voix n'enchante ?
S'en trouve-t-il une autre aussi touchante,
Une autre enfin allant si droit au cœur ?

N'attendez pas que je fasse l'éloge
De ce qu'en vous on trouve de parfait ;
Comme il n'est point de grace qui n'y loge,
Ce seroit trop, je n'aurois jamais fait.
De mes Philis vous seriez la premiere,
Vous auriez en mon ame toute entiere,
Si de mes vœux j'eusse plus présumé ;
Mais, en aimant, qui ne veut être aimé ?
Par ces transports n'espérant pas vous plaire,
Je me suis dit seulement votre ami,
De ceux qui sont amans plus d'à-demi :
Et plût au sort que j'eusse pu mieux faire !
Ceci soit dit : venons à notre affaire.
Un jour Satan, monarque des enfers,
Faisoit passer ses sujets en revue.
Là, confondus, tous les états divers,
Princes et rois, et la tourbe menue,
Jetoient maint pleur, poussoient maint et maint
cri,
Tant que Satan en étoit étourdi.
Il demande en passant à chaque ame :
Qui t'a jetée en l'éternelle flamme ?
L'autre disoit, hélas ! c'est mon mari :
L'autre aussitôt répondoit, c'est ma femme.
Tant et tant fut ce discours répété,
Qu'enfin Satan dit en plein consistoire :
Si ces gens-ci disent la vérité,
Il est aisé d'augmenter notre gloire.
Nous n'avons donc qu'à le vérifier.
Pour cet effet, il nous faut envoyer
Quelque démon plein d'art et de prudence ;
Qui, non content d'observer avec soin
Tous les hymens dont il sera témoin,
Y joigne aussi sa propre expérience.
Le prince ayant proposé la sentence,
Le noir sénat suivit tout d'une voix.
De Belphégor aussitôt on fit choix.
Ce diable étoit tout yeux et tout oreilles ;

Grand éplucheur, clairvoyant à merveilles ;
Capable enfin de pénétrer dans tout,
Et de pousser l'examen jusqu'au bout.
Pour subvenir aux frais de l'entreprise,
On lui donna mainte et mainte remise (1),
Toutes à vue, et qu'en lieux différens
Il pût toucher par des correspondans.
Quant au surplus, les fortunes humaines,
Les biens, les maux, les plaisirs et les peines,
Bref, ce qui suit notre condition,
Fut une annexe (2) à sa légation.
Il se pouvoit tirer d'affliction
Par ses bons tours et par son industrie ;
Mais non mourir, ni revoir sa patrie,
Qu'il n'eût ici consumé certain tems :
Sa mission devoit durer dix ans.
Le voilà donc qui traverse et qui passe
Ce que le ciel voulut mettre d'espace
Entre ce monde et l'éternelle nuit :
Il n'en mit guere ; un moment y conduit.
Notre démon s'établit à Florence,
Ville pour lors de luxe et de dépense :
Même il la crut propre pour le trafic.
Là, sous le nom du seigneur Roderic,
Il se logea, meubla comme un riche homme.
Grosse maison, grand train, nombre de gens,
Anticipant tous les jours sur la somme
Qu'il ne devoit consumer qu'en dix ans.
On s'étonne d'une telle bonbance,
Il tenoit table, avoit de tous côtés
Gens à ses frais, soit pour ses voluptés,
Soit pour le faste et la magnificence.
L'un des plaisirs où plus il dépensa
Fut la louange. Apollon l'encensa :

(1) Des lettres de change, pour toucher de l'argent.

(2) Fut attaché, de sorte que, durant le tems de son ambassade, il devoit être sujet à tous les accidens de la vie humaine.

Car il est maître en l'art de flatterie :
Diable n'eut onc tant d'honneur en sa vie.
Son cœur devint le but de tous les traits
Qu'amour lançoit : il n'étoit point de belle
Qui n'employât ce qu'elle avoit d'attraits
Pour le gagner, tant sauvage fût-elle.
Car de trouver une seule rebelle,
Ce n'est la mode à gens de qui la main
Par les présens s'applanit tout chemin.
C'est un ressort en tous desseins utile.
Je l'ai jà dit, et le redis encor,
Je ne connois d'autre premier mobile
Dans l'univers, que l'argent et que l'or.
Notre envoyé cependant tenoit compte
De chaque hymen en journaux différens :
L'un, des époux satisfaits et contens,
Si peu rempli, que le diable en eut honte :
L'autre journal incontinent fut plein.
A Belphégor il ne restoit enfin
Que d'éprouver la chose par lui-même.
Certaine fille à Florence étoit lors,
Belle et bien faite, et peu d'autres trésors ;
Noble d'ailleurs, mais d'un orgueil extrême,
Et d'autant plus, que de quelque vertu
Un tel orgueil paroissoit revêtu :
Pour Roderic on en fit la demande.
Le pere dit que madame Honesta,
C'étoit son nom, avoit eu jusques-là
Force partis ; mais que parmi la bande
Il pourroit bien Roderic préférer,
Et demandoit tems pour délibérer.
On en convient. Le poursuivant s'applique
A gagner celle où ses vœux s'adressoient.
Fêtes et bals, sérénades, musique,
Cadeaux, festin, bien fort appétissoient,
Altéroient fort les fonds de l'ambassade.
Il n'y plaint rien, en use en grand seigneur,
S'épuise en dons. L'autre se persuade

Qu'elle lui fait encor beaucoup d'honneur.
Conclusion, qu'après force prieres,
Et des façons de toutes les manieres,
Il eut un oui de madame Honesta.
Auparavant le notaire y passa,
Dont Belphégor se moquant en son ame :
Hé, quoi! dit-il, on acquiert une femme
Comme un château! ces gens ont tout gâté.
Il eut raison : ôtez d'entre les hommes
La simple foi, le meilleur est ôté.
Nous nous jetons, pauvres gens que nous sommes.
Dans les procès, en prenant le revers;
Les si, les cas, les contrats, sont la porte
Par où la noise entre dans l'univers :
N'espérons pas que jamais elle en sorte.
Solemnités et lois n'empêchent pas
Qu'avec l'hymen, amour n'ait des débats.
C'est le cœur seul qui peut rendre tranquille;
Qu'ainsi ne soit, voyons d'autres états :
Chez les amis tout s'excuse, tout passe;
Chez les amans tout plaît, tout est parfait;
Chez les époux tout ennuie et tout lasse.
Le devoir nuit : chacun est ainsi fait.
Mais, dira-t-on, n'est-il en nulles guises
D'heureux ménage? Après mûr examen,
J'appelle un bon, voire un parfait hymen :
Quand les conjoints se souffrent leurs sottises.
Sur ce point-là c'est assez raisonné.
Dès que chez lui le diable eut amené
Son épousée, il jugea par lui-même
Ce qu'est hymen avec un tel démon :
Toujours débats, toujours quelque sermon
Plein de sottises en un degré suprême.
Le bruit fut tel, que madame Honesta
Plus d'une fois les voisins éveilla :
Plus d'une fois on courut à la noise.
Il lui falloit quelque simple bourgeoise,
Ce disoit-elle : un petit trafiquant

Traiter ainsi les filles de mon rang !
Méritoit-il femme si vertueuse ?
Sur mon devoir je suis trop scrupuleuse :
J'en ai regret ; et si je faisois bien....
Il n'est pas sûr qu'Honesta ne fît rien :
Ces prudes-là nous en font bien accroire.
Nos deux époux, à ce que dit l'histoire,
Sans disputer n'étoient pas un moment.
Souvent leur guerre avoit pour fondement
Le jeu, la jupe, ou quelque ameublement
D'été, d'hiver, d'entre-tems, bref un monde
D'inventions propres à tout gâter.
Le pauvre diable eut lieu de regretter
De l'autre enfer la demeure profonde.
Pour comble enfin, Roderic épousa
La parenté de madame Honesta,
Ayant sans cesse, et le pere et la mere,
Et la grand'sœur avec le petit frere ;
De ses deniers mariant la grand'sœur,
Et du petit payant le précepteur.
Je n'ai pas dit la principale cause
De sa ruine, infaillible accident ;
Et j'oublois qu'il eût un intendant.
Un intendant ! qu'est-ce que cette chose ?
Je définis cet être, un animal
Qui, comme on dit, sait pêcher en eau trouble,
Et plus le bien de son maître va mal,
Plus le sien croît, plus son profit redouble,
Tant qu'aisément lui-même acheteroit
Ce qui de net au seigneur resteroit ;
Dont par raison bien et dûment déduite,
On pourroit voir chaque chose réduite
En son état, s'il arrivoit qu'un jour
L'autre devînt l'intendant à son tour ;
Car regagnant ce qu'il eut étant maître,
Ils reprendroient tous deux leur premier être.
Le seul secours du pauvre Roderic,
Son seul espoir étoit certain trafic

Qu'il prétendoit devoir remplir sa bourse ;
Espoir douteux, incertaine ressource.
Il étoit dit que tout seroit fatal
A notre époux ; ainsi tout alla mal :
Ses agens, tels que la plupart des nôtres,
En abusoient : il perdit un vaisseau,
Et vit aller le commerce à vau-l'eau,
Trompé des uns, mal servi par les autres.
Il emprunta. Quand ce vint à payer,
Et qu'à sa porte il vit le créancier,
Force lui fut d'esquiver par la fuite,
Gagnant les champs, où de l'âpre poursuite
Il se sauva chez un certain fermier,
En certain coin remparé de fumier.
A Mathéo, c'étoit le nom du sire,
Sans tant tourner il dit ce qu'il étoit :
Qu'un double mal chez lui le tourmentoit,
Ses créanciers, et sa femme encore pire,
Qu'il n'y savoit remede que d'entrer
Au corps des gens, et de s'y remparer,
D'y tenir bon : iroit-on là le prendre ?
Dame Honesta viendroit-elle y prôner
Qu'elle a regret de se bien gouverner ?
Chose ennuyeuse, et qu'il est las d'entendre :
Que de ces corps trois fois il sortiroit,
Sitôt que lui Mathéo l'en prieroit :
Trois fois sans plus ; et ce, pour récompense
De l'avoir mis à couvert des sergens.
Tout aussitôt l'ambassadeur commence
Avec grand bruit d'entrer au corps des gens.
Ce que le sien, ouvrage fantastique,
Devint alors, l'histoire n'en dit rien.
Son coup d'essai fut une fille unique,
Où le galant se trouvoit assez bien ;
Mais Mathéo, moyennant grosse somme,
L'en fit sortir au premier mot qu'il dit.
C'étoit à Naples. Il se transporte à Rome,
Saisit un corps : Mathéo l'en bannit,

Le chasse encor : autre somme nouvelle.
Trois fois enfin, toujours d'un corps femelle,
Remarquez bien, notre diable sortit.
Le roi de Naples avoit lors une fille,
Honneur du sexe, espoir de sa famille :
Maint jeune prince étoit son poursuivant.
Là d'Honesta Belphégor se sauvant,
On ne le put tirer de cet asile.
Il n'étoit bruit, aux champs comme à la ville,
Que d'un manant qui chassoit les esprits.
Cent mille écus d'abord lui sont promis.
Bien affligé de manquer cette somme,
(Car les trois fois l'empêchoient d'espérer
Que Belphégor se laissât conjurer,)
Il la refuse : il se dit un pauvre homme,
Pauvre pécheur, qui, sans savoir comment,
Sans dons du ciel, par hasard seulement,
De quelques corps a chassé quelque diable,
Apparemment chétif et misérable,
Et ne connoît celui-ci nullement.
Il a beau dire : on le force, on l'amene,
On le menace ; on lui dit que, sous peine
D'être pendu, d'être mis haut et court
En un gibet, il faut que sa puissance
Se manifeste avant la fin du jour.
Dès l'heure même on vous met en présence
Notre démon et son conjurateur :
D'un tel combat le prince est spectateur.
Chacun y court : n'est fils de bonne mere
Qui pour le voir ne quitte toute affaire.
D'un côté sont le gibet et la hart ;
Cent mille écus bien comptés, d'autre part.
Mathéo tremble, et lorgne la finance.
L'esprit malin, voyant sa contenance,
Rioit sous cape, alléguoit les trois fois ;
Dont Mathéo suoit dans son harnois,
Pressoit, prioit, conjuroit avec larmes,

Le tout en vain. Plus il est en larmes,
Plus l'autre rit. Enfin le manant dit
Que sur ce diable il n'avoit nul crédit.
On vous le happe, et mene à la potence.
Comme il alloit haranguer l'assistance,
Nécessité lui suggéra ce tour :
Il dit tout bas qu'on battît le tambour.
Ce qui fut fait. De quoi l'esprit immonde
Un peu surpris au manaut demanda :
Pourquoi ce bruit? coquin, qu'entends-je là?
L'autre répond : C'est madame Honesta
Qui vous réclame, et va par tout le monde
Cherchant l'époux que le ciel lui donna.
Incontinent le diable décampa,
S'enfuit au fond des enfers, et conta
Tout le succès qu'avoit eu son voyage.
Sire, dit-il, le nœud du mariage
Damne aussi dru qu'aucuns autres états.
Votre grandeur voit tomber ici-bas,
Non par flocons, mais menu comme pluie,
Ceux que l'hymen fait de sa confrérie;
J'ai par moi-même examiné le cas.
Non que de soi la chose ne soit bonne,
Elle eût jadis un plus heureux destin :
Mais comme tout se corrompt à la fin,
Plus beau fleuron n'est en votre couronne.
Satan le crut : il fut récompensé;
Encor qu'il eût son retour avancé.
Car qu'eût-il fait? Ce n'étoit pas merveilles
Qu'ayant sans cesse un diable à ses oreilles,
Toujours le même, et toujours sur un ton,
Il fût contraint d'enfiler la venelle :
Dans les enfers, encore en change-t-on.
L'autre peine est, à mon sens, plus cruelle.
Je voudrois voir quelques gens y durer!
Elle eût à Job fait tourner la cervelle.
De tout ceci que prétends-je inférer?

Premiérement, je ne sais pire chose
Que de changer son logis en prison.
En second lieu, si par quelque raison
Votre ascendant à l'hymen vous expose,
N'épousez point d'Honesta, s'il se peut :
N'a pas pourtant une Honesta qui veut.

IMITATION D'ANACRÉON.

O toi qui peins d'une façon galante,
Maître passé dans Cythere et Paphos,
Fais un effort, peins-nous Iris absente.
Tu n'as point vu cette beauté charmante,
Me diras-tu : tant mieux pour ton repos.
Je m'en vais donc t'instruire en peu de mots.
Premiérement, mets des lis et des roses;
Après cela, des amours et des ris.
Mais à quoi bon le détail de ces choses?
D'une Vénus tu peux faire une Iris;
Nul ne sauroit découvrir le mystere :
Traits si pareils jamais ne se sont vus;
Et tu pourras à Paphos et Cythere
De cette Iris refaire une Vénus.

ÉPITAPHE
DE LA FONTAINE,
FAITE PAR LUI-MÊME.

Jean s'en alla comme il étoit venu,
Mangeant son fonds avec son revenu,
Croyant trésor chose peu nécessaire.
Quant à son tems, bien sut le dispenser :
Deux parts en fit, dont il souloit passer,
L'une à dormir, et l'autre à ne rien faire (1).

(1) *Et ces charmans écrits, que tout le monde admire,*
Et dont la gloire durera
Autant que des François le florissant empire,
Qui croira
Que La Fontaine les oublie ?
Sans doute il s'en souvient bien ;
Mais sa modestie
Les comptoit pour rien.

FIN.

TABLE

DES

FABLES ET AUTRES PIECES

Contenues dans ce volume.

LIVRE PREMIER.

LIVRE DEUXIEME.

LIVRE TROISIEME.

LIVRE QUATRIEME.

LIVRE CINQUIEME.

LIVRE SIXIEME.

LIVRE SEPTIEME.

LIVRE HUITIEME.

LIVRE NEUVIEME.

LIVRE DIXIEME.

LIVRE ONZIEME.

LIVRE DOUZIEME.

Fin de la Table.